무엇을 할 것인가

무엇을 할 것인가 상
Что делать?

새로운 사람들에 관한 이야기

니꼴라이 체르니셰프스끼 장편소설   서정록 옮김

CHTO DELAT'?
by NIKOLAI GAVRILOVICH CHERNYSHEVSKII (1863)

이 책은 실로 꿰매어 제본하는 정통적인 사철 방식으로 만들어졌습니다.
사철 방식으로 제본된 책은 오랫동안 보관해도 손상되지 않습니다.

나의 친구 O. C. Ч.[1]에게

1 체르니셰프스끼의 아내, 올가 소끄라또브나(1838~1918).

프롤로그	9
제1장 　베라 빠블로브나의 소녀 시절	27
제2장 　첫 번째 사랑과 결혼	95
제3장 　결혼과 두 번째 사랑	239

프롤로그

1
바보짓

 1856년 7월 11일 아침 모스끄바 철도역 근처에 있는 뻬쩨르부르그에서 가장 큰 한 호텔의 종업원들이 약간 겁을 먹은 듯 부산을 떨고 있었다. 전날 저녁 9시쯤 한 신사가 여행용 가방을 들고 이곳에 도착했는데 그는 방을 고르고 숙박계 기록을 마친 뒤, 차와 얇게 저민 커틀릿을 주문했다. 그는 몹시 피곤해서 저녁에 일찍 자고 싶다며 시끄럽지 않게 할 것과 다음 날 아침에 중요한 일이 있으니 8시에 꼭 깨워 줄 것을 당부하고 나서 문을 잠갔다. 그리고 한동안 나이프와 포크가 달그락거리고 찻잔이 짤그랑대는 소리가 들리더니 그 뒤엔 아무 소리도 들리지 않았다. 아마도 곯아떨어진 모양이었다. 이윽고 아침이 되자, 정확히 8시에 종업원은 그 손님의 방문을 두드렸다. 그러나 그는 대답하지 않았다. 종업원은 더욱 크고 요란스럽게 문을 두드렸다. 그러나 여전히 아무런 반응이 없었다. 그는 매우 피곤했던 게 틀림없었다. 종업원은 15분을 기다렸다가 다시 그를 깨우려고 문을 두드리기 시작했다. 그러나 이번에도 실패하고 말았다. 그는 다른 종업원과 지배인하고 상의했다.「무슨 일이 일어난 게 아닐까?」「문을 부숴야겠어.」「안 돼! 문을 부수려면 경찰관을 불러야 해.」 다시 한 번 더 큰소리로 그를 깨워 보기로 했다. 이번에도 안 일어나면 경찰관을 불러오기로 했다. 그들은 마지막으로 온 힘을 다해 그를 깨웠다. 그러나 그들은 결국 그를 깨우지 못했고 마침내 경찰관을 부르러 사람을 보내야만 했다. 그리고 모두들 결과를 궁금해 하며 기다렸다. 10시에 경찰관 한 명이 왔다. 그는 직접 몇 차례 문을 두드려 보더니 종업원들에게 더 힘껏 문을 두드리도록 시켰다. 그러나 결과는 마찬가지였다. 「더 기다릴 것 없어. 이봐, 문을 부숴!」

그들은 마침내 문을 부수고 활짝 열어젖혔다. 그러나 방은 텅 비어 있었다. 「침대 밑을 찾아봐!」 그러나 침대 밑에는 아무것도 없었다. 그때 경찰관은 책상 쪽으로 성큼성큼 걸어갔다. 책상 위에는 종이 한 장이 놓여 있었고 커다란 글씨로 아래와 같이 적혀 있었다. 〈나는 오늘 저녁 11시에 떠날 것이오. 그리고 다시는 돌아오지 못할 것이오. 당신은 오늘 밤 2시와 3시 사이에 리쩨나야 다리[2] 위에서 일어난 일에 대해서 듣게 될 것이오. 아무도 의심을 받지 않도록 해주기 바라오.〉

「이제야 알겠군. 사건은 분명해. 그래서 아무도 그것을 이해할 수 없었던 거로군.」 경찰관이 말했다.

「그게 무슨 말이오, 이반 아파나시예비치?」 지배인이 물었다.

「먼저 차나 한잔 줘. 얘기해 줄 테니.」

경찰관의 설명 내용은 호텔 종업원들 사이에 한동안 논쟁을 불러일으킬 만큼 충분히 흥미로운 것이었다. 그가 한 이야기는 대략 다음과 같다.

---

[2] 네바 강을 가로지르는 다리. 소설이 씌어진 당시에는 부교(浮橋)였으나 지금은 영구(永久)적인 다리이다.

지난 밤 — 구름이 끼고 어두웠다 — 2시 30분에 리쩨나야 다리 중간에서 불빛 하나가 반짝 하더니 총소리가 들렸다. 야간 경비를 서던 경찰들이 그곳으로 달려갔고 곧 사람들이 여럿 모였다. 그런데 총이 발사된 지점에는 사람은커녕 아무런 흔적도 없었다. 살인이 아닌 자살이 분명했다. 용감한 사람 몇몇이 물에 뛰어들려고 했다. 얼마 되지 않아서 배와 어망이 운반되어 왔고 사람들은 물속으로 뛰어들어 가거나 갈고리로 긁거나 그물로 강바닥을 훑었다. 그러나 물속에서 약 50개쯤 되는 커다란 나무토막 같은 것은 건져 올렸으나 시체는 발견되지 않았다.「하긴 그래, 어떻게 이 시간에 시체를 찾을 수 있겠어? 밤은 어둡고 두 시간 동안 시체는 이미 바다 쪽으로 멀리 떠내려갔을 텐데. 거기나 가서 찾아보라지.」그러자 성급한 축들은 이 말도 못 믿겠다는 듯이 자리를 털고 일어나며 중얼거렸다.「시체 같은 건 애당초 없었는지도 몰라. 웬 술 취한 놈이나 짓궂은 녀석이 그냥 장난삼아 총을 쏘고 달아났는지 알 게 뭐야. 아니지, 바로 그놈이 여기 흥분한 사람들 틈에 섞여서, 그래 맞아, 자기가 저질러 놓은 일들을 보고 재미있어 하며 속으로 웃고 있을지도 모르지.」

그러나 대다수 사람들은 신중하게 행동했으며 전자의 주장에 동조했다.「장난질이라고? 그렇다면 그건 도대체 어떤 장난이지? 더 생각해 볼 것도 없다고. 그는 자신의 머리에 총을 쏘았고 그걸로 끝장을 낸 거야!」성급한 사람들의 주장은 곧 논의에서 제외되었다. 그러나 승리한 사람들은, 그런 경우에 흔히 그렇듯이 곧 두 패로 나뉘었다.「그가 자살했다고 생각해 보라고. 그런데 뭣 때문에 그런 짓을 했을까?」「그는 술 취했을 거야.」몇 사람이 말했다.「아니야, 보나마나 파산한 탓아일 거야.」다른 사람들이 반박했다.「바보짓이야!」누군가가 말했다. 그러나 〈바보짓〉이란 이 말에 그가 자살했다는 사실을 못 미더워하던 사람들조차 모두들 고개를 끄덕였다. 그 일은 술 취한 자나 탕아가 자살했거나 또는 짓궂은 녀석이 자살을 위장해서 장난질을 했건 간에 누가 보더라도 터무니없는 바보 같은 짓이었던 것이다.

이것이 그날 밤 다리 위에서 있었던 사건의 전말이다. 그리고 아침에 모스끄바 철도역 호텔에서는 그 바보가 장난한 것이 아니라 자살한 것으로 결론이 내려졌다. 그러나 이 이야기 뒤에는, 논쟁에 진 사람들조차 동의했던 바로 그 문제가 여전히 해결되지 않은 채로 남아 있었다. 즉, 비록 그 일이 장난이 아니라 자살 사건이었다고 하더라도 납득할 수 없는 바보짓이라는 거였다. 모든 사람들에게 매우 그럴듯해 보이는 이 결론은 앞의 논쟁에서 이성적으로 판단했던 대다수 사람들이 승리를 한 바로 그 사실 때문에 특히 두드러져 보였다. 만일 그가 다리 위에서 장난으로 총을 쏘았다면 우리가 그가 바보인지 짓궂은 자인지 판단할 수 없다. 그러나 그는 다리 위에서 자기 자신을 쏜 것이다. 도대체 누가 다리 위에서 자기 자신을 향해 총을 쏜단 말인가? 어떻게 그런 일이, 그리고 왜 하필이면 다리 위에서? 이건 정신 나간 사람의 짓이 틀림없어. 의심할 것 없이 그는 바보라고.

다시 그들 몇몇에게 의심이 솟구쳤다. 그가 다리 위에서 자기 자신을 쏘았다고는 하지만 어느 누구도 자기 자신을 쏘기 위해서 다리 위로 가지는 않으므로 결론적으로 그는 자살하지 않았는지도 모른다는 것이었다. 그러나 저녁 무렵, 호텔의 종업원들은 물에서 건져 낸 모자의 주인을 확인하기 위해서 경찰서로 소환되었고 그 모자에는 총구멍이 뚫려 있었다. 모두들 그 손님이 썼던 바로 그 모자라고 말했다. 그리하여 그가 자살했다는 것은 의심할 수 없는 분명한 사실이 되었고 그의 자살을 부정했던 이들은 완전히 패배하고 말았다.

모든 사람들이 그 일을 두고 바보짓이라고 말했다. 그런데 갑자기 사람들이 수군대기 시작했다. 「다리 위에서 자살한 것은 기막힌 묘안이야! 분명히 마지막 순간의 고통을 덜려고 그랬을 거야. 만에 하나라도 총이 잘못 발사되어 단번에 숨이 끊어지지 않았을 경우를 생각해서 — 그야말로 현명한 판단이지 — 부상의 경중에 관계없이 발사와 동시에 물속으로 뛰어든 것이 틀림없어. 그렇게 해서 그는 미처 무슨 일이 일어났는지 채 알기도 전에 익사한 거지. 맞았어, 다리 위에서 그렇게 된 거야! 아주 현명하게 해치운 거야!」

이쯤 되면, 자살이 바보짓이었는지 현명한 처사였는지를 판단하는 것은 완전히 불가능해지고 만다!

2
바보짓의 첫번째 결과

바로 같은 날 아침 11시쯤에는 한 젊은 여인이 까멘노이 오스뜨로프[3]에 있는 방이 세 칸 달린 작은 별장의 한 방에 앉아 바느질하며, 낮은 목소리로 짧은 프랑스 노래를 생기 있고 힘차게 부르고 있었다. 노래 가사는 이렇게 시작되었다. 〈우리는 가난하지만 노동자다. 우리는 강인한 손을 갖고 있다. 우리는 무지하지만 우둔하지 않다. 우리는 빛을 원한다. 배우자, 지식이 우리에게 자유를 주리라. 근면하자, 근면이 우리에게 부를 주리라. 우리 깨치고 나아가 그것을 보리라.〉

---

3 주로 뻬쩨르부르그 엘리트들의 여름 별장이 있는 곳으로 네바 강 어귀에 있는 섬.

우리 깨치고 나아가
그것을 보리라.

〈진지하지 못하면 실패자가 된다. 우리는 편견 때문에 고통을 받는다. 행복을 찾자. 인간성을 찾자. 그러면 좋아지리라. 우리 깨치고 나아가 그것을 보리라.

지식 없는 노력은 소용없다. 우리의 행복은 타인의 행복 없이는 없다. 깨우치면 부유해지리라. 행복해지리라. 동포애로 하나가 되리라. 우리 그것을 보리라.

배우고 근면하자. 즐겁게 노래하고 사랑하자. 우리는 이 땅에 천국을 가지리라. 우리 사는 동안 행복하리라. 그날이 오면 우리 모두 그것을 보리라.〉

우리 사는 동안 행복하리라
나아가리라
그날이 오면
우리 모두 그것을 보리라.

노래는 힘차고 생기발랄했으며 가락은 즐거움이 넘쳤다. 우울한 선율이 두세 군데 있었지만, 그것들은 전반적으로 가볍고 밝은 악상에 의해서 감추어졌고 후렴과 반복 속에서 마침내 희미해졌다. 적어도 그것들은 없어지고 감추어져야만 했다. 그 부인의 기분에 의하면 더욱 그랬다. 그러나 이 우울한 선율들은 다른 선율보다 점점 우세해지고 있었다. 그녀가 이것을 알아챘을 때 그녀는 순간 전율했다. 그리고 그 선율을 흥얼거리는 그녀의 목소리는 한층 낮아졌다. 그러면 그녀는 즐거운 선율을 더욱 큰소리로 노래 불렀다. 그러나 그녀의 마음은 온갖 상념들로 인해서 노래로부터 미끄러져 달아났고 다시 우울한 선율이 우세해졌다. 그 젊은 여인은 우울한 기분에 빠져들고 싶지 않은 것이 분명했다. 그러나 그녀가 아무리 거기에서 달아나려고 해도 우울한 생각들이 그녀를 사로잡고 놓아주지 않았다. 그러나 그녀가 우울하든 쾌활하든, 노랫가락이 흥이 나든 안 나든 그녀는 아주 열심히 바느질을 계속했다. 그녀는 숙련된 재단사다.

그때 어린 하녀가 방에 들어왔다.

「마샤, 내가 얼마나 떴는지 아니? 네가 결혼식에 입을 옷의 소매를 거의 다 끝마쳤단다.」

「어머! 그동안 저에게 해주신 게 얼마나 많은데요.」

「그런 게 아니란다! 신부는 결혼식에 참석한 어느 누구보다도 예쁘게 차려입어야 하는 거야.」

「그런데 여기 편지를 가져왔어요, 베라 빠를로브나.」

편지 겉봉을 뜯으면서 빠블로브나의 안색이 초조한 듯 흥분되기 시작했다. 봉투에는 뻬쩨르부르그 시 우체국 소인이 찍혀 있었다. 「어쩌면 이럴 수가. 그가 모스끄바에 없다니?」 그녀는 황급히 편지를 펼쳤다. 그녀의 얼굴이 창백해졌고 편지를 든 양손이 힘없이 밑으로 떨어졌다. 「아냐, 그럴 리가 없어. 그곳에서 보낸 편지를 받아 본 적이 없어.」 그녀는 편지를 든 손을 끌어올렸다. 이 모든 것이 2초 동안에 일어났다. 그녀는 편지를 다시 찬찬히 읽어 내려갔다. 그리고 그중의 몇 줄을 한동안 꼼짝하지 않고 바라보았다. 그녀의 밝은 표정들이 차츰 어두워져 가고 있었다. 신경이 마비된 듯 그녀의 손에서 편지가 탁자 위로 떨어졌다. 그리고 그녀는 두 손으로 얼굴을 감싸고 울기 시작했다. 「난 무얼 했지? 난 무얼 했지?」 그녀는 짧게 외치며 흐느꼈다.

「베로치까!⁴ 무슨 일이 있었소? 왜 그렇게 슬피 우는 거요? 언제부터요? 대체 무슨 일이오?」 젊은 남자가 빠르게 그러나 품위 있고 조심스런 걸음으로 방으로 들어왔다.

「탁자 위에 있는 걸 읽어 보세요.」 그녀는 이제 더 이상 울고 있지 않았다. 그러나 숨조차 쉬지 않는 듯 꼼짝하지 않았다.

젊은 남자는 편지를 집었다. 그는 곧 얼굴이 창백해졌고 손을 떨었다. 그는 멍하니 한참 동안 — 비록 그 시간은 짧았지만 — 편지를 바라보았다. 거기에는 다음과 같이 씌어 있었다. 〈내가 당신 마음의 평안을 해쳤나 보오. 나는 이제 그만 무대에서 사라지려고 하오. 나의 결정에 만족해 하고 있소. 당신들 둘을 변함없이 사랑하오. 안녕.〉

젊은 남자는 오랫동안 그대로 서 있었다. 그는 간간이 이마를 문질렀다. 그리고 콧수염을 꼬기 시작했다. 그리고 외투의 소맷자락을 물끄러미 바라보더니 마침내 생각을 정했는지 마치 혼수 상태에 빠진 듯이 꼼짝 않고 있는 젊은 부인에게 한 걸음 다가가서 그녀의 손을 잡았다.

「베로치까!」

그러나 그의 손이 그녀의 손에 닿자마자 그녀는 감전된 것처럼 공포에 가득 찬 비명을 지르며 튕겨 일어났고 격렬하게 그를 밀치며 물러섰다.

「썩 없어져요. 내게 손대지 말아요. 당신은 피로 얼룩졌어요! 그의 피가 당신을 덮었어요! 나는 당신을 보는 것을 참을 수가 없어요! 당신에게서 떠나겠어요. 없어질 거예요! 어서 나가요!」 그녀는 거부하는 몸짓으로 허공을 밀고 또 밀었다. 그리고 갑자기 그녀는 비틀거렸고 팔걸이 의자에 무너져 내리듯 주저앉았다. 그녀는 두 손으로 얼굴을 감쌌다.

「나에게도 그의 피가! 나에게도! 당신에겐 죄가 없어요.

---

4 베라의 애칭.

오직 나한테, 나한테만! 모두 내가 저지른 일이에요!」 그녀는 서럽게 울었다.

「베로치까!」 그는 부드럽게 불렀다.

그녀는 고통스러운 듯 한숨을 내쉬었다. 그리고 억제된 떨리는 목소리로 간신히 말했다. 「나 혼자 있게 해주세요. 한 시간 뒤에 다시 와주세요. 그때쯤이면 가라앉을 거예요. 물 한 컵 주세요. 그리고 가세요, 어서요!」

그는 잠자코 그녀의 말에 따랐다. 그리고 그의 방으로 가서, 15분전만 해도 평온하고 느긋하게 앉아 있던 그의 책상에 다시 앉았다. 그는 펜을 들었다. 〈이럴 때일수록 더욱 침착해야 돼. 나는 의지력을 갖고 있어. 모든 것은 다 잘될 것이다.〉 펜은 그의 의지와 관계없이 계속 움직였다. 〈다시 시작할 수 있을까? 그것은 무서운 일이야! 행복은 끝난 거야!〉

「이젠 괜찮아요. 같이 이야기해요.」 옆방에서 그녀의 목소리가 들려왔다. 젊은 부인의 목소리는 낮았지만 확고했다.

「우리 이제 헤어져야 할 것 같아요. 결심했어요. 그것이 어려운 일인 줄은 알지만 서로 마주하는 것은 더 힘들 거예요. 당신을 위해서 그를 죽였어요!」

「베로치까! 왜 당신이 죄책감을 느껴야 하는 거지?」

「말하지 마세요. 그리고 나를 판단하지 마세요. 그러지 않으면 나는 당신을 경멸할 거예요! 나······ 나는 그 모든 것에 책임이 있어요. 나는 비난받아 마땅해요. 당신에게 그것이 어려운 일이라는 것을 알면서도 그런 결정을 한 나를 용서하세요. 물론 나 역시 힘들어요. 그러나 다른 방도가 없어요. 이제 곧 당신도 그렇게 하는 것이 최선이었다는 것을 아시게 될 거예요. 이것은 움직일 수 없는 사실이에요. 아뇨, 오직 듣기만 하세요. 나는 곧 뻬쩨르부르그를 떠나겠어요. 지난 일들을 상기시키는 곳에서 멀리 떨어져 있는 것이 차라리 쉬울 것 같아서예요. 내 물건들을 처분하겠어요. 내게 가진 돈이 얼마 있으니 당분간은 살 수 있을 거예요. 어디로 갈 거냐고요? 뜨베르, 니쥐니 노브고로드요. 잘 모르는 곳이긴 하지만 어차피 마찬가지예요. 피아노 레슨을 해볼 참이에요. 학생들을 찾는 것은 어렵지 않을 거예요. 제법 큰 도시에 정착하게 되는 셈이니까요. 학생들을 못 찾으면 가정교사로 나갈 생각도 있어요. 그리고 그런 일이 없기를 바라지만 꼭 필요하다면 당신에게 알리겠어요. 아무튼 그동안 모아 둔 돈이 얼마쯤 있으니 안심하세요. 내가 인색한 편이긴 하지만 제법 값나갈 만한 장신구들도 많잖아요. 궁해지면 그것들을 팔아서 쓸 생각이에요. 듣고 계세요? 당신이 돕겠다면 굳이 막진 않겠어요. 당신이 아직도 나를 소중히 여기신다면 지금 내가 한 말들을 기억해 주세요. 이제 우리 영원히 헤어지는 거예요. 가세요! 아까도 말했지만 혼자 있는 편이 오히려 내겐 쉬워요. 나는 모스끄바로 떠나겠어요. 우선 거기 가서 가르칠 학생들을 찾기 쉬운 지방 도시를 물색하겠어요. 내일이면 난 여기 있지 않을 거예요. 그때에 돌아오세요. 나를 배웅하러 정거장에 나오실 필요는 없어요. 아니, 나오지 마세요. 안녕. 작별의 표시로 내게 손을 주세요. 마지막을 잡아 보게요.」

그는 그녀에게 키스하려고 했으나 그녀가 그를 제지시켰다.

「그건 안 돼요. 불가능해요. 그건 그를 모독하는 게 돼요. 손을 주세요. 내가 손을 잡으면 따뜻한지 보세요. 그리고 나를 용서하세요.」

그는 그녀의 손을 꼭 쥐고 놓지 않았다.

「이거면 충분해요! 가세요!」 그녀는 손을 뺐다. 그는 저항하지 않았다. 「용서하세요!」 그녀는 아주 부드럽게 그를 쳐다보았다. 그리고 돌아서서 단호한 걸음으로 그녀의 방으로 갔다.

그가 모자를 찾기 시작한 것은 꽤 시간이 지난 뒤였다. 그는 여섯 번이나 모자를 만지작거렸지만 손에 쥐고 있는 것을 깨닫지 못했다. 마치 술 취한 사람 같았다. 이윽고 그는 그가 찾고 있는 것이 그의 손에 들려 있는 것을 확인하자 방 안으로 들어가 코트를 꺼내 입고 현관 쪽으로 걸어갔다. 그때 뒤에서 그를 쫓아오는 소리가 들렸다. 「내게 오는 게 누굴까? 마샤겠지. 베라에게 좋지 않는 일이 생긴 게 틀림없어!」 그는 뒤돌아보았다. 그 순간 베라 빠블로브나가 그에게 달려와 그의 목을 꽉 껴안았다. 그리고 미친 듯이 열정적으로 그에게 키스를 퍼부었다.

「아니에요. 참을 수가 없었어요. 내 사랑! 영원히 안녕!」

그녀는 황급히 돌아섰고 곧 침대에 몸을 던졌다. 그리고 그동안 참았던 눈물을 펑펑 쏟았다.

3
서론에 대신하여

「이 소설의 주제는 사랑이고 한 여성이 그 주인공이지요. 지금까지의 이야기는 아주 훌륭합니다. 비록 줄거리가 무척 빈약한 편이지만 말이에요.」 나의 여성 독자는 이렇게 말한다.

그러면 나는 〈그 말은 사실입니다〉라고 대답한다.

그러나 앞의 줄거리를 읽은 남성 독자들은 그와 같은 연약한 결론을 내리지 않는다. 아마도 남자의 사고 능력은 여자의 사고 능력보다 천성적으로 강하게 발달되어 있기 때문인 듯하다. 그는 말한다. (물론 여자도 매우 그럴듯하게 생각한다. 그러나 여자들은 그것에 대해서 말하고 싶어하지 않는다. 그러니 내가 그녀와 논쟁을 벌일 필요는 없는 셈이다.)

「나는 총을 쏜 신사가 자살하지 않았다는 것을 압니다.」 그러면 나는 〈압니다〉라는 그 말을 붙들고 이야기한다. 「당신은 그것을 알지 못합니다. 왜냐하면 당신은 거기에 대해서 아직 아무런 설명도 듣지 못했기 때문입니다. 당신이 안다고 하는 것은 고작 당신이 들은 것뿐입니다. 당신은 그것에 대해서 그 이상 아무것도 알지 못합니다. 내가 당신을 모욕하고 부끄럽게 했다는 것조차 말입니다. 그런데 나의 소설은 바로 거기에서 시작하고 있는 것입니다. 그러나 당신은 그게 무엇인지 모르고 있습니다. 그렇지요? 자, 그러면 이제 내가 이야기하도록 하지요!」

알다시피 이 소설의 앞 부분은 내가 민중에 대해서 아는 것이 별로 없다는 것을 보여 준다. 나는 소설가들이 흔히 사용하는 잔재주를 민첩하게 그대로 썼다. 곧 나는 이 소설의 중간과 끝 부분에서 잘라 낸 극적 장면에서 나의 이야기를 시작하였다. 그리고 적당히 연막을 피워 중요한 부분을 은폐시켰다. 그러나 여러분, 민중은 영리하다. 아니, 훨씬 더 지혜롭다. 그러나 여러분은 특별한 분별력이나 재치를 가지고 있지 않다. 따라서 이 소설이 읽을 만한 가치가 있는지 없는지에 대해서도 말할 수 없다. 여러분의 직감은 약하다. 그러므로 여러분에게 도움이 필요하다. 거기에는 두 가지 방식이 있다. 작가의 이름을 참고로 하거나 소설이 효과적으로 구성되어 있는지 어떤지를 살펴보는 것이 그것이다. 이제 그 소설의 처음 이야기로 돌아가 보자. 여러분은 이 소설의 작가가 예술적 재능을 갖고 있는지 없는지에 대해서 — 여러분 주위에는 이미 예술적 재능을 인정받은 작가들이 많이 있다! — 판단할 만한 능력을 갖고 있지 않다. 그리고 나의 이름은 아직 여러분의 관심을 끌고 있지 못하다. 그러므로 나는 할 수 없이 소설 구성의 효과를 미끼로 해서 여러분에게 낚시를 던지지 않을 수 없었던 것이다. 그것에 대해서 나를 비난하지 말아 달라. 오히려 책망받아야 할 사람은 여러분인 것이다. 바로 여러분의 그 단순한 심성 때문에 나는 이런 사소한 일에 매달리지 않을 수 없었던 것이다. 그러나 지금 여러분은 내 손에 잡혀 있다. 이제야 비로소 나는 나의 판단에 따라 아무런 술수 없이 나의 이야기를 연장할 수 있게 된 것이다. 이제부터 의심스러운 부분은 전혀 존재하지 않을 것이다. 여러분은 마음만 먹으면 언제든지 단번에 20페이지 앞을 내다볼 수 있으며 또 모든 상황의 결과를 미리 알 수 있을 것이다. 이제 이 소설 첫머리에서 여러분에게 결론부터 말하자면, 모든 것이 술과 노래와 함께 즐겁게 끝나리라는 것이다. 극적인 효과나 장식 어구 같은 것은 없을 것이다. 작가는 장식 어구 같은 것을 좋아하지 않는다. 작가는 늘, 여러분의 머릿속에 존재하는 카오스가 어떤 것일까, 그리고 늘 여러분의 혼동된 생각들로 말미암아 사람들은 또 얼마나 많은 고통을 받고 상처를 입을까에 대해서 생각할 뿐이다. 여러분을 바라보노라면 나는 연민과 웃음을 동시에 느낀다. 여러분은 어찌할 바를 모르고 있거나 잔뜩 화가 나 있기 일쑤이기 때문이다.

  나는 여러분과 함께 있으면 마음이 아프다. 여러분이 사람들에게 너무도 짓궂은 것을 종종 보는데 사실 따지고 보면 여러분 자신이 바로 민중이기 때문이다. 여러분은 왜 그다지도 자기 자신에게 짓궂은가? 이것이 내가 여러분을 꾸짖는 바로 그 이유이다. 그러나 여러분이 짓궂은 것은 다름이 아니라 바로 여러분의 정신적 무력감 때문이라는 것을 나는 안다. 그러므로 나는 여러분을 나무라면서 동시에 돕지 않을 수 없다. 그렇다면 여러분을 돕는다고 할 때 첫번째로 해야 할 것은 무엇인가? 그것은 지금 여러분이 다음과 같이 생각하고 있는 바로 그 문제에 대해서 해명을 하는 것이다. 〈나에게 이처럼 뻔뻔스럽게 말하고 있는 이 사람은 도대체 어떤 작가일까?〉 내가 어떤 사람인지 당신에게 말하겠다.

나는 예술적 재능이라고는 눈곱만큼도 소유하고 있지 않다. 또 훌륭한 언어를 구사하는 데 숙련되어 있지도 않다. 그러나 이런 것은 별로 중요한 것이 아니다. 우선 읽어 보라. 여러분은 많은 이득을 얻게 될 것이다. 진리는 좋은 것이다. 진리는 그것에 봉사하는 작가의 결점들을 보상해 준다. 그러므로 내가 만일 여러분에게 경고하지 않는다면, 어쩌면 여러분은 나의 소설이 예술적으로 씌어졌다거나 이 작가는 위대한 시적 재능을 소유하고 있다고 생각할지도 모른다. 그러나 나는 아무런 재능도 갖고 있지 않다는 것을 분명히 경고한다. 이제 곧 여러분은 이 소설에 들어 있는 모든 훌륭한 점들이 바로 이 소설의 진실성에서 나온 것임을 알게 될 것이다.

앞에서 나는 여러분의 의표를 찌른 셈인데 이 소설의 끝부분에 대해서도 언급을 해야 한다고 생각한다. 아무리 여러분이 추측하기를 좋아한다고 하더라도 여러분이 이 소설이 의도되고 목적되는 바를 이해할 충분한 능력을 갖고 있지 않기 때문이다. 내가 예술적 재능이라고는 눈곱만큼도 없고 나의 소설이 별로 특별한 양식도 갖고 있지 않다고 말했다고 해서 내가 여러분의 위대한 소설가들에 견주어 형편없다거나 나의 소설이 그들의 소설만 못하다고 미리 결론을 내리지는 말아 달라. 나는 그런 것을 말하고 있는 게 아니다. 나는 오히려 나의 소설이 재능이 있는 다른 사람들의 작품에 견주어 틀에 덜 박혀 있다고 말하는 것이다. 장점에 관해서 말하기로 친다면, 여러분은 감히 나의 소설을 여러분이 좋아하는 유명한 작품들과 같은 반열에 올려놓아도 좋을 것이다. 도리어 여러분이 나의 작품을 더욱 높이 올려놓는다고 해도 그것은 조금도 지나치거나 잘못한 것이 아니다. 그들의 작품보다

이 작품이 더욱 예술적이기 때문이다. 여러분은 이 소설에 대해서 안심해도 좋다.

이제 여러분은 나에게 감사할 것이다. 그리고 여러분을 업신여겼던 사람에게 복종할 것이다. 또 경의를 표할 것이다.

여러분 속에는 내가 중요하게 평가하는 어떤 계급, 곧 민중 — 현재 그 수는 상당히 많다 — 이 있다. 나는 전적으로 여러분 대다수에 속해 있다. 그리고 내가 말하고 있는 사람들은 오직 대다수인 여러분이다. 사실 앞에서 나는 좀더 겸손하고 두려움을 갖고 말했어야 했다. 그러나 새삼스럽게 구차한 설명을 할 필요를 느끼지는 않는다. 왜냐하면 나는 그들, 민중의 주장을 자랑스럽게 생각하고 있기 때문이다. 그리고 그들이 내 편이라는 것을 전부터 잘 알고 있다. 선하고 강하고 정직하고 현명한 여러분은 이제 우리들 가운데서 일어나기 시작했다. 여러분의 수효는 결코 적지 않다. 여러분은 점점 성장하고 있다. 만일 여러분이 참된 민중이라면 나는 아무것도 쓰지 않았을 것이다. 마찬가지로 만일 여러분이 존재하지 않았다면 내가 이 소설을 쓰는 것은 전혀 불가능했을 것이다. 그러나 여러분은 아직 민중이 아니다. 여러분은 민중의 일부분일 뿐이다. 그러므로 나는 써야만 하고 또 쓸 수 있는 것이다.

제1장
베라 빠블로브나의 소녀 시절

1

베라 빠블로브나의 교육은 매우 평범했다. 그러나 그녀가 의대생 로뿌호프를 알기 전까지 그녀의 생활은 특별히 훌륭하진 않았지만 남달랐다. 그때 그녀의 행동에는 비범한 것이 보이곤 했다.

베라 빠블로브나는 사도바야 거리와 세메노프스끼 다리 사이에 있는 고로호바야 길가의 다층집에서 자랐다. 현재 이 집에는 그 고유 번호가 매겨져 있지만 1852년 당시에는 아직 거리의 번지수조차 제대로 정해지지 않은 형편이어서 다만 〈관청 참사관 이반 자하루이치 스또레쉬니꼬프의 저택〉이란 명각이 붙어 있을 뿐이었다. 그러나 이반 자하루이치 스또레쉬니꼬프는 이미 오래전인 1837년에 죽었고 그 뒤로 이 집의 소유주는 그의 아들인 미하일 이바노비치였다. 그러나 세입자들은 그것이 문서상으로만 그러할 뿐, 실제의 소유주는 안나 뻬뜨로브나임을 잘 알고 있었다.

이 집은 현재도 그렇지만 당시에도 무척 커서 대문 두 개와 한길 쪽으로 난 조그만 사잇문 네 개가 있었고 뒤켠에는 뜰이 셋이나 되었다. 한길에서 들어오는 큰 사잇문에는 현재 (1860년)와 마찬가지로 1852년에도 여주인과 그녀의 아들이 살고 있었다. 안나 뻬뜨로브나는 그때나 지금이나 사회의 명사이다. 그리고 미하일 이바노비치는 그때에는 똑똑하고 잘생긴 미남 관리에 불과했지만 지금은 저명한 육군 장교가 되어 있었다.

첫번째 뜰의 어둠침침하고 먼지투성이인 뒷문으로 들어오다 보면 4층 오른쪽으로 방이 보이는데 지금은 누가 살고 있는지 모르지만 1852년에는 이 집의 관리인이면서 참을성 있고 전형적인 러시아 사람인, 빠벨 꼰스딴찌노비치 로잘스끼와 그의 아내인 키가 크고 마른, 그러나 강인한 마리아 알렉세예브나, 그리고 그들의 다 큰 딸 빠블로브나와 아홉 살짜리 어린 아들 표도르가 살고 있었다.

빠벨 꼰스딴찌노비치는 이 집을 관리하는 일 이외에도 관청에서 서기보로 근무했다. 그러나 서기보 자리는 그에게 봉급 한푼을 가져다 주지 않았고 다만 집에서 약간의 수입이 있을 뿐이었다. 어느 누구도 그보다는 수입이 많았다. 그러나 그는 그 자신이 말하듯 양심을 지키며 살았다. 이 집의 여주인은 그에 대해서 매우 만족했다. 이 집을 관리하는 14년 동안 그는 약 만 루블의 돈을 벌었다. 이 돈 가운데 여주인의 주머니에서 나온 돈은 더도 덜도 아닌 3천 루블뿐이었고 그 나머지는 이 돈을 굴려서 번 것이었다. 그리고 그는 여주인에게 손해를 입히는 일은 하지 않았다. 빠벨 꼰스딴찌노비치는 돈을 빌려줄 때 꼭 재산을 저당 잡고 빌려 주었다.

마리아 알렉세예브나 역시 돈을 약간 갖고 있었다. 그녀는 그녀의 수다쟁이 친구들에게 약 5천 루블쯤 갖고 있다고 말했으나 실제로는 더 많이 갖고 있었다. 이 돈의 밑천은 15년 전에 너구리 가죽으로 만든 옷과 관리였던 그녀의 오빠가 남겨 준 가구 몇 점을 팔아서 모은 백50루블이었는데 그녀 또한 이 돈을 임차인에게 보증을 세우게 하고 빌려 주는 방법으로 불리기 시작했다. 그러나 그녀의 방법은 그녀의 남편보다 위험 부담이 더 많았고 여러 번 낚싯밥에 걸리기도 했다. 한 번은 어떤 불량배가 여행증을 맡기고 그녀에게 5루블을 빌어 갔는데 그 여행증이 훔친 장물로 밝혀져 그녀는 추가로 15루블이 넘는 돈을 치르고서야 그 사건에서 벗어날 수 있었다. 또 어떤 무뢰한이 그녀에게 황금 시계를 저당 잡히고 20루블을 가져간 적이 있는데 이 시계가 살해된 자로부터 훔친 것으로 판명돼 이 사건에서 누명을 벗기 위해 상당한 돈을 허비하지 않으면 안 되었다. 그러나 남편의 주의 깊은 담보물 검사로 이런 위험을 피한 적도 있지만 때때로 손해를 입기도 했다. 그런데도 그녀의 돈은 더욱 빠른 속도로 불어났다. 그런데 돈을 모으는 그녀의 비상한 솜씨들이 아홉 살 짜리 베로치까에게 간파되고 말았다. 만일 그녀의 딸이 조금만 더 컸더라도 마리아 알렉세예브나는 그런 짓을 하지 않았을 것이다. 그러나 당시 그녀는 〈왜 하면 안 돼? 그 애는 아직 아무것도 모르는데〉 하고 그다지 대수롭지 않게 생각했다. 실제로 어린 베로치까 혼자서는 그것을 이해하지 못했을 것이다. 그러나 요리사가 그녀에게 아주 자세히 설명해 준 덕에 그것을 알게 되었다. 물론 요리사 역시 아이들이 그런 것을 알아서는 안 된다는 것쯤 모를 리 없었다. 그러나 애인과 쏘다닌다고 마리아 알렉세예브나에게 호되게 매질을 당한 뒤로(요리사는 눈가가 늘 푸르둥둥 멍이 들어 있었는데 — 마리아 알렉세예브나의 주먹질 때문이 아니라 그녀 애인의 주먹질 때문이었다 — 이것은 좋은 면을 갖고 있었다. 눈이 지저분한 요리사는 높은 임금을 안 주어도 되기 때문이다) 그녀는 잔뜩 화가 나 있어 홧김에 그만 어린 베로치까에게 그것을 말해 버린 것이었다. 오래전에, 그러니까 베로치까가 열 살 되던 해에 마리아 알렉세예브나가 오랫동안 만나 보지 못했던 절친한 한 부인이 잘 차려입고 잔뜩 멋을 내고 찾아온 적이 있었다. 그녀는 조용히 일주일 동안 머물렀는데 그간 줄곧 민간인 차림의 한 남자가 그녀를 만나러 왔다. 그 멋진 신사는 베로치까에게 사탕과 예쁜 인형을 선물했으며 또한 조그만 책 두 권을 그녀에게 주었다. 두 권 모두 그림책이었는데 그중의 한 권에는 예쁘고 작은 그림들 — 동물들과 도시들의 그림들 — 이 들어 있었다. 그리고 다른 책은 그 신사가 떠난 뒤에 마리아 알렉세예브나가 빼앗아 갔다. 그래서 그녀는 그 책의 그림들을 딱 한 번밖에 못 보았는데 그것도 그 신사가 거기에 있을 때였다. 그때 그는 손수 그림들을 그녀에게 보여 주었다. 이 부인과 함께 지낸 약 일주일 동안 집안은 아주 조용했다. 마리아 알렉세예브나는 그 주일 내내 한 번도 찬장(보드까 술병이 놓여 있는)에 오지 않았다. 그곳의 열쇠는 늘 그녀가 지니고 있었다. 그녀는 요리사를 매질하지 않았고 베로치까를 때리지도 않았다. 그리고 전처럼 큰 소리로 욕하지도 않았다. 그러던 어느 날 그 손님들이 비명을 지르고 왔다 갔다 하며 집안에서 한바탕 소동을 피우는 바람에 베로치까는 제대로 잠을 잘 수가 없었다. 아침에 마리아 알렉세예브나는 찬장으로 가더니 보통 때보다 오랫동안 그 앞에 서 있었다. 그리고 계속 뭐라고 중얼거렸다. 「신에게 영광을! 모든 게 다 잘될 거야. 신에게 영광을!」 그리고 그곳으로 요리사를 부르더니 다음과 같이 말하는 것이었다. 「건강도 하지, 마뜨리오누쉬까. 너는 참 일을 열심히 했었지.」 그녀는 찬장을 갔다 오고 나서, 전처럼 주먹질을 하는 대신에 베로치까에게 키스를 하고 낮잠을 잤다. 이 일이 있은 뒤로 집은 일주일쯤 조용했고 손님들도 더는 비명을 지르지 않았다. 그러나 그녀는 그 부인이 그 방을 떠날 때까지 그 방에서 한 발짝도 떼지 않았다. 그 부인이 떠나고 난 지 이틀 뒤에 그 자리에 없던 한 민간인 차림의 남자가 경찰관과 함께 왔는데 그는 쩌렁쩌렁 울리는 목소리로 마리아 알렉세예브나를 호되게 꾸짖었다. 그러나 마리아 알렉세예브나는 그에게 굽히지 않고 잡아뗐다. 「나는 당신이 뭘 하시는 분인지 전혀 모르겠습니다. 누가 나의 집에 머물렀는지 기록 대장을 보시면 잘 알 것입니다.[5] 쁘스꼬프 상인의 부인인 사바스짜노바 부인과 내 친구 하나가 여기에 있었습니다. 그것이 거기에 기록된 전부입니다.」 그 민간인 차림의 남자는 온갖 욕을 있는 대로 다 퍼붓고 그곳을 떠났다. 그리고 다시는 오지 않았다. 베로치까는 이것을 모두 목격했다. 그러나 그런 사건은 오직 한 번뿐이었다. 그 밖에 다른 일들이 있었지만 그와 똑같은 일은 없었다.

베로치까가 열 살 때인 어느 날, 그녀가 어머니와 함께 똘꾸치 시장에 갔다가 고로호바야 거리를 돌아 사도바야 거리로 오고 있을 때 예기치 못한 손찌검을 당했다. 그리고 심한 꾸중을 들었다. 「교회를 보면서도, 이 바보야, 왜 성호를 긋지 않니? 왜! 너는 착한 사람들이 성호를 긋는 것을 보지도 못하니?」

베로치까가 열두 살 되었을 때 그녀는 학교에 다니기 시작했고 주정뱅이인 독일인 피아노 선생이 그녀를 가르치러 왔다. 술주정만 아니라면 그는 매우 좋은 사람이었고 우수한 음악가였다. 그러나 그 주벽 때문에 그의 보수는 매우 낮았다.

그녀가 열네 살이었을 때 그녀는 가족들 옷을 만들기 위해

---

[5] 법에 따라 거주 건물의 주인은 거주자의 이름과 거주 기간을 기록한 기록 대장을 가지고 있어야만 했다.

서 바느질을 하곤 했다. 그러나 그녀의 가족은 많지 않았다.

베로치까가 열여섯 살이 되자 그녀의 어머니는 다음과 같은 식으로 잔소리하기 시작했다. 「얼굴 좀 씻어라. 꼭 집시년 같구나. 하긴 씻어 봐야 뭐 깨끗해지기나 하려고. 허수아비처럼 너저분하니. 뉘 집 아이가 이런지 원.」 그녀는 황갈색 피부빛 때문에 늘 놀림감이 되었다. 그리고 그녀도 자신이 몹시 못생겼다고 생각하는 데에 익숙해져 있었다. 그때까지 그녀의 어머니는 그녀에게 거의 넝마나 다름없는 기운 옷들을 입혔다. 그러나 이제 그녀는 딸에게 좋은 옷을 주기 시작했다. 그래서 베로치까는 예쁜 옷을 입고 어머니와 함께 교회에 가곤 했다. 그리고 그때마다 그녀는 이렇게 생각했다. 〈이 좋은 옷들은 다른 사람에게나 어울릴 거야. 아무리 좋은 옷을 입어도 나는 언제나 집시고 허수아비인걸 뭐. 내가 실크옷을 입다니, 차라리 옥양목 옷을 입는 게 낫지. 하지만 예쁜 것은 좋은 거야. 그동안 얼마나 예쁘게 차려입고 싶었는데!〉

베로치까가 열여섯 살이 꽉 찼을 때에 그녀는 피아노 레슨을 그만두었고 학교에도 나가지 않았다. 그 대신 바로 그 학교에서 가르치기 시작했다. 뒤에 그녀의 어머니는 딸에게 다른 선생을 대주었다. 그리고 딸을 집시와 허수아비라고 부르기를 그만둔 지 꼭 6개월 만에 그녀는 딸에게 전보다 훨씬 더 우아한 옷을 입혔다. 그러자 요리사 — 그녀는 전에 늘 검푸른 눈을 해가지고 있었던 요리사 이후 세 번째 요리사였다. 그녀는 늘 그런 건 아니지만 이따금씩 얼굴에 생채기가 나 있곤 했다 — 가 베로치까에게 넌지시 말했다. 그녀의 아버지가 다니는 관청의 장관이 그녀에게 구혼하려고 하는데 국왕의 서훈을 받은 아주 유명한 다른 장관이 똑같은 생각을 갖고 있다고. 실제로 관청의 관리들은 그 장관이 베로치까의 아버지 빠벨 꼰스딴찌노비치에게 매우 상냥해졌다고 수군댔다. 그 장관은 그의 친구들에게 그녀가 비록 지참금을 가지고 있지 않지만 그는 아름다운 부인을 맞이할 것이라고 자신 있게 말했고, 빠벨 꼰스딴찌노비치 역시 그를 훌륭한 관리라고 입에 침이 마르도록 칭찬했다.

이 일이 어떻게 끝났는지는 알 길이 없지만, 그러나 관청의 그 장관이 오랫동안 뜸을 들이는 동안에 다른 기회가 다가왔다.

여주인의 아들이 그의 어머니가 거실을 다시 도배하려고 하니 벽지 견본을 가지고 오라고 직접 빠벨 꼰스딴찌노비치에게 전하러 왔던 것이다. 이제까지 그런 명령은 모두 수위를 통해서 전달되었었다. 확실히 이번과 같은 경우는 마리아 알렉세예브나와 그녀의 남편처럼 민첩하지 못한 이들에게도 사태를 짐작하기에 충분할 만큼 특별한 것이었다. 주인 아들은 한 시간 반 이상이나 자리에 앉았었고 그들에게 함께 차를 마시는 영광을 주었다. 그것은 꽃차였다. 다음날 마리아 알렉세예브나는 저당물로 잡혔다가 찾아가지 않은 목걸이를 딸에게 주었다. 그리고 그녀를 위해서 매우 비싼 새 옷 두 벌을 주문했다. 옷감 값만도 40루블과 52루블이 들었는데 옷의 주름을 잡고 늑재를 붙이고 최신 유행으로 한껏 멋을 내도록 디자인하는 데에 든 것을 합해서, 마리아 알렉세예브나가 그녀의 남편에게 말한 대로 치면, 모두 백34루블이나 들었다. 그러나 베로치까는 실제로 백 루블이 채 안 들었다는 것을 잘 알고 있었다. 그녀가 직접 거래하는 것을 보고 셈한 바로는 백 루블이면 충분히 두 벌의 옷을 지을 수 있기 때문이었다. 베로치까는 새 옷과 목걸이를 받고 기뻤다. 그리고 그녀의 어머니가 마침내 꼬롤리예프의 구둣가게에서 그녀의 구두를 사는 것에 동의했을 때 그녀는 그 어느 때보다도 즐거웠다. 똘꾸치 시장에서 산 신발은 모양이 형편없었지만 꼬롤리예프의 가게에서 산 신발은 발에도 잘 맞고 매우 아름답기 때문이었다.

새 옷은 쓸데없이 산 것이 아니었다. 여주인의 아들은 관리인의 집에 오는 일이 잦았고 그럴 때면 자연히 관리인이나 그의 아내보다 그들의 딸과 이야기를 하곤 했다. 그들은 겉으로 드러나지 않게 그에게 가능한 한 모든 기회를 제공했다. 그리고 어머니는 딸에게 반복할 것도 없이 단 한 번이면 충분한 여러 가지 충고 — 그것이 어떤 내용인지는 곧 쉽게 상상할 수 있으리라 — 를 해주었다.

어느 날, 저녁 식사가 끝난 뒤에 어머니가 딸에게 말했다. 「베로치까, 옷을 입어라. 제일 예쁜 것으로. 내가 너를 위해서 깜짝 놀랄 일을 준비했단다. 우리 함께 오페라 극장에 가는 거다. 귀부인들이 들어가는 2층 특별석 표를 사두었다. 이건 순전히 너를 위해서야, 이 작은 거위야! 이것이 내가 네게 돈을 낭비하는 마지막이야. 네 아버지가 그렇게 하지 않았으면 벌써 뱃속에 처넣었을 돈을 네게 얼마나 많이 쓰셨더냐! 너를 학교에 보내고 피아노 레슨받게 한다고 쓴 돈은 또 얼마고? 그런데 너는 그런 것에 조금도 고마워할 줄을 몰라. 이 은혜를 모르는 망나니 같으니라고. 너는 영혼도 없니, 이 철부지 계집애야!」 그것이 마리아 알렉세예브나가 말한 전부였다. 그녀는 딸에게 더 이상 욕을 퍼붓지 않았다. 그리고 그것은 욕이라고 할 수 없는 거였다. 마리아 알렉세예브나는 베로치까에게 〈말할〉 뿐이었다. 관청 장관과의 혼담에 대한 소문이 주위로 퍼진 뒤로 그녀는 딸에게 욕하거나 때리지 않았다.

그들은 오페라 극장에 갔다. 1막이 끝난 뒤에 여주인의 아들이 친구 둘을 데리고 그들이 있는 칸으로 왔다. 한 사람은 문관으로 마른 편이나 우아했다. 다른 사람은 군인이었는데 살이 찌고 매력과는 거리가 멀었다. 그들은 좌석을 잡고 자리에 앉았다. 그리고 한동안 자기들끼리 떠들었다. 여주인의 아들과 문관은 말을 많이 했고 군인은 다소 적게 했다. 마리아 알렉세예브나는 그들이 말하는 것을 들으려고 귀를 기울였다. 그녀는 그들이 하는 말을 또렷이 알아들을 수 있었지만 거의 아무것도 이해할 수 없었다. 그들이 프랑스 어로 말했기 때문이었다. 그녀는 그들의 대화에서 겨우 대여섯 단어만을 알아들을 수 있었다. 벨(아름다운), 샤르망(매력적인), 아무르(사랑), 보뇌르(행복). 그러나 벨, 샤르망 같은 단어를 몇 개 안다는 것이 무슨 소용이 있는가? 마리아 알렉세예브나는 이미 오래전에 그녀의 집시가 벨하고 샤르망하다는 것을 알았다. 아무르……. 마리아 알렉세예브나는 그가 사랑에 푹 빠졌다는 것을 알 수 있었다. 그리고 아무르가 있으면 마땅히 보뇌르가 있어야 한다. 그렇다면 이 단어들이 무슨 소용이란 말인가? 중요한 문제는, 그가 오래지 않아 청혼을 할 것인가, 아닌가였다.

「베로치까, 기분이 언짢은 모양이구나!」 마리아 알렉세예브나는 딸에게 속삭였다. 「왜 그들을 외면하니? 그들이 들어와서 불쾌하니? 그들은 네게 잘 보이려는 거야, 이 바보야! 프랑스 어로 결혼이 뭐지? 마리아주, 그렇지 베로치까? 그러면 신랑과 신부는 뭐지? 그리고 시집간다는?」

베로치까는 그녀의 물음에 차례로 대답했다.

「하지만 나는 그런 말들을 듣지 못했다. 베라, 네가 말한 게 틀림없니? 정신 좀 차려!」

「아니에요, 내 말이 맞아요! 엄마는 그들이 하는 말을 알아듣지 못해요. 집에 가요. 더 이상 여기 있고 싶지 않아요.」

「그게 무슨 말이냐? 못된 것!」 마리아 알렉세예브나의 눈에 핏발이 섰다.

「집에 가요. 나중에 엄마가 오고 싶을 때에 다시 와요. 하지만 지금은 여기 있고 싶지 않아요. 내가 왜 지금 가야 된다고 하는지 말할게요. 엄마! ― 이 소리는 모든 사람들에게 들릴 만큼 매우 컸다 ― 몹시 머리가 아파요. 여기선 견딜 수가 없어요. 제발 부탁이에요!」

베로치까가 일어섰다.

젊은이들은 당황했다.

「괜찮아질 거다, 베로치까.」 마리아 알렉세예브나가 엄하게 그러나 점잖게 말했다. 「자, 미하일 이바노비치와 복도를 걸으렴. 그러면 두통이 가라앉을 거다.」

「아뇨, 가라앉지 않아요. 몹시 아파요. 어서요, 엄마!」

그 신사들은 문을 열었다. 그리고 서로 베로치까의 팔을 부축하려고 하였다. 그러나 젊은 여자는 몹시 불쾌한 듯이 거절했다. 그들은 여자들의 옷자락을 쥐고 마차가 있는 곳까지 데리고 내려갔다. 마리아 알렉세예브나는 거만하게 거드름을 피우며 시종들을 바라보았다. 「이봐! 이분들이 어떤 분들인지 아나! 여기 이분은 내 사위가 될 사람이야. 나도 이제 자네들을 부리게 될 거라고. 흥, 그 주제에 감히 폼을 재긴, 못된 것들! 내가 자네들한테 본때를 보여 주지!」 그동안 그 〈사위〉는 그녀의 변변치 못하지만 자랑스러운 딸을 마차에 태우면서도 무엇인가 속삭이고 있었다. 「〈샹테〉는 건강을 뜻합니다. 〈사부아르〉는 〈나는 안다〉이고, 〈비지테〉는 러시아어와 같이 〈방문하다〉이지요. 〈페르메테〉는 〈용서하십시오〉입니다.」 마리아 알렉세예브나의 노여움은 그 말을 듣고서도 좀처럼 가라앉지 않았다. 그러나 그녀는 그 정도로 만족해야만 했다. 마차가 출발했다.

「그가 너를 태울 때 무슨 말을 하던?」

「내 건강이 염려되어 내일 아침에 방문하겠다고 했어요.」

베로치까는 가만히 있었다.

「너는 운이 좋은 계집애야.」마리아 알렉세예브나는 딸의 머리끄덩이를 약간 거칠게 잡아당겼다. 「네가 내일 얌전하게 굴면 네게 손을 대지 않을 거야. 오늘밤엔 잠이나 잘 자둬. 이 거위야! 괜히 훌쩍거렸다간 용서 못해! 내일 아침에 얼굴이 창백하다거나 울어서 눈이 부어 있기만 해봐, 가만두지 않을 거야. 그래. 지금처럼 하고 있어야 돼. 그러지 않으면 나는 참지 못할 거야. 네 예쁘고 귀여운 얼굴에 무슨 짓을 할지 몰라. 만일 이 기회를 놓치면 단단히 혼날 줄 알아.」

「전 이제 눈물을 흘리지 않아요. 엄마도 알잖아요.」

「그래 좋다. 하지만 그와 좀더 친해지도록 해봐라.」

「알겠어요. 내일 그와 얘기할 거예요.」

「그거 잘됐구나. 네가 이제야 제정신이 드는 모양이구나. 신을 두려워할 줄 알아야 돼. 네 엄마도 좀 불쌍히 여기고. 이 뻔뻔한 것아!」

10분이 지났다.

「베로치까, 나한테 화내지 마라. 다 너를 사랑해서 야단치는 거란다. 나도 내게 좋은 엄마이고 싶단다. 자식이 엄마한테 얼마나 소중한 것인지 너는 몰라. 너를 낳을 때에 배가 얼마나 아팠는지 아니? 베로치까, 감사하고 순종해라. 너도 그게 네게 좋다는 걸 알게 될 거다. 내가 이르는 대로 얌전히 굴어라. 그가 내일 청혼할 거야.」

「엄마는 잘못 알고 있어요. 그는 청혼할 생각을 갖고 있지 않아요. 엄마가 그들이 말하는 것을 들었더라면.」

「안다. 그들이 결혼에 대해서 얘기하지 않았다면 다른 거였겠지. 그렇지! 그들에게 그렇게 하는 거야! 이제 그들은 자기들이 선불리 잘못했다는 것을 알게 될 것이다. 우리는 그를 뿔난 숫양을 다루듯 온순하게 만드는 거야. 그를 자루에 담아 가지고 교회로 가서 수염을 잡아끌고 제단을 도는 거지. 그도 기뻐할 거야. 이런! 내가 말을 너무 많이 했구나. 젊은 여자는 이런 것을 알아선 안 돼. 그건 엄마의 일이야. 하지만 너는 순종해야 돼. 너는 아직 아무것도 몰라. 그래, 내가 이르는 대로 그와 얘기하겠니?」

「얘기할게요.」

「그리고 당신, 빠벨 꼰스딴찌노비치, 썩은 나무 밑둥처럼 가만히 앉아만 있으면 어떻게 해요! 얘한테 아버지로서 말 좀 해봐요. 엄마한테 순종해야 된다고, 엄마는 네게 조금도 해로운 것을 가르치지 않을 거라고 말이에요.」

「마리아 알렉세예브나, 당신은 영리한 여자야. 그러나 이 일은 좀 위험해. 조심하지 않으면 일을 크게 그르치고 말 거야.」

「바보! 그것도 칭찬이라고. 더구나 베로치까 앞에서! 당신에게 말을 시킨 내가 잘못이지. 〈냄새 맡기 싫으면 오물 근처에 가지 말라〉는 옛말이 하나도 틀리지 않아. 그만둬요! 자, 따지지 말고 대답해 봐요. 딸이 엄마한테 순종해야 돼요, 안 해야 돼요?」

「물론 순종해야지. 그런데 그게 무슨 말이오, 마리아 알렉세예브나?」

「어서 딸에게 아버지로서의 다짐이나 받아요.」

「베로치까, 만사에 네 엄마한테 순종해라. 네 엄마는 영리한 여자다. 경험이 많은 여자지. 네게 해로운 것을 시키지 않을 거다. 아버지로서의 명령이다.」

마차가 문 앞에 멈추어 섰다.

「그만 됐어요, 엄마. 그와 말하겠다고 말씀드렸잖아요. 몹시 피곤해요. 쉬어야겠어요.」

「가서 자거라. 성가시게 굴지 않을 테니. 하지만 내일은 생기가 돌아야 한다. 잘 자라.」

실제로, 그들이 층계를 오르는 동안 마리아 알렉세예브나는 아무 말도 하지 않았다. 그것은 그녀에게는 대단한 인내였다. 그리고 베로치까가 차를 마시고 싶지 않다며 자기 방으로 들어가자 그녀는 한껏 목소리를 낮추어 〈베로치까, 내게로 와라〉 하고 부르며 얼마나 성질을 죽이고 있었던가! 딸은 순종했다. 「잠자리에 들기 전에 네게 축복을 주고 싶구나, 베로치까. 머리를 숙여라.」 딸은 머리를 숙였다. 「내가 너를 축복하듯, 베로치까, 신께서도 너를 축복하시기를.」

그녀는 세 번 반복해서 축복을 주었다. 그리고 그녀의 손에 입맞추도록 손을 내밀었다.

「싫어요, 엄마! 오래전에 말했잖아요. 엄마 손에 키스하고 싶지 않다고. 이제 그만 가게 해주세요. 솔직히 말해서 기분이 좋지 않아요.」

다시 마리아 알렉세예브나의 눈에 화가 불길처럼 일어났다. 그러나 그녀는 자제했고 부드러운 목소리로 말했다. 「어리석은 소리 좀 작작하고, 그만 가서 자거라.」

방에 돌아온 베로치까는 생각에 몰두했고 한참이 지나서야 비로소 옷을 벗기 시작했다. 그녀는 팔찌를 빼서 손에 들고 한동안 가만히 앉아 있었다. 그리고 귀고리를 떼고는 다시 생각에 빠졌다. 마침내 그녀는 자신이 피곤하다는 것을 깨달았다. 거울 앞에 서 있을 수 없을 만큼 지친 그녀는 녹초가 되어 의자에 몸을 던졌다. 어서 빨리 옷을 벗어야겠다는 생각이 떠올랐지만 모든 게 귀찮아진 그녀는 옷 벗는 걸 그만두었다. 그때 마리아 알렉세예브나가 하인을 데리고 방으로 들어왔다. 하인의 손에는 아버지가 쓰는 큰 컵과 토스트가 들려 있었다.

「좀 들어라, 베로치까. 여기, 이것 좀, 몸 생각을 해야지! 내가 손수 가져왔다. 봐라, 엄마가 너 때문에 얼마나 조바심

내는지. 글쎄 차를 마시며 앉아 있는데 〈베로치까가 차를 마시지 않고 잠자리에 들었는데 어떡하지?〉라는 생각이 들지 않겠니. 그래서 여기 이렇게 차를 가져왔단다. 마시렴, 귀여운 녀석.」

베로치까는 어머니의 목소리가 이상하게 느껴졌다. 사실 그 목소리는 부드럽고 온화했다. 그러나 그녀는 전에 그런 목소리를 들어 본 적이 없었다. 그녀는 놀라서 엄마를 똑바로 쳐다보았다. 마리아 알렉세예브나의 뺨이 붉게 상기되어 있었고 눈빛이 불안정하게 흔들렸다.

「어서 마셔라. 앉아서 지켜보마. 네가 이 잔을 다 마시면 한 잔 더 갖다 주겠다.」

달콤하고 진한 크림이 반쯤 들어 있는 그 차는 베로치까의 식욕을 깨웠다. 그녀는 팔꿈치를 괴고 일어나 마시기 시작했다.

「건강할 때 차를 마시면 얼마나 달콤할까! 설탕과 크림을 좀더 넣으면 정말 맛있을 거야! 정말 향기로워! 전에 마셨던, 설탕을 조금 넣어 약 냄새나던 것과는 완전히 달라. 내가 돈을 많이 가지게 되면 늘 이런 차를 마시게 되겠지요? 고마워요, 엄마.」

「아직 자지 마라. 내가 한 잔 더 가져오마.」 그녀는 똑같이 맛있는 차를 타 가지고 돌아왔다. 「마셔라, 내가 여기 있을 테니.」 그녀는 잠시 아무 말도 않았다. 그런데 갑자기 이상한 목소리로 이야기를 늘어놓기 시작했다. 그것은 이따금씩 무슨 말인지 알아들을 수 없을 만큼 빨라졌다가 아주 느릿느릿해졌다가 다시 빨라지는 식으로 몇 차례 반복되었다.

「방금 네가 내게 고맙다고 했구나. 그러고 보니 네게서 그런 소리 들은 것도 참 오래간만이다. 너는 내가 독하고 까다롭다고 생각하겠지. 그래, 나는 독하다. 하지만 그러지 않을 수가 없었다는 걸 넌 모른다. 사실 나는 약한 여자다, 베로치까! 그래, 술을 석 잔 마셨더니 좀 약해졌나 보다! 내 나이를 생각해 보렴. 그리고 네가 내 신경을 볶은 것을 생각해 봐라. 네가 나를 얼마나 괴롭혔는지 아니? 그래서 이렇게 약해졌다. 내 생활은 몹시 고달프고 힘들다, 베로치까! 나는 너를 그런 식으로 살게 하고 싶지 않다. 부자가 돼라! 내가 겪은 고통을 한번 생각해 보렴, 베로치까! 너는 네 아버지가 관리인이 되기 전에 나와 네 아버지가 어떻게 살았는지 상상도 못할 거다. 가난했지, 그…… 그…… 그렇고말고, 참 지긋지긋하게도 가난했지! 하지만 그때는 정직했단다, 베로치까! 지금은 아냐. 아니, 난 내 영혼에 죄지은 적이 없다. 네게 거짓말하려고 그런 말하는 게 아니다. 그렇다고 지금 내가 정직하다고 말하는 것은 아니지만. 그게 무슨 말이냐고? 이미 모든 게 다 흘러 지나가 버렸다. 베로치까, 너는 학교 교육을 받았지만 나는 못 받았다. 그러나 나는 네 책에 무슨 말이 씌어 있는지 다 안다. 거기에는 다른 사람들이 네게 하는 식으로 그들을 대해서는 안 된다고 씌어 있다. 그들은 말하지, 〈너는 정직하지 못하다〉고. 그래 좋다. 그럼, 어디 네 아버지를 한번 보자. 그이는 네 아버지다. 그러나 나진까의 아버지는 아니었다. 그이는 가엾은 사람이다. 하지만 그땐 내 눈을 뽑아 버리겠다고 막 욕하며 법석을 떨었다. 그러나 내 성질도 어디 보통이어야지. 그래, 막 대들었다. 당신 기준으로 보면 난 좋은 아내는 아니라고, 하지만 나도 할 만큼은 했다고. 나진까가 태어났다. 어떻게 생겼냐고? 태어났으면 그 뒤에 어떻게 됐냐고? 내게 그런 일을 하도록 가르친 게 누구냐고? 어떻게 아버지가 그런 일을 했냐고? 그이에 비하면 내 죄는 아무것도 아니지. 그들은 내게서 그 아이를 뺏어 갔다. 그리고 고아원에 주어 버렸다. 그 아이가 어떻게 됐는지 나로선 전혀 알 수가 없다. 나는 그 아이를 보지도 못했다. 지금 그 아이가 살아 있는지 죽었는지 나는 모른다. 다만 그저 살아 있겠거니 믿을 뿐이다. 이제는 그런 생각해서는 안 되는데, 그게 어디 쉬운 일이니? 원래 타고난 성격이 그런걸. 그리고 이렇게 지독하게 변했다. 그 뒤로 모든 게 다 잘되었다. 그리고 내가 아니면 네 아버지 같은 바보를 누가 그런 자리에 앉히고 또 관리인으로 승진시켰겠니? 다 내가 했다. 그때부터 우리는 불편한 것 없이 살기 시작했다. 왜냐고? 그 이유가 뭐냐고? 한마디로 내 성질과 선량한 내 이름을 버렸기 때문이었다! 이게 내가 아는 거다. 네 책에는 베로치까, 세상 사람들이 하는 대로 따라 하는 것은 오직 사악하고 못된 것이라고 씌어 있다. 그리고 그것이 복음의 진리이다. 베로치까! 지금 네 아버지는 많은 돈을 갖고 있다. 베로치까, 하지만 그것은 순전히 내 덕으로 번 것이다. 그리고 나도 역시 돈을 갖고 있다. 어쩌면 그이가 갖고 있는 것보다 더 많이 갖고 있는지도 모른다. 그건 모두 내 노력으로 모은 거다. 나는 남은 생애 동안 빵을 살 충분한 돈을 갖고 있다. 그리고 네 아버지, 그 바보는 요즈음 나를 존경하기 시작했다. 그이는 내 말이라면 무엇이든 그대로 따른다. 나는 그이를 몹시 경멸한다. 그러나 전에는 나를 보잘것없는 년으로 취급했다. 왜냐고? 그때 나는 이만한 대접을 받을 만한 가치가 없었기 때문이다. 그것은 내가 성질이 못돼서가 아니다. 베로치까, 네 책에는 그런 생활은 나쁘다고 적혀 있다. 너는 내가 그런 것들에 대해서 알고 있다고 생각하지 않니? 그뿐만이 아니다. 네 책에는 그렇게 살지 않고 바르게 살려면 세상을 개혁해야 한다고 씌어 있다. 하긴 요즈음의 세상은 책이 말하는 대로는 살 수 없다. 그러면 왜 그들이 세상을 개혁하지 않냐고? 베로치까, 너는 네 책에 어떤 종류의 규칙이 있는지 내가 모른다고 생각하는 모양이구나. 물론 그것들이 좋은 것임엔 틀림없다. 하지만 너나 나나 그 규칙대로 사는 건 아니다. 사람들은 너무도 어리석다. 너도 그렇게 사는 게 좋을 게다. 옛날 방식이라는 게 뭐냐고? 네 책에 적혀 있다. 옛 규칙은 네게 도둑질과 속임수를 가르친다. 그게 진실이다. 베로치까. 새로운 질서가 없는 이상 옛날 방식대로 사는 거다. 훔치고 속여라. 다 너를 사랑하기에 충고하는 거다. 크으윽…….」

마리아 알렉세예브나는 어느새 코를 골고 있었다. 그녀는 깊이 잠들었다.

2

마리아 알렉세예브나는 오페라 극장에서 어떤 이야기들이 오갔는지 어렴풋이 알고 있었다. 그러나 그 다음은 어떻게 되었는지 알지 못했다.

그녀가 화가 나서 술에 럼을 너무 많이 타 마시고는 그만 딸의 방에서 코를 골고 있던 바로 그때에, 미하일 이바노비치 스또레쉬니꼬프는 오페라 극장 관람석에 동행했던 다른 젊은 신사들 — 장교 세르주와 문관 장 — 과 함께 어떤 고급 음식점에서 저녁 식사를 하고 있었다. 그들 일행에는 또 한 사람, 장교를 따라온 젊은 프랑스 여자가 끼여 있었다. 식사가 거의 끝나 가고 있었다.

「므슈 스또레쉬니꼬프.」 스또레쉬니꼬프는 갑자기 우쭐해졌다. 프랑스 여자는 식사하는 동안 세 번 그를 불렀다. 「므슈 스또레쉬니꼬프! 당신을 그렇게 부르도록 허락해 주세요. 그게 좋아 보여요. 말하기도 쉽고. 나는 내가 당신 모임에 유일한 여자일 거라고는 생각하지 않았어요. 나는 여기서 아델을 보기 원했어요. 그렇게 됐으면 참 즐거웠을 거예요. 그런데 그동안 그녀를 좀처럼 볼 수가 없더군요.」

「아델은 불행하게도 나와 말다툼을 했습니다.」

그때 장교가 뭔가를 말하려고 망설이다가 그만두었다.

「그를 믿지 말라고요, 마드무아젤 쥘리.」 문관이 말했다. 「그는 감히 당신에게 진실을 말할 용기가 없는 겁니다. 그가 한 러시아 여자 때문에 프랑스 여자를 포기했다는 것을 당신이 알면 좋아하지 않을 테니까 그렇게 말하는 거예요.」

「우리가 왜 여기에 왔는지 모르겠군.」 장교가 말했다.

「뭐라고요, 그래요 세르주. 그것은 장이 우리를 불러냈기 때문이에요. 그리고 므슈 스또레쉬니꼬프와 친해지는 게 나는 매우 기뻐요. 아니에요, 정말이에요, 므슈 스또레쉬니꼬프. 피……, 당신은 악취미를 가졌군요! 만일 당신이 관람석에 앉아 있던 그 까프까즈 미인 때문에 정말 아델을 버렸다고 나는 말하지 않을 거예요. 까프까즈 여자 때문에 프랑스 여자를 포기하다니! 내가 보기에 그 여자는 눈동자가 초롱초롱하지도 않고 머리카락은 숱이 적은 데다 윤기도 없고 얼굴은 멍청해 보이고 거칠었어요. 용서하세요, 피부에 윤기가 없다기보다는 당신이 말한 것처럼 크림 섞인 핏빛이라고 해야 할 거예요. 그리고 그건 에스키모 인이나 먹을 수 있는 요리라고 당신이 말했잖아요. 장, 저 무례한 죄인에게 재떨이를 갖다 줘요. 그 사악한 머리에다 쏟아 부으라고요.」

「쓸데없는 소리야, 쥘리. 재를 뒤집어써야 될 사람은 그가 아니고 바로 당신이야.」 장교가 말했다. 「당신이 까프까즈 인이라고 부른 바로 그 여자는 러시아 인이라고.」

「당신이 날 놀리시는군요.」

「진짜 러시아 인이라니까.」 장교가 말했다.

「집어치워요.」

「쥘리, 우리 민족이 당신 나라처럼 오직 한 유형의 미인만을 갖고 있다고 생각한다면 그건 아주 잘못 생각하는 거야. 당신 나라에는 금발 미인이 아주 많지. 그러나 쥘리, 우리는 여러 민족이 섞여 있어. 우리는 핀 족과 같은 흰머리도 갖고 있거든.」「그래요, 핀 족.」 프랑스 여자가 대꾸했다.「그리고 이탈리아 인보다도 훨씬 더 짙은 검은 머리를 가진 사람도 있어. 이를테면, 따따르 인과 몽골 인……」「그래요, 그렇고말고요, 따따르 인과 몽골 인. 나도 그들을 알고 있어요.」 프랑스 여자가 다시 대답했다.「그들 모두는 우리들의 피를 나눠 갖고 있어. 당신은 경멸할지 모르지만 우리는 금발도 갖고 있다고. 그러니까 금발은 단지 지역적인 유형일 뿐이야, 바로 일반적인 유형 말이야. 그러나 그게 지배적인 것은 아니지.」

「그게 이상해요. 그녀는 사랑스러워요. 그런데 왜 배우가 되지 않았지요? 여러분, 나는 내가 본 것만 얘기할 뿐이에요. 하지만 거기엔 중요한 문제가 있어요. 그녀의 발이 바로 그거예요. 나는 여러분의 위대한 시인 까라센이 러시아 전체에서 조그맣고 곧은 발을 가진 사람들은 다섯 명도 되지 않는다고 말한 것을 들은 적이 있어요.」

「쥘리! 까라센이 아니라 까람진이야. 까람진은 역사가이지. 그는 러시아 인이 아닌 따따르 인이었어. 바로 이것이 우리의 다양한 유형에 대한 증거지. 그리고 조그만 발에 대해서 얘기한 사람은 뿌쉬낀이었어. 당시 그의 시는 대단히 인기가 좋았지만 지금은 그 가치를 대부분 상실했어. 그런데 에스키모 인은 미국에서나 볼 수 있다고, 고라니의 피를 마시는 러시아의 야만인들은 사모예드 인[6]이고.」

6 시베리아 북부에서 순록을 이끌면서 사는 유목 민족.

「고마워요, 세르주. 나도 역사가 까랍진과 뿌쉬낀을 알아요. 에스키모 인은 미국에 있고 러시아 인은 사모예드 인이지요. 그래요, 사모예드 인. 사-모-예-드! 참 재미있는 이름이에요. 기억해 둘게요. 여러분, 이것에 대해선 세르주와 단둘이 있을 때에 다시 말해 달라고 하겠어요. 그건 아주 유익한 토론 주제예요. 게다가 난 지식에 관심이 많아요. 나는 마담 스탈 같은 사람으로 태어났거든요. 하지만 이건 농담이에요. 우리, 그녀의 발 문제로 돌아가기로 해요.」

「만일 제가 내일 당신을 방문하는 걸 허락하신다면, 마드무아젤 쥘리, 나는 당신에게 그녀의 신발을 가져가는 영광을 갖게 될 것입니다.」

「가지고 오세요. 한번 신어 보게. 무척 호기심이 나네요.」

스또레쉬니꼬프는 황홀해졌다. 왜냐하면 그는 장의 모임에 가입했다가 장을 따라 세르주의 모임에 가입했는데 쥘리, 그녀는 세르주의 모임에 나오는 프랑스 여자들 중에서 가장 잘 알려진 사람이었기 때문이다. 그것은 대단한 영광이었다.

「그녀의 발에 대해선 관심 없어.」 장이 말했다. 「나는 실제적인 사람이거든. 그녀의 발보다도 그녀가 과연 예쁜 몸매를 가졌는지 보고 싶군.」

「그녀의 몸매는 정말 예뻐.」 스또레쉬니꼬프는 말했다. 그의 기분을 맞춘 칭찬에 용기를 얻어 쥘리의 기분 좀 맞춰 주어야겠다고 생각했다. 그러나 앞에서처럼 말할 용기는 없었다. 「그녀는 매력적이야. 그렇지만 여기에서 다른 여자의 몸매를 칭찬한다는 것은 분명히 모독적이라고.」

「호호호! 이 신사분이 내 몸매에 아첨을 다하고 있어! 나는 위선자도 거짓말쟁이도 아니에요, 므슈 스또레쉬니꼬프. 나는 자랑할 생각은 없지만 다른 사람들이 나를 흉보는 것은 참을 수 없어요. 신께서 주신 대로 나도 정직하게 칭찬받을 수 있는 몸매를 가지고 있었다고요. 그런데 내 몸매! 호호호! 장, 그에게 내가 칭찬받을 만했는지 얘기 좀 해주세요. 장, 왜 아무 말 않고 가만히 있는 거예요? 손 이리 줘 보세요, 므슈 스또레쉬니꼬프.」 그녀는 그의 손을 잡았다. 「여기 만져 보세요. 당신은 내가 겉으로 보는 것과 같지 않다는 것을 아시게 될 거예요! 페티코트를 입을 때면 나는 패드를 댄 옷을 입어요. 그게 좋아서가 아니에요. 나는 그걸 대지 않는 게 낫다고 생각하는 사람이에요. 하지만 그게 유행인걸요. 나도 다른 여자들이 하는 것처럼 그렇게 하고 살아요. 그러지 않으면 내가 달리 어떻게 살겠어요, 므슈 스또레쉬니꼬프? 전에 비하면 그래도 지금은 많이 나아진 거예요. 이래 가지고, 어떻게 미를 가꿀 수가 있겠어요!」 그녀는 갑자기 눈물을 흘리기 시작했다. 「내 아름다움, 내 미모, 내 잃어버린 순결! 오 신이여, 왜 나를 태어나게 하셨나요? 거짓말쟁이들!」

그녀는 소리를 지르더니 펄쩍 뛰었다. 그리고 주먹으로 테이블을 마구 쳤다. 「남이나 헐뜯고 다니는 형편없는 친구들 같으니. 그녀는 그의 여자가 아니에요. 그는 그녀를 사려고 하고 있어요. 나는 보았어요. 그녀가 그에게서 고개를 돌리는 것을, 그녀가 얼마나 모욕감과 수치심에 불타는가를. 그것은 비열한 짓이에요.」

「맞았어.」 문관이 느른하게 기지개를 켜며 말했다. 「너는 서투르게 으스댔어, 스또레쉬니꼬프. 너는 아직 물고기를 잡지도 못하고서 그녀가 네 것이라고 말했어. 게다가 우리들을 기만하고 아델과 헤어졌어. 그래, 너는 그것에 대해서 충분히 설명했지. 그러나 너는 미처 깨닫기도 전에 너무 많은 것을 얘기했어. 그리 대수로운 것은 아니지만 말야. 한 일주일쯤 지나면 괜찮아지겠지. 낙담할 건 없어. 네가 생각하는 것보다 훨씬 더 잘될 거야. 내가 있잖아. 만족스럽게 다 잘될 거라고.」

스또레쉬니꼬프는 화가 나서 제정신이 아니었다. 「그렇지 않아요, 마드무아젤 쥘리. 당신이 잘못 안 거예요. 당신의 결론이 잘못된 거라고요. 당신을 모함했다면 용서하십시오. 하지만 그녀는 누가 뭐라 해도 〈내 여자〉입니다. 그것은 그녀가 질투심에서 그런 거예요. 그녀는 내가 1막 동안 내내 마드무아젤 마틸드의 관람석에 앉아 있는 걸 보았다고요. 그게 전부예요.」

「거짓말, 그건 거짓말이야.」 장이 하품하며 말했다.

「나는 거짓말하지 않아, 거짓말하지 않아!」

「그렇다면 증명해 봐. 나는 실증적인 사람이야. 증거 없인 아무것도 안 믿어.」

「내가 무슨 증거를 가져올 수 있단 말인가?」

「그것 봐, 자신이 없잖아. 네가 거짓말하고 있다는 것을 고백한 거나 다름없어. 무슨 증거냐고? 마치 증거를 보여 주는 것이 어렵다는 듯이 말하네. 좋아, 그러면 너를 위해서 내일 저녁 때 여기서 다시 만나는 거야. 마드무아젤 쥘리라면 세르주를 충분히 데려올 수 있어. 나는 귀여운 베르트를 데려올 거야. 그리고 너는 〈그녀〉를 데리고 오는 거야. 네가 그녀를 데려오면 나는 지는 거지. 그때엔 저녁을 내가 사겠어. 네가 그녀를 데려오지 못하면 너는 우리 모임에서 불명예스럽게 추방될 거야.」 장이 벨을 누르자 종업원이 나타났다. 「시몬, 내일 여섯 사람이 저녁을 먹을 수 있게 준비해 줘. 베르트와 내가 너의 집에서 결혼했던 바로 그날처럼……. 기억해? 크리스마스 전에 바로 이 방에서 말야!」

「어떻게 그걸 잊을 수 있겠습니까, 므슈? 준비해 놓겠습니다.」

종업원이 돌아갔다.

「비열하고 야비한 사람들 같으니! 나는 2년 동안 창녀, 도둑과 한 집에서 산 적이 있는 사악한 여자예요. 그러나 당신들 같은 야비한 사람들은 한 번도 만난 적이 없어요! 신이여! 이런 인간들과 한 사회에서 살아야만 합니까? 왜 내가 그런 치욕을 겪어야 합니까, 오, 신이여!」 그녀는 무릎을 꿇었다. 「오, 신이여, 나는 연약한 한 여자입니다! 나는 배고픈 것은 참을 수 있습니다. 그리고 파리의 그 추운 날씨에도 견디었습니다. 추위는 너무도 혹독했습니다. 사랑하고 싶었습니다. 오, 신이여, 그것은 죄가 아니었습니다! 왜 당신은 이다지도 나를 벌하십니까? 이 무리들로부터 나를 구원하소서. 나를 이 수렁에서 건져 주소서. 차라리 파리에서처럼 다시 사악한 여자가 되게 힘을 주소서. 그 밖엔 아무것도 바라지 않습니다. 나는 아무런 가치도 없는 여자입니다. 오직 이 사람들로부터 나를 구해 주소서, 이 비열한 사람들로부터 나를 구해 주소서!」 그녀는 벌떡 일어나 장교에게 달려갔다. 「세르주, 당신 역시 이 사람들과 같은가요? 아니, 당신은 더해요.」 「더하다고?」 장교는 침착하게 반문했다. 「그럼, 이게 야비한 짓이 아니란 말인가요?」

「당신 말이 맞아, 쥘리.」

「당신은 저항하지 않아요? 그렇다는 거예요? 그 말에 동의하는 거예요? 그럼, 당신도 한 패예요?」

「귀여운 쥘리, 내 무릎에 앉아.」 그는 달래기 시작했다. 그녀는 아까보다 얌전해졌다. 「지금 이 순간, 나는 정말 당신을 사랑해! 당신은 최고의 여자야. 그런데 왜 나와 결혼식을 올리는 것에 동의하지 않는 거지? 내가 몇 번이나 말했어, 응? 동의한다고 대답해 봐.」

「결혼? 그 속박? 인습적인 것? 닥쳐요! 다시는 그런 터무니없는 말 하지도 말아요. 나를 화나게 하지 말아요. 하지만 세르주, 소중한 세르주, 그를 막아요. 그는 당신을 두려워해요. 그녀를 구해 줘요!」

「쥘리, 잠자코 있어. 이것은 어쩔 수 없는 일이야. 그가 아니라도 누군가가 하고 말 거야. 그게 무슨 차이가 있어? 여기서 가만히 보기만 하는 거야. 장이 이미 그에게서 그녀를 뺏을 생각을 하고 있어. 그리고 알다시피 그런 장은 수천 명이나 있어. 그녀의 어머니가 그녀를 팔려고 조바심치는 한, 그녀를 구하는 건 불가능해. 우리 러시아 인들이 말하듯이 〈바로 눈앞에 있는 벽은 무너뜨릴 수 없다〉고. 우리는 현명해야 돼, 쥘리. 당신은 내가 이 러시아의 굴레를 받아들이며 얼마나 조용히 사는지 잘 알잖아.」

「닥쳐요! 당신은 노예예요! 프랑스 여자는 자유로워요. 프랑스 여자는 투쟁해요. 설사 파멸할지라도 우리는 굽히지 않아요. 나는 이 일을 그냥 넘길 수 없어요. 그녀가 누구예요? 그녀는 어디에 살아요? 당신은 물론 알지요?」

「물론 알지.」

「그녀에게 가요. 그녀에게 알려주어야겠어요.」

「뭐라고! 밤 1시에! 그만둬요, 집에나 갑시다. 잘 가, 장. 잘 가, 스또레쉬니꼬프. 물론 자네는 내일 저녁에 쥘리와 내가 오리라고 기대하지 않겠지. 보다시피 그녀는 몹시 흥분해 있네. 그리고 솔직히 말해서 나는 이런 일을 좋아하지 않아. 물론, 이건 어디까지나 내 생각이지만. 잘 가!」

「미친 프랑스 여자 같으니!」 장교와 쥘리가 떠나자 문관이 기지개를 켜고 하품하며 말했다. 「아주 야무진 여자야. 하지만 이건 너무해. 하기야 예쁘고 귀여운 여자가 흥분해서 날뛰는 걸 보면 아주 즐겁지. 하지만 그런 여자와 사 년은 커녕 네 시간도 못 살 거야. 물론이지, 스또레쉬니꼬프. 그녀의 변덕 때문에 우리의 정찬을 이런 식으로 끝낼 수야 있나. 그들 대신 폴과 마틸드를 데려오겠어. 참, 그런데 지금 집에 가봐야 되겠는걸. 베르트한테 간다고 했거든. 그런 다음엔 또 예쁘고 귀여운 로드샹을 보러 가야하고.」

3

「베라, 건강하구나! 네 눈을 보니 울지 않은 걸 알겠다. 이제야 네 엄마 말이 진리인 줄 안 모양이지? 늘 고삐 풀린 말 같더니.」 베로치까는 조바심이 나는 듯이 몸을 움직였다. 「그래! 잘됐다. 더 이상 아무 말도 않을 테니 조급히 굴지 마라! 간밤에 네 방에서 잠이 들었지. 아마도 내가 오래 잔소리를 늘어놓았던가 보다. 어젯밤엔 내 정신이 아니었다. 어제 좀 취해서 한 말에 너무 신경 쓰지 마라. 듣고 있니? 너무 괘념치 마라!」

베로치까는 다시 일상의 현실로 돌아온 마리아 알렉세예브나를 보았다. 어제 저녁에 동물의 가면을 벗은 그녀는 인간다워 보였다. 그러나 지금 그녀는 단지 동물일 뿐 아무것도 아니었다. 베로치까는 그녀에 대한 반감을 극복하려고 애썼다. 그러나 소용이 없었다. 이제까지 그녀는 어머니를 경멸했었다. 그런데 어제 저녁에 그녀는 어머니에 대한 경멸감이 사라지고 연민의 감정이 샘솟는 것을 느꼈다. 그러나 지금 다시 묵은 반감과 혐오감을 느꼈다. 그러다 연민의 감정이 되살아났다.

「옷을 입어라, 베로치까. 오래지 않아 그가 여기에 올 것이다.」 그녀는 매우 조심스럽게 딸의 의상을 점검했다. 「네가 예절 바르고 얌전하게 군다면 큰 에메랄드 귀고리 한 쌍을 선물로 주마. 유행에 뒤지기는 했지만 고치면 깜찍한 브로치를 만들 수 있을 것 같더구나. 그것들은 백50루블에 저당 잡았던 건데 2백50루블을 남겼지. 듣고 있니? 그것을 주마.」

 스또레쉬니꼬프가 나타났다. 지난 밤 내내 그는 오늘 저녁 음식점에 그녀를 데리고 가기로 한 약속을 어떻게 해야 지킬 수 있을지 그 방법을 찾느라 노심초사했다. 그는 음식점에서 그의 집까지 걸어가는 동안 줄곧 그 생각만 했다. 그러나 집에 도착했을 때 그는 이미 편안해져 있었다. 집에 오는 동안 결심을 했고 그것에 스스로 만족했던 것이다.

 그는 베라 빠블로브나의 건강에 대해서 물었다. 「괜찮아요.」 그는 대단히 기쁘다고 말했다. 그리고 대화는 자연스럽게 최상의 건강을 유지해야 하는 필요성으로 넘어갔다. 「물론 필요해요. 그리고 마리아 알렉세예브나의 말에 따르면 사람은 늘 최상의 젊음을 유지해야 한대요.」 그는 그 의견에 완전히 동의했다. 그리고 날씨도 화창하니 교외로 나가 말을 타는 것이 좋겠다고 했다. 「서리가 내린 길이 아주 고답적입니다.」 「누구와 같이 갈 생각인가요?」 「우리 셋. 당신 마리아 알렉세예브나, 베라 빠블로브나, 그리고 나.」 그러자 마리아 알렉세예브나는 기꺼이 동의했다. 그리고 이쯤에서 그녀는 커피와 점심을 준비하러 가야 하고 베로치까는 노래를 하기로 되어 있었다. 「베로치까, 노래하겠니?」 그녀는 조금도 거절할 여지를 주지 않는 음성으로 말했다. 「그럴게요.」

 베로치까는 피아노에 앉아서 「뜨로이까」라는 노래를 불렀다. 그것은 최근에 뿍쉬낀의 시에 붙여진 노래였다. 문에서 듣고 있었던 마리아 알렉세예브나는 그 노래가 매우 만족스러웠다. 젊은 여자는 장교를 쳐다보고 있었다. 〈아가씨가 원하기만 하면 저 베르까는 아주 민첩해질 수 있지요. 귀여운 아씨!〉 곧 그녀는 노래를 멈추었다. 마리아 알렉세예브나가 그녀에게 이른 것에 따르면 이쯤이 적절했다. 「조금만 노래하고 나서 얘기를 시작해라.」 그녀는 말하기 시작했다. 그리고 프랑스 어로 이야기했다. 〈내 정신 좀 봐! 베라가 러시아 어로 말하도록 이르는 것을 잊었네. 베라가 조용히 말하고 있어. 그 애가 웃고 있지? 분명히 모든 게 잘되고 있는 거야. 그런데 그가 왜 눈을 그렇게 크게 뜨고 있지? 바보야, 정말 바보야. 기껏 한다는 게 고작 눈을 감고 뜨는 것이라니, 이건 내가 원하는 게 아닌데. 베라가 그에게 손을 건네고 있어. 베라는 똑똑해, 칭찬해 주어야 하고말고!〉

「므슈 스또레쉬니꼬프, 나는 당신과 진지하게 얘기하고 싶어요. 어젯밤 당신은 당신의 친구들에게 내가 당신의 여자란 걸 보여 주려고 잘 보이는 곳에 자리를 잡았어요. 나는 그것이 치욕적이었다고 말하지는 않겠어요. 만일 당신이 그것을 이해하고 있었다면 그런 짓은 하지 않았겠지요. 분명히 당신에게 경고합니다. 만일 당신이 극장에서든, 거리에서든, 또는 밖의 다른 곳에서든 나에게 말을 걸면 당신 뺨을 때려 주겠어요. 물론 어머니는 나를 가만히 내버려 두지 않을 거예요. (여기서 베로치까는 미소지었다.) 그러나 어쨌든 결과는 똑같아요. 오늘 저녁에, 당신은 어머니로부터 내가 몸이 좋지 않아서 같이 말타기로 했던 약속을 지킬 수 없게 되었다는 메모 쪽지를 받게 될 거예요.」

그는 일어섰다. 그리고 두 눈을 감았다. 마리아 알렉세예브나가 보기에는.

「나는 당신에게 명예심을 가지지 않은 사람에 대해서 말하고 있어요. 그러나 당신에게 그 불꽃이 완전히 사라졌다고는 아직 생각하지 않아요. 만일 그렇다면, 제발 당신에게 부탁합니다. 앞으로는 나를 찾아오지 마세요. 그러면 극장에서 당신이 한 말들을 용서하겠어요. 동의하신다면 내게 당신의 손을 주세요.」 그녀는 그에게 손을 내밀었다. 그는 자신이 무엇을 하고 있는지 의식하지 못한 채 그 손을 쥐었다.

「고마워요. 이제 가세요. 어머니에겐 말들을 야외로 나갈 준비를 시켜야 한다고 말씀하세요.」

다시 그는 눈을 감았다. 그녀는 악보를 넘기고 「뜨로이까」 노래를 마저 부르기 시작했다. 여담이지만 그 자리에 아무도 그 노래를 평가해 줄 사람이 없었다는 것은 유감스러운 일이었다. 그녀의 노래는 매력적이었다. 그처럼 음악적 감성이 풍부한 노래를 듣는 것은 드문 일이었다. 물론 그것이 곧 예술적인 것은 아니지만.

잠시 후에 마리아 알렉세예브나가 들어왔고 그 뒤를 따라 요리사와 하인이 커피와 점심을 들고 들어왔다. 그때 미하일 이바노비치는 점심을 먹을 생각도 않고 문 쪽으로 걸어가기 시작했다.

「어디 가세요, 미하일 이바노비치?」

「좀 서둘러야 할 것 같아서요, 마리아 알렉세예브나. 말들을 준비시켜 놔야 해요.」

「아, 그렇지요! 하지만 시간은 충분해요, 미하일 이바노비치.」 그러나 미하일 이바노비치는 이미 나가고 있었다.

마리아 알렉세예브나는 두 주먹을 불끈 치켜들고 응접실에서 거실로 뛰어갔다.

「너 무슨 짓을 했지, 이 정신나간 베로치까야! 응?」 그러나 정신나간 베로치까는 거실에 없었다. 그녀의 어머니는 황급히 그녀의 방으로 갔다. 베로치까의 방문은 잠겨 있었다. 어머니는 문을 열려고 온몸에 힘을 모아 문을 밀었다. 그러나 문은 열리지 않았다. 그때에 베로치까가 말했다. 「만일 문을 부순다면 나는 창문을 열고 뛰어내리겠어요. 엄마는 살아 있는 나를 보지 못할 거예요.」

마리아 알렉세예브나는 오랫동안 분노하였다. 그러나 그녀는 문을 부수지 않았다. 마침내 그녀는 소리지르는 것에 지쳐 버렸다. 그때 베로치카가 말했다. 「엄마, 이제까지 나는 엄마를 사랑하지 않았어요. 그러나 어제 저녁 이후로 엄마를 동정해요. 엄마는 너무나 많은 슬픔을 가졌어요. 그리고 그것이 지금의 엄마를 만들었어요. 지금까지 엄마와 얘기하지 않았지만 이제는 얘기하고 싶어요. 하지만 엄마의 화가 진정된 뒤에 해요. 우리는 그 어느 때보다도 다정하게 얘기하게 될 거예요.」

물론 마리아 알렉세예브나에게는 이 말들이 전혀 가슴에 와닿지 않았다. 그러나 쇠약해진 신경은 휴식을 필요로 했다. 그래서 마리아 알렉세예브나는 베라, 그 불쌍한 것이 자신의 손에서 완전히 벗어나기 전에 그녀와 타협하는 것이 낫지 않을까 하고 따져 보기 시작했다. 〈베라 없인 아무것도 할 수 없어. 그렇게 되면 그 아이를 바보 미쉬까(스또레쉬니꼬프)한테 시집을 보낼 수도 없고. 베라가 그에게 뭐라고 했는지도 아직 모르잖아. 그리고 그들은 서로 손을 꽉 잡았는데, 그게 무엇을 뜻할까?〉

약해진 마리아 알렉세예브나가 이처럼 광폭한 행동과 간교한 타협 사이에서 손익 계산을 하고 있을 때 갑자기 벨이 울렸다. 쥘리와 세르주였다.

4

「세르주, 그녀의 어머니가 프랑스 말을 할까요?」 쥘리가 잠에서 깨어나서 맨 먼저 한 말이었다.

「모르겠는데, 그래 아직도 그 생각을 하고 있는 거야?」

「그래요.」 그들은 오페라 극장에서 보았던 모든 일들을 검토한 뒤에 이 젊은 여자의 어머니가 프랑스 말을 할 줄 모른다고 결론 내렸다. 그래서 쥘리는 통역을 해줄 세르주와 함께 갔다. 그것은 그의 운명이었다. 베로치까의 어머니가 메로판티[7] 추기경 같은 사람이었다고 해도 함께 가야만 한다는 것을 아는 그는 불평하지 않았다. 오히려 그는 쥘리가 있는 곳이면 어디든지, 마치 코르네유의 희곡에 나오는 어느 여주인공의 시종이라도 되는 것처럼 따라 갔다.[8] 쥘리는 평소보다 늦게 일어났다. 그렇지만 그녀는 베로치까의 집에 가는 도중에 위크만[9]의 가게에 들렀고, 또 뭔가를 사기 위해 베로치까의 집과는 방향이 다른 곳에 있는 상점을 네 군데나 들렀다. 쥘리와 세르주가 이렇게 시간을 허비하며 리쩨나야 다리로부터 고로호바야 거리까지 왔을 때는 이미 미하일 이바노비치가 자신의 행위를 합리화할 충분한 시간을 번 뒤였고, 마리아 알렉세예브나도 태산 같던 화가 차츰 누그러지기 시작할 때였다.

「그런데 우리가 여기 온 것을 뭐라고 둘러대지요? 어휴, 이 낡은 계단 좀 봐요! 파리에서도 이런 건 본 적이 없어요!」

「아무럼 어때. 핑곗거릴 만드는 거야. 그녀의 어머니가 전당포를 하고 있으니까, 당신 브로치를 맡기러 왔다고 하는 거야! 가만 있어봐! 이게 더 좋겠는데, 〈그녀〉가 피아노 레슨을 하고 있거든. 당신에게 조카가 있다고 말합시다.」

요리사는 세르주의 군복과 특히 쥘리의 화려한 차림을 보자 생전 처음으로 얻어맞아 터진 광대뼈에 대해서 수치심을

---

[7] Cardinal Giuseppe Mezzofanti(1774~1849). 볼로냐 대학의 교수였으며, 거의 50여 개의 언어를 알았다고 한다.
[8] 프랑스 희곡 작가인 코르네유는 그의 작품 여주인공에게 주로 여시종이 있게 하였다. 프랑스 정통 비극의 아버지인 코르네유는 17세기 프랑스 희곡을 꽃피우는 데 이바지하였다.
[9] 네프스끼 거리에 있는 패션 전문 가게.

느꼈다. 그녀는 지금까지 그런 고귀한 부인을 만나 본 적이 없었다. 요리사가 육군 대령 누군가가 부인과 함께 영광스럽게도 직접 방문하셨다고 말했을 때 마리아 알렉세예브나는 특히 〈부인과 함께〉라는 말에 몹시 놀랐다. 마리아 알렉세예브나의 행동에 대한 소문은 늘 그렇듯이 곧 마을 사람들에게 알려졌다. 그러나 귀족들에 대한 뒷공론은 마리아 알렉세예브나에게 채 다다르기도 전에 사라지기 일쑤였다. 그래서 그녀는 세르주와 쥘리가 서로 파리 식으로 남편과 부인이라고 부르는 말을 듣자 그들이 정말 부부간인 모양이라고 믿었다. 그녀는 다급히 마음을 가라앉히고 서둘러 그들을 맞으러 나왔다.

세르주는 뵙게 되어서 기쁘다는 둥, 그의 아내에게 조카가 하나 있다는 둥, 그의 아내가 러시아 말을 못해서 자기가 통역을 한다는 둥 이런 저런 말을 늘어놓았다.

「신에게 감사하고말고요.」 마리아 알렉세예브나가 말했다. 「베로치까는 피아노를 가르치는 데는 타고난 재주를 가졌어요. 그 애가 선생님 댁을 방문할 수 있게 된다면 큰 행운으로 여길 것입니다. 그런데 꼬마 선생님이 지금은 몸이 별로 안 좋아서⋯⋯.」 마리아 알렉세예브나는 베라가 들을 수 있게끔 큰소리로 말했다. 휴전을 알리려는 의도였다. 그녀는 내심 감탄하면서 방문자들을 이리저리 뜯어보았다. 「그 애가 나와서 여러분에게 피아노 연주를 들려줄 수 있는 힘이 있을지 모르겠군요. 베로치까, 애야, 너 나올 수 있겠니? 손님들이 오셨는데⋯⋯. 좀 힘이 들긴 하겠지만⋯⋯. 왜 나오지 않겠니?」

베로치까는 문을 열고 세르주를 보자 수치심과 분노로 얼굴이 빨개졌다. 그것은 부주의한 사람조차 금방 알아차릴 수 있을 정도였다. 쥘리의 눈은 마리아 알렉세예브나보다도 훨씬 더 예민했다. 프랑스 여자는 망설임 없이 말을 하기 시작했다.

「귀여운 아가씨, 어젯밤에 당신은 몹시 불쾌했고 앞에 앉아 있던 사람들에게 화가 나서 냉정하게 대했지요. 아마도 사람들이 당신 기분을 상하게 했던가 봅니다. 내 남편도 생각이 없어요. 하지만 다른 사람들보다 훨씬 낫습니다. 저를 봐서 용서해 주세요. 당신을 도우려고 왔어요. 내 조카 레슨 얘기는 단지 핑계일 뿐이에요. 하지만 당분간은 그게 필요해요. 우리에게 꼭 — 아주 짧은 걸로 — 연주해 주세요. 그러고 나서 당신과 나는 당신 방으로 가서 그 문제에 대해서 얘기를 하는 거예요. 내 말 들어요, 귀여운 아가씨.」

뻬쩨르부르그의 젊은 귀족들 사이에 쥘리만큼 잘 알려진 사람이 또 있을까? 무모하게 날뛰는 젊은이들조차 얼굴이 빨개지게 만드는 솜씨를 가진 쥘리가 또 있을까? 없다. 뿐만 아니라 그녀는 그들 사이에서 한 번도 비난을 받지 않은 공주이다.

베로치까는 자신의 솜씨를 보이기 위해서 피아노 앞에 앉았다. 그녀 뒤에는 쥘리가 서 있었고 세르주는 베로치까와 스또레쉬니꼬프가 어떤 관계인지를 알아낼 요량으로 마리아 알렉세예브나와 대화에 열중하고 있었다. 몇 분이 지난 뒤에 쥘리는 베로치까의 연주를 중단시켰다. 그리고 손을 베로치까의 허리에 대고는 함께 거실을 나가 그녀의 방으로 갔다. 세르주는 그의 아내가 베로치까의 연주에 만족하지만 선생님의 성격 같은 것들을 알 필요가 있어서 그녀와 얘기하고 싶어하는 것이라고 설명했다. 그리고 그는 마리아 알렉세예브나와 스또레쉬니꼬프에 관한 얘기를 계속했다. 모든 일은 아주 잘되어 갔다. 그러나 마리아 알렉세예브나는 약간 의심이 드는지 경계심을 늦추지 않았다.

「귀여운 아가씨.」 쥘리는 베로치까의 방에 들어오자마자 말을 꺼냈다. 「당신의 어머니는 몹시 나쁜 여자예요. 그런데 간밤에 극장엔 어떻게 해서, 왜 가게 되었는지 먼저 나한테 말해 주었으면 해요. 그래야 내가 당신에게 무슨 얘기를 해야 하는지 알 테니까요. 나는 내 남편으로부터 이미 모든 걸 들어서 잘 알고 있어요. 하지만 당신 얘기를 듣고 싶군요. 그래야 당신의 생각을 알 수 있을 테고. 나를 두려워하지 말아요.」 베로치까의 설명을 듣고 나서 그녀가 말했다. 「당신은 말을 참 쉽게 잘 하는군요. 좋은 성격을 가졌어요.」 그리고 조심스럽고 신중하게 간밤에 있었던 〈내기〉 이야기를 했다. 그리고 베로치까는 그녀에게 그가 승마에 초청한 얘기를 했다.

「그러면 지금 당신은 그가 당신의 어머니를 속이려고 한다고 생각해요, 아니면 그들 모두가 당신에게 음모를 꾸미고 있다고 생각해요?」 베로치까는 자기 어머니가 음모를 꾸밀 만큼 그렇게 나쁜 여자가 아니라고 정색하며 단언했다. 「그걸 아는 데는 긴 시간이 필요하지 않아요.」 쥘리는 말했다. 「당신은 여기 있어요. 당신이 거실에 있을 필요가 없어요.」 쥘리는 거실로 돌아왔다.

「세르주, 그가 오늘 저녁에 여기 계신 부인과 딸을 승마에 초청했대요. 간밤의 저녁 식사 때에 있었던 얘기를 해드려요.」

「당신 딸이 내 아내의 마음에 든답니다. 이젠 그녀의 말을 들어 볼 차례군요. 하지만 그 점에 대해서는 아무 염려할 필요가 없을 거라고 생각합니다. 나의 얘기를 끝마치게 해주십시오. 당신은 그를 매우 칭찬하십니다. 그런데 그가 당신 가족과의 관계에 대해서 뭐라고 얘기하는지 아십니까? 이를테면, 그가 어젯밤에 왜 우리들을 당신의 관람석으로 데려갔는지 그 이유를 아십니까?」

걱정스러운 표정을 짓고 있던 마리아 알렉세예브나의 눈이 순간 반짝였다. 그랬었군!

「나는 수다쟁이가 아니에요.」 그녀는 불쾌하다는 투로 말했다. 「나는 수다를 떨지 않아요. 그리고 다른 사람들이 수다떠는 것에도 별로 관심이 없어요.」 그녀는 방문객들을 공대하였지만 이 말에는 빈정거림이 들어 있었다. 「젊은 사람들이 떠드는 말에는 아무짝에도 쓸모없는 것들이 많아요. 그런 것엔 신경을 쓸 필요가 없다고 생각해요.」

「아주 훌륭하십니다. 그러면 당신은 이것을 수다라고 하시겠습니까?」 그는 저녁 식사 때에 있었던 일을 이야기하기 시작했다. 마리아 알렉세예브나는 그가 말을 끝내도록 가만히 있질 않았다. 그가 그 내기에 대해서 첫마디를 꺼내자마자 그녀는 펄쩍 뛰었고 중요한 손님들이 있다는 것도 잊은 채 화가 나서 고함을 질렀다.

「이런 개수작들 같으니라고! 악당! 살인자! 이제야 그가 왜 우리를 승마에 초청했는지 알겠어요. 나를 외진 곳에 떼어 놓고 무방비 상태의 저 어린것을 능욕하려는 거예요! 짐승 같은 인간!」 그녀는 그렇게 얼마를 더 계속하고 나서야 비로소 그녀의 생명과 딸의 명예를 구해 준 것에 대해서 손님들에게 감사하였다. 「그러고 보니 그것이 바로 당신들이 알리려고 했던 진실이었군요. 나는 처음부터 당신들이 이유 없이 왔다고는 생각하지 않았어요. 레슨은 그렇다 하고 나는 그것 말고도 어떤 다른 계획이 있다는 것을 알고 있었어요. 그러나 그것 때문이라고는 미처 생각하지 못했어요. 나는 기껏해야 당신들이 그에게 어울리는 신부감이 있어서 그를 우리로부터 떼어 내려는 것으로 생각했어요. 내가 잘못했어요. 이 못난 죄인을 너그럽게 이해하고 용서하세요! 당신들은 내가 살아 있는 한 평생토록 잊지 못할 좋은 일을 하셨어요.」 그러고 나서 그녀는 저주와 축복과 변명의 말들을 소나기 퍼붓듯 마구 퍼부어대기 시작했다.

쥘리는 이 끝없이 계속되는 말들을 더 이상 듣고 있지 않았다. 그녀의 목소리 톤이나 몸짓으로 보아 그것이 무엇을 의미하는지 분명했기 때문이다. 마리아 알렉세예브나가 말을 하는 순간 그녀는 일어나 베로치까의 방으로 갔다.

「당신의 어머니는 그의 공모자가 아니었어요. 지금 그녀는 그를 몹시 욕하고 있어요. 하지만 나는 당신 어머니 같은 사람을 아주 잘 알아요. 그들의 부자에 대한 혐오감은 오래가지 못해요. 그녀는 곧 다시 당신의 남편감을 찾아낼 거예요. 그리고 그 결말은 신만이 알아요. 어쨌든 당신에겐 힘겨운 일이 될 거예요. 처음엔 당신을 가만히 내버려 둘지도 모르지요. 하지만 그것도 오래가진 않을 거예요. 이제 어떻게 하실 참이에요? 뻬쩨르부르그에 친척이 있나요?」

「아뇨.」

「그거 안 됐군요, 애인은 있으세요?」

베로치까는 이 말에 어떻게 대답해야 좋을지 몰랐다. 그녀는 당황하여 눈을 크게 뜬 채로 가만히 있었다. 「용서해요, 용서해요. 내가 미리 알았어야 했는데, 하지만 아주 안 좋군요. 그렇다면 당신을 보호해 줄 사람은 하나도 없는 셈이에요. 우리가 무엇을 할 수 있을까요? 들어 보세요. 나는 당신의 첫눈에 느낀 그런 고귀한 사람이 아니에요. 난 〈그〉의 아내가 아니에요. 우린 단지 함께 살 뿐이에요. 나는 뻬쩨르부르그에서 매우 나쁜 여자로 알려져 있어요. 하지만 나는 정직한 사람이에요. 나를 방문하려면 당신의 평판에 대가를 치러야 할 거예요. 내가 당신 집에 단 한 번 방문했다는 것만으로도 당신에겐 충분히 위험해요. 두 번째로 당신을 방문한다면 파멸은 불을 보듯 환해요. 하지만 당분간 내가 당신을 다시 만날 필요가 있어 보여요. 어쩌면 한 번 이상이 될지도 몰라요. 물론 당신이 나를 신뢰한 경우에 그렇다는 거예요. 어때요, 괜찮겠어요? 그러면 내일 언제쯤 당신을 볼 수 있을까요?」

「12시쯤.」 베로치까가 말했다. 이것은 쥘리에게는 너무 이른 시간이었다. 그러나 그녀는 좋다고 응낙했다. 쥘리는 그녀에게 필요한 것들을 가르쳐 주었다. 그리고 그들은 네프스끼 거리 맞은편에 있는 고스찌니 드보르 시장 — 뻬쩨르부르그에 있는 시장으로 큰 지붕 밑에 수많은 상점들이 밀집돼 있다 — 에서 만나기로 했다. 그곳은 자주 가는 곳이라기보다는 어쩌다 한 번씩 가는 곳이었다. 그곳이라면 서로 찾기도 쉬울 것이고 아무도 쥘리를 알아보지 못할 것이다.

「좋아요. 그리고 지금 다른 좋은 생각이 떠올랐어요. 종이를 줘요. 그 비열한 친구에게 편지를 써야겠어요. 그래서 그를 내 손안에 잡아둘 거예요.」 쥘리는 편지를 썼다. 〈므슈 스또레쉬니꼬프, 당신은 지금 틀림없이 매우 곤경에 처해 있을 것입니다. 만일 당신이 그곳에서 벗어나고 싶으시면 7시에 우리 집으로 오세요. 므슈 르 떼리에.〉

「그럼 안녕.」 쥘리는 손을 내밀었다. 그러나 베로치까가 그녀의 목을 껴안고 눈물을 흘리며 키스를 퍼붓자 쥘리도 북받쳐 오르는 감정을 참을 수가 없었다. 결국 그녀는 베로치까보다 더 많은 눈물을 흘렸다. 고귀한 일을 하고 있다는 자부심이 그녀에게 감동적인 행복과 자랑을 가져다 준 것이었다. 그는 환희에 도달해 계속 눈물을 흘렸고 키스를 하면서도 쉬지 않고 말을 했다. 그녀는 마지막으로 다음과 같이 외치며 말을 끝냈다. 「나의 친구, 나의 귀여운 아가씨! 몇 년 만에 처음으로 순결한 입술이 내게 닿았어요. 지금 내가 느끼는 이 감정을 신께서 당신도 느끼게 해주시리라고 믿어요. 죽어도 사랑 없는 키스는 하지 말아요!」

5

스또레쉬니꼬프의 계획은 마리아 알렉세예브나가 추측했던 것처럼 그렇게 살인적인 것은 아니었다. 그러나 그녀가 사태를 자기 방식대로 지나치게 야수적으로 본 것은 사실이지만 문제의 핵심은 정확하게 이해했다고 할 수 있었다. 스또레쉬니꼬프의 생각은 본래 저녁때가 좀 지나서 전날 내기를 건 음식점에 두 여자를 데려가는 것이었다. 배고프고 추위에 떠는 그들의 몸을 녹이고 따뜻하게 하려면 차 한잔 하는 것보다 더 좋은 방법은 없을 것이고 그때에 그는 마리아 알렉세예브나의 찻잔이나 술잔에 아편을 조금 넣는다. 베로치까는 어머니를 보고 놀랄 것이고 그는 베로치까를 동료들이 저녁 식사를 하고 있을 그 방으로 데려간다. 그러면 내기는 그의 승리로 끝난다. 그 뒤에 결과가 어떻게 될지는 운명에 맡긴다. 아마도 당황한 베로치까는 사태를 이해하지 못하고 낯선 그의 동료들 사이에 남아 있게 될 것이다. 설사 그녀가 아주 잠깐 그곳에 머무른다고 해도 달라지는 것은 아무것도 없을 것이다. 그녀는 모험적인 생애에 막 첫발을 들여놓은 상태이므로 처음에는 좀 난처해 할 것이고 변명이 필요할 것이다. 그리고 마리아 알렉세예브나에게 돈을 약간 주어 무마해 버린다면 그가 할 일은 모두 끝나는 것이다.

그러나 이제 그가 무엇을 할 수 있겠는가? 그는 친구들 앞에서 우쭐댄 것을, 그리고 베로치까의 예기치 못한 강력한 저항에 부딪쳐 나약하게 행동한 자신을 저주했다. 그는 땅속으로 꺼져 들어가고 싶은 심정이었다. 이제 그는 어떻게 해야 한단 말인가? 그가 이와 같은 혼란과 절망 속에 빠져 있을 때에 쥘리에게서 온 한 통의 편지는 그의 마음의 상처에 위안을 주었다. 한 줄기 희망의 빛이 어둠을 뚫고 들어왔다. 발

밑에 빠지는 수렁에서 나와 탄탄한 대로를 디딘 기분이었다. 〈아! 그래, 그녀라면 할 수 있어. 그녀는 영리한 여자야. 그녀는 무엇이든 할 수 있어! 그녀는 이 세상에서 가장 고귀한 여자야!〉 십 분 전 7시에 그는 그녀의 집 문 앞에 서 있었다. 「그녀가 당신을 기다리고 계세요. 당신을 들여보내라고 하셨어요.」

그녀가 앉아 있는 모습은 얼마나 당당한가! 또 그녀의 표정은 얼마나 엄숙한가! 그의 인사에 그녀는 거의 머리를 숙이지 않았다. 「당신을 뵙게 돼서 기뻐요. 앉으세요.」 그녀의 얼굴 근육에는 전혀 움직임이 없었다. 「좋은 책망을 주시리라고 생각합니다. 걱정하실 것 없습니다. 꾸짖어 주십시오. 그리고 이 곤경에서 제발 구해 주십시오.」

「므슈 스또레쉬니꼬프.」 그녀는 천천히 냉정하게 말하기 시작했다. 「당신은 내가 왜 만나자고 했는지 아실 거예요. 물론 내가 다시 설명할 필요는 없다고 생각해요. 당신이 어젯밤에 얘기했던 그 젊은 여인을 만났어요. 그리고 오늘 당신이 그들을 승마에 초청했다는 얘기도 들었어요. 당신에게 일일이 묻지 않아도 되어서 기뻐요. 지금 당신의 위치는 당신에게만이 아니라 나에게도 아주 분명해요.」 (주여! 그녀에게 꾸지람을 듣는 게 차라리 낫겠습니다.) 희생양은 생각했다. 「내가 보기엔 그래요.」 그녀는 계속했다. 「당신은 누군가의 도움 없이는 거기서 빠져나올 수 없어요. 또 나 말고 아무도 당신을 성공적으로 도울 수도 없어요. 하실 말씀이 있으면 해보세요.」 그녀는 잠시 끊었다가 말을 이었다. 「그래, 당신은 내가 얘기한 것처럼 아무도 당신을 도울 수 없다고 생각하신단 말이죠? 그럼 내가 당신을 위해서 할 수 있고 또 하려는 것을 들어 보세요. 만일 내가 생각하는 도움이 당신에게 유용하다면 당신에게 말씀드리겠어요.」

그리고 이것저것을 사무적인 말투로 길게 설명한 뒤에 그녀는 다음과 같은 내용의 편지를 장에게 보내려고 한다고 말했다. 〈간밤의 변덕스런 행동에 대해서 그녀는 몹시 후회하고 있습니다. 그녀는 저녁 식사에 참석하고 싶어하지만 오늘 저녁에는 약속이 있어서 갈 수가 없습니다. 장이 적당한 때까지 저녁 식사를 연기하고 스또레쉬니꼬프를 설득해 줄 것을 부탁합니다.〉 그녀는 그 편지를 낭독했다. 그 편지는 스또레쉬니꼬프가 내기에 이길 것이라는 것, 그리고 그의 승리를 연기하는 것은 그를 불쾌하게 만들 것이라는 함축이 들어 있었다. 「이 편지면 충분할까요?」 「충분하고말고요.」 쥘리는 똑같이 사무적인 말투로 이 편지를 보내는 데에는 두 가지 전제 조건이 있다고 말했다. 「물론 당신은 그것을 받아들이거나 거절할 수 있어요. 당신이 받아들인다면 나는 이 편지를 보낼 것이고 거절한다면 불에 태워 버릴 거예요.」 이 말은 구원받은 자의 영혼을 끌어당기는 신의 말처럼 들렸다. 마침내 두 가지 조건이 제시되었다. 「첫번째는 당신이 그 젊은 여자를 더 이상 괴롭히지 않는 겁니다. 둘째는 그녀의 이름을 다시는 입에 담지 않는 거예요.」 「그게 전부입니까?」 구원받은 자는 뜻밖이라는 듯이 물었다. 「나는 그녀가 최악의 것을 요구하리라고 생각했습니다. 그리고 나는 그것을 기꺼이 받아들일 참이었습니다.」 그는 동의했다. 그리고 그 조건이 쉬운 것에 안도했다. 그러나 쥘리의 태도는 조금도 부드러워지지 않았다. 그녀의 설명은 계속되었다. 「첫번째 것은 그녀를 위해서 필요한 것이에요. 두 번째 것 역시 그녀를 위해서 필요한 것이지만 그보다는 당신에게 더 필요한 것이에요. 나는 저녁 약속을 일주일 연기시키겠어요. 그리고 또 일주일 연기하면 그때는 모두들 잊고 말 거예요. 그러나 당신이 그 젊은 여자에 대해서 단 한마디도 하지 않을 때에만 다른 사람들이 그것을 잊어버리게 된다는 것을 아셔야 해요.」 그리고 동시에 그녀는 그 편지를 장이 받게 되리라는 것을 그에게 설명하고 확신시켰다. 「나는 장이 베르트 등과 식사할 거라는 것을 이미 알아 놨어요. 그는 식사하고 담배를 다 피우자마자 당신을 찾아갈 거예요.」 이 말 역시 조금 전과 똑같은 말투였다. 그녀가 말했다. 「편지는 곧 보내질 거예요. 나는 기뻐요. 자, 편지를 다시 읽어 보세요. 나는 사람을 믿지 않아요. 그것을 읽으셨다면 당신 손으로 봉투에 넣으세요. 여기에 봉투가 있어요. 전화를 걸겠어요. ……폴린, 이 편지를 잘 부쳐요. 폴린, 그리고 내가 오늘 므슈 스또레쉬니꼬프를 만났다는 말을 해서는 안 돼, 알겠지? 그는 여기에 없었던 거야!」 이 괴로운 구원은 약 한 시간 동안 계속되었다. 마침내 편지를 부치고 나자 구원받은 자는 마음이 편해진 듯이 숨을 크게 들이쉬었다. 그의 얼굴에 땀이 흘렀다.

쥘리가 말했다. 「15분 안에 당신은 서둘러서 집에 가야만 해요. 장이 거기서 당신을 만나야 할 테니까요. 그러나 아직 15분의 여유가 있어요. 그래서 당신에게 몇 마디 더 하려고 해요. 당신이 내가 하는 충고를 따르거나 따르지 않는 것은 전적으로 당신의 자유예요. 그러나 적어도 당신은 그것을 진지하게 생각해 봐야 될 거예요. 나는 귀한 집 사람들이 명예를 더럽힌 젊은 여자에 대해서 느끼는 의무감 따위에 대해서 말하려는 게 아니에요. 나는 젊은 귀족 남자들이 이런 문제에 대해서 늘 어떤 이익을 기대하고 있다는 것을 잘 알아요. 그러나 솔직히 말해서, 당신이 만일 그 젊은 여자와 결혼한다면 그건 당신을 위해서 더없이 좋은 일이 될 거예요. 나는 직선적인 여자이기 때문에 당신 귀에는 좀 거슬릴지는 몰라도 내가 그렇게 믿는 근거를 보여 주려고 해요. 내 말을 중지시키려면 한마디로 족해요. 당신은 약한 성격의 소유자지요.

그런데 당신은 자신을 괴롭히고 단지 노리개로 만들어 버릴 지도 모를 나쁜 여자의 손에 빠지는 위험한 짓을 하고 있어요. 그러나 〈그녀〉는 친절하고 고귀해요. 또 당신을 초라하게 만들지도 않을 거고요. 당신의 신분에 견주면 신분이 보잘것없고 또 재산도 하찮겠지만, 그녀와 결혼한다면 당신을 위해서 큰 뒷바라지를 할 거예요. 일단 당신의 재산과 그녀의 미모와 총명함 그리고 강한 성격이 합쳐져 〈위대한 세계〉에 들어서기만 한다면, 그녀는 곧 눈부신 위치를 차지하게 될 거예요. 아내를 가진 남자라면 누구나 이런 유리함을 알지요. 그런 아내를 맞음으로써 얻은 이익을 제쳐 두고라도 당신의 성격상 어느 누구보다도 당신은 조수를 필요로 한다는 뜻이에요. 내가 한 말들을 어느 하나도 가볍게 여겨선 안 돼요. 이 모든 것은 그녀를 관찰한 것에 기초해서 얘기하는 것이니까요. 나를 믿으라고는 말하지 않겠어요. 그러나 내 충고를 심사숙고해 보길 권해요. 그녀가 과연 당신의 제의를 받아들일는지는 매우 의심스럽지만 만일 그녀가 받아들인다면 그것은 당신에게 행운이 될 거예요. 더 이상 당신을 붙잡아 두어선 안 되겠군요. 자, 어서 서둘러 집으로 가세요.」

6

마리아 알렉세예브나는 바보 미쉬까가 그녀가 생각했던 그런 바보가 아니라는 것을, 오히려 베로치까가 자기보다 앞서 있다는 것을 알게 되자 그 좋은 기회를 거절한 것에 조금도 불평하는 기색을 보이지 않았다. 베로치까는 평온하게 내버려 두어졌고 다음날 아침에 아무런 간섭 없이 고스찌니 드로브로 출발했다.

「이곳은 춥군요. 나는 추위를 타거든요.」 쥘리가 말했다. 「어디 다른 곳으로 가야겠어요. 그런데 어디로 가지요? 잠깐 기다려요. 가게에 좀 갔다 올게요.」 그녀는 베로치까를 위해서 두꺼운 덮개를 사왔다. 「이걸 쓰세요. 그렇게 둘러쓰고 나면 나와 함께 가도 걱정 없어요. 그리고 우리가 헤어질 때까지 그 덮개를 벗지 마세요. 폴린이 제법 조신하긴 하지만 그녀에게조차 당신을 보이지 않는 게 좋겠어요. 난 아무래도 당신이 조심스러워요, 귀여운 아가씨!」 그녀는 처녀티 나는 외투와 보네트 모자 그리고 두꺼운 덮개로 잔뜩 몸을 감쌌다. 몸이 녹자 쥘리는 베로치까가 그녀에게 말한 모든 사실에 귀를 기울였고 마침내 그녀가 스또레쉬니꼬프와 나누었던 대화를 그녀에게 말해 주었다.

「귀여운 아가씨, 이제 그가 당신에게 청혼하리라는 것은 의심할 여지가 없어요. 이런 젊은이들이란 그들의 불장난이 아무런 반응이 없이 끝날 때 특히 사랑에 푹 빠져 버린다니까요. 귀여운 아가씨, 아세요? 당신이 아주 경험이 많은 바람둥이 여자처럼 그를 대했다는 것을? 교태……, 나는 어리석고 터무니없는 흉내가 아니라 진짜 교태에 대해서 말하고 있는 거예요. 왜냐하면 흉내란 그것이 아무리 좋은 것을 본딴 것이라고 해도 결국 가장에 불과하기 때문이죠. 내가 말하는 교태란 다름이 아니라 여자가 남자를 다룰 때의 센스와 재치를 의미해요. 정말로 순진무구한 처녀는 전혀 그런 것이 없는데도 센스와 재치를 겸비한 경험이 많은 여자와 똑같이 행동하거든요. 아마도 내가 한 말들이 그에게 약간은 영향을 미칠 거라고 봐요. 그러나 중요한 것은 바로 당신의 저항이에요. 틀림없이 그가 당신에게 청혼을 해올 거예요. 나는 당신이 그것을 받아들이길 권해요.」

「사랑 없이 키스를 하는 것보다 죽는 것이 낫다고 바로 어제 당신이 내게 말하지 않았나요?」

「귀여운 아가씨, 그것은 흥분한 상태에서 나온 말이었어요. 흥분한 순간에서는 그것이 진실이고 옳은 것이었어요. 그러나 인생은 계산으로 이루어지는 거예요.」

「아뇨! 그렇지 않아요! 그는 경멸받아 마땅해요! 이것은 혐오스러워요. 참을 수 없어요! 나는 절대로 고집을 꺾지 않을 거예요. 그에게 나를 먹어 치우라고 해보세요. 그러면 나는 곧장 창문으로 뛰어내릴 거예요. 아니, 곧장 밖으로 나가서 빵을 구걸하겠어요. 내 손을 경멸스럽고 천박한 사람에게 주다니, 안 돼요! 차라리 죽는 게 나아요!」

쥘리는 그와 결혼하는 것의 장점들을 설명하기 시작했다. 「결혼하면 우선 당신은 당신 어머니의 구박과 속박에서 벗어나게 돼요. 당신은 팔려 갈 위험에 처해 있어요. 도량이 좀 좁아 보이긴 하지만 바로 그런 사람이야말로 당신처럼 강한 성격의 여자에게는 남편감으로 그만이에요. 게다가 당신은 그 집의 여주인이 될 테고요.」 그녀는 여배우들과 무희들이 남편을 사랑하진 않지만 그들을 지배하는 경우를 예를 들어 설명했다. 「법적으로 기혼녀에게 부과된 자립심과 생활력을 제외한다면 이거야말로 여성의 세계에서는 가장 자유로운 생활이지요. 그것은 자부심을 주거든요.」 그녀는 많은 말을 했고 베로치까도 마찬가지였다. 그들은 모두 흥분되어 있었다. 마침내 베로치까는 비애를 느꼈고 감상적으로 되었다.

「당신은 나를 변덕스럽다고 하겠지요. 내가 인생에서 원하는 게 무엇인지 알고 싶겠지요. 나는 누구를 지배하는 것도 누구에게 복종하는 것도 원하지 않아요. 누구를 기만하거나 그럴듯하게 가장하고 싶지도 않고요. 뿐만 아니라 다른 사람들의 생각에 귀기울인다거나 그들이 원하는 것을 위해 애쓴

다거나 하는 일은 더욱 하고 싶지 않아요. 내가 필요를 느끼지 않는 한 말이에요. 나는 부자들에게 친숙하지 못해요. 그들이 나를 필요하지도 않고요. 그러니 내가 왜 그들을 좇아야 하겠어요? 단지 부유한 것이 좋은 것이므로 결과적으로 나에게도 좋을 것이라고 생각하기 때문인가요? 나는 아직 사회를 경험하지 못했어요. 사회가 어떤 곳인지도 모르고요. 또 아직 알고 싶지도 않아요. 그리고 내가 왜 무엇인가를 희생해 가면서까지 화려한 지위를 가져야 하나요? 단지 남들이 좋다고 하기 때문인가요? 조금도 필요를 느끼지 않는 것을 위해서 희생할 생각은 추호도 없어요. 그냥 혼자 해보는 말이 아니에요. 그런 문제라면 나는 나의 아주 작은 변덕조차도 용납하지 못해요. 나는 독립해서 내 방식대로 살고 싶어요. 나에게 필요한 것이라면 그것이 무엇이든 마음의 준비가 되어 있어요. 하지만 필요하지 않은 것에 대해선 그게 무엇이든 원치 않아요. 장차 나에게 무엇이 필요할지 나는 아직 몰라요. 당신은 말했죠. 나는 어리고 경험이 부족하다고……. 그리고 시간이 흐르면 나도 변할 거예요. 그러나 내가 하기 싫은 것은 어떤 것도 원하지 않아요. 그래요, 원하지 않아요! 〈그러면 내가 지금 원하는 게 뭐냐〉고 당신은 묻겠지요. 그래요, 나는 내가 단지 모른다는 것만 알 뿐이에요. 내가 한 남자를 사랑하길 원하냐고요? 모르겠어요! 어제 아침까지만 해도 내가 당신을 사랑하게 될 줄은 전혀 몰랐어요! 그리고 당신을 사랑하기 시작한 몇 시간 전만해도 내가 누군가를 사랑할 수 있으리라고 생각하지도 못했어요. 게다가 내가 당신에게 사랑을 느꼈을 때 어떻게 해야 하는지 몰랐어요. 그리고 지금도 한 남자를 사랑하게 되면 어떻게 해야 하는 건지 몰라요. 나는 단지 내가 누군가의 노예가 되고 싶지 않다는 것만 알 뿐이에요! 나는 자유롭고 싶어요! 나는 누군가에게 신세를 끼치고 싶지도 않지만 누군가가 〈너는 너를 위해서 무엇인가를 해야 한다〉고 감히 말하는 것은 더욱 참을 수 없어요. 나는 단지 내 마음이 하고 싶어하는 것을 하려고 할 뿐이에요. 다른 사람에 대해서도 마찬가지고요. 뿐만 아니라 누군가에게 그 무엇을 하도록 요구하는 짓은 하고 싶지 않아요. 한마디로, 타인의 자유를 빼앗고 싶지 않아요. 나는 자유롭고 싶을 뿐이에요!」

쥘리는 귀를 기울이면서 생각에 몰두했다. 난로의 열기를 받아 그녀의 얼굴이 붉게 상기되어 있었다. 마침내 그녀는 벌떡 일어섰다. 그리고 낙담한 듯 힘없는 목소리로 말했다.

「그래요, 아가씨, 나 자신도 이렇게 타락하지만 않았더라면 그렇게 생각했을 거예요. 하지만 내가 타락한 것은 꾐에 빠져서가 아니었어요. 과거에 우연히 일어난 일 때문도 아니었고, 전적으로 내 책임이에요. 내 몸이 벌을 받아 마땅하다면 그것은 내가 게으르고 사치스럽기 때문이 아니라 스스로 자립하지 못하고 다른 사람들에게 도움을 요구하고 쾌락을 탐했기 때문이에요. 그 결과 나는 지금, 내가 하기 싫어했던 바로 그것을 하고 있는 거예요. 이것은 비참한 거예요. 내가 한 말을 귀담아듣지 말아요, 아가씨. 바로 당신을 타락의 길로 끌어들이려고 했던 것이니까요. 이것은 고통스러운 일이에요. 순수를 더럽히지 않고서는 나는 그것을 만질 수가 없는 거예요. 나를 멀리하세요, 아가씨. 나는 나쁜 여자입니다. 사회에 대해서는 생각하지도 말아요! 사람들은 모두 사악해요. 나보다도 더 나빠요. 게으름이 있는 곳엔 으레 혐오감이 넘치고 장엄함이 있는 곳에선 때가 묻어 나지요. 그곳에서 도망쳐요, 아주 멀리!」

7

 스또레쉬니꼬프는 점점 다음과 같이 생각하기 시작했다. 〈지금 그녀를 취해 결혼한다면?〉 이런 행동은 그와 같이 약한 사람이나 독립심이 강한 사람에게 똑같이 나타난다. 그러한 경우는 흄과 기번, 랑케와 티에리의 책들 속에서 얼마든지 찾아볼 수 있다. 사람들은 〈이제 다른 편으로 향하도록 합시다〉라는 말을 듣지 못했기 때문에 단지 한 편에만 모이는 것이다. 만일 그들이 위의 말을 듣고 다른 편으로 향한다면 그들은 똑같이 다른 편으로 떼를 지어 몰려갈 것이다. 스또레쉬니꼬프는 그동안 부유한 집 젊은이들이 관행처럼 가난한 집 출신의 예쁜 여자를 안주인으로 취하는 것을 듣고 보아 왔다. 그래서 그 역시 베로치까를 그의 안주인으로 삼기로 한 것이다. 한 번 그렇게 생각하자 다른 말은 그의 머릿속에 들어오지 않았다. 그리고 곧 그의 마음속에 다른 말들이 들려왔다. 〈너는 그녀와 결혼해도 좋다.〉 이제 그는 〈아내〉라는 말에 대해서 생각하기 시작했다. 방금 그가 〈안주인〉이라는 말에 대해서 생각했던 것처럼.

 이것은 보편적인 특성이다. 스또레쉬니꼬프는 인류의 역사에서 열이면 아홉이 그러했던 것을 매우 명료하게 보여 주고 있는 것이다. 역사가나 심리학자의 표현에 따르면, 모든 특수한 사건에는 반드시 보편적인 원인이 지역적, 시간적, 민족적, 개인적 요소들을 통해서 〈개별화되어〉 있다고 한다. 이를테면, 모든 숟가락은, 그것이 분명히 숟가락이지만 그것을 손에 쥐고 수프를 뜨는 사람에 의해서 비로소 숟가락임이 검증되는 것이다. 그렇다면 스또레쉬니꼬프는 어떤지 시험해 보기로 하자!

 쥘리가 한 말의 핵심은 — 마치 그녀가 그런 일을 다룬 모

든 러시아 소설을 읽기라도 한 것처럼 — 이것이었다. 〈저항이 강하면 강할수록 욕망을 더욱 부추긴다.〉

베로치까에 대한 생각은 극장에서의 일이 있은 뒤로 전보다 훨씬 더 강한 힘으로 스또레쉬니꼬프를 사로잡았다. 환상의 안주인을 동료들한테 보인 그날 이후로 그는 그녀를 상상했던 것보다 훨씬 더 예쁘게 느꼈다. 일반적으로 아름다움은 지식이나 다른 가치 있는 것과 마찬가지로 사람들에게 소중하게 여겨지는 법이다. 누구나 잘생긴 용모를 보면 그가 잘생겼음을 안다. 그러나 그것이 어느 정도로 잘생겼는지 그것을 증명해 줄 만한 보증서가 없다면 어떻게 알 수 있을까? 만일 베로치까가 복도나 극장의 뒷열에 앉아 있었다면 아무도 그녀를 눈여겨보지 않았을 것이다. 그러나 그녀가 2층의 특별관람석 박스에 모습을 나타내었을 때 많은 오페라 쌍안경들이 그녀를 자세히 보려고 그녀 쪽을 향했다. 스또레쉬니꼬프가 마차가 있는 곳까지 그녀를 배웅하고 극장의 휴게실에 돌아왔을 때, 그는 사람들이 그녀의 미모에 대해서 떠드는 칭찬의 소리를 듣지 못했다. 하지만 세르주! 그는 얼마나 세련된 후각을 갖고 있던가! 또 쥘리는! 그런 더없이 좋은 행운을 낚아챌 때 그것을 소유하는 방법을 따지는 일이란 무의미한 것이다.

그의 이기심이 정열과 한데 어울려 소용돌이쳤다. 그러나 이내 그 마음은 또 다른 한 편으로 가 있었다. 「그녀는 좀처럼 당신을 받아들이려고 하지 않을지도 몰라요.」 (뭐라고! 이런 위치와 재산을 가지고 있는 나를 물리쳐? 천만에, 프랑스 부인, 당신은 실수한 거야. 그녀는 그것을 받아들일 거라고. 물론 받고말고, 받아들이고말고!)

그러나 아직 또 다른 불안한 요인이 남아 있었다. 스또레쉬니꼬프의 어머니가 당연히 그의 선택을 반대하리라는 거였다. 그의 어머니는 그에게 이 세상의 모든 것이나 다름없었다. 그는 지금도 그의 어머니를 두려워하고 있었다. 물론 그것은 그녀에게 의지해 있는 자신의 처지 때문이기도 했다. 그러나 강인하지 못한 사람일수록 그가 〈나는 두렵지 않아, 나는 강해!〉 하고 생각하는 것은 몹시 매력이 있는 법이다.

말할 것도 없이 그는 아내를 통해서 세상에 입신양명하려는 욕망이 있었다.

스또레쉬니꼬프는 이전과 같은 방식으로 베로치까에게 보이고 싶어하지 않는다는 사실에 그녀를 보고 싶은 마음을 제어하지 못한다는 사실이 더해졌다.

한마디로, 스또레쉬니꼬프는 날이 갈수록 더욱 진지하게 결혼에 대해서 생각했다. 마침내 마리아 알렉세예브나가 주말 저녁 예배에서 돌아와 소파에 앉아 어떻게 하면 그를 붙잡을 수 있을까 생각하고 있던 바로 그때에 그가 나타나서 청혼을 했다. 베로치까는 그녀의 방에서 나오지 않아서 그는 마리아 알렉세예브나와 이야기하였다. 마리아 알렉세예브나는 물론 이편에서는 대단한 영광으로 생각하지만 어머니로서 딸의 마음을 알아야 한다고 말했다. 그리고 그에게 다음 날 아침에 대답해 주겠다고 했다.

마리아 알렉세예브나는 사태의 갑작스러운 돌변에 놀라워하며, 〈귀여운 베로치까, 그 애는 최고의 패예요〉 하고 남편에게 말했다. 「그 애가 어떻게 그 젊은 친구를 손아귀에 넣나 잘 보세요. 내가 나서서 그를 붙잡지 않은 것은 사실 성가신 것은 그만두고라도 또 잘못되지나 않을까 염려됐기 때문이거든요. 그런데 이미 완전히 그르쳐진 상황에서 귀여운 비둘기가 사태를 온전하게 돌려놓은 것 좀 보세요. 어떻게 행동해야 하는지 다 알고 있는 거라고요. 허참! 그년 그 교활한 것 좀 봐요. 더 이상 말이 필요 없다니까요.」

「주님께선 지혜로 어린것들을 가르치신다잖소.」 빠벨 꼰스딴찌노비치가 말했다.

그는 집안의 일에 대해서는 좀처럼 참견하지 않았다. 그러나 마리아 알렉세예브나는 옛 전통에 따라 딸에게 청혼받은 사실을 말하는 이 엄숙하고 명예스러운 역할을 당연히 집안의 우두머리이고 가장인 남편에게 허용했다. 빠벨 꼰스딴찌노비치와 마리아 알렉세예브나는 마치 엄숙한 자리에라도 앉은 것처럼 소파에 앉아 요리사에게 그녀를 데려오게 했다.

빠벨 꼰스딴찌노비치가 말하기 시작했다. 「베라……, 미하일 이바노비치가 영광스럽게 네게 청혼을 해왔구나. 우리는 사랑하는 부모로서 네게 강요하지 않을 것이라고 대답했다. 그리고 우리는 기쁘다고 말했다. 너는 지금까지 늘 그렇게 해온 것처럼 상냥하고 순종하는 딸로서 우리의 말을 명심해야 한다. 솔직히 말해서, 우리는 감히 신에게조차 네게 그런 남편을 만나게 해달라고 빌지 못했었다. 너도 동의하겠지, 베라?」

「아뇨.」 베로치까가 말했다.

「그게 무슨 말이냐, 베라?」 빠벨 꼰스딴찌노비치가 소리쳤다. 그가 아내에게 묻지도 않고 소리를 칠 만큼 사태는 명백했다.

「너 정신 나갔구나, 이 바보 같으니? 감히 순종하지 않고, 어디 다시 한번 말해 봐!」 마리아 알렉세예브나가 주먹으로 딸을 쥐어박으며 소리쳤다.

「용서하세요, 엄마.」 베라가 일어서며 말했다. 「만일 내게 손을 대면 집을 나가겠어요. 방에 가둔다면 창문으로 뛰어내리겠어요. 내가 거절하는 것에 대해서 엄마가 어떻게 생각하는지 알아요. 그러나 어떻게 행동해야 될지 이미 결심했어요. 자리에 앉으세요, 그러지 않으면 가겠어요.」

마리아 알렉세예브나는 다시 자리에 앉았다. 「맹랑한 것 같으니! 현관은 자물쇠가 채워져 있지 않아 일 초면 빗장이 벗겨져, 이젠 잡을 수도 없다니까. 보나마나 또 도망칠 테지! 미쳤어!」

「나는 그와 결혼하지 않을 거예요. 내 동의 없이는 나와 결혼할 수 없어요!」

「베라, 넌 분별력을 잃고 있어.」 마리아 알렉세예브나는 노여운 감정을 억누르듯 부드럽게 말했다.

「그러면 어떻게 해야 되지? 내일 그에게 뭐라고 대답하지?」 그녀의 아버지가 흥분해서 외쳤다.

「그를 나무래선 안 돼요. 내가 동의하지 않는 거예요.」

이러한 장면은 두 시간 동안 계속되었다. 마리아 알렉세예브나는 안달을 했다. 그녀는 두 번이나 소리를 질렀고 두 주먹을 불끈 쥐었다. 베로치까가 말했다. 「일어나지 마세요. 그러지 않으면 가겠어요!」 그들은 사시나무 떨듯 노여움에 떨었다. 그러나 아무것도 할 수 없었다. 이 일은 요리사가 저녁상을 차려야 할지 어떨지를 물으러 왔을 때까지 계속되었다. 「파이가 너무 익었어요.」

「저녁때 다시 생각해 봐라, 베라. 정신 좀 차리고, 이 거위야!」 마리아 알렉세예브나가 말했다. 그리고 요리사에게 무엇인가를 속삭였다.

「엄마, 내게 무슨 짓을 하려고 이러세요! 내 방 열쇠를 치우세요, 다른 것도요. 안 그러면 사태는 더욱 악화될 거예요!」

마리아 알렉세예브나가 요리사에게 말했다. 「괜찮아, 신경 쓰지 마. 짐승 같은 년! 베르까! 그가 네 얼굴에 미쳐 너를 원하는 것만 아니라면 피가 나도록 흠씬 때려 줬을 거야! 하지만 지금은 손댈 수가 있어야지. 그랬다간 얼굴이 꼴사납게 돼 버릴 텐데. 이 지긋지긋한 바보 같은 년!」

그들은 식사를 하러 갔다. 그들은 아무 말도 하지 않았다. 식사를 끝내고 그녀는 자기 방으로 갔다. 빠벨 꼰스딴찌노비치는 평상시처럼 한숨 자려고 누웠다. 그러나 잠이 오질 않았다. 그가 눈을 감자마자 요리사가 들어와서 여주인이 하녀를 보내 그를 즉시 불러오라고 한다고 말했다. 요리사는 사시나무 떨듯 부들부들 떨고 있었다. 그녀는 왜 떨고 있는 걸까?

8

모든 난리가 요리사로 인해서 벌어졌는데 어떻게 그녀가 떨지 않을 수 있겠는가? 그녀는 베로치까에게 그녀의 아빠와 엄마가 부른다고 전하고는, 즉시 여주인댁 요리사의 아내에게 가서 〈어떻게 너의 주인이 우리의 귀여운 비둘기에게 청혼했는지 아느냐〉고 말했던 것이다. 그들은 젊은 주인의 시중을 드는 가장 나이 어린 하녀를 불렀고, 미리 그들에게 아무 귀띔도 하지 않은 것을 나무랐다. 어린 하녀는 자기가 그들에게 아무 말도 하지 않았다고 야단맞은 이유가 무엇인지 알 수가 없었다. 그녀는 실제로 아무것도 감추지 않았었다. 그들은 그녀가 〈나는 아무것도 감추지 않았어요〉라고 말하자 무엇인가를 감추고 말하지 않은 줄 알고 그랬다며 미안하다고 했다. 그녀는 이 사실을 가장 나이 많은 하녀에게 가서 일러바쳤다. 나이 많은 하녀가 말했다. 「물론 그는 그 일을 자기 어머니에게 알리지 않고 한 거야. 왜냐하면 내가 아무 얘기도 못 들었거든. 더구나 난 안나 뻬뜨로브나가 아는 건 뭐든지 다 알고 있어야 하는데도 말야.」 그러고 나서 그녀는 주인 마님에게 가서 모든 이야기를 했다. 이와 같은 것이 요리사에 의해서 야기된 말썽이었다! 〈내 저주받을 조그만 혓바

닥이 나를 곤경에 빠뜨리는구나.〉 그녀는 생각했다. 〈누가 비밀을 누설했는지 마리아 알렉세예브나가 알게 될 거야.〉 그러나 마리아 알렉세예브나는 누가 그것을 발설했는지 묻는 것을 잊어버리고 말았다.

안나 뻬뜨로브나는 〈아아〉와 〈오오〉만을 연발했다. 그녀는 나이 든 하녀와 단 둘이만 남았을 때조차 두 번이나 까무러쳤다. 말할 것도 없이 그녀는 매우 충격을 받았다. 아들을 불렀다. 아들이 나타났다.

「미첼, 내가 들은 게 정말이냐?」 위엄을 잃은 고통스런 목소리였다.

「들은 게 무엇인데요, 어머니?」

「네가 우…… 우…… 우…… 우리 집 관리인 딸한테 청혼했다는 것 말이다!」

「했어요, 어머니.」

「이 엄마의 승낙도 없이 말이냐?」

「그녀의 승락을 얻은 뒤에 말씀드리려고 했어요.」

「그러고 보니 너는 내 승락보다 그 애의 승락이 더 소중한가 보구나!」

「어머니, 여자의 동의를 먼저 구하고 나서 집안 식구들에게 알리는 것이 요즘 풍습입니다.」

「그게 네 방식이냐? 좋은 가문의 아들들이란 신만이 알게 몰래 결혼하고 그 어머니들은 고작 그것에 동의나 하는 것이, 그래 너희들 방식이란 말이냐?」

「하지만 어머니, 그녀는 〈신만이 아는 사람〉이 아닙니다. 그녀를 알게 되면 어머니도 내 선택에 동의하실 겁니다.」

「〈그녀를 알게 되면〉이라고! 나는 그 애를 알고 싶지 않다! 〈내가 선택에 동의하실〉 거라고! 나는 이 선택에 대해서 생각하는 것조차 금지한다! 듣고 있느냐? 나는 그것을 금지한다!」

「어머니, 이러시는 것은 요즘 방식이 아닙니다. 저는 이제 어머니 손에 끌려 다닐 만큼 어린애가 아닙니다. 저는 제가 어디로 가고 있는지 잘 알고 있어요.」

「아아!」 안나 삐뜨로브나는 눈을 감았다.

미하일 이바노비치가 마리아 알렉세예브나 앞에서, 그리고 쥘리와 베로치까에게 굴복했던 것은 그녀들이 재치 있고 강인한 여성들이기 때문이었다. 그러나 정작 재치에 관한 싸움은 이제부터 시작이었다. 그의 어머니가 그녀들보다 더 강인하다고 하더라도 아들은 그의 발 아래 있는 단단한 땅을 느끼고 있었다. 그는 이제까지 습관적으로 어머니를 경외하며 지냈으나 그들은 모두, 여주인이 실제의 여주인이 아니라 단지 주인의 어머니일 뿐이라는 것을, 그리고 여주인의 아들이 실제로 여주인의 아들이 아니라 주인이라는 것을 잘 알고 있었다. 그러므로 여주인은 〈금지한다〉는 결정적인 말을 사용하는 것을 주저했고, 대화를 연장해서라도 아들을 꺾어 진짜 싸움이 벌어지기 전에 그를 지치게 하려고 했다. 그러나 아들은 물러서는 것이 불가능할 만큼 멀리 있어 싸우지 않을 수 없었다.

「어머니, 어머니께서 그보다 나은 며느리를 가질 수 없을 거라고 확신합니다.」

「이 골칫덩어리 녀석! 큰일 낼 놈 같으니!」

「어머니, 냉정하게 생각해 봐요. 조만간 저는 결혼을 해야 할 텐데 기혼자는 독신자보다 비용이 더 많이 듭니다. 물론 저는 이 집에서 나오는 모든 수입을 저의 허락 하에 사용하는 그런 여자와 결혼할 것입니다. 그녀는 틀림없이 충실한 며느리가 될 것이고 지금까지 그렇게 해왔던 것처럼 언제까지나 변함없이 어머니와 함께 살게 될 거라고요.」

「골칫덩어리! 큰일 낼 놈! 내 눈앞에서 썩 없어져!」

「어머니, 화내지 마세요. 저는 책망받을 짓을 한 게 아무것도 없습니다!」

「그런 촌 계집과 결혼한다고 수작하면서 책망받을 짓을 안 했다니!」

「전 이제 어머니 곁을 떠나겠습니다. 제 앞에서 그녀를 그런 식으로 부르는 것을 전 원치 않아요.」

「큰일 낼 놈!」 안나 뻬뜨로브나는 기절했고, 미첼은 최초로 부닥친 장애 — 그것은 그 무엇보다도 중요했다 — 를 용기 있게 극복해 낸 것에 스스로 대견해 하며 방을 나갔다.

아들이 나간 뒤에야 안나 뻬뜨로브나는 깨어났다. 아들은 그녀의 영향권에서 완전히 벗어나 버렸다! 〈금지한다〉라는 그녀의 말에 그는 이 집이 그의 것이라고 응수했다! 안나 뻬뜨로브나는 생각에 생각을 거듭했고 나이 든 하녀 — 그녀는 관리인의 딸에 대한 여주인의 경멸감에 절대적으로 공감했다 — 앞에서 슬픈 마음을 쏟아 놓았다. 이렇게 해서 그녀는 이 하녀와 상의한 다음, 그녀를 관리인에게 보냈던 것이다.

「이제까지 나는 당신에게 매우 만족해 왔습니다. 빠벨 꼰스딴찌노비치. 그러나 아마도 당신은 아무 관련도 없을 이 골치 아픈 문제가 나와 당신을 다투게 할 것 같군요.」

「마님, 저는 맹세코 야단맞을 짓을 하지 않았습니다.」

「나는 미첼이 당신 딸을 기웃거린다는 것을 오래전에 알았습니다. 사내애들이란 장난스러운 법이기 때문에 구태여 그것을 막지 않았습니다. 아들 녀석의 말썽에 대해선 충분히 고려를 하겠지만 가문의 명예를 떨어뜨리는 것에 대해서는 참을 수가 없습니다. 당신 딸이 어떻게 감히 그런 야망을 가질 생각을 했나요?」

「마님, 그 애는 감히 그런 야망을 가지고 있지 않습니다. 그 애는 조신한 애지요. 우리는 그 애를 각별히 정성껏 키웠습니다.」

「그게 무슨 뜻이죠?」

「마님, 그 애는 감히 당신의 뜻을 거역하는 그 어떤 짓도 하지 않을 것입니다.」

안나 뻬뜨로브나는 자기의 귀를 믿지 않았다. 이 좋은 소식이 진실이라고 어찌 믿을 수가 있겠는가?

「당신은 내 뜻이 무엇인지 알았을 겁니다. 나는 그런 부자연스럽고 〈평판이 좋지 않은〉 결혼에 동의할 수 없습니다.」

「저도 알고 있습니다, 마님. 베로치까도 그것을 느끼고 있습니다. 그 애가 말했습니다. 〈저는 마님을 범하는 짓은 하지 않을 거예요〉라고 말입니다.」

「그렇다면 어떻게 그런 일이 일어날 수 있지요?」

「마님, 미하일 이바노비치가 우연히 제 아내에게 그 심중을 말했습니다. 제 아내는 내일 아침까지는 그에게 대답해줄 수 없다고 말했습니다. 그리고 아내와 저는, 마님, 당신을 방문해서 이 모든 것을 말씀드리려고 했습니다. 비록 좀 늦긴 했습니다만, 감히 마님께 심려를 끼쳐 드릴 수가 없었기 때문이지요. 미하일 이바노비치가 가고 우리는 베로치까에게 말했습니다. 그 애는 〈아빠와 엄마 생각에 전적으로 동의해요. 그것은 꿈꿀 수 없는 것이에요!〉라고 말했습니다.」

「그 애가 그렇게 영특하고 정직합니까?」

「물론입니다, 마님. 그 애는 착하고 덕스럽지요.」

「그렇다면, 당신과 우정을 계속 유지할 수 있게 돼서 기뻐요. 이번 일에 대해선 사례를 하겠어요. 지금이라도 괜찮다면 기꺼이 사례를 하지요. 양복점 사람들 집 앞쪽 층계를 올라가면 2층에 아파트가 하나 비어 있어요, 그렇지요?」

「사흘 동안 비어 있었지요, 마님.」

「그것을 당신이 쓰도록 하세요. 수선하는 데 백 루블쯤 들

거예요. 당신 봉급을 일 년에 2백40루블 올려 드리겠어요.」

「마님 손에 키스하게 해주십시오!」

「좋아요, 하세요……. 따찌아나!」 나이 든 하녀가 들어왔다. 「네 푸른 비로도 외투를 찾아봐라. 이것을 당신 부인에게 주고 싶군요. 백50루블이 든 건데(실제로는 85루블!) 꼭 두 번 입어 봤어요(실제로는 스무 번도 더 입었다). 그리고 이것은 당신 딸에게 주세요.」 안나 뻬뜨로브나는 관리인에게 자기의 작은 손목시계를 건네주었다. 「3백 루블이나 되는 거예요(실제로는 백20루블). 선물하겠어요. 앞으로도 역시 당신을 잊지 않을 거예요. 아들의 장난스런 행동에 대해서는 충분히 고려하겠어요.」

관리인을 보낸 후, 안나 뻬뜨로브나는 다시 따찌아나를 불렀다.

「미하일 이바노비치에게 오라고 일러라. 아니, 놔둬라. 내가 직접 가는 게 낫겠다.」 그녀는 하녀가 아들의 하인에게 지금까지의 일을 말해 하인들이 아들에게 말하지 않을까 염려했고 그래서 꽃향기가 사라져 버리듯 아들에게 아무런 영향도 못 주게 되지나 않을까 두려워했다!

미하일 이바노비치는 누워서 약간 만족한 듯이 콧수염을 꼬고 있었다. 〈이제 어떤 방법으로 그녀를 이곳에 데려오지? 실신했을 때 정신나게 하는 약도 없는데!〉 하고 생각하고 있을 때 어머니가 들어왔다. 그는 일어섰다. 그는 어머니의 얼굴에서 경멸 섞인 승리의 표정을 보았다.

그녀는 앉아서 말했다. 「앉아라, 미하일 이바노비치, 그리고 얘기 좀 하자.」 그녀는 한동안 미소 띤 얼굴로 그를 쳐다보더니 마침내 입을 열었다. 「몹시 만족스럽다, 미하일 이바노비치. 내가 왜 만족스럽다고 하는지 생각해 봐라.」

「무슨 말씀을 하시는 건지 모르겠어요, 어머니. 굉장히 이상하시군요.」

「전혀 이상하지 않다는 것을 알게 될 게다. 아까 그 생각을 버리도록 해라. 너도 아마 짐작은 할 게다만!」

다시 침묵이 흘렀다. 그는 당황했다. 반면에 그녀는 승리를 즐기는 듯했다.

「더 생각할 것 없다. 내가 말하마. 그것은 매우 단순하고 자연스러운 거다. 만일 네가 고귀한 감정의 불꽃을 가지고 있다면 너도 그것을 생각해 보았을 것이다.」 앞의 대화에서 안나 뻬뜨로브나는 배의 항로를 바꿔야만 했었다. 그러나 지금 그녀는 항로를 바꿀 필요가 없었다. 그녀를 패배시켰던 수단은 이미 아들에게 있지 않았다.「너의 안주인……. 내게 말대꾸하지 마라, 미하일 이바노비치……. 너는 그 애가 네 안주인이라고 가는 곳마다 으스댔더구나……. 신분도 낮고 배운 것도 없고 행실도 천박한 계집을…… 그 경멸스런 계집을……」

「어머니, 제 아내가 될 여자한테 그런 말을 하시는 건 듣고 싶지 않아요.」

「그 애가 네 아내가 될 거라고 내가 생각했다면 그런 말을 쓰지 않았을 것이다. 이것이 이루어질 수 없다는 것을, 그리고 왜 이루어질 수 없는가를 네게 설명하려는 거다. 말을 마치게 해다오. 그러고 나서 네 생각이 다르다면 네 맘대로 비난해도 좋다. 허나 지금은 내 말을 마치게 해다오. 나는 네 안주인, 그 이름도 변변치 못한 계집, 교육도 없고 행실도 바르지 못하고 감정도 없는 계집…… 그 애조차도 자신이 너를 부끄럽게 하고 있다는 것을 알고, 너의 몰염치한 생각도 이해하고 있다는 것을 말하고 싶은 것이다.」

「뭐라고요? 그게 무슨 말입니까? 말해 보세요, 어머니!」

「너는 나를 방해하고 있다. 나는 그 애조차 ─ 듣고 있니? ─ 그, 그 애조차 말이다, 내 마음을 이해하고 있다는 것을 말하려는 것이다. 즉, 그 애는 자기의 엄마로부터 네 청혼에 대해서 들었을 때, 아버지를 보내 내 의지를 거슬리지 않을 것이며 우리 가문의 이름을 더럽히지 않을 것이라고 내게 말해 왔단 말이다.」

「어머니, 당신은 저를 속이고 있어요!」

「나나 네게 다행스럽게도, 이건 사실이다. 그 애가 그렇게 말했다.」

그러나 미하일 이바노비치는 더 이상 방에 머물러 있지 않았다. 그는 이미 군복을 입었다.

「그를 잡아요, 뾰뜨르! 그를 잡아요!」

안나 뻬뜨로브나는 소리쳤다. 뾰뜨르는 갑작스런 명령에 입이 크게 벌어졌다. 그러나 미하일 이바노비치는 이미 현관을 뛰어 내려가고 있었다.

9

「어떻게 됐어요?」 남편이 돌아오자 마리아 알렉세예브나가 물었다.

「기품 있는 마님이지. 그녀는 이미 모든 걸 알고 있었어. 그녀가 말했지. 〈어떻게 감히 당신이?〉 그래서 내가 말했지. 〈우리가 어떻게 감히, 마님. 베로치까는 이미 그를 거절했습니다.〉」

「뭐? 뭐라고? 그 따위 쓸데없는 말을 했단 말이에요, 이 당나귀 같으니!」

「마리아 알렉세예브나······.」

「당나귀! 원수! 나를 죽이려고! 내 목을 치려고! 맛 좀 봐야 돼!」 남편은 빰을 맞았다. 「또!」 다른 빰을 맞았다. 「이렇게 해야 정신을 차린다니까, 거위 같은 바보!」 그녀는 그의 머리카락을 움켜쥐고 방 안을 이리저리 끌고 다녔다. 이런 모습은 얼마 동안 계속되었다. 그때 어머니의 긴 설교와 침묵을 듣다 못해 뛰쳐나온 스또레쉬니꼬프가 그들의 방으로 뛰어 들어왔고 그는 마리아 알렉세예브나가 펄펄 뛰며 남편을 구박하는 것을 보았다.

「이런 당나귀 같으니! 문도 꽉 닫지 않고……. 지체 높은 손님이 와서 보잖아요! 꼭 거세한 숫돼지 꼴이라니……. 부끄러워하기나 해요!」 마리아 알렉세예브나가 한 말이었다.

「베라 빠블로브나는 어디에 있습니까? 베라 빠블로브나를 봐야겠어요! 지금 당장요! 그녀가 나를 거절한다는 게 정말입니까?」

상황은 난처하게 돌아갔다. 마리아 알렉세예브나는 말을 못하고 손짓만을 해대며 쩔쩔맸다. 이것은 마치 워털루 전쟁에 패배한 나폴레옹에게 일어났던 일을 보는 것 같았다. 마샬 그루치가 빠벨 꼰스딴찌노비치처럼 어리석었다면, 라파예트는 베로치까처럼 용감했었다.[10]

나폴레옹은 싸우고 또 싸웠다. 모든 기적 같은 일들을 그는 멋진 솜씨로 해냈고 성취했다. 그러나 모든 게 허사였다. 그는 단지 허공에 손을 내저을 뿐이었다. 그는 말한다. 〈나는 모든 것을 포기한다. 사람들을 모두 각자 원하는 대로 하게 하라. 그나 나나 모두.〉

---

10 몇몇 역사학자들은 마샬 그루치(1766~1847)가 프랑스 군대와 연합하여 후퇴하는 프로이센 군대를 좀더 강력하고 끈질기게 수행했더라면 나폴레옹이 워털루에서 승리했을 것이라고 주장한다. 나폴레옹의 후퇴를 둘러싸고 정치적인 면에서 라파예트는 루이 18세 대신에 루이 필리프가 왕위에 올라야 한다고 주장하였으며, 루이 필리프는 1830년에 성공적으로 왕위에 올랐다.

「베라 빠블로브나, 당신이 내 청혼을 거절한 게 사실입니까?」

「당신 스스로 판단하세요. 어떻게 내가 그것을 거절할 수 있겠어요?」

「베라 빠블로브나, 나는 당신의 기분을 몹시 상하게 했습니다. 비난받아 마땅합니다. 나는 목매달 가치도 없습니다. 그러나 당신의 거절만은 견딜 수 없습니다……」

베로치까는 몇 분 동안 그의 말을 듣기만 했다. 마침내 결론을 내려야 할 때임을 깨달았다. 이것은 어려웠다.

「미하일 이바노비치. 이것으로 충분해요! 그만 됐어요. 나는 동의할 수 없습니다.」

「음, 꼭 그렇다면 부탁 하나 하겠습니다. 내가 당신의 기분을 상하게 해드린 것 때문에 당신은 지금 몹시 예민해져 있습니다. 아직 대답하지 마십시오. 그리고 당신의 용서를 구할 수 있도록 나에게 시간을 주십시오! 나는 당신에게 천박하고 비열하게 보였을 것입니다. 그러나 보세요. 나는 앞으로 지금보다 나은 사람이 될 것입니다. 지금보다 나은 사람이 되기 위해서 내 모든 힘을 쏟을 것입니다. 도와주십시오! 지금 나를 내쫓지 마십시오! 시간을 주십시오! 당신이 요구하는 것이라면 무엇이든지 복종하겠습니다. 당신은 지금 내가 얼마나 비참한지 아실 것입니다. 하지만 나에게도 좋은 면이 있다는 것을 곧 아시게 될 겁니다. 제발 시간을 주십시오!」

「미안합니다.」 베로치까가 말했다. 「당신의 사랑이 진실되다는 것을 알고 있습니다.」 (베로치까는 흥분해 있다. 이것은 결코 사랑이 아니다. 단지 부패하고 천박한 감정의 복합물일 뿐이다. 사랑은 전혀 다른 어떤 것이다. 왜냐하면 남자는 여자에게 거절당하는 것을 수치스럽게 생각하기 때문일 뿐 그녀를 반드시 사랑하고 있는 것은 아니기 때문이다. 이것은 사랑이 아니다. 그러나 베로치까는 아직 이것을 알지 못하고 있다.)「당신은 내 대답을 보류해 달라고 하십니다. 좋습니다. 그러나 내가 대답을 미룬다고 해서 다른 대답이 나오지는 않으리란 것을 미리 경고해 둡니다. 나는 결코 지금 당신이 들은 대답 이외의 어떤 대답도 당신에게 하지 않을 것입니다. 나는 반드시 당신의 다른 대답을 들을 것입니다. 들을 가치가 있습니다. 당신은 나의 구원입니다!」그는 그녀의 손을 잡고 키스했다.

마리아 알렉세예브나가 방으로 들어왔다. 그녀는 거친 몸짓으로 격식도 차리지 않고 — 즉, 빠벨 꼰스딴찌노비치도 없이 — 두 사람을 축복하려고 하다가 곧 그를 불렀다. 그리고 엄숙하게 그들을 축복했다. 스또레쉬니꼬프는, 베라 빠블로브나가 아직 동의하지 않았음에도 불구하고, 그녀가 완전히 거절한 게 아니라 단지 대답을 보류했을 뿐이라고 설명했다. 이것은 들떠 있던 그녀의 기분을 반쯤 상하게 했다. 그러나 비록 좋진 않았지만, 그녀가 기대한 것에 충분히 버금가는 것이었다.

스또레쉬니꼬프는 승리감에 도취되어 집으로 돌아갔다. 다시 재산에 대한 협박이 시작되었고 안나 뻬뜨로브나는 또다시 기절했다.

마리아 알렉세예브나는 그동안 베로치까의 속마음이 무엇인지 몰라 몹시 안절부절했다. 딸이 자신의 의사와 완전히 반대되는 것처럼 말했기 때문이었다. 그러나 결과는 마리아 알렉세예브나가 부닥칠 모든 문제들에 대해서 그녀의 딸이 종지부를 찍었다는 것이 입증되었다. 이제까지 사건의 진행으로만 판단한다면 베로치까는 마리아 알렉세브나가 원한 것과 똑같은 것을 원하는 것처럼 보였다. 단지 교양이 있고 영민한 그녀는 문제를 좀더 섬세하게 처리해 나간 것이다.

그렇다면 그녀는 왜 마리아 알렉세예브나에게 다음과 같이 말하지 않는 걸까? 〈어머니, 나도 엄마가 원하는 것과 똑같은 것을 원해요, 이젠 마음놓으세요〉라고. 만일 그게 아니라면, 그녀는 어머니에게 화를 내야만 했을 것이다. 그녀의 어머니는 그녀가 대답을 미룬 의도를 쉽게 이해할 수 있었다. 그녀가 장래의 남편을 철저하게 길들이려는 것으로, 그녀 없이는 감히 숨조차 쉴 수 없도록 하고 또 안나 뻬뜨로브나를 굴복시키는 것으로……. 분명히 그녀는 마리아 알렉세예브나보다 훨씬 더 교활했다. 마리아 알렉세예브나는 이 부분을 생각할 때마다 그것을 느끼지 않을 수 없다. 그러나 그녀가 눈과 귀로 보고 듣는 것은 늘 이런 그녀의 생각을 위협했다. 만일 이 짐작이 틀리다면 제일 먼저 어떻게 행동해야 하지, 딸이 스또레쉬니꼬프와 결혼하지 않겠다고 하면? 그녀는 자신을 다스리는 방법을 알지 못하는 거친 여자였다. 그러나 누가 뭐라고 해도 베로치까가 변변치 못한 사람과 결혼하고 싶어하지 않는다는 것은 의심할 나위가 없었다. 그리고 마리아 알렉세예브나의 직감은 베로치까의 교묘한 술수에 넘어가기엔 실제로 너무나 예리했다. 〈이 어린 계집애가 그런 식으로 문제를 끌고 가는 게 틀림없어. 그 애가 결혼 — 이 악마는 자기 마음속에 있는 게 무엇인지 알지, 그래 바로 이것이야 — 하면, 아무튼 그 애는 분명히 남편과 시어머니, 그리고 집안 문제를 완전히 자기 수중에 넣고 휘두르는 여주인이 될 거야. 그런데 내가 해야 될 일이 뭐지? 아니, 가만히 기다리며 두고 보기만 하는 거야. 그 밖의 것은 다 소용 없어! 물론 베르까가 원하던 것은 아닐 테지만 결국 그 애도 원하게 될 거야. 여차하면 도덕적으로 설득하지 뭐. 가만히 시간에 맡겨 두는 거야! 하지만 지금은 적당한 시기가 올 때까지 기다리는 것이 중요해.〉 마리아 알렉세예브나는 기다렸다. 베로치까가 사태를 결혼으로 이끌어 가고 있다는 생각 — 마리아 알렉세예브나의 상식으로는 도저히 그런 일이 가능할 것 같지 않았었다 — 은 그녀를 얼마나 황홀하게 했던가! 베로치까의 말과 행동 이외의 모든 것은 이 생각을 확신시켜 주고 있었다. 미래의 남편은 〈비단 같은 귀족〉이었다. 한편 미래 남편의 어머니는 약 3주일 동안 아들과 싸웠지만 그가 또다시 재산 문제를 들고 나오자 결국은 지고 말았다. 그녀는 좀더 합리적으로 생각하기 시작했다. 그녀는 베로치까를 만나 보고 싶다는 의사를 표시했다. 그러나 베로치까는 그녀를 보러 가지 않았다. 처음에 마리아 알렉세예브나는 만일 그녀가 베로치까의 입장에 놓여 있다면 좀더 지혜롭게 행동했을 것이고 가야만 한다고 생각했다. 그러나 좀더 심사숙고한 뒤에 그녀는 가지 않는 것이 더욱 지혜로운 처신이라는 결론에 도달했다. 오오, 교활한 짐승! 그로부터 2주일이 지났을 때 안나 뻬뜨로브나가 새 아파트의 집치레를 보고 싶다는 핑계로 직접 찾아왔다. 그녀는 냉정하고 빈정대는 투였지만 정중했다. 베로치까는 그녀의 비꼬는 듯한 말을 두세 마디 듣다가 그녀의 방으로 가버렸다. 그녀가 그런 식으로 가기 전까지 마리아 알렉세예브나는 그녀의 그런 행동이 필요하다고 생각하지 못했다. 비꼬는 말에는 비꼬는 말로 대답하는 것이 필요하다고 생각하였다. 베로치까가 갔을 때 그녀는 재빨리 생각했다. 〈그래, 그게 최상의 행동이었어. 그녀의 아들로 하여금 그녀에게 되갚게 하는 거야. 그게 상책이야.〉 다시 2주일이 다 돼 갈 무렵 안나 뻬뜨로브나가 찾아왔고 그녀의 방문에 대해서 아무런 구실도 붙이지 않았다.

시간이 지나갔다. 미래의 남편은 베로치까에게 선물을 했다. 그것들은 마리아 알렉세예브나를 통해서 전달되었는데, 안나 뻬뜨로브나의 시계가 그랬던 것처럼, 이것들 또한 마리아 알렉세예브나의 소유물이 되었다. 그러나 그것들 모두가 그녀의 수중에 들어간 것은 아니었다. 그것들 중에서 가장 싼 몇 가지를, 그것도 아직 변상이 끝나지 않은 저당물이라면서 베로치까에게 주었다. 신부가 선물들을 걸친 모습을 미래의 남편이 보아야 했으므로! 그는 실제로 베로치까가 그것들을 몸에 지닌 것을 보았고 베로치까의 동의를 얻게 되리라고 점점 더 확신하게 되었다. 만일 그렇지 않다면 그녀는 그 선물들을 받지 않았을 테니까. 그런데 그녀는 왜 대답을 미루는 것일까? 마침내 그는 그 까닭을 알아차렸다. 마리아 알렉세예브나가 말했던 것이다. 「그 애는 안나 뻬뜨로브나가 완전히 풀어질 때까지 기다리고 있는 거네.」 그는 원기가 배가해서 그의 어머니가 물고 있는 낚싯밥의 줄을 더욱 팽팽히 잡아당겼다. 그것은 그에게 커다란 만족을 주었다.

베로치까는 평온 속에 남겨졌다. 그들은 그녀의 눈치를 살폈고 그녀는 이러한 비굴한 태도를 혐오스러워 했다. 그녀는 가능하면 그녀의 어머니와 떨어져 있으려고 했다. 그녀의 어머니는 그녀의 방에 감히 들어갈 용기를 내지 못했고 비로소 그녀는 아무런 방해도 받지 않고 그녀만의 시간을 보낼 수 있었다. 미하일 이바노비치에게는 이따금씩 그녀의 방에 들어가는 것이 허락되었다. 그는 아이처럼 그녀에게 복종했다. 그녀는 그에게 책을 읽으라고 명령했고 그는 시험 준비라도 하는 것처럼 큰소리로 책을 읽었다. 비록 거기에서 거의 아무것도 얻은 바가 없었지만 그는 그것을 즐거워했다. 그녀는 그가 대화를 유창하게 할 수 있게 도우려고 노력했다. 대화는 그에게 책읽기보다 쉬웠다. 약간의 진척은 있었지만 매우 느렸고 보잘것없었다. 그래도 전보다는 나아졌다. 그는 그의 어머니에게 전보다 예의 바르게 대하기 시작했다. 그러나 낚싯밥 곁에 있는 것보다 신부와 함께 있는 것을 더 좋아했다.

그럭저럭 서너 달이 지나갔다. 화해가 있었고 평화가 있었으나 하루하루가 폭풍이 밀려올 듯 위태로웠다. 베로치까의 가슴은, 내일이라도 미하일 이바노비치나 마리아 알렉세예브나가 대답을 요구해 오지나 않을까 하는 무서운 예감에 바싹바싹 타들어 가고 있었다. 그들이 한 세기 동안이나 기다려 줄 리가 없었던 것이다.

만일 내가 효과적으로 파국을 맞게 할 생각이라면 지금 이 상황에서 떠들썩하게 결말을 내릴 것이다. 그러나 그런 상황은 벌어지지 않았다. 만일 내가 불확실한 채로 내버려 두고 독자의 궁금증을 부추길 생각이었다면 이런 사건은 일어나지 않았을 것이다. 나는 아무런 속임수 없이 글을 쓰고 있다. 그러므로 그런 떠들썩한 파국은 없을 것이다. 내가 예감한 대로 독자들에게 말하고 있는 것이다. 상황은 폭풍 없이, 천둥 번개 없이 매듭이 풀어질 것이다.

제2장
첫 번째 사랑과 결혼

1

 이런 종류의 이야기가 일반적으로 어떻게 끝나는가 하는 것은 익히 잘 알려져 있는 사실이다. 즉, 비천한 집안의 예쁜 처녀와, 비록 강요에 의해서이긴 하지만, 장차 그녀의 남편이 될 변변치 못한 남자가 있다. 그는 혐오감을 느끼게 할 만큼 천박해서 그대로 내버려 두면 더욱 천박해질 게 분명하다. 그러나 그녀의 영향력으로 그는 나아지게 되고 그녀 역시 조금씩 조금씩 그를 닮아 가기 시작한다. 모든 게 그다지 좋지도 나쁘지도 않은 그런 식이다. 아무튼 그녀는 처음에는 그와 결혼하지 않겠다고 펄펄 뛰지만, 점차 그를 부리는 것에 익숙해지고 또 교활한 두 집안 사람들 가운데서 그래도 그녀의 남편이 착한 편이라는 확신이 들면서 행복을 느끼게 된다. 그리고 사랑 없이도 남편을 행복하게 해줄 수 있다는 것을 알게 되면서 자기 자신에게 혐오감을 느끼지만 곧 남편이 그녀에게 복종하는 것에 만족한다. 〈인내가 사랑을 만든다〉는 말 그대로. 마침내 그녀는 평범한 아름다운 부인, 즉 천박함과 친해지고, 그것도 아주 우수하게, 하는 일 없이 지내는 (문자 그대로, 하늘을 담배 연기로 채우는) 여인이 된다. 이와 같은 것은 옛날, 예쁜 젊은 여자들이 흔히 걸어가던 길이었고 또 젊은 남자들이 곧잘 빠지는 길이었다. 그들은 모두 귀족이 되었으나 고작 하늘을 담배 연기로 채우는 그런 삶을 살았다. 이러한 것이야말로 시대의 병폐로 이것은 귀족의 수가 아주 적어 선망의 대상이었기 때문이다. 그러나 적어도 옛날엔 이런 일은 10에이커 땅에 하나를 찾아보기 어려울 만큼 아주 드물었다. (아무도 혼자서 결혼하지 않은 채 백년을 살 수는 없다! 누구나 결혼을 하게 마련이고 그러다 보면 천박해지기 쉬운 법이다. 따라서 문제는 어떻게 하면 천박해지는 것을 피할 수 있는가 하는 것이다.)

그런데 요즈음에는 신분 높은 사람들이 자주 내왕할 만큼 그 수가 많아지면서 이런 일이 더욱 빈번히 일어나고 있다. 더욱이 귀족들의 수가 해마다 증가하는 추세라고 할 때 이런 일이 더욱 자주 일어나는 것을 어떻게 막을 수 있겠는가? 급기야는 이런 일이 일상으로 되는 때가 오고야 말 것이다. 그리고 그때가 되면 모든 사람들은 오히려 버젓하게 행세하지 않겠는가? 만일 그렇다면 그것은 매우 좋은 일일 것이다!

사실 그것은 베로치까에게 좋은 일이었다. 그러므로 나는 그녀의 허락을 얻어 그녀에 대한 이야기를 하려고 한다. 왜냐하면 내가 아는 한 그녀의 생활은 모범적으로 정착된 첫번째 여성이기 때문이다. 무엇이든지 첫번째의 일은 역사적 관심사가 된다. 첫번째의 제비가 북부 지방 주민들에게 커다란 관심거리인 것처럼.

베로치까의 생활이 개선되기 시작했음을 보여 주는 직접적인 일은 다음과 같다. 베로치까의 남동생 표도르가 김나지움[11]

---

11 짜르 시대의 중등 교육 학교. 교과 과정으로는 대학에 들어가기 위한 정통 인문 과목을 가르쳤다.

에 다녀야 할 나이가 되자 그녀의 아버지는 그의 동료들에게 싼 가정교사를 찾아봐 달라고 부탁했고 그의 동료 중의 한 사람이 그에게 의대생 로뿌호프를 추천했다.

로뿌호프는 베로치까와 만나기 전에 다섯 번 내지 여섯 번 과외 학생을 가르쳤다. 그는 방에서 표도르를 가르쳤고 그녀는 그녀의 방에 있었다. 그는 시험 때가 되자 자신의 공부를 위해서 과외 시간을 오전에서 오후로 옮겼고 저녁때 곧잘 가족들과 함께 차를 마시게 되었다.

소파에는 안면이 있는, 학생의 아버지, 어머니가 앉아 있었고 어머니 뒤쪽 의자에는 학생이 앉아 있었다. 그리고 약간 떨어진 곳에는 그가 알지 못하는 한 여자가 앉아 있었는데 그녀는 늘씬하다기보다는 키가 크고 균형 잡힌 몸매를 가지고 있었고 검은 머리 (진하고 매혹적인 머리카락!), 그리고 검은 눈 (눈이 시원하고 아주 서글서글하군), 그리고 남부적인 얼굴 (러시아 인이나 까쁘까스 인처럼 보이는데, 얼굴이 매우 아름다워. 그리고 약간은 범접을 금하는 어떤 것이 있어 보여. 그것은 남부적 특성과는 또 다른 어떤 것이지)를 가지고 있었다. 〈우리 의사들조차 좀처럼 보기 드물 정도로 건강이 좋아. 건강한 붉은 뺨과 풍만한 가슴은 청진기를 모르고 컸을 것 같아. 사교계에 들어가면 대단한 바람을 불러일으킬 거야. 그러나 내겐 흥미 없어.〉

그녀는 가정교사가 들어올 때 그를 쳐다보았다. 그는 어려 보이지 않았으며 키는 보통이나 평균보다 커 보였다. 어두운 적갈색 머리에 얼굴은 호남형이었고 자부심이 강하고 용기 있는 표정을 짓고 있었다. 〈못생기지는 않았어. 친절해 보이고. 하지만 너무 근엄해.〉

그러나 그녀는 자신의 생각에 〈내겐 흥미 없어〉란 말을 붙이지 않았다. 자기가 그에게 흥미가 있는지 없는지 스스로 물어보지 않았기 때문이다. 그런데 그녀는 표도르가 그에 관해서 짜증이 날 정도로 이야기를 많이 하는데도 왜 가만히 듣고만 있는 것일까? 「그는 친절해, 누나. 그런데 사교적은 아냐. 내가 그에게 말했어, 누나. 누나가 미인이라고. 그런데 누나, 그가 말하잖아, 〈얼마나〉 하고. 그래서 내가 말했다, 누나. 〈누구나 예쁜 여자를 보면 사랑에 빠진다고 하던데요〉 하고. 그러니까 그가 말했어. 〈얼빠진 사람들이나 사랑에 빠지는 거야〉라고. 그래서 내가 물었다. 〈그럼 선생님은 예쁜 여자를 좋아하지 않으세요?〉 하고. 그랬더니 그러는 거야. 〈나는 시간이 없어〉라고. 그래서, 누나, 내가 그에게 말했다. 〈선생님은 베로치까와 친해지고 싶지 않으세요?〉라고. 그랬더니 〈그녀 말고도 나는 아는 사람이 많아〉 하잖아 글쎄.」 이 모든 것은 표도르가 첫날 공부를 마치자마자 지껄인 거였다. 그 뒤로도 그는 계속해서 거의 똑같은 내용에 이것저것을 보태서 말을 했다. 「내가 오늘 그에게 말했다, 누나. 〈누나가 가는 곳마다 사람들이 누나를 쳐다봐요〉라고. 그런데, 누나, 그가 말하는 거야. 〈그래, 좋은 일이구나〉 하고. 그래서 내가 말했다. 〈누나 보고 싶지 않으세요?〉 하고. 그랬더니, 누나, 〈누나 볼 시간은 앞으로도 많아〉 하잖아.」 곧 표도르는 다시 말했다. 「내가 말했다, 누나. 〈선생님 손은 아주 조그맣네요〉 하고. 그랬더니, 글쎄 누나, 그가 막 야단치잖아. 〈너는 조잘대는 것밖에 모르니, 그것 말고 잘 하는 것 없니?〉라고.」

가정교사는 표도르로부터 그의 누나에 대해서 알 만한 것들은 거의 다 알아 버렸다. 그는 표도르가 가족 일에 대해서 지껄이는 것을 중지시키려고 노력했다. 그러나 그를 겁주지 않는 한 — 그렇다고 그를 혼내 줄 수도 없고 — 아홉 살짜리 소년이 그가 아는 것에 대해서 떠벌이는 것을 어떻게 막을 수가 있겠는가? 그가 수다를 늘어놓기 시작해서 중지시키고 나면 어느새 다섯 마디나 지껄인 뒤였고 그것은 언제나 너무 늦은 것이었다. 아이들이란 서두없이 핵심부터 시작하기 때문이다. 그의 가족들에 대한 폭로성 이야기들 가운데서 가정교사는 다음과 같은 별로 유쾌하지 못한 이야기를 들었다. 〈누나는 부자와 결혼한대요〉, 〈엄마는 신랑이 바보래요〉, 〈그리고 얼마나 그에게 아첨한다고요〉, 〈엄마가 말했어요. 누나가 그를 교활하게 붙잡았다고요〉, 〈그리고 엄마가 말했어요. 엄마도 교활하지만 베로치까는 더 교활하다고요〉, 〈또 엄마가 말했어요. 우리는 신랑의 엄마를 그 집에서 내쫓을 거야 라고요〉 등등.

당연한 일이지만, 정말 사람들은 이런 식의 얘길 듣게 되면 사귀고 싶은 욕망을 그다지 느끼지 않는다. 그것은, 지금까지, 적어도 베로치까 편에서 볼 때 당연했다. 〈야만인을 패배시키려는〉 또는 〈그런 곰을 길들이려는〉 따위의 어떤 욕망도 그녀에게 일어나지 않았다. 오히려 그것과는 거리가 멀었다. 그녀는 평온하게 지내게 된 것이 기뻤으나 속으로는 짓밟히고 고문당하는 사람 같았다. 즉, 팔다리가 떨어져나가 더 이상 고통을 느끼지 않게 된 것이 오히려 감사해야 할 지경에 이르러, 혹시라도 팔다리가 다시 생겨나 고통을 느끼게 되지 않을까 두려워하는 사람의 처지와 조금도 다를 게 없었다. 사정이 그런데 그녀가 왜 새로 사람을, 그것도 젊은 남자를 사귀려고 하겠는가?

그렇다, 베로치까는 그랬다. 그러면 그는? 표도르가 말한 것을 근거로 해서 판단하면, 그는 야만인 같았다. 그리고 그의 머리는 온갖 책들과 의대생의 영혼에 가장 날카로운 기쁨을 주고 정신적 양식을 제공하는 해부학 조직 표본들로 가득차 있었다. 아니면, 표도르가 잘못 말했을까?

2

결코, 표도르는 그에 대해서 잘못 말하지 않았다. 로뿌호프는 실제로 그와 같은 학생이었고 그의 머리는 온갖 책들 — 우리가 나중에 마리아 알렉세예브나의 책에 대한 관심에서 알게 될 어떤 책들 — 과 해부학 조직 표본들로 채워져 있었다. 왜냐하면 자신의 머리를 해부학 조직 표본들로 채우지 않고서는 결코 교수가 될 수가 없었고, 교수가 되는 것이야말로 로뿌호프의 야망이었기 때문이다. 그러나 우리가 앞에서 보았듯이, 표도르가 베로치까에 대해서 한 설명에 따르면 로뿌호프는 그녀에 대해서 그다지 정확하게 알고 있지 못했다. 똑같은 이유로, 만일 우리가 로뿌호프에 대해서 좀더 잘 알게 된다면 표도르가 그의 선생님에 대해서 한 말도 수정해야 할 것이다.

금전 문제로 말하면, 로뿌호프는 의대생들 가운데서 국가로부터 지원을 받지 못하는 극히 소수 그룹에 속했고 겨우 기근과 추위를 면할 정도였다. 당시에 그들 대다수가 어떻게, 어떤 식으로 살고 있는지는 사람들에게 별로 알려진 바가 없었고 오직 신만이 알 뿐이었다. 그러나 우리의 이야기는 식량을 필요로 하는 사람들에 대한 것이 아니므로 로뿌호프의 생애에서 그가 가난으로 고통을 겪었던 시기에 대해서는 두세 마디만 덧붙이려고 한다.

그가 그러한 환경에 있은 지는 그리 오래되지 않았다. 즉, 3년이나 그 미만일 것이다. 그가 의학부에 들어가기 전에는 생활이 풍족했다. 그의 아버지는 랴잔 시의 소시민이었고 소시민답게 안락하고 편하게 살았다. 즉, 그의 가족은 금식하는 일요일만 빼고 매일 〈양배추 수프〉와 고기를 먹을 만큼 여유가 있었고 또 매일같이 차를 마셨다. 그는 아들을 관습에 따라 김나지움에 보냈다. 아들이 열다섯 살이 넘자 그는 아들을 가정교사로 내보내 자신의 경제적 부담을 덜었다. 그러나 당시 아버지의 재산은 아들을 뻬쩨르부르그에 보내 학비를 대줄 만큼 충분치 않았다. 처음 두 해 동안 로뿌호프는 그래도 일 년에 35루블씩을 집에서 받았으나 그것만으로는 턱없이 모자라서 스스로 뷰보르그스끼[12]에서 임시 점원으로 서류를 베껴 주는 일을 하며 그 이상의 돈을 벌어야만 했다. 그가 남보다 고생했던 것은 이 시기 동안뿐이었다. 그리고 그것은 그의 잘못이기도 했다. 즉, 그는 국가 장학금을 받았었으나 어떤 사람과 말다툼한 것이 화근이 되어 스스로 학비를 벌지 않으면 안 되었던 것이다. 그가 3학년이 되었을 때, 그의 처지는 나아지기 시작했다. 그 지역의 부 감사관이 그를 가정교사로 채용했기 때문이었다. 그때에 그는 학생 둘을 더 찾아냈고 그런 식으로 해서 지금까지 일 년 동안 궁핍하지 않게 지낼 수 있었다. 그는 일 년 이상 방이 둘인 집에서 살고 있는데 이것은 그가 가난하지 않다는 증거였다. 그는 자기처럼 운이 좋은 다른 학생과 방을 함께 쓰고 있었다. 그의 이름은 끼르사노프였다. 그들은 가장 가까운 친구였다. 그들은 모두 어려서부터 다른 사람들의 도움 없이 자립해서 살아가는 데에 익숙해 있었다. 그 밖에도 그들에는 닮은 점이 상당히 많았다. 만일 그들을 각각 따로 만나 보면 그 둘은 똑같은 성격의 사람들처럼 느껴진다. 그들을 동시에 함께 만나 보면 두 사람 모두 매우 성실하고 정직하나, 끼르사노프가 좀더 소탈한 성격인데 반해 로뿌호프는 약간 조심스러운 것을 알 수 있다. 지금까지 우리는 로뿌호프에 대해서 말했는데 끼르사노

---

[12] 네바 강 오른쪽에 위치하였으며 주로 뻬쩨르부르그의 빈민과 노동자 거주 지역.

프는 뒤에 언급하게 될 것이다. 로뿌호프는 현재, 앞으로 몇 달 있으면 닥칠 졸업 후에 자신의 인생을 어떻게 정립할 것인가에 골몰해 있었다. 그것은 끼르사노프에게도 똑같은 문제였다. 두 사람은 장래에 똑같은 계획을 가지고 있었다.

로뿌호프는 자신이 뻬쩨르부르그에 있는 한 야전 병원에서 외과 의사로 근무하게 되리라는 것을 확실히 알고 있었다. 이것은 상당히 운이 좋은 것이었다. 그리고 그는 의학부의 교수가 될 예정이었다. 그러나 개업을 해 돈을 벌 생각은 없었다. 사실 의사가 병원에서 환자를 돌보는 것이 생계의 유일한 길임에도 불구하고 졸업 후에 개업을 하지 않을 결심을 하는 사람이 지난 10년 동안 최상급의 의대생들 가운데에 나타났다는 것은 매우 특기할 만한 일이다. 그들은 처음으로 의학의 주변 과학들 — 생리학, 화학 같은 — 을 위해서 의학을 포기했다. 물론 이 젊은이들은 의사로 개업하기만 하면 서른 살이 되기 전에 명성을 얻을 수 있고 서른다섯 살에는 웬만큼의 재산을 모을 수 있으며 마흔 살에는 부자가 된다는 것을 잘 알고 있었다. 그러나 그들은 다른 식으로 생각했다. 즉, 의학은 본격적인 치료를 시도하기에 앞서 의술을 위한 기본 자료를 수집하는 데 더 힘써야 하는 유아기적인 상태에 있어서 장래에 의사가 될 사람들에게 좀더 과학적인 치료법을 전해 주어야 된다고 생각하였다. 이 점에서 그들은 선행 조건인 기초 과학의 진보를 위해서 모든 노력을 했다. 부(富)를 거부했고, 즐거움을 거부했으며, 병원에 가만히 앉아 있는 대신에 과학적으로 흥미 있는 개구리 해부학 실험에 열중했다. 그들은 매년 백 가지 종류의 동물을 해부했다. 그리고 기회가 오자 제일 먼저 화학 실험실을 세웠다. 그러나 그들이 이러한 고귀한 결심을 얼마나 진지하게 수행해 내느냐 하는 것은, 말할 것도 없이, 그들의 가정이 안정되게 자리잡느

냐에 달려 있었다. 만일 가족을 부양할 필요가 없다면 그들은 개업조차 하지 않고 오직 연구만을 위해서 기꺼이 가난한 상태로 살아갈 것이다. 그러나 가정 형편이 개업을 하지 않을 수 없는 상태라면 가정을 위해서 꼭 필요한 만큼만 개업을 했다. 그러나 그들은 신체적으로 아픈 사람만을 치료했으며 그것도 현재 과학이 허용하는 범위 내에서만 치료를 했다. 물론 이런 치료는 그들에게 아무런 진보도 가져오지 않았다. 바로 이 그룹에 로뿌호프와 끼르사노프가 속해 있었다. 이들은 올해 졸업반이다. 이들은 개업을 위해서가 아니라 단지 의학박사 학위를 취득하기 위해서 시험을 치를 것이라고 이미 말하였다. 그동안 이들은 의학적 주제들을 열심히 공부했고 막대한 양의 개구리를 이용해 실험을 계속했다. 두 사람은 특별히 신경 체계를 주제로 공동 작업을 했는데 각자의 학위논문을 위한 작업은 분리되어 있었다. 즉, 한 사람은 그들이 함께 관찰한 사실들을 자료로서 정리하고 다른 사람은 똑같은 사실들을 다른 각도에서 분석하고 있었다.

그러나 지금은 로뿌호프에 대해서 이야기할 때다. 그는 한때 술을 지나칠 정도로 많이 마셨다. 그것은 차를 마실 수 없을 만큼 어렵던 때였는데 때때로 그것은 쓸모없는 짓이었다. 그러나 그의 어렵던 처지는 극도로 술을 필요로 했고, 자의반 타의반 그런 자리는 늘어만 갔다. 술을 사는 것이 음식과 옷을 사는 것보다 훨씬 싸게 먹히던 시절이었던 것이다. 그러나 생활고에 대한 견딜 수 없는 슬픔으로 인해 생겼던 주벽이 사라진 지금에 와서 보면, 그만큼 엄격한 생활을 하고 있는 사람도 없었다. 그는 또 한때 연애광이기도 했는데, 한 번은 외국의 발레 무용수에게 빠진 적이 있었다. 〈어떻게 해야 하지?〉 그는 심사숙고한 다음 그녀를 방문하러 갔다. 「원하는 게 뭐지?」 「나는 아무개 백작의 서찰을 가지고 왔습니다.」 그의 학생 복장을 본 하인은 그를 점원이나 관공서의 급사쯤으로 생각했다. 「서찰을 이리 주게. 회답을 기다릴 건가?」「백작께선 내게 기다렸다가 회답을 받아 오라고 하셨습니다.」 하인은 놀라서 낯빛이 변해 가지고 돌아왔다. 「아씨께서 들어오라고 하십니다.」「바로 당신이었군요, 나를 놀라게 한 게! 그래, 내가 들으라고 그렇게 큰소리를 쳤나요? 나를 보려고 몇 번이나 경찰서에 끌려 갔었나요?」「두 번입니다.」「별로 많지 않군요. 그래, 여긴 왜 왔지요?」「당신을 보고 싶어서요!」「좋아요! 그 밖에는?」「아직 잘 모르겠습니다. 그런데 당신은 무엇을 좋아하십니까?」「음, 마침 아침 식사를 하려던 참이었어요. 식탁이 차려진 게 보이지요? 나와 같이 식사나 해요.」 접시가 하나 더 식탁에 놓여졌다. 그녀는 그를 보고 웃었다. 그도 웃었다. 「당신은 어려요. 하지만 나쁘거나 얼빠진 것 같진 않군요. 아니, 무척 재미있을 것 같아요. 그래, 뭐 재미있는 거 없어요?」 그녀는 약 2주일 동안 그를 희롱하고 나서 말했다. 「이제 여기 오지 마세요.」「나도 그러고 싶습니다만, 어떻게 해야 할지 모르겠습니다.」「우리의 우정을 해치고 싶으세요?」 그들은 서로 이별의 키스를 나누었고, 그것이 마지막이었다. 약 3년 전의 일이다. 그러나 지금은 일체의 그런 어리석은 짓을 그만둔 지 2년이 지났다.

그가 알고 지내는 사람들은 그를 훌륭한 과학도로 인정하는 동료나 두세 교수를 제외하면, 고작 그가 가르친 집안의 사람들뿐이었다. 그러나 그가 그 가족들을 다 아는 것은 아니었다. 그는 자신이 가정교사를 그만둔 집안과는 교제를 피했고, 그가 가르친 학생들 말고는 그들에 대해서 당당하고 초연하게 행동했다.

3

로뿌호프가 방에 들어갔을 때 차탁자에 가족들이 앉아 있는 것이 보였다. 그들 가운데에 베로치까도 있었다. 물론 베로치까를 포함한 가족들도 가정교사가 방에 들어오는 것을 보았다. 「의자에 앉으세요.」 마리아 알렉세예브나가 말했다. 「요리사……, 잔 하나 더 가져와.」[13]

「저 때문이라면 감사합니다만 사양하겠습니다. 저는 차를 마시지 않습니다.」

「요리사, 잔 그만둬라. 〈가정 교육이 잘 되어 있는 젊은이군!〉 왜 차 좀 마시지 않고요? 마시는 게 좋을 텐데!」

그는 마리아 알렉세예브나와 베로치까를 주의 깊게 살펴보았다. 그것은 거의 의도적이었다. 그는 그녀가 가볍게 어깨를 들었다가 내리는 것을 알아차렸다. 〈그는 내가 얼굴을 붉힌 걸 본 게 틀림없어!〉

「감사합니다! 저는 집에서만 차를 마십니다.」

〈야만인은 아니야. 들어와서는 정중하고 우아하게 인사했어.〉 식탁 한쪽 끝에서 관찰한 내용이었다. 〈약간 버릇이 없긴 하지만 괜찮아 보여. 아까는 자기 어머니의 천박함 때문에 얼굴을 붉힌 거야.〉 식탁의 다른 쪽 끝에서 관찰한 내용이었다.

표도르가 차를 다 마시자 그는 공부를 가르치러 갔다. 그날 저녁에 있었던 가장 중요한 일은 마리아 알렉세예브나가 가정교사에 대해서 매우 호의적인 생각을 갖게 되었다는 것이다. 그녀는 공부 시간이 오전에서 저녁으로 바뀌면서 설탕이 축나

---

[13] 러시아에서 전통적으로 여자는 컵에 차를 마시고, 남자는 잔에 차를 마신다.

지 않을까 염려했는데, 생각했던 것보다 그다지 축나지 않으리라고 생각했다.

이틀 뒤에 선생은 다시 식탁에 앉아 있는 가족들을 보았다. 그리고 역시 차를 거절했고 이렇게 해서 마리아 알렉세예브나의 근심을 완전히 가라앉혔다. 그러나 이때 그는 식탁에 새 얼굴 — 장교였는데 마리아 알렉세예브나는 그에게 열심히 아첨을 떨고 있었다 — 이 있는 것을 보았다. 〈아하, 신랑인가 보군!〉

그러나 제복과 이름 있는 가문의 후광을 입고 있는 신랑은 곧 가정교사가 가볍게 대할 인물이 아님을 알아차렸다. 그는 사교계에서 하듯 점잖은 시선으로 머리부터 발끝까지 찬찬히 뜯어보았다. 그러나 장교는 그를 조사하기 시작하자마자 마찬가지로 자신이 조사되고 있다는 것을 깨달았다. 게다가 그는 자기를 똑바로 응시하고 있었다. 신랑은 황급히 시선을 거두며 말했다. 「그 일은 무척 힘들 것 같던데요, 므슈 로뿌호프, 당신의 의학 연구 말입니다.」

「그렇긴 합니다.」 그는 계속해서 상대방의 눈을 똑바로 쳐다보았다.

신랑은 자기의 왼손이 제복의 위쪽 단추 세 개를 만지작거리고 있는 것을 깨달았으나 그 까닭은 알지 못했다. 자기의 행동이 어색하다고 느낀 그는 서둘러 차를 마셨다. 달리 구원이 될 만한 것이 없었던 것이다. 마리아 알렉세예브나가 차를 더 들도록 권했다. 「당신의 제복을 보니, 내가 잘못 보지 않았다면, 모 연대에 속해 있는 것 같은데요?」

「그렇습니다. 그 연대에서 근무하고 있습니다.」 미하일 이바노비치가 대답했다.

「근무한 지 오래 됐습니까?」

「9년 됐습니다.」

「그 연대가 첫 근무지인가요?」

「그렇습니다.」

「중대를 맡고 계신가요, 아니면?」

「아직 중대를 맡고 있지 않습니다.」 (나를 마치 사병 다루듯 하고 있어.)

「곧 중대를 맡게 되겠군요?」

「아직은……」

「흠!」 가정교사는 만족해 했고 아직 〈사병〉의 눈을 똑바로 쳐다보고 있긴 했지만 조사를 끝냈다.

〈그런데……〉 베로치까는 생각했다. 그녀가 〈그런데〉라고 한 것은 무엇을 뜻하는 것일까? 마침내 그녀는 〈그런데〉가 의미하는 게 무엇인지를 생각해 냈다. 〈그런데 그는 마치 세르주가 상냥한 쥘리와 함께 왔을 때 했던 것과 똑같이 행동하고 있어. 그렇다면 그가 야만인이 아닌 것만은 틀림없어. 그런데 왜 여자에 대해서 그처럼 이상하게 말했을까?《예쁜 여자는 얼빠진 사람이나 좋아한다》고? 그리고…… 그리고……〉 그녀는 왜 〈그리고〉를 되뇌었을까? 그녀는 그것을 깨달았다! 〈그리고 왜 나에 대해서 알고 싶어하지 않는 걸까? 왜 흥미 없다고 말했을까?〉

「베로치까, 미하일 이바노비치와 나를 위해서 피아노 좀 쳐주겠니?」 베로치까가 두 번째 잔을 내려놓았을 때 마리아 알렉세예브나가 말했다.

「그러지요.」

「그리고 노래도 불러 주시면……」 미하일 이바노비치가 아첨하듯 덧붙였다.

「그러지요.」

〈이《그러지요》는 마치 그녀가《당신을 쫓아내기 위해서라면 무엇이든 할 준비가 되어 있어요》라고 말하는 것 같아.〉

가정교사는 생각했다. 그는 5분 동안 그들과 함께 앉아 있었다. 그리고 그녀를 쳐다보진 않았지만 그는 그녀가 방금 대답할 때 말고는 한 번도 신랑을 쳐다보지 않았다는 것을 알았다. 그리고 방금도 그녀는 마치 아버지나 어머니를 쳐다보는 것처럼, 애정이라곤 눈곱만치도 없이 차갑게 그를 쳐다보는 것이었다. 〈표도르가 내게 말한 것과 전혀 다른 무언가가 있는 게 틀림없어. 그러나 무엇보다도 그녀는 권세와 부를 위해서 귀족 사회에 들어가길 원하는 야심만만하고 계산적인 여자인 게 분명해. 필시 그런 목적이라면 좀더 나은 신랑감을 찾으리라는 것은 당연하지. 하지만 신랑을 경멸하면서도 그녀는 그의 손을 순순히 받아들이고 있어. 그녀가 원하는 곳으로 인도해 줄 다른 손이 없기 때문이겠지. 아무튼 이건 매우 흥미 있는 일이야.〉

「표도르, 빨리 차를 마셔라.」 어머니가 말했다.

「너무 재촉하지 마십시오. 마리아 알렉세예브나, 베로치까가 허락한다면 저도 듣고 싶습니다.」

베로치까는 보지도 않고 손에 잡히는 대로 악보를 집어서 아무 곳이나 펼쳐서 기계적으로 치기 시작했다. 마치 어떤 곡이냐가 아니라 빨리 끝내는 것만이 중요하다는 듯이. 그러나 악보는 잘 정돈되어 있었고 그녀가 펼친 곳엔 훌륭한 오페라 곡이 있었다. 그녀의 연주는 곧 생기가 넘쳤다. 그녀는 피아노 연주를 끝내고 일어서려고 했다.

「노래부르기로 했잖아요, 베라 빠블로브나. 괜찮다면 〈리골레토〉[14] 중에서 한 곡을 부탁하고 싶군요.」 (올 겨울에는 「여자의 마음」이란 아리아가 유행이었다.)

---

14 이탈리아의 작곡가 베르디가 만든 이 오페라는 뻬쩨르부르그에서는 1853년에 초연되었다.

「당신이 원한다면.」

베로치까는 「여자의 마음」을 불렀다. 그러고 나서 일어나 그녀의 방으로 갔다.

「차갑고 냉정한 여자인 줄만 알았는데 노래 속에 영혼이 들어 있는 것 같군요. 아주 재미있었습니다.」

「좋지 않아요?」 미하일 이바노비치는 가정교사를 경계함 없이 평범한 목소리로 물었다. (이 친구와 불편한 관계에 있을 필요는 없어. 그런데 왜 우쭐대며 말하는 걸까? 혹시 무슨 생각이라도?)

「예, 대단히 좋습니다.」

「음악을 아십니까?」

「조금.」

「그러면 음악을 하시나요?」

「대충.」

마리아 알렉세예브나는 이 대화를 듣자 재미있는 생각이 떠올랐다.

「무슨 악기를 하세요, 드미뜨리 세르게이치?」 그녀가 물었다.

「피아노입니다.」

「한 곡 부탁드려도 괜찮겠지요?」

「그럼요, 기꺼이.」

그는 한 곡을 쳤다. 그의 피아노 솜씨는 상당했다. 전혀 나무랄 데가 없었다.

그가 공부 가르치기를 마치자 마리아 알렉세예브나가 와서 말했다. 내일이 바로 그녀의 딸 생일이라 조그맣게 파티를 열 예정이라고. 그리고 그에게 참석해 줄 것을 요청했다.

물론 그런 파티에는 으레 젊은 남자가 부족하게 마련이었다. 아무래도 좋았다. 그는 그녀를 좀더 자세히 보게 될 것이다. 그녀에게는, 아무튼 그녀에 대해서는 흥미 있는 뭔가가 있었다. 「진심으로 감사드립니다.」 그러나 가정교사는 오해하고 있었다. 마리아 알렉세예브나는 여자들과 춤춰 줄 남자를 찾는 것이 아니었다. 그녀에게는 좀더 중요한 생각이 있었다.

독자 여러분은 물론 이날 저녁에 어떤 일이 일어날지 벌써 예상했을 것이다. 베로치까와 로뿌호프가 서로 사랑하게 될까? 물론이다. 그들은 서로 사랑하게 될 것이다.

4

베로치까의 생일날에 마리아 알렉세예브나는 파티를 크게 열기를 원했으나 베로치까는 손님을 아무도 초청하지 않았으면 하고 바랐다. 전자는 신랑을 사람들한테 선보이려고 했고 후자는 그런 식의 파티를 불쾌하게 생각했다. 마침내 그들은 가능한 한 파티를 조촐하게 열기로 합의했고, 가장 가까운 친구 몇 명만을 초청했다. 그들은 빠벨 꼰스딴찌노비치의 동료들 — 그들은 빠벨 꼰스딴찌노비치보다 오래 근무했고 지위도 높았다 — 과 마리아 알렉세예브나의 친구 둘, 그리고 베로치까와 어느 누구보다도 가까운 젊은 여성 셋을 초청했다.

로뿌호프가 파티에 모인 사람들을 보았을 때 그는 파트너가 부족하지 않다는 것을 알아차렸다. 젊은 여성들 모두가 젊은 남자들을 대동하고 왔는데, 그들은 그녀들의 신랑 후보이거나 이미 결혼한 신랑들이었다. 그러므로 로뿌호프는 파트너로 초청된 게 아니었다. 그렇다면 왜? 그는 신중하게 생각했고 곧 그의 피아노 솜씨가 그를 초청하게 된 연유임을 깨달

앉다. 말할 것도 없이 아무 비용도 들이지 않고 그를 반주자로 쓸 요량으로 초청한 것이었다. 〈그랬었군.〉 그는 생각했다. 그리고 〈미안합니다, 마리아 알렉세예브나〉라고 외치고는 얼른 빠벨 꼰스딴찌노비치에게 갔다.

「어쩌겠어요, 빠벨 꼰스딴찌노비치. 카드 게임이나 하지요. 피아노 치고 노래나 부르는 것은 우리같이 다 큰 사람에게는 딱 질색이거든요.」

「무슨 게임을 하지?」

「아무거나 좋지요.」

파티가 시작되자마자 로뿌호프는 앉아서 카드 게임을 하기 시작했다. 뷰보르그스까야 거리에 있는 의학부는 옛날부터 카드놀이로 유명했다. 방마다 ─ 즉, 정부 장학금을 받는 학생들의 기숙사마다 ─ 카드 게임이 성행했고 한번 시작됐다 하면 한나절 반이나 쉬지 않고 계속되는 것이 보통이었다. 학생들의 카드 테이블에 사람이 바뀌는 경우는 영국 클럽[15]에서보다 훨씬 적었으며 카드 솜씨도 훨씬 단수가 높았다. 로뿌호프도 즐겨 카드 게임을 하곤 했는데, 그것은 주로 그가 돈이 없던 시절의 일이었다.

「우리 여자들은 무엇을 하지요? 카드 게임에 끼어들고 싶지만 자리가 나야지요. 우리들 중에 꼭 일곱 명이 남았어요. 남자든 여자든 한 사람만 더 있어도 쿼드릴[16]을 출 수 있을 텐데.」

첫번째 삼판 승부가 끝나자 여자들 중에 가장 쾌활한 한 사람이 로뿌호프에게 날 듯이 뛰어왔다.

---

[15] 1770년에 만들어진 클럽으로 혁명 전 러시아 시대에 가장 오래된 사회 주도 단체였다. 그 시대에 가장 유명한 정치인, 문학가, 사회인들이 그 구성원들이었다.

[16] 네 명이 한 조가 되어 추는 춤.

「므슈 로뿌호프, 당신은 춤을 춰야 해요.」
「조건이 있어요.」 그가 일어나 인사하며 말했다.
「뭔데요?」
「나를 첫번째 쿼드릴에 끼워 준다면요.」
「아이! 그건 안 돼요! 내가 첫번째 쿼드릴에 들어갈 거예요! 그 다음번이라면 좋아요.」

로뿌호프는 다시 허리를 굽혀 감사의 표시를 했다. 둘이 그를 대신해서 카드 게임에 끼어들었다. 세 번째 쿼드릴을 출 때 로뿌호프는 베로치까에게 요구했다. 첫번째로 출 때 그녀는 미하일 이바노비치와 춤췄다. 두 번째 출 때 로뿌호프는 그 쾌활한 여자와 춤췄다.

로뿌호프는 베로치까를 주의 깊게 쳐다보았다. 그는 이전에 그녀가 돈을 위해서 경멸하는 남자와 결혼하는 냉정하고 차가운 여자라고 했던 자신의 생각이 잘못되었다는 것을 완전히 확신했다. 그는 자기 앞에서 온전한 정신으로 춤추며 웃고 있는 한 평범한 젊은 여자를 보았다. 좀 부끄러워하긴 했지만 그녀는 춤추는 것을 좋아하는 평범한 여자였던 것이다. 처음에 그녀는 파티라는 말에 얼굴이 딱딱하게 굳어졌었다. 그러나 파티를 조촐하게 열기로 조정이 되자 — 떠들썩하기보다 조촐하게, 그러나 결과적으로 그것은 그녀에게 조촐한 것이 아니었다 — 그녀에게조차 믿어지지 않을 정도로 그녀의 우울증은 말끔히 사라졌다. 사실 그녀와 같은 나이의 사람들은 우울한 것은 좋아하지 않는다. 오히려 한순간이라도 자기를 잊어버림으로써 슬픔을 잊게 하는 생동감과 쾌활성이야말로 그 나이에 어울리는 것이다. 로뿌호프는 마침내 그녀에게 호감을 갖게 되었다. 그러나 그에게는 아직 분명치 않은 것들이 남아 있었다.

그는 베로치까가 처해 있는 예사롭지 않은 상황에 관심을 갖게 되었다.

「므슈 로뿌호프, 나는 당신이 춤추는 것을 보게 되리라고는 기대하지 않았어요.」 그녀가 말을 꺼냈다.

「왜, 안 됩니까? 춤추는 게 뭐 어려운 일이기라도 한가요?」

「대부분의 사람에게는 분명히 그렇지 않아요. 그러나 당신에겐 왠지…… 그래요…… 그랬어요.」

「왜 나한테는?」

「당신의 비밀 ─ 당신과 표도르 사이의 비밀 ─ 을 알기 때문이지요. 당신이 여자를 경멸한다는!」

「표도르는 내 비밀을 전혀 알지 못합니다. 나는 여자를 경멸하지 않아요. 다만 그들을 피할 뿐이에요. 왜 그런지 아세요? 나는 신부를…… 매우 시기심이 많은 신부를…… 갖고 있거든요. 그런데 그녀가 나로 하여금 여자들을 피하게 하려고 여자들의 비밀을 말해 주었기 때문이지요.」

「당신에게 신부가 있다고요?」

「예!」

「어머나 놀랍군요! 학생이 벌써 약혼했다니! 그녀는 예쁜가요? 당신이 그녀를 사랑하세요?」

「물론이지요. 그녀는 미인입니다. 나는 그녀를 매우 열렬히 사랑합니다.」

「그녀의 머리카락은 검은색인가요, 금발인가요?」

「그것은 말할 수 없습니다. 비밀이에요.」

「그럼 신만이 알겠군요! 그런데 그녀가 여자들과의 모임을 피하라고 하면서 알려 주었다는, 여자들에 대한 그 비밀이란 무엇이지요?」

「그녀는 내가 우울한 상태에 빠지는 것을 싫어한다는 것을 알지요. 그녀가 여자들에 대한 비밀을 내게 속삭였어요. 여자와 똑같이 우울한 상태가 되지 않으면 여자를 알 수 없다고 말이죠. 그래서 나는 여자들을 피합니다.」

「여자와 똑같이 우울한 기분이 되지 않으면 여자를 알 수 없다고요? 아무튼 당신은 아첨하는 데는 선수군요.」

「그럼 달리 뭐라고 말할 수 있겠습니까? 실제로 누군가에게 연민을 느낀다는 것은 우울한 상태가 되는 것과 똑같은 것입니다.」

「우리가 그렇게 딱해 보이나요?」

「그렇지요. 당신은 여자가 아닌가요? 나는 당신들이 가장 열렬히 바라는 것을 당신에게 들려줄 뿐입니다. 결국 당신은 내게 동의하실 겁니다. 그것이야말로 모든 여자들이 누구나 다 바라는 것이니까요.」

「말해 주세요, 내게!」

「그것은 바로 이것입니다. 〈아아! 내가 남자라면 얼마나 좋을까?〉 나는 속으로 그리고 진심으로 이것을 원하지 않는 여자를 만나 본 적이 없습니다. 대개의 경우에는 그것을 확인할 필요가 없습니다. 설명하지 않아도 자연스럽게 표현되기 때문입니다. 어떤 여자가 골칫거리를 갖고 있다면, 당신은 곧 다음과 같은 말들을 듣게 될 것입니다. 〈여자란 미천하고 불쌍한 짐승이지!〉 또는 〈남자들은 여자들과는 달라!〉 또는 좀더 노골적으로 〈아아! 왜 나는 남자가 아닐까?〉」

베로치까는 미소를 지었다. 「사실이에요. 모든 여자들이 그렇게 말해요.」

「여자들이 얼마나 불쌍한지 이제 아실 겁니다. 왜냐하면 그녀들의 가장 열렬한 소망이 이루어진다면 이 세상에는 단 한 명의 여자도 남아 있지 않을 테니까 말입니다.」

「그래요. 그 말이 맞는 것 같아요.」 베로치까가 말했다.

「똑같은 방식으로, 만일 모든 가난한 사람들의 소망이 이루어진다면 이 세상에는 단 한 명의 가난한 사람도 없을 것입니다. 그래도 여자들이 얼마나 불쌍한지 모르겠습니까? 그녀들은 가난한 사람들과 똑같이 불쌍합니다. 누가 가난한 사람들에 대해서 알고 싶어합니까? 똑같은 방식으로, 그녀들의 비밀을 알기 때문에 나는 여자들을 보는 것이 고통스럽습니다. 그것이 약혼하던 그날 내 시기심 많은 신부가 보여 준 것입니다. 그날까지만 해도 나는 여자들 틈에 끼여 있는 것을 매우 좋아했습니다. 그 뒤, 그것은 내게서 떨어져 나갔습니다. 내 신부가 나를 구한 것이지요.」

「당신 신부는 상냥하고 분별 있는 젊은 여성임에 틀림없어요. 그래요, 우리 여자들은 불쌍한 동물이에요. 우리는 보잘것없어요.」 베로치까가 말했다. 「그런데 당신 신부는 누구죠? 당신은 너무 신비스럽게 말해요!」

「그것이 표도르가 당신에게 말하지 않은 내 비밀 중의 하나입니다. 나는 이 세상에 가난한 사람이 단 한 명도 없기를 바라는 그들의 소망에 전적으로 공감합니다. 언젠가 이 소망이 실현될 것입니다. 조만간에 우리는 가난한 사람이 아무도 없는 그런 행복한 삶을 살게 될 것입니다. 그러나……」

「뭐라고요, 앞으로는 가난이 없게 된다고요?」 베로치까가 그의 말에 끼어들었다. 「나도 언젠가는 가난이 사라질 때가 올 거라고 생각했어요. 그러나 그러한 것이 언제 어떻게 오게 될지 나는 말할 수가 없었어요. 그걸 내게 말해 주세요!」

「나는 그것을 말할 수가 없습니다. 오직 내 신부만이 말할 수 있습니다. 나는 지금 혼자입니다. 그러므로 고작 이렇게 말할 수 있을 다름입니다. 그녀는 그것을 내다보고 있으며 매우 강한 여자라고, 이 세상의 어느 누구보다도 더 강하다고 말입니다. 하지만 그녀보다 일반적으로 여자들에 대해서 말해 봅시다. 나는 더 이상 가난이 없기를 바라는 가난한 사람들의 소망에 전적으로 동의합니다. 내 신부는 그것을 실현시키려고 노력하고 있습니다. 그러나 나는 이 세상에 더 이상 여자가 없기를 바라는 여자들의 바람에는 동의하지 않습니다. 그러한 희망은 실현될 수가 없기 때문입니다. 나는 실현될 수 없는 것에는 동의하지 않습니다. 나는 오히려 다른 종류의 희망을 갖고 있습니다. 즉, 모든 여자들의 내 신부와 친해지기를 바라는 것입니다. 그녀는 다른 모든 것과 마찬가지로 그녀들을 잘 돌볼 것입니다. 만일 그녀들이 그녀와 우정을 나눈다면 내가 그녀들에게 연민을 느낄 필요가 없을 것이고 〈아아, 왜 나는 남자로 태어나지 않았을까!〉 하는 그녀들의 한탄도 사라질 것입니다. 그리고 남자보다 조금도 못하지 않게 될 것입니다.」

「므슈 로뿌호프! 한 번 더 쿼드릴을 춰요, 실수 없이!」

「좋습니다.」 그는 그녀의 손을 가만히 위엄 있게 꼭 쥐었다. 마치 그가 옛친구이기라도 한 듯이, 그녀가 그의 친구이기라도 한 듯이. 「어느 쿼드릴을?」

「마지막 것으로요.」

「좋아요.」

마리아 알렉세예브나가 그들의 쿼드릴을 추고 있는 동안 그들 곁을 몇 번 지나쳤다.

만일 그녀가 이 대화를 들었다면 어떻게 생각했을까? 처음부터 끝까지 모든 이야기를 들은 우리는 쿼드릴을 추는 동안의 이 대화가 매우 부자연스런 것임을 알고 있다.

드디어 마지막 쿼드릴 차례가 왔다.

「내내 나에 대해서만 얘기했습니다.」 로뿌호프가 말했다. 「시종일관 내 얘기만 한다는 것은 내 편에서 보아도 좋지 않은 행위지요. 이제 당신 얘기를 들음으로써 나의 무례를 보상받고 싶습니다. 베라 빠블로브나. 당신이 나에 대해서 알고 있는 것보다 내가 당신에 대해서 훨씬 더 나쁜 생각을 갖고 있었다는 것을 아시지요? 이 문제는 뒤에 얘기하기로 하고, 우선 당장 내가 납득할 수 없는 의문이 하나 있습니다. 내게 대답해 주기 바랍니다. 당신은 곧 결혼하게 됩니까?」

「결코 그런 일은 없을 거예요!」

「나도 내가 카드 테이블에서 이리로 온 세 시간 전부터 그렇게 생각했습니다. 그렇다면 왜 그가 당신의 신랑으로 알려져 있습니까?」

「왜 그가 내 신랑으로 알려져 있냐고요? 진정, 왜냐고요? 내가 당신에게 말할 수 없는 이유가 하나 있어요. 그것은 내게 너무도 힘들어요. 내가 할 수 있는 것은 고작 다른 것이지요. 그를 연민하는 것입니다. 그도 나를 그런 식으로 사랑합니다! 당신은 말할 거예요. 〈내가 우리의 결혼에 대해서 생각하고 있는 것을 그에게 솔직하게 말해야 한다〉고요. 물론 그에게 말했지요. 그러면 그는 다음과 같이 대답하는 거예요. 〈말하지 마세요. 그것은 나를 죽이는 겁니다. 제발 아무 말도 하지 마십시오.〉」

「그것은 두 번째 이유입니다. 당신이 내게 말하기 힘들다고 한 첫번째 이유를 나는 알고 있습니다. 집안에서 당신이 차지하고 있는 위치가 두렵기 때문입니다.」

「현재는 견딜 수 있어요. 지금은 아무도 나를 괴롭히지 않아요. 그들은 내가 빨리 결정 짓기만을 기다리고 있어요. 때문에 거의 혼자 있게 내버려 두지요.」

「그러나 이것은 오래갈 수 없습니다. 그들은 당신에게 압력을 넣기 시작할 겁니다. 그땐 어떻게 하겠어요?」

「아무 소용없어요. 그것에 대해서는 어떻게 할 것인지 이미 결심했어요. 그렇게 되면 나는 더 이상 이 집에 머무르지 못할 거예요. 나는 여배우가 될 생각을 하고 있어요. 그게 얼마나 탐나는 생활인가요! 자유말이에요! 자유!」

「그리고 박수도 있을 거예요.」

「그래요, 그것도 재미있어요. 하지만 중요한 것은 자유예요. 내가 하고자 하는 것을 할 수 있다는 것, 즉 누구에게도 도움을 청하지 않고 의지하지 않고 내가 하고자 하는 대로 사는 것, 그것이 내가 살고자 하는 생활이에요!」

「그것은 참되고 좋은 것입니다! 그럼, 어떻게 해야 하고, 누구에게 부탁해야 하는지 알아보지요. 좋아요?」

「고맙습니다.」 베로치까가 그의 손을 꼭 쥐었다. 「곧 바로 그 일을 시작해 주세요. 할 수만 있다면 되도록 빨리 이 비참하고 견딜 수 없는 치욕적인 상황에서 나를 찢어 내고 싶어요. 좀 전에 〈아직은 괜찮다〉고, 〈견딜 수 있다〉고 했어요. 하지만 실제로 정말 그럴까요? 내 명예가 어떻게 되었는지 내가 모른다고요? 여기에 있는 사람들이 나를 어떻게 생각하는지 내가 모른다고요? 그들은 말해요. 〈그녀는 음모꾼이야, 그녀는 교활해, 그녀는 부자가 되고 싶어해, 그녀는 상류 사회에 들어가 두각을 나타내고 싶어해. 그녀는 남편을 신발 밑에 깔아뭉개고 조그만 손으로 비틀고 속일 거야.〉 그래도 내가 그들이 나를 어떻게 생각하는지 모른다고요? 하지만 나는 그렇게 살고 싶지 않아요. 정말 그러고 싶지 않아요!」 그녀는 갑자기 깊은 생각에 빠졌다. 「아까 내가 〈그를 연민해요. 그도 그런 식으로 나를 사랑해요〉라고 말했다고 비웃지 마세요.」

「그가 당신을 사랑합니까? 그가 나처럼 당신을 바라봅니까?」

「당신의 눈은 솔직하고 정직해요. 당신의 눈은 나를 불쾌하게 하지 않아요.」

「됐어요, 베라 빠블로브나. 그런데 그가 정말 그렇게 보는 것 같던가요?」

베로치까는 얼굴이 빨개졌고 아무 말도 하지 않았다.

「그렇다면 그는 당신을 사랑하지 않는 겁니다. 그것은 사랑이 아니에요, 베라 빠블로브나.」

「하지만……」 베로치까는 말을 끝내지 못하고 중단했다.

「당신은 이렇게 말하려고 했을 겁니다. 〈만일 그게 사랑이 아니라면, 그렇다면, 그건 무엇이지요?〉 그냥 내버려 두세요. 당신 스스로도 그것은 사랑이 아니라고 말했잖습니까? 당신은 이 세상에서 누구를 가장 사랑합니까? 내가 말하는 것은 이런 사랑이 아니라 당신의 친지나 친구들 가운데서 말하는 겁니다.」

「특별히 누구라고 할 만한 사람은 없어요. 어느 누구도 그다지 사랑하지 않아요. 얼마 전에 매우 특별한 여자를 만났어요. 그녀는 내게 매우 진지하게 말했어요. 자기 자신에 대해서도 무척 심한 말을 했고요. 그녀는 내가 그녀와 알고 지내는 것을 금지할 정도였으니까요. 우리는 특별히 조심스럽게 만났어요. 그녀는 말했어요. 내가 죽음의 위험에 직면할 정도로 곤경에 빠졌을 때만 자기를 보러 와도 좋다고요. 그러나 그 밖의 다른 경우에는 절대로 안 된다고 했어요. 나는 그녀를 몹시 사랑해요.」

「당신은 그녀가 그녀의 의사를 거스르면서까지 당신에게 무엇인가를 해주리라고 생각합니까?」

그녀는 미소를 지었다. 「어떻게 그런 일이 있을 수 있겠어요?」

「그렇다면, 당신이 그녀의 도움을 몹시 필요로 하는데 그녀가 〈만일 당신을 위해서 이것을 하면 그것은 나를 괴롭히게 될 거예요〉라고 말했다고 생각해 봅시다. 그래도 당신은 그녀에게 반복해서 청하겠습니까?」

「그러느니 차라리 죽고 말 거예요.」

「지금 당신은 내게 그녀를 사랑한다고 말했습니다. 그러나 이 사랑은 애정이 아니라 단순한 감정일 뿐입니다. 사랑은…… 강렬한 열정입니다! 당신은 단순한 감정과 애정을 어떻게 구별합니까? 그것은 강함에 의해서입니다. 만일 애정에 비해 턱없이 약한 사소한 감정에 따라 행동한다면, 그 감정은 당신에게 〈그에게 고통을 주느니 차라리 죽는 게 낫다〉고 말할 것입니다. 사소한 감정이 그렇게 말한다면 천 배나 강한 사랑은 뭐라고 하겠습니까? 그것은 다음과 같이 말할 것입니다. 〈누구든지 나 때문에 자기 의사를 거스르는 일이 생긴다면 나는 그것을 — 청하거나 요구하는 것은 고사하고 — 단지 허락하는 것만으로도 차라리 죽어 버리겠다. 그리고 그가 억지로 무엇을 하거나 불편을 참고서 나를 위해서 무엇인가를 할 가능성을 보이기만 해도 나는 그것을 허락하느니 차라리 죽음을 택하겠다〉고. 이런 식으로 말하는 열정이 바로 사랑입니다. 그러나 감정은 어디까지나 감정일 뿐 사랑은 〈아닙니다〉. 나는 이제 집에 가려고 합니다. 당신에게 모든 것을 말했습니다. 베라 빠블로브나.」

베로치까는 그의 손을 꼭 잡았다.

「안녕, 그런데 당신은 왜 나에게 축하해 주지 않지요? 오늘이 내 생일이에요.」

로뿌호프는 그녀를 쳐다보았다. 「그랬군요. 그런데 당신이 감정과 사랑을 혼돈하지 않았더라면 더 좋았을 텐데!」

5

〈이런 일이 이렇게 빨리 오다니, 전혀 뜻밖이야.〉 베로치까는 밤늦게 그녀의 방에 홀로 앉아 생각한다. 〈우리는 처음으로 얘기했어. 그런데 꼭 오랜 친구 같았어. 한 시간 반 전만 해도 서로 몰랐는데 한 시간 만에 그런 좋은 친구 사이가 되다니, 참 이상해!〉

그럴 리가! 그것은 조금도 이상하지 않다, 베로치까. 로뿌호프 같은 사람은 박해받는 피조물을 끌어당기는 마술적인 말솜씨를 갖고 있다. 그들의 귀에다 그런 말을 속삭이는 것은 바로 그들의 〈신부〉다. 그런데 참으로 이상한 것은 — 당신과 나에게는 그렇지 않지만 — 당신이 너무도 평온하다는 것이다. 흔히 사람들은 사랑이 자극적인 감정이라고 생각한다. 그런데 당신은 어린애처럼 곤히 잠들 것이고 꿈에 놀라거나 깨어나지도 않을 것이며 행복한 어린애처럼 벌금 놀이나 술래잡기 또는 춤추는 장면을 즐겁고 태평스럽게 꿈꿀지도 모른다. 그것은 사람들한테 이상하게 느껴질 것이다. 그러나 당신은 그것이 이상하다는 것을 알지 못한다. 하지만 나는 그것이 이상하지 〈않다〉는 것을 안다. 사랑의 불안이란 사랑에 어울리는 것이 아니다. 그런 것은 있어서는 안 되는 것이다. 사랑은 그 자체가 즐겁고 태평스런 것이기 때문이다.

〈이것은 참 이상해.〉 베로치까는 생각한다. 〈그가 가난과 여자들, 그리고 어떻게 사랑해야 하는가에 대해서 말한 것들은 이미 나도 몇 번이나 거듭 생각하고 느꼈던 것들이야. 그렇다면 도대체 나는 그런 생각들을 어디서 갖게 되었을까? 혹시 내가 읽은 책 속일까? 아니야, 거기엔 그런 종류의 것이라곤 아무것도 없었어. 내가 책에서 발견한 것이라곤 의심 아니면 기만이었어. 그래서 모든 것들이 좋긴 하지만 실현될 수 없는 이상처럼, 좀처럼 믿을 수 없게 느껴질 뿐이었어. 하지만 내겐 이 모든 것이 너무도 명료해. 완전히 일상적인 것처럼 말야. 그리고 무엇보다도 확실해. 나는 여기 책장에 꽂혀 있는 책들이 최고의 책이라고 생각하곤 했어. 여기 조르주 상드[17]……, 그처럼 훌륭하고 고귀한 여성이 또 있을까? 그런데 그녀는 이런 생각들을 단순한 환상이라고 여겼어. 그리고 우리 나라의 작가들은…… 아니, 그들은 이런 종류의 것을 생각해 본 적도 없어. 디킨스[18]는 어땠을까? 그는 이런 종류의 생각을 갖고 있긴 했어. 그러나 거기에 대한 희망을 갖고 있진 않았어. 고작 그럴 수 있다면 하고 생각해 보았을 뿐이야. 그는 세심하고 친절했지만 그것이 불가능하다고 확신했던 거야. 그런데 이런 것이 존재하지 않을 수 없다면 언젠가는 그것이 실제로 일어날 것이고 그리하여 그것이 실패 없이 성취되기만 한다면 틀림없이 가난과 불행이 모두 없어질 것이 분명한데도 그들이 이런 것을 몰랐다는 것이 과연 가능한 걸까? 더욱이 이런 것에 대해서 그들이 아무 말도 하지 않고 있다는 것은 어떻게 생각해야 하지? 그래, 그들은 연민을 느끼긴 하지만 실제로는 모든 것이 현재 있는 그대로 계속되리라고, 조금 나아지긴 하겠지만 그다지 큰 변화는 없을 거라고 생각하고 있는 거야. 그들은 내가 갖고 있는 이런 생각들에 대해서 일언반구도 하지 않고 있어. 만일 그들이 거기에 대해서 언급했다면 그들이 그렇게 생각하고 있다는 것을 내가 몰랐을 리가 없어. 그런데 나는 나 혼자만이 그런 생각을 갖고 있다고 생각한 거야. 내가 어리석은 계집인 탓이지. 도대체 나 말고는 아무도 그런 생각을 하지 않고, 아무도 이

---

17 체르니셰프스끼는 프랑스 작가인 조르주 상드를 존경하였다. 조르주 상드는 여성에 대한 사회의 부당한 대우와 결혼에 대해 페미니스트적인 비평을 했다. 체르니셰프스끼는 주로 상드의 소설 『자크』(1834)에서 『무엇을 할 것인가』의 영감과 모델을 제공받았다고 한다.
18 체르니셰프스끼는 영국의 소설가 디킨스도 존경하였다. 디킨스는 특히 『고된 시기』(1854)와 같은 작품을 통해 영국에서의 산업화가 주는 사회적 영향을 있는 그대로, 비판적으로 기술하였다.

새로운 세상의 질서를 기다리고 있지 않다고 생각하다니 이 얼마나 터무니없는 생각이야. 그런데 《그》는 자기의 《신부》가, 내가 일어나리라고 느꼈던 그것들이 실제로 일어날 것이라고, 그녀를 사랑하는 모든 사람들에게 설명하고 있다고 했어. 더욱이 그녀는 모든 것이 가능한 한 빨리 실현되도록 노력하고 있다고 하잖아? 그는 아주 똑똑한 신부를 갖고 있는 거야! 그런데 그녀는 누구일까? 알아야만 해, 꼭 알게 될 거야! 더 이상 가난이 없게 된다면 그것은 정말 좋은 일이야. 그때에는 사람들이 서로 억압하지 않을 거야. 모든 사람들이 즐겁고 친절하고 행복할 거야!〉

여기까지 생각하다가 베로치까는 잠들었다. 그것도 아주 깊이, 그리고 아무 꿈도 꾸지 않았다.

베로치까, 당신이 생각하고 가슴에 간직하고 있는 것이 조금도 이상한 것이 아니다. 당신은 심성이 고운 아가씨다. 당신은 다만 이것이 마땅히 그렇게 되어야 하고 그것도 실패 없이 일어나야 하며 그래서 이 땅에 존재하지 않을 수 없다는 것을 가르치고 증명해 보이기 시작한 이들의 이름을 듣지 못한 것뿐이다. 당신의 책이 당신에게 분명하게 제시해 주지 못한 것을 당신이 이해하고 가슴에 지니고 있다는 것은 결코 이상한 일이 아니다. 당신의 책들은 이러한 사상이 아직 머릿속에서 생각의 단계에 머물러 있을 때 이제 막 이 사상을 배우기 시작한 사람들에 의해서 씌어진 것이다. 때문에 이 사상은 놀랍고 환상적인 것처럼 보였던 것이다. 그 이상 아무것도 아니다. 베로치까, 이제 당신은 이 사상이 실현되는 것을 보게 될 것이다. 그리고 이 사상이 우수하며, 거기에는 조금도 놀라울 것이 없다는 것을 아는 사람들이 쓴 다른 책들이 있다는 것을 알게 될 것이다. 베로치까, 이 사상은 이제 봄의 벌판에서 불어오는 꽃향기처럼 대기 중에 퍼지고 있다. 그것들은 모든 곳에 스며든다. 당신은, 사는 것이 필요하며 그것도 사기와 속임수로 사는 것이 왜 필요한지를 당신의 술취한 어머니에게서 이미 들은 적이 있다. 그것들은 당신 어머니가 당신을 설득하기 위해서 한 말이지만 그녀는 무의식 중에 그것들을 당신에게 알렸던 것이다. 또 당신은 자기의 애인을 하인처럼 부리고, 마음 내키면 무엇이든지 하다가도 제정신이 들면 자기가 나쁜 생각을 갖고 있으며 자기를 억제해야 — 비록 그것이 몹시 어렵긴 하지만 — 한다는 것을 알고 있는 냉소적이고 타락한 프랑스 여인에게서도 그것을 들었다. 친절하고 세련되고 부드러운 세르주와 함께 사는 그녀의 생활이 과연 편안하고 즐거울까? 그녀는 말했다. 〈나같이 예쁜 여자에게도 그런 관계는 혐오스러워요〉라고. 오늘날 당신이 갖고 있는 생각을 주위에서 확인하는 것은 어렵지 않다. 다만, 다른 사람들은 당신처럼 그런 생각을 가슴에 간직하고 있지 않을 뿐이다. 어쨌든 이것은 좋은 것이다. 이상한 것은 아무것도 없다. 자유롭고 행복하고 싶다는 당신의 생각이 뭐가 이상한가? 자유롭고 행복하고 싶은 욕망, 그것이 얼마나 충격적이고 신선한 발견인가를 신은 알고 있다. 그것으로의 일보 전진이 얼마나 영웅적인 것인가를 신은 알고 있다!

그런데 베로치까, 다른 욕망은 다 갖고 있으면서도 그런 욕망을 갖고 있지 않은 사람들이 있다는 것은 참으로 이상한 일이다. 그런 사람들에게는 오히려 당신이 사랑에 빠진 첫날에 그런 생각을 하다가 잠들었다는 것, 그리고 자기 생각, 애인 생각, 사랑에 대한 생각들로부터 한걸음 더 나아가 모든 사람들이 행복해야 하며 가능한 한 빨리 그것이 성취되어야 한다고 생각했다는 것이 이상한 일일 것이다. 당신은 그것이 이상하다는 것을 알지 못한다. 그리고 나는 그것이 이상하지 않다는 것, 그리고 그것은 자연스럽고 인간적이라는 것을 안다. 〈나는 즐거움과 행복을 느낀다. 그리고 모든 사람들이 즐겁고 행복하게 느끼기를 원한다.〉 인간적으로 말해서 두 생각은 똑같은 것이다. 당신은 착한 여자다. 당신은 어리석지 않다. 그러나 내가 당신의 훌륭한 점을 발견하지 못했다고 하더라도 용서하기를 바란다. 내가 알았고 또 알고 있는 여자의 반, 어쩌면 반 이상이 — 나는 그들을 세지 않았다. 그들의 수는 너무 많다 — 당신만 못하지 않다. 그들 중의 몇몇은 훨씬 뛰어나기까지 하다.

로뿌호프는 당신이 훌륭한 여자라고 느꼈다. 그렇다. 그러나 그가 그렇게 느꼈다고 해서 조금도 놀라운 것은 없다. 그는 당신과 사랑에 빠졌기 때문이다. 그리고 그가 당신을 사랑한다고 해서 놀랄 필요는 없다. 당신을 사랑한다는 것은 충분히 있을 수 있는 일이기 때문이다. 만일 그가 정말로 당신을 사랑한다면 당신이 훌륭한 여자라고 느낀 게 틀림없다.

6

첫번째 퀴드릴을 추는 동안 마리아 알렉세예브나는 계속해서 그녀의 딸과 가정교사를 염탐하고 있었다. 그러나 두번째 퀴드릴을 추는 동안 그녀는 안주인으로서 저녁 준비를 하느라고 바빠 그들 곁에 없었다. 그녀는 저녁 식사 준비를 끝내고 가정교사를 찾았으나 그는 이미 가고 없었다.

이틀 뒤에 가정교사가 공부를 가르치러 왔다. 사모바르[19]가 식탁 위에 놓여 있었고 요리사가 표도르를 불러왔다. 그가 소년을 가르치고 있을 때 마리아 알렉세예브나가 방으로 들어

---

19 러시아 식 차 끓이는 주전자.

와서 차 마시기를 권했다. 가정교사는 그들과 함께 차를 마시는 것이 자신의 습관이 아니었고 또 표도르의 숙제를 조사하려던 참이었기 때문에 그대로 있으려고 했다. 그러나 마리아 알렉세예브나가 그와 할 말이 있다며 오라고 청했다. 그래서 그는 차식탁으로 가서 앉았다.

마리아 알렉세예브나는 그에게 표도르의 능력에 관해서 묻기 시작했다. 그에게 가장 적합한 김나지움이 어떤 것이며 김나지움 기숙사에 넣는 것이 어떠냐는 등. 이러한 질문들은 매우 자연스러웠다. 그러나 너무 빠르지 않았을까? 이런 대화를 하는 동안 그녀는 그가 그의 규칙을 깨기로 결론을 내릴 만큼 아주 진지하고 정중하게 같이 차를 마실 것을 권했다. 그는 찻잔을 들었다. 베로치까는 얼마 동안 모습을 나타내지 않았다. 마침내 그녀가 들어왔다. 그녀와 가정교사는 아무 일도 없었던 것처럼 서로 인사했다. 마리아 알렉세예브나는 표도르에 대한 이야기를 계속했다. 그때 갑자기 마리아 알렉세예브나는 대화의 주제를 가정교사에게로 돌렸다. 그녀는 그가 누구이며, 무엇을 하며, 가족 관계는 어떠하며, 그들이 잘 사는지, 또 어떻게 살았는지, 그리고 그는 어떻게 살려고 하는지를 물었다. 가정교사는 간단하고 포괄적으로 대답했다. 그는 가족들이 있으며, 그들은 지방에서 살고 있고 그다지 부자는 아니라고, 그리고 그는 아르바이트를 해서 생활하고 있으며, 뻬쩨르부르그에서 의사로 개업할 예정이라고. 한 마디로 말해서, 마리아 알렉세예브나는 그가 말한 것으로부터 별로 얻어 낸 것이 없었다. 마리아 알렉세예브나는 그가 마음에 숨기고 있는 것을 끄집어 낼 요량으로 보다 직접적으로 문제에 접근해 갔다.

「방금 당신이 이곳에서 개업할 예정이라고 했는데, 그럼요. 시(市) 의사라면 생활에 문제는 없지요! 살림을 차릴 생각인가요? 내 말은, 마음에 둔 여자가 있느냐는 거예요.」

〈그녀가 말하는 게 뭐지?〉 가정교사는 자신의 이상적 신부를 까마득히 잊어버리고 있었다. 하마터면 입에서 〈아직 생각에 둔 여자가 없습니다〉라는 말이 튀어나올 뻔했다. 그 순간 그는 그녀가 이미 들어 알고 있다는 것을 기억해 냈다! 그는 난처한 딜레마에 빠졌다. 내가 만든 그 작품! 내가 왜 아무짝에도 쓸모없는 그런 알레고리를 만들었지? 이거 참! 그것을 선전하는 것은 위험해. 베라 빠블로브나가 아무리 순수하고 때묻지 않았다고 해도 그것은 그녀에게 영향을 미칠 거야. 마리아 알렉세예브나는 귓결에 들어 알고 있는 게 틀림없어. 그렇다면 망설이는 게 무슨 소용이람?

「예, 생각해 둔 여자가 있습니다!」

「그녀와 벌써 약혼했나요?」

「그렇습니다.」

「정식으로 약혼한 건가요, 아니면 당신들 사이의 무언의 약속인가요?」

「우리는 정식으로 약혼했습니다.」

불쌍한 마리아 알렉세예브나! 그녀는 그날 파티장에서 〈나의 신부〉, 〈당신의 신부〉, 〈나는 그녀를 매우 사랑합니다〉, 〈그녀는 미인입니다〉 따위의 말을 들었던 것이다. 그래서 가정교사가 그녀의 딸과 불장난을 하지나 않을까 하던 그녀의 걱정이 누그러졌고 그들이 두 번째 쿼드릴을 추는 동안 저녁 준비를 하는 데에만 열중할 수 있었던 것이다. 그러나 그녀는 이 확신하고 있는 이야기를 좀더 구체적으로 상세하게 듣고 싶었다. 그녀는 심문을 계속했다. 모든 사람은 그런 확실한 대화를 좋아한다. 아무튼 그것은 호기심을 만족시켜 준다. 그리고 사람들은 모든 걸 알고 싶어한다. 가정교사는 그의 습관대로 비록 짧지만 만족스런 답을 주었다. 「신부는 예쁜가요?」「대단히.」「지참금은 갖고 있나요?」「매우 많이.」「얼마나 많은데요?」「매우 많습니다!」「10만 루블?」「그보다 훨씬 많습니다.」「얼마나 많은데요?」「얼마라고 말할 수는 없지만 상당히 많습니다.」「현금으로요?」「그중의 얼마는 현금입니다.」「그중의 얼마는 부동산이고요?」「그렇습니다. 토지가 있습니다.」「곧?」「곧.」「곧 결혼할 거란 뜻인가요?」「그렇습니다.」「됐어요, 드미뜨리 세르게이치. 그녀가 재산을 물려받기 전에 결혼하세요. 그래야 그녀의 돈을 탐내는 사람들을 물리치게 될 거예요.」「전적으로 옳은 말씀입니다.」「경쟁자가 많았을 텐데 어떻게 다른 사람들을 제치고 그런 좋은 행운을?」「사실은 그녀가 그런 큰 지참금을 지닌 상속녀라는 것을 거의 아무도 몰랐습니다.」「당신은 알았나요?」「알았습니다.」「어떻게 해서 알았나요?」「사실대로 말하면, 오랫동안 그런 기회를 노려 왔는데 마침내 찾아낸 것입니다.」「실수는 없었나요?」「물론입니다. 문서들을 봤거든요.」「그것들을 직접 보았단 말이에요?」「그렇습니다. 직접 봤습니다. 그것이 제가 제일 먼저 한 일입니다.」「그것이 당신의 방식인가요?」「그렇습니다. 적어도 올바른 정신을 가진 사람이라면 증거 없이 위험을 무릅쓰지 않습니다.」「그건 맞는 말이에요, 드미뜨리 세르게이치. 참 운이 좋군요! 당신 부모님의 음덕이 큰가 봐요.」「그런 것 같습니다.」

마리아 알렉세예브나는 가정교사가 차를 마시지 않는 것을 알았을 때부터 그에게 호감을 갖고 있었다. 그가 견실한 성격과 분별력을 가졌다는 것이 모든 것으로부터 분명했다. 그는 거의 말을 하지 않았다. 게다가 머리가 비어 있지도 않았고 말하는 것마다 핵심(특히 돈에 관해서)을 찔렀다. 그녀는 파티가 있던 날 이후로 가정교사를 신이 보내 준 사람이라고 생각했다. 특히 그는 그가 가르쳤던 집의 여자들과 히히덕거리는 것을 자제했는데 젊은 사람으로는 드물게 보이는 태도였다. 그녀는 그에 대해서 아주 흡족해 했다. 〈정말 훌륭한 젊은이야! 자기가 부잣집 신부와 결혼할 거라는 것을 표내지도 않고, 그리고 말을 어쩌면 저렇게 족집게처럼 잘하다니! 또 얼마나 센스가 빨라! 분명히 오래전부터 부잣집 신부를 찾았던 게 틀림없어. 그리고 그녀에게 입에 침바른 소리를 수도 없이 했을 거야. 그래! 이 젊은이는 일을 처리하는 법을 알고 있어. 문서를 손에 넣는 것부터 시작했다잖아. 그 똑부러진 말솜씨! 올바른 정신을 가진 사람이라면 문서 없이는 그런 일을 하지 않는다고 말야. 좀처럼 보기 드문 센스를 가진 젊은이야.〉

베로치까는 자꾸 웃음이 나오려는 것을 억지로 참았다. 상황이 점점 분명해졌던 것이다. 그렇다면 그녀는 어떻게 느꼈을까? 〈아니야, 그럴 수는 없어! 그래 틀림없어! 그가 마리아 알렉세예브나의 질문에 대답하고 있는 것처럼 보이지만 실제로는 나, 베로치까에게 대답하고 있는 게 틀림없어. 그는 엄마에게 장난하고 있는 거야. 그의 대답 밑바닥에 깔려 있는 진지함과 진실은 오직 나, 베로치까에게만 의미가 있어.〉

베로치까 혼자 그렇게 느낀 것인지 또는 그게 사실인지 누가 알 수 있단 말인가? 그러나 그는 알고 있었다. 그리고 그녀도 그것을 알았다. 그러나 우리들은 아마도 그것을 알 필요가 없을 것이다. 우리가 알고 싶은 것은 오직 사실 그 자체이니까. 베로치까는 로뿌호프가 하는 말을 듣고 처음에는 미소를 지었으나 차츰 시간이 흐르면서 진지해졌고, 그가 마리아 알렉세예브나에게 말하는 것이 아니라 자기에게 그것도 장난이 아니라 진지하게 말하는 것이라는 것을 알았다. 로뿌호프가 말한 모든 것을 처음부터 진지하게 받아들인 마리아 알렉세예브나는 마침내 말머리를 베로치까에게 돌렸다. 「베로치까, 애야, 네 생각은 어떠니? 이젠 너도 드미뜨리 세르게이치와 친해졌을 테니 네가 직접 그에게 반주를 부탁하는 게. 그래, 노래 한 곡 불러 보아라.」 그녀의 이 말은 다음과 같은 것을 넌지시 암시하는 듯했다. 〈우리는 당신에게 커다란 존경심을 갖고 있어요, 드미뜨리 세르게이치. 우리 집과 친하게 지냈으면 좋겠어요. 그리고, 베로치까, 너는 드미뜨리 세르게이치에게 수줍어하지 마라. 미하일 이바노비치에게는 그가 신부를 갖고 있다고 내가 말하겠다. 그러면 미하일 이바노비치도 그를 시기하지 않을 것이다.〉 이것이 베로치까와 드미뜨리 세르게이치가 이해한 것이다. 그는 어느새 마리아 알렉세예브나의 머릿속에 〈가정교사〉가 아니라 〈드미뜨리 세르게이치〉로 자리 잡고 있었다. 그러나 마리아 알렉세예브나의 이 말은 매우 자연스럽고도 실제적인 세 번째 뜻을 갖고 있었다. 〈그에게 약간은 아첨하는 것이 필요해. 그와 알아두는 것이 그가 부자가 되었을 때 유용할지도 모르니까.〉 그러나 이것은 마리아 알렉세예브나가 한 말을 일반적으로 해석한 것이다. 그녀는 좀더 특별한 생각을 갖고 있었다. 〈그에게 조금 더 아첨한 다음에 말하는 거야. 우리는 가난해서 과외공부에 은화 한 닢씩 지불하기에는 벅차다고.〉 마리아 알렉세예브나의 말에는 그처럼 다양한 뜻이 들어 있었다! 드미뜨리 세르게이치는 우선 공부를 끝내고 나서 피아노를 치는 것이 좋겠다고 말했다.

7

마리아 알렉세예브나가 한 말은 여러 가지 의미를 함축하고 있었는데 그 결과에 있어서도 마찬가지로 풍부했다. 〈특별한 생각〉 — 즉, 과외비를 낮추는 것 — 은 예상했던 것보다 더 성공적이었다. 그가 두 번쯤 표도르를 더 가르쳤을 때에 그녀는 자기가 가난하다는 것을 은근히 내비쳤다. 드미뜨리 세르게이치는 지폐로 3루블씩 지불해 줄 것을 완강하게 고집했다. (이 당시 지폐로 3루블이면 고작 70꼬뻬이까의 가치밖에 안 된다는 것을 기억해야 한다.) 마리아 알렉세예브나는 그가 과외비를 깎아 주리라고 기대하지 않았다. 그런데 그녀의 이러한 예상과는 반대로 과외비를 60꼬뻬이까로 낮추는 데 성공했다. 명백히 이러한 결과는 드미뜨리 세르게이치(로뿌호프가 아니라)가 돈 문제에 관한 한 빈틈없는 사람이라고 여겼던 그녀의 생각과 모순되는 것이었다. 〈내가 엄살 좀 떨었다고 돈을 깎아 줄 사람이 아닌데 그가 양보한 이유가 뭘까?〉 만일 드미뜨리 세르게이치가 양보한 게 사실이라면 사람들은 그에게 실망할 것이다. 그리고 그가 소견이 좁은 사람임을 알고 더불어 상종하려 하지 않을 것이다. 물론 그녀는 좀 특별한 경우로 판단했다. 인간이란 본래 자신의 일을 냉정히 일반적인 법칙에 따라서 판단하는 것이 어렵다. 인간이란 자기 편할 대로 생각하는 버릇이 있기 때문이다. 이런 버릇을 갖고 있는 인간이 하는 일이란 게 어떻겠는가? 보나 마나 일을 그르치거나 나쁜 결과를 가져오기 일쑤이다. 마리아 알렉세예브나 역시 불행하게도 사납고 은밀하고 사악한 사람들이 보편적으로 갖고 있는 병적인 이 결점에서 벗어나지 못했다. 그런데 이러한 결점에서 구원은 오직 두 개의 극단적이고 반대되는 도덕적 상황 속에만 존재하는 것처럼 보인다. 이를테면 알바니아의 알리 파샤,[20] 시리아의 체자르 파

---

20 Ali Pasha Yaninsky(1744?~1822). 알리 파샤는 자신을 밀어내려는 터키에 저항하면서 암살되기 전까지 준 전제 군주로서 통치하였다.

샤,[21] 이집트의 마호메트 알리[22] — 이들 모두는 유럽의 외교관(나폴레옹을 포함해서)을 어린애 다루듯이 속였다 — 는 그 범죄의 대담성으로 세계를 여든 번이나 놀라게 했던 악한으로 초연한 경지에도 이르렀다. 그리고 사악한 심성이 그들의 온 마음을 사로잡아 인간적인 약점, 야망, 명예욕, 권세욕, 이기심 따위의 감정이 전혀 생길 여지가 없을 때 오히려 그들은 안전하다. 그러나 이런 속임수로 된 영웅은 매우 드물다. 사악하고 대담한 범죄가 하나같이 수많은 약점에 의해서 실패로 돌아간 것을 아는 여러분도 유럽 여러 나라에서 그런 영웅을 거의 찾아볼 수 없을 것이다. 그러므로 만일 누가 여러분에게 교활해 보이는 동료를 가리키며 〈이 녀석은 어느 누구에게도 속지 않습니다〉라고 말한다면 주저하지 말고 십 루블을 걸어라. 별로 교활하지 않은 여러분조차 그런다면 이 교활해 보이는 친구를 현혹시킬 수 있다. 그러나 그가 육감에 따라 행동한다고 말한다면 주저하지 말고 백 루블을 걸어라. 흔히 육감에 따라 행동하는 것이 교활한 사람들의 가장 평범한 특징이기 때문이다. 루이 필리프[23]와 메테르니히[24]는 얼마나 교묘하게 얼굴 표정을 바꾸고 얼마나 멋있

21 Ahmed Djezzar(1735~1804). 1799년 시리아에서 아크레로 진출하려는 나폴레옹을 제지시켰던 중동의 정치가.
22 Mehemet Ali(1769~1849). 1799년 이집트에서 오스만 제국의 봉건 군주를 지키는데 도왔던 알바니아 담배 상인. 1805년에는 이집트 술탄이 그를 지배자로 임명하였으며, 프랑스와 힘을 합쳐 힘을 키운 뒤, 결국 1952년 이집트에서 왕조를 세웠다.
23 루이 필리프는 〈부르주아 왕〉이라고도 알려져 있다. 1830년 프랑스의 도움과 부르주아의 지원으로 그들의 의류, 생활 방식, 정치적인 성향을 받아들였다. 1848년 2월에 파리에서 혁명이 일어났을 때, 영국으로 도망가 2년 뒤에 죽었다.
24 1809년부터는 외무 장관, 1821년부터는 수상이었던 메테르니히는 나폴레옹 후기 유럽 시대에 전통적인 군주제의 귀족 정치를 고수하기 위해 능

게, 그것도 육감에 의해서, 파리와 빈으로부터 고요한 황금빛 전원을 빠져나가 〈마카르가 소를 치는〉 풍경을 즐겼던가. 그러나 뭐니뭐니 해도 나폴레옹이 단연 첫째이다! 그는 얼마나 교활했던가. 그는 루이 필리프와 메테르니히를 합친 것보다도 더 교활했다. 그러나 그의 목격자들은 한결같이 그가 교활함에도 불구하고 다정다감한 기질을 갖고 있었다고 말한다. 그래서 더욱 거장답게 그는 육감에 의해서 자신을 엘바로 이끌었다. 아니, 그는 그보다 더 멀리 가길 원했고 마침내 육감에 의해서 자신을 세인트 헬레나[25]로 끌고 갔던 것이다! 처음에는 거의 성공할 것같이 보이지 않았다. 불가능해 보였다. 그러나 그는 세인트 헬레나로 가는 도정의 모든 장애를 제거하는 데 성공했다. 1815년의 전투사를 다시 한번 읽어 보라. 그러면 그가 육감으로 자신을 이끌었던 그 찬란한 정열과 기교를 보게 될 것이다. 그런데 마리아 알렉세예브나 역시 이 좋지 않은 경향에서 제외되지 못했다.

유혹에 대비한 무기가 타인의 기만을 막는 절대적인 보호벽 구실을 하는 경우는 거의 없다. 그보다는 오히려 단순하고 정직한 것이 그런 기만에 대해서 적절한 보호벽 구실을 하는 경우가 많다. 비도크[26]와 반까 케인[27]의 조사에 따르면, 정직하고 성실한 사람 — 만일 그가 약간의 상식과 지식을 갖고 있다면 — 을 속이는 것보다 어려운 것은 없다고 한다.

숙한 외교 활동으로 책략가란 평판을 받았다.
25 엘바 섬에서 탈출한 나폴레옹은 워털루 전쟁 후에 좀더 멀리 떨어진 세인트 헬레나로 유배되었고 거기에서 1821년에 죽었다.
26 François Eugene Vidocq(1775~1857). 스파이면서 회고록 집필가. 그는 프랑스 안전국과 비밀 탐정소를 만들었다.
27 Vanka-Cain(Osip Ivanov, 1718~?). 처음에는 도둑이었으나 나중에 모스끄바에서 경찰 스파이가 되었다. 그를 모델로 한 소설이 유행하기도 했다. 1755년 시베리아로 추방되었다.

즉, 어느 정도 분별력을 가지고 있는 맑고 정직한 사람들은 개인적인 유혹에 쉽사리 넘어가지 않는다는 것이다. 그러나 그들 역시 좋지 않은 약점을 가지고 있는데, 모든 상황이 일치되어 있는 듯이 보일 때에는 의외로 쉽게 속는다는 점이다. 다시 말해서, 악한이 그들 중의 〈한 사람〉을 육감에 의해서 유혹할 수는 없어 보인다. 그러나 그들이 집단적인 육감에 휩쓸릴 가능성은 늘 있는 것이다. 그런데 육감이 개인적으로는 약점임에 틀림없으나 그렇다고 해서 악한들이 육감에 의해서 무리에 휩쓸리는 일은 없다. 바로 이 점에 세계사의 모든 수수께끼가 존재한다.

그러나 세계사 속으로 들어가는 것은 필요치 않다. 소설을 쓰고 있을 때는 소설에 충실해야 한다!

마리아 알렉세예브나가 한 말의 첫번째 결과는 과외비를 낮춘 것이다. 두 번째 결과는 가정교사를 싸게 씀으로써, 즉 가정교사가 아니라 드미뜨리 세르게이치를 씀으로써 그가 견실한 사람이라는 그녀의 견해를 더욱 확신하게 된 것이다. 그녀는 그와 대화를 나누는 것이 베로치까에게도 유익하며, 결과적으로 베로치까가 미하일 이바노비치와 결혼하고 싶게 만들 거라고 확신하기까지 했다. 이러한 결론은 더할 나위 없이 만족스럽고 무지개처럼 화려한 것이었다. 그러나 마리아 알렉세예브나의 재주로는 아직 거기까지 생각하지 못했다. 다만 그녀는 드미뜨리 세르게이치가 베로치까에게 좋은 영향을 미치고 있다는 것을 알아챘을 뿐이다. 이것이 어떻게 일어났는지는 곧 보게 될 것이다.

마리아 알렉세예브나가 한 말의 세 번째 결과는 그녀의 격려와 허락 하에 베로치까와 드미뜨리 세르게이치가 상당한 시간을 함께 보내기 시작했다는 것이다. 로뿌호프는 표도르를 가르치고 나서 8시경까지 두세 시간이 넘게 머물곤 했다.

그는 마리아 알렉세예브나와 신랑과 함께 카드 게임을 했고 대화를 나누었다. 그가 피아노를 치면 베로치까가 노래를 불렀고 반대로 베로치까가 피아노를 치면 그는 가만히 듣기만 했다. 때때로 그는 베로치까와 대화를 나누기도 했는데 마리아 알렉세예브나는 비록 경계를 늦추지는 않았지만 방해하지도 화를 내지도 않았다.

물론 그녀는 절대로 그들이 단둘이만 있도록 내버려 두지 않았다. 비록 드미뜨리 세르게이치가 매우 예의 바른 젊은이기는 하지만, 〈귀한 물건을 아무렇게나 간수하지 마라. 그러면 도둑이 죄를 짓지 않을 것이다〉라는 속담이 헛된 말은 아니니까. 여기서 도둑이 드미뜨리 세르게이치라는 것은 의심할 나위가 없다. 그러나 그것은 비난하는 투라기보다 그 반대였다. 그렇지 않다면 그를 존경하고 집안의 친구로 삼을 이유가 없다. 누가 바보를 친구로 삼으려고 하겠는가? 물론 때로는 바보를 친구로 갖는 것도 좋을 것이다. 여러분이 그들과 함께 무엇인가를 할 수 있다면……. 그런데 드미뜨리 세르게이치는 아직 의대생에 불과했다. 따라서 그들이 그와 가깝게 지내는 것은 무엇보다도 그의 좋은 성격과 능력 때문이었다. 즉, 그의 센스, 견실한 성격, 인내력, 그리고 세련된 일 처리 때문이다. 그런데 만일 모든 사람이 마음속에 뭔가 — 악마는 그게 무엇인지 안다 — 를 감추고 있다면 로뿌호프와 같은 영리한 사람이 다른 사람들보다 더 많이 갖고 있을 게 틀림없다. 그러므로 우리는 드미뜨리 세르게이치를 좀더 눈여겨보아야 한다. 마리아 알렉세예브나는 매우 열심히 그리고 정력적으로 그를 연구했다. 그러나 그녀가 관찰한 것들은 하나같이 드미뜨리 세르게이치의 견실성과 좋은 성격에 대한 그녀의 확신을 강하게 할 따름이었다.

이를테면, 마리아 알렉세예브나는 그가 베로치까를 어떻

게 생각하고 있는지를 알아보려고, 그런 경우에 흔히 그렇듯이, 젊은 사내가 여자를 보는 태도를 관찰한다. 베로치까가 피아노를 치고, 그는 서서 가만히 듣는다. 그리고 마리아 알렉세예브나는 그의 시선의 움직임을 살펴본다. 그런데 이따금씩 베로치까를 외면하고 다른 곳을 쳐다본다. 또는 그녀를 보고 있더라도 아무 생각 없는 무심한 표정으로 단지 예의상 지켜볼 뿐이라는 듯이 행동하거나 그의 신부의 지참금을 생각하는 듯 행동한다. 그리고 그의 눈은 미하일 이바노비치처럼 불타고 있지도 않다! 그렇다면 사랑의 존재를 확인하는 그 다음 방법은 무엇인가? 그것은 애무하는 듯한 부드러운 말이다. 그러나 이 경우에도 애무하는 듯한 말은 들리지 않는다. 그들은 거의 말을 하지 않는다. 오히려 그는 마리아 알렉세예브나와 더 많이 이야기를 한다. 그 무렵 그는 베로치까에게 책을 가져오기 시작했다.

한 번은 베로치까가 친구를 만나러 나가고 집에는 미하일 이바노비치만 남은 적이 있었다. 마리아 알렉세예브나는 가정교사가 가져온 책을 갖고 와서 미하일 이바노비치에게 보여 주었다.

「여기 좀 봐요, 미하일 이바노비치. 나는 프랑스 말은 거의 다 알아요. 이 〈고스찌나야〉[28]란 말을 보니 예절에 관한 책이 틀림없어요. 그렇지 않아요? 하지만 독일어는 몰라요.」

「아닙니다. 마리아 알렉세예브나, 그 말은 〈고스찌나야〉가 아니라 운명을 뜻하는 〈데스텡〉이에요.」

「어떤 종류의 운명인가요? 그게 소설인가요, 아니면 신학이나 행운에 관한 책인가요?」

「책을 보면 곧 알게 될 겁니다. 마리아 알렉세예브나.」

---

[28] 응접실.

미하일 이바노비치는 몇 페이지를 넘겼다. 「대체로 계산에 대한 것 같군요. 자연과학 책인가 봅니다.」

「딱딱한 것인가요? 그것도 좋지요!」

「그게 아니고 계산에 관한 거로군요.」

「뭐라고요! 계산? 아, 부기 말이군요. 그럼 돈에 관한 거겠군요!」

「예, 바로 그겁니다, 마리아 알렉세예브나.」

「이 독일어는 뭐지요?」

미하일 이바노비치는 천천히 읽는다. 「〈종교에 관하여, 루트비히 작.〉 아, 루이 14세군요. 마리아 알렉세예브나, 이것은 루이 14세가 쓴 겁니다. 그는 프랑스 왕이었죠. 지금 나폴레옹이 통치하고 있는 곳의 왕의 아버지 말입니다.」

「그러면 신학 작품이겠군요?」

「예, 그런 것 같습니다.」

「그것도 좋지요, 미하일 이바노비치. 나도 그것쯤은 알아요! 드미뜨리 세르게이치는 신뢰할 만한 젊은이예요. 하지만 그게 누구이든 젊은 사람한테서 눈을 떼면 안 돼요.」

「물론 그는 전혀 나쁜 생각을 갖고 있지 않습니다. 하지만 그렇게까지 배려를 해주시다니 무척 감사합니다, 마리아 알렉세예브나.」

「누구든 그렇게 할 거예요. 나는 감시하고 있어요, 미하일 이바노비치. 딸을 올바로 지키는 것은 어머니의 의무예요. 베로치까에 대해선 명예를 걸고 약속해요. 그런데 한 가지 의문이 있어요, 미하일 이바노비치. 프랑스 왕의 신앙이 뭐지요?」

「그거야 당연히 가톨릭이지요!」

「그럼, 국민들을 가톨릭으로 개종하려고 하나요?」

「나는 그렇게 생각하지 않습니다, 마리아 알렉세예브나. 만일 그가 가톨릭 주교였다면 그때는 물론 개종을 시키려고 했을 겁니다. 그러나 왕은 그런 데에 시간을 허비하지 않습니다. 그가 현명한 지배자이고 정치가라면 오직 덕을 가르칠 겁니다.」

「그 밖엔 또 무엇을 가르치지요?」

마리아 알렉세예브나는 머리가 모자란 듯한 미하일 이바노비치가 그 문제를 제법 능숙하게 논하는 것을 흥미 있게 바라보았다. 그리고는 아주 만족해서 그 얘기를 끝냈다. 이삼 일 뒤에, 그녀는 미하일 이바노비치가 아닌 로뿌호프와 트럼프를 치며 갑자기 말했다. 「대답해 보세요. 드미뜨리 세르게이치. 당신에게 묻고 싶은 게 있어요. 지금 나폴레옹이 왕 대신에 통치하고 있는 프랑스 마지막 왕의 아버지는 국민들을 교황의 종교로 개종시켰나요?」

「그렇지 않습니다, 마리아 알렉세예브나.」

「교황의 종교는 좋은 것인가요, 드미뜨리 세르게이치?」

「아니오, 좋지 않습니다, 마리아 알렉세예브나. 다이아몬드 일곱입니다.」

「호기심에서 묻는 거예요, 드미뜨리 세르게이치. 나는 무식한 여자지만 안다는 것은 재미있잖아요. 당신은 상당히 트릭이 좋군요, 드미뜨리 세르게이치.」

「그것은 당연합니다, 마리아 알렉세예브나. 의학부에서 배운 거라곤 그것뿐이거든요. 의사는 속이는 법을 알아야 한다고요.」

로뿌호프는 이날 필리프 에갈리테가 국민들에게 교황의 종교로 세례를 받도록 명했는지의 여부를 마리아 알렉세예브나가 왜 알고 싶어하는지 몰라 당황했다.

그리고 이런 일이 있은 뒤에, 마리아 알렉세예브나는 끊임없는 감시로 자신을 지치게 하던 일을 그만두었다. 그러나 그것을 어떻게 믿을 수 있겠는가? 그는 변함없이 시선을 적당히 있어야 할 곳에 두었고 그의 얼굴에 아무런 연애의 낌새도 내보이지 않았다. 그는 그녀에게 충분할 만큼 신학책을 읽어 주었다. 그러나 마리아 알렉세예브나는 끝내 만족하지 않았다. 그리고 그를 시험하려고 하기조차 했다. 마치 그녀가 내가 암기하고 있는 논리 ─〈현상의 관찰은, 만일 그 비밀을 철저하게 관통해 들어가려고 한다면, 주의 깊게 계획된 실험에 따라서 이루어져야 한다〉─ 를 연구하기라도 한 것처럼, 실제로 그녀는 그렇게 실험하기 시작했다. 마치, 햄릿이 어떻게 무덤에 있는 오필리아에 의해서 유혹되는가를 보여 주는 삭소 그라마티쿠스[29]의 설명을 읽기라도 한 듯이.

8

어느 날 차를 마시던 마리아 알렉세예브나는 머리가 아프다고 했다. 차 대접을 마치고 설탕 그릇을 닫은 뒤에 그녀는 옆방으로 가버렸다. 베라와 로뿌호프는 그녀가 들어간 뒤에도 그대로 앉아 있었다. 몇 분 뒤에 그녀는 표도르를 시켜 다음과 같은 말을 전했다. 「누나한테 가서 그들의 말소리 때문에 내가 잠을 잘 수가 없으니 나를 방해하지 않도록 다른 데로 가서 이야기하라고 전해라. 드미뜨리 세르게이치가 화나지 않도록 공손히 말해라. 그가 너를 얼마나 잘 돌봐주는지 너도 알잖니.」 표도르는 그의 어머니가 시키는 대로 했다. 「내 방으로 가요, 드미뜨리 세르게이치. 거긴 어머니 방으로부터 멀리 떨어져 있으니 간섭받지 않을 거예요.」 물론 이것

---

29 Saxo Grammaticus(c.1150~1220)가 쓴 *Historia Danica*에는 셰익스피어의 작품 『햄릿』의 기초가 된 초기 덴마크 왕조의 전설 설명이 들어 있다.

은 마리아 알렉세예브나가 기대한 것이었다. 15분쯤 지나 그녀는 발소리를 죽이고 베로치까 방문까지 갔다. 문은 약간 열려 있었고 문과 문설주 사이에는 커다란 틈이 나 있었다. 마리아 알렉세예브나는 그곳에 눈을 가져다 대고 귀를 곤두세웠다. 그녀가 본 방 안의 모습은 이랬다.

베로치까의 방에는 창문이 둘 있고 두 창문 사이에는 책상이 놓여 있다. 베로치까는 한쪽 창문 가까이에 앉아서 털실로 그녀 아버지의 조끼를 뜨고 있는데 마리아 알렉세예브나의 종교적 생활 태도를 충실히 따르고 있었다. 다른 창문 쪽 책상 끝에는 로뿌호프가 팔을 기대고 앉아 있었다. 그는 손에 시가를 들고 있었고 다른 손은 주머니에 넣고 있었다. 베로치까와 그의 거리는 12아르신[30]쯤 되었다. 베로치까는 자기가 뜨고 있는 조끼를 바라보고 있었다. 로뿌호프 역시 그의 시가를 쳐다보고 있었다. 그녀가 엿들은 대화는 아래와 같았다.

「인생을 이런 식으로 보는 게 필요할까요?」 이 말이 마리아 알렉세예브나가 엿들은 첫번째 말이다.

「물론입니다. 베로치까, 그것은 필요합니다.」

「그렇다면 냉정하고 실천적인 사람들이 말하기를 사람들은 오직 이익에 의해서 지배된다고 하는 건 사실이겠군요?」

「그들은 진실을 말하고 있는 겁니다. 인생을 놓고 볼 때, 고귀한 감정과 이상이라고 하는 것은 자기 자신의 이익과 비교하면 아무것도 아닙니다. 기본적으로, 이 모든 것도 이익에 따른 것입니다.」

「당신의 경우를 예로 들면요?」

「다른 방법을 말하는 건가요, 베라 빠블로브나? 자, 내 인

---

30 길이의 단위로 140센티미터 정도.

생의 진짜 동기가 무엇인지 한번 들어 보세요. 이제까지 내 인생의 본질은 공부해서 의사가 되어 개업하는 것이었습니다. 훌륭하고말고요! 왜 우리 아버지가 나를 학교에 보냈겠습니까? 그는 수없이 내게 되풀이해서 말하곤 했습니다. 〈열심히 공부하거라, 미짜야. 학교를 마치면 너는 관리가 된단다. 그렇게만 되면 우리를 부양할 수 있지. 그리고 너한테도 역시 좋을 게다.〉 그것이 내가 공부한 이유입니다. 만일 그런 동기가 없었다면 우리 아버지는 나를 공부시키지 않았을 겁니다. 당신은 우리 집에 돈버는 사람이 필요하다는 것을 이해한 겁니다. 또 내가 공부를 좋아한다고는 하지만, 공부하느라고 들인 돈에 이자까지 더해서 보상받을 것을 생각하지 않았다면 내가 그것을 위해서 시간을 소비할 것 같습니까? 학교를 졸업한 후 관리로 나가는 대신에 의학부에 보내 달라고 아버지께 졸랐습니다. 어떻게 그런 생각을 했느냐고요? 아버지와 나는 의사가 일반 기술자나 관공서의 장보다 잘산다는 것을 알고 있었으니까요. 또 기술자로는 결코 높은 지위를 얻을 수 없다고 생각했습니다. 그것이 내가 어떻게 해서든 의학부에 가려고 했던 이유입니다. 아무튼 그것은 빵과 버터를 상징했으니까요. 이런 것을 생각하지 않았다면 나는 의학부에 가지 않았을 것이고 또 거기에 머물지도 않았을 것입니다.」

「그러나 당신은 학교 다니는 동안 공부하는 걸 좋아했고 또 의학을 열심히 하지 않았나요?」

「분명히 그렇습니다. 그러나 그것은 장식물일 뿐입니다. 일반적으로 장식물 없이도 성공할 수는 있지만 동기가 없다면 절대로 성공하지 못합니다! 과학에 대한 사랑은 과정의 결과일 뿐이지 동기가 아닙니다. 동기는 오직 하나, 이익입니다.」

「당신이 옳다고 해요. 아니, 당신이 옳아요! 내가 기억할 수 있는 모든 행위들이 이익으로 설명될 수 있다는 건 명백해요. 그러나 이 이론은 너무 냉정해요!」

「이론은 반드시 냉정해야 합니다. 왜냐하면 정신은 이론을 통해서 사태를 냉정하게 판단해야 하니까.」

「그러나 무자비해요.」

「그렇지요, 공허하고 아무 이득 없는 공상에 비하면.」

「그리고 산문적이에요.」

「과학은 시적인 것을 좋아하지 않습니다.」

「그렇다면, 이 이론은 필연적으로 사람들을 냉정하고 무자비하고 산문적인 생활로 인도하겠군요?」

「그건 아닙니다, 베라 빠블로브나. 이 이론은 차갑지만 사람들에게 따뜻함을 가져다 줍니다. 성냥은 차갑지만, 그리고 성냥을 켜는 성냥갑 또한 차갑지만 그 속엔 사람들에게 따뜻한 음식을 제공하고 사람들을 따뜻하게 해주는 불이 있습니다. 이 이론은 무자비하긴 하지만, 그대로 따른다면 적어도 남의 값싼 동정을 받는 딱한 처지가 되지는 않을 것입니다. 란셋은 구부러진 것은 사용할 수가 없습니다. 만일 그런 란셋으로 수술을 받아야 한다면 그 환자는 동정받아 마땅합니다. 그러나 그는 무엇보다도 당신의 동정 어린 눈길에 마음이 상해 괴로워 할 것입니다. 이 이론은 산문적이지만 삶의 참된 동기를, 그리고 삶의 진실 속에 깃들어 있는 시 정신을 드러내 줍니다. 셰익스피어가 왜 가장 위대한 시인입니까? 그것은 그가 삶의 진실을 보여 줄 뿐 아니라 다른 시인들보다 비현실적인 면이 적기 때문입니다.」

「나도 냉정할 거예요. 드미뜨리 세르게이치.」 베로치까는 미소를 띠며 말했다. 「내가 당신의 이기주의 이론을 반대한다고 생각했다면 그런 생각은 치워 버리세요. 그리고 나를 새로운 사도로 만들려고 했다면 그런 생각도 잊어버리세요. 나도 오래전부터 그와 똑같은 생각을 갖고 있었어요. 특히 당신의 책을 읽고 또 당신에게 그것에 대해서 들은 뒤지요. 그러나 이것들은 단지 나의 생각일 뿐, 똑똑하고 학식이 있는 사람들은 다르게 생각한다고 지레 짐작했어요. 그래서 의심을 했던 거예요. 내가 읽은 책들은, 내가 우리와 다른 사람들 속에서 보던 것들과 전혀 상반되는 비평과 악의에 찬 공격들로 가득 차 있었어요. 자연, 생명, 이성이 나를 인도했다면 책들은 전혀 반대되는 방향으로 나를 끌어당길 뿐이었지요. 그들은 말했어요. 〈이것은 천박하고 경멸스럽다〉고. 당신은 알 거예요. 지금 내가 말한 것들이 얼마나 우스꽝스럽고 창피한 얘기들인지!」

「그렇습니다. 그것들은 말도 안 되는 것입니다, 베라 빠블로브나.」

그녀는 웃으며 말했다. 「그러고 보니 우리는 서로 자존심 싸움을 한 셈이군요. 나는 〈드미뜨리 세르게이치, 큰 코 다치지 않으려면 그렇게 코를 높이 쳐들지 말아요〉 하고 있었고, 당신은 〈겨우 그런 의심 속에서 헤매고 있다니 우습군요, 베로치까〉 하고 있었으니 말이에요.」

그도 웃으며 말했다. 「아무튼 우리는 서로 사랑을 쟁취하려는 이기심은 갖고 있지 않군요. 우리는 사랑하고 있지 않나 봅니다.」

「맞아요, 드미뜨리 세르게이치. 사람들은 이기적이에요. 그렇지 않아요? 당신은 자기 얘기만 했고 나 역시 내 얘기만 하고 있으니까요.」

「물론입니다, 사람들은 대부분 자기만 생각합니다.」

「그렇고말고요. 우리 이제 좀더 구체적으로 얘기해요.」

「그럽시다.」

「한 부유한 사람이 나와 결혼하고 싶어해요. 나는 그를 좋아하지 않아요. 그런데도 내가 그의 청혼을 받아들여야 할까요?」

「당신에게 가장 유리한 게 무엇인지 따져 보세요.」

「나에게 가장 유리한 것이라니! 당신은 내가 무척 가난하다는 것을 잘 알잖아요. 나는 그를 혐오해요. 그러나 그의 귀족 신분과 사교계에서의 화려한 지위, 돈, 그리고 수많은 숭배자는 갖고 싶어요.」

「그것들의 무게를 하나씩 모두 달아보세요. 그리고 그중에서 가장 유리한 것을 선택하세요.」

「그래서 내가 만일 부와 숭배자들을 가진 남편을 선택한다면요?」

「나는 당신의 관심과 잘 부합되는 것을 선택했다고 말할 것입니다.」

「그러면 사람들은 나에 대해서 뭐라고 말할까요?」

「심사숙고해서 냉정하게 행동한다면, 사람들은 당신이 현명하게 처신했다고, 그러므로 부끄러워할 필요 없다고 말할 것입니다.」

「그러나 나의 그런 선택을 사람들이 비난하지 않을까요?」

「쓸데없는 말을 하는 사람들이라면 제멋대로 지껄이겠지요. 그러나 인생을 이성적으로 보는 사람들은 당신이 마땅히 할 것을 했다고 말할 것입니다. 물론 당신이 그렇게 행동한다면, 그것은 당신 자신이 바로 그런 사람이라는 것을 보여주는 게 됩니다. 그리고 당신이 아닌 그 누구라도 그렇게 하지 않을 수 없었을 거라는 상황 설명도 되겠지요. 마침내 사람들은 당신이 어쩔 도리가 없었다고, 그리고 달리 선택할 방도가 없었다고 말할 것입니다.」

「그렇다면 내가 어떤 선택을 해도 사람들이 비난하지 않을 거란 말인가요?」

「그 자체가 엄연한 사실인데 누가 사실의 결과를 놓고 이러쿵저러쿵 입방아를 찧는단 말입니까? 당신이 그러한 상황 속에 놓여 있다는 것이 사실인 이상 당신의 행동이야말로 바로 그 사실 — 사물의 본성으로부터 발생한 — 의 본질적이고 불가피한 결과입니다. 당신은 그들에 대한 책임이 없습니다. 그들을 비난할 필요도 없고요.」

「당신은 철저하게 그 이론을 고수하고 있군요. 그렇다면 내가 부자의 청혼을 받아들여도 당신은 비난하지 않을 거란 말이죠?」

「내가 비난한다면 바보일 것입니다.」

「당신이 말하는 것은 — 당신이 인정한 것이라고 말해도 좋겠지요. 아니, 당신이 충고한 것이라고 말할 수도 있어요 — 내가 말한 대로 하라는 것인가요?」

「〈너에게 무엇이 최선인지 숙고하라〉는 충고는 언제든지 할 수 있는 것입니다. 만일 당신이 그대로 한다면 당신은 나의 인정을 받는 것입니다.」

「고마워요. 이제 내 개인적인 문제를 결정했어요. 처음에 말했던 일반적인 문제로 돌아가 보도록 해요. 우리는 사람들이 필요에 따라서 행동하고 그 행동은 늘 좀더 우세하고 강한 동기의 영향에 의해서 결정된다고 말했어요. 그러니까 우리의 논지는, 행동이 절대적으로 중요한 의미를 가질 때 그 행동을 유발하는 자극을 이기심이라고 부른다는 거였죠. 그리고 사람들의 내면에서 일어나는 갈등이란 바로 이기심들의 계산된 다툼 이외의 것이 아니며 사람들은 늘 이기심의 동기와 일치되게 행동하게 마련이라고요. 내가 옳게 말했나요?」

「아주 완벽합니다.」

「난 우수한 학생이라고요. 이제 인생의 중요한 영향을 미치는 행동에 대한 개인적인 문제는 해결되었다고 봐요. 그러나 일반적인 문제에 대해선 아직 해결되지 않았어요. 당신의 책은 사람은 필요에 따라서 행동한다고 말하고 있어요. 그러나 이렇게 또는 저렇게 행동하는 것이 나의 의지에 달려 있는 것처럼 보이는 경우들이 있어요. 이를테면, 피아노를 연주하는 도중에 악보를 넘기는데 나는 그것을 때로는 왼손으로, 때로는 오른손으로 넘겨요. 그렇다면 내가 이제 오른손으로 넘긴다고 생각해 봐요. 내가 그것을 왼손으로 넘길 수 없어서 오른손으로 넘기는 것일까요? 그렇지 않거든요. 나는 분명히 오른손으로만이 아니라 왼손으로도 넘길 수 있어요. 그것은 전적으로 내 의지에 달린 게 아닐까요?」

「아닙니다, 베라 빠블로브나. 당신은 악보를 넘길 때 어느 손을 사용할 것인지를 생각하고 넘기는 게 아닙니다. 가장 편리한 손을 사용할 따름입니다. 물론 당신이 만일 〈오른손으로 악보를 넘기자〉라고 생각한다면 당신은 그 생각대로 오른손으로 악보를 넘길 것입니다. 그러나 이 생각 자체는 당신의 의지에 의한 것이 아니라 다른 것에 의해서 일어난 것입니다.」

여기에서 마리아 알렉세예브나는 엿듣는 것을 그쳤다. 〈그래! 그들은 전문적인 것을 논하는 데 시간을 보내고 있는 거야. 그것은 내가 알 바도 아니고 또 알 필요도 없어. 그는 얼마나 현명하고 똑똑하고 고귀하기까지 한 젊은이인가! 그가 베로치까에게 준 충고는 얼마나 합리적인가. 말할 것도 없이 그것은 그가 학식이 풍부한 사람이라는 것을 말해 주지. 내가 그 애한테 얘길 한다고 해도 똑같이 말했을 거야. 그러나 그 애는 듣지도 않고 화를 냈을 거야. 내가 학구적으로 얘기하는 법을 모르기 때문이지. 그런데 지금 그가 학구적으로 얘기하니까 그 애가 듣고는 그것이 진실이라고 동의하는 것 봐. 맞아!《지식은 빛이고 무지는 어둠》이라는 말이 괜히 하는 말이 아닌 거야. 만일 내가 고등교육을 받은 여자였다면 지금 요모양 요꼴을 하고 있었을까? 나는 내 남편을 장군으로 만들었을 거야. 그리고 그를 예산국이나 다른 좋은 자리에 앉혔을 거야! 그렇고말고! 내가 직접 나서서 계약을 했을 거야. 그가 그런 걸 해? 어림없지! 그리고 이것보다 더 커다란 집을 지었을 거야. 농노도 천 명이 넘게 샀을 테고 말이지. 그러나 지금은 모두 헛거야. 우선 장군들의 사교 그룹에 들어갈 수 있는 《증》이 필요해. 그런데 그걸 어떻게 얻지! 나는 다른 말은커녕 프랑스 어도 못하는데. 그들은 모두 말할 거야!《그녀는 행실이 좋지 않아. 그녀가 잘하는 거라곤 건초 시장에서 고래고래 소리나 지르는 거야!》그래, 나는 좋은 거라곤 아무것도 없어!《무지는 어둠》이라는 말이 맞아. 정말《지식은 빛이고 무지는 어둠》인 거야!〉

마리아 알렉세예브나가 엿들은 이 대화는 그녀로 하여금 드미뜨리 세르게이치와의 대화가 베로치까에게 전혀 위험하지 않을 뿐만 아니라 — 전에도 그런 생각을 갖고 있었지만 — 그녀에게 유익하고, 또 그녀의 어리석고 미숙하고 소녀 같은 생각들을 극복하도록 계몽해서 미하일 이바노비치와의 성스러운 결혼을 서두르도록 재촉하기까지 한다는 것을 확신하게 했다.

9

마리아 알렉세예브나와 로뿌호프와의 관계가 어릿광대 극을 닮아 가고 그로부터 마리아 알렉세예브나의 성격이 우스꽝스런 모습으로 노출되고 있다는 것, 그러나 이 두 사실은 나의 의도와는 전혀 반대되는 것이다. 내가 만일 이른바 수준 높은 예술을 유지하려고 했다면 나는 마리아 알렉세예브나의 로뿌호프에 대한 관계 — 이 부분이야말로 나의 이야기의 흥밋거리다 — 를 은폐시켰을 것이다. 실제로 그것을 감추는 것은 쉬웠을 것이다. 그리고 그것 없이도 사건의 본질은 적절하게 표현될 수 있었다. 즉, 가정교사가 마리아 알렉세에브나와 이런 독특한 관계를 갖고 있지 않더라도, 그가 가정교사로 있는 집의 딸과 몇 마디 말을 나누는 일이 뭐 그리 놀랄 만한 일이겠는가? 사랑이 싹트는 데는 많은 말이 필요한 게 아니다. 단 몇 마디 말만 있으면 되는 것이다. 다시 말해서 마리아 알렉세예브나가 개입하지 않더라도 베로치까와 로뿌호프는 만났을 것이고 자연히 이런 결과가 이루어졌을 거란 뜻이다. 나는 높은 예술적 평가를 얻기 위해서 이 이야기를 하고 있는 게 아니다. 단순히 사실과 일치되게 서술하고 있을 뿐이다. 오락물을 몇 장 써본 것밖에 없는 나는 소설가들이 하고 있는 그런 방식을 취하기에는 너무도 서툴기 때문이다.

그리고 내가 나의 취향에 따라 서술하지 않고 과거의 관습대로 써 나간다면 그것 또한 나를 불쾌하게 만들 것이다. 나는 마리아 알렉세예브나가, 로뿌호프가 설명한 곧이곧대로 그의 신부를 생각하는 것이라든지, 로뿌호프가 베로치까에게 준 책의 내용에 대해서 이렇게 저렇게 추측해 보는 거라든지, 또 필리프 에갈리테가 국민들을 교황의 종교로 개종시키려고 한다고 생각하는 거라든지, 루이 14세가 쓴 책에 대한 그녀의 뜬금없는 생각 따위로 해서 회화적으로 묘사되는 것이 몹시 불만스럽다. 누구나 실수할 수 있는 법이다. 더욱이 자기가 경험해 보지 못한 낯선 문제를 판단하다 보면 실수를 할 수가 있고, 또 그런 실수는 그냥 웃어 넘기고 마는 것이 보통이다. 그러나 마리아 알렉세예브나가 로뿌호프에게

품고 있는 호감이 전적으로 이와 같은 생각에 기초하고 있다고 결론짓는다면 그것은 적절하지 않다. 절대로, 한 순간도 부잣집 신부에 대한 환상적인 생각이나 필리프 에갈리테의 선한 행위 — 로뿌호프가 실제로 한 말과 행동에 다소 의심스러운 부분이 있었다고 하더라도 — 로 인해서, 그녀의 생각의 근본이 흐트러지거나 혼란에 빠진 적은 없었다. 그러나 적어도 마리아 알렉세예브나의 생각에 따르면, 오직 그만이 그녀의 생각대로 움직여 주는 것처럼 행동했다. 그는 매우 어여쁜 아가씨에게 끈기 있게 단 한 번의 눈길도 주지 않은 대단한 젊은이였다. 그는 마리아 알렉세예브나에게 의심을 살 만한 이상한 행동을 하지 않았고 늘 기꺼이 그녀의 카드놀이 상대가 되어 주었다. 그는 베라 빠블로브나와 앉아 있고 싶다고 말한 적이 없으며 늘 마리아 알렉세예브나의 생각과 일치하는 듯이 보이게끔 대화를 이끌어 갔다. 그리고 그녀처럼, 그 역시 모든 세상사가 이기심으로 이루어진다고 말했고, 속임수가 똑같이 속임수에 의해 속을 때 흥분하거나 정직의 원칙을 외칠 필요가 없다고 했다. 즉, 그러한 속임수의 규칙은 준수되어야 하며, 속임수를 쓰는 데는 그럴 만한 충분한 이유가 있게 마련이고 또 상황에 따라서는 그러지 않으면 안 되는 경우가 있는 법이므로 속일 수 있을 때 속이지 않는 것은 — 속이지 않을 수 없을 때의 불가피함을 문제삼지 않더라도 — 그의 편에서 보면 너무도 바보 같은 짓이라는 것이다. 마리아 알렉세예브나가 그녀와 로뿌호프의 유사성을 발견했을 때 그녀는 옳았다.

교양 있는 사람의 입장에서 볼 때 로뿌호프가 마리아 알렉세예브나의 사고방식에 대해서 보여 준 공감이 그 자신에게 얼마나 해로운 것인지 나는 알고 있다. 그러나 나는 누구에게도 아첨하고 싶지 않다. 나는 그것이 비록 로뿌호프의 평판에 해로울지라도, 사실 내가 로뿌호프와 로잘스끼 집안의 관계를 감추려고 한다면 얼마든지 감출 수 있다는 것을 알지만, 이 상황의 구체적 내용을 감추지 않을 것이다. 뿐만 아니라 나는 그가 실제로 마리아 알렉세예브나의 호감을 받기에 충분하다는 것을 서슴없이 설명해 나갈 것이다.

사실, 그의 사고방식이 여러 훌륭한 사상을 두루 접해 본 사람보다 마리아 알렉세예브나 같은 사람에게 훨씬 더 쉽게 친근해지리라는 것은 로뿌호프와 베로치까의 대화에서 명백해졌다. 로뿌호프는 여러 사상을 두루 접해 보지 않은 대다수 사람과 똑같은 관점에서 세상사를 볼 줄 알았다. 그리고 마리아 알렉세예브나가, 로뿌호프가 스또레쉬니꼬프의 청혼에 대해서 베로치까에게 한 충고를 똑같이 반복할 줄 알았다면, 그 역시 그녀가 술취해서 베로치까에게 했던 고백이 〈옳다〉라는 말을 할 줄 알았다. 그들의 사고방식의 유사성은 너무도 뚜렷해서 계몽된 소설가, 언론인, 그리고 그 밖의 대중의 지도자들이 이미 오래전부터 로뿌호프와 마리아 알렉세예브나 같은 종류의 사람은 조금도 다르지 않다는 것을 누누이 언급했을 정도이다. 만일 계몽된 작가들도 로뿌호프 같은 사람을 그렇게 이해했다면, 마리아 알렉세예브나가 우리의 최고의 작가, 교육자, 그리고 철학자들이 그러한 사람들 속에서 찾아낸 것과 똑같은 것을 그에게서 찾아냈다고 해서 그녀를 비난할 수 있을까?

물론 그녀가 이 사람들이 알았던 것을 반만이라도 알았다면 로뿌호프가 좋은 친구가 아니라는 것을 충분히 이해했을 것이다. 그러나 그녀가 교육받지 못한 여자라는 사실은 접어 둔다고 하더라도 그녀는 실수에 대한 또 다른 변명거리를 갖고 있었다. 로뿌호프가 그녀에게 자기 생각의 이점을 충분히 설명해 주지 않았던 것이다. 그는 선전가였을 뿐, 훌륭한 사상의 이

점을 계속해서 그녀에게 설명해 주는 그런 계몽적인 사람은 아니었다. 즉, 그는 50년 된 굽을 대로 굽은 나무를 똑바로 자라게 하려고 할 만큼 미련하지 않았다. 오히려 그는 넘칠 정도로 센스가 뛰어난 편이었다. 그들 두 사람은 상황을 똑같은 방식으로 받아들였고 또한 똑같은 방식으로 토론했다.

이론 교육을 받은 사람답게 그는 눈앞의 사실에서 마리아 알렉세예브나와 그런 사람들로서는 ─ 그들로서는 개인적이고 일상적인 걱정거리와 대중적 지혜, 아포리즘, 예를 들면 속담, 격언, 그리고 예부터 전해 내려오는 민속적인 것들을 끌어대는 것이 고작이다 ─ 불가능한 결론을 끌어낼 줄 알았다. 그러나 그들은 결코 그가 생각하는 결론까지 도달한 적은 없었다. 이를테면, 만일 그가 베로치까와 이야기할 때 사용한 〈이기심〉이란 단어가 무엇을 의미하는지 설명하면 마리아 알렉세예브나는 그것이 그녀가 이해한 것과 같지 않다는 것을 알고 곧 얼굴을 찡그렸을 것이다. 이미 그것을 아는 그는 마리아 알렉세예브나에게 이 단어에 대해서 설명하지 않았다. 그러나 베로치까에게는 그것을 설명할 필요가 있었다. 그녀는 로뿌호프의 책 속에서 그 말이 어떤 의미로 사용되는지 알고 있기 때문이다. 그러나 만일 그가 마리아 알렉세예브나가 술취해서 베로치까에게 한 고백에 대해 〈옳다〉고 말했다면 로뿌호프는 〈옳다〉는 이 말에다가 틀림없이 다음과 같은 말을 덧붙였을 것이다. 〈당신의 고백대로, 마리아 알렉세예브나, 새로운 질서가 낡은 것보다 훨씬 낫습니다. 나는 개혁을 하려고 노력하고 또 거기에서 기쁨을 찾고 있는 사람들에 대해서 아무런 반감도 갖고 있지 않습니다. 그리고 당신이 새로운 질서의 장애물로 여긴, 사람들의 어리석음에 관해서 전적으로 당신의 생각과 같습니다. 그러나 당신도 부정하진 않겠죠, 마리아 알렉세예브나? 사람들은 이제 곧 교육을 받게 될 것이고 그렇게 되면 이전에는 필요하지 않아 방치해 두었던 것들에 손을 댈 것이고 또 그것의 유리함을 충분히 깨닫게 될 것이라는 걸 말입니다. 이제까지 그들은 분별력과 이성적인 사고를 배울 수가 없었습니다. 그러나 이제 그들에게 이런 것을 할 수 있는 기회가 주어졌고 그들은 이것을 충분히 이용할 것입니다.〉

그러나 그는 마리아 알렉세예브나에게 끝내 이것을 이야기하지 못했다. 그러나 그것 역시 그의 조심성 — 그는 매우 조심스럽긴 했다 — 때문이라기보다는, 그녀에게 라틴 어로 말하고 싶은 욕망을 억제시킨 그의 치밀한 행동과 그에게는 비록 흥미 있을지 모르나 그녀에게는 지루했을 게 뻔한 진보에 관한 이야기를 하느라고 시간을 허비했기 때문이었다. 그는 상대방이 무슨 말인지 몰라 당황하고 있는데도 그 이야기를 계속할 만큼 채신머리가 없지 않았다. 오히려 그는 충분한 상식과 섬세함을 지닌 사람이었다. 지금 내가 하고 있는 이 이야기들은 로뿌호프가 실제로 어떤 사람인지 왜 마리아 알렉세예브나가 간파하지 못했는가를 설명하고 있는 것이지 로뿌호프 자신을 정당화하려고 하는 것은 아니다. 로뿌호프를 정당화시킨다는 것은 옳지 않다. 왜 옳지 않은가는 곧 알게 된다. 그를 정당화하려는 사람들은 인간적으로 그를 용서하려고 할 것이다. 그가 의학도이며 자연과학을 하기에 유물론적 사고방식으로 기울어진 것 같다고 말이다. 그러나 그런 변명은 매우 서투른 것이다. 유물론적 사고방식으로 이끄는 학문들은, 이를테면 수학, 역사, 정치 등등 수없이 많다. 그러나 모든 기하학자, 천체학자, 역사학자, 정치·경제학자, 변호사, 언론인 등의 학자들이 모두 유물론자인가? 단연코 아니다! 결론적으로 그의 잘못은 변명의 여지가 없다. 그를 정당화하지는 않지만 그의 사고방식에 공감하는 사람들은 그래도 그에게 칭찬할 만한 점들이 많다고 변명할지도 모른다. 즉, 그는 의식 있는 확고한 젊은이이며, 다른 사람들을 위해서 모든 현실적인 유리함과 명예를 포기할 것을 결심했을 뿐만 아니라 바로 그러한 작업의 기쁨을 가장 유익한 것으로 여길 줄 안다고. 그리고 그는 사랑에 빠질 만큼 아름다운 여자를 자기의 여동생을 쳐다보는 것보다도 더 순수한 눈으로 바라보았다고. 그러나 그의 유물론적 사고방식에 대한 이러한 변명들에 대해서는 이 세상 사람들 가운데 좋은 점을 하나도 갖고 있지 않은 사람은 없다는 것과 유물론자는 그가 어떤 사람이든 간에 여전히 유물론자라는 것을 말해 주어야 한다. 그리고 이것이야말로 그들이 비도덕적이고 변호할 가치조차 없는 — 그들을 변호하는 것은 유물론을 격려하는 것이기 때문이다 — 천박한 사람이라는 것을 단적으로 입증해 준다. 따라서 로뿌호프를 정당화하지 않고는 그를 변호하는 것이 불가능하다. 그를 변호하는 것은 또 다음과 같은 이유로 옳지 못하다. 즉, 유물론자를 천박하고 비도덕적인 사람들이라고 비난하는 지식인들과 예술가들, 모든 존경받는 사람들 — 그가 유물론자이든 아니든 — 이 대개 그렇듯이, 한결같이 자기의 식견과 인품의 연마에 철저했던 사람들이라는 점이다. 따라서 그들이 인정하지 않는 누군가를 변호한다는 것은 주제넘은 짓이며 더욱이 그들의 작업을 평가한다는 것은 전혀 가능해 보이지 않는 것이다.

10

말할 것도 없이 로뿌호프와 베로치까 사이의 대화의 주제는 어떤 사상을 올바른 것으로 볼 것인가 하는 게 아니다. 대체로 그들은 별로 말을 많이 하지 않았다. 어쩌다 드물게 장시간 대화를 하는 때가 있어도 그들의 대화는 사상과 친척의 일 같은 외적 문제로 국한되었다. 그들은 두 개의 눈이 그들을 감시하고 있다는 것을 알고 있었고 따라서 그들의 주된 관심거리에 관해서는 거의 아무 말도 교환할 수가 없었다. 그나마 그들이 몇 마디 대화를 나누는 때는 대개가 피아노 연주나 노래를 부르기 위해서 악보를 찾을 때였다. 그들만의 주제는 아주 드물게 갖는 긴 대화 속에서조차 거의 등장하지 않았으며 어쩌다 스치고 지나가는 말이라도 그것에 대해 언급하는 적이 없었다. 서로에 대한 그들의 감정은 아직 확인되지 않았다. 그들은 파티에서 나누었던 그들의 첫 대화 이후로 그 문제에 대해서 언급할 기회를 갖지 못했다. 그나마 어쩌다 주어지는, 그들이 엿들음을 당할 위험 없이 서로의 생각을 교환할 수 있는 이삼 분의 짧은 시간에도 〈다른 것들〉 — 그들 서로의 생각이나 감정보다도 그들에게는 더 절실했던 문제, 즉 베로치까가 무서운 상황에서 도망칠 수 있는 방법과 수단 — 에 관해서조차 이야기할 여유가 전혀 없었던 것이다.

베로치까와 첫 대화를 나눈 다음날 아침 로뿌호프는 그녀가 여배우가 되는 것이 가능할 지에 대해서 곰곰이 생각해 보았다. 여자가 무대에 서는 것에는 많은 위험과 시련이 뒤따른다는 것을 그는 알고 있었다. 그러나 당찬 성격을 지닌 그녀는 반드시 해낼 거라고 생각됐다. 그러나 실제로는 다르게 말했다. 이틀 뒤, 표도르를 가르치러 왔을 때 그는 베로치까에게 말했다.「여배우가 되겠다는 생각을 포기하도록 당신에게 권합니다.」「왜죠?」「스또레쉬니꼬프의 청혼을 받아들이는 게 훨씬 나을 것 같기 때문입니다.」그와 베로치까가 음악을 연주하는 동안 — 그는 반주하고 그녀는 노래를 불렀다 — 이 대화는 끊어졌다. 베로치까는 고개를 숙인 채 노래를 불렀고 그녀에게 익숙한 곡이었지만 몇 번 박자가 틀렸다. 몇 번 노래가 끝나자 그들은 다음번 노래를 상의하기 시작했다. 베로치까가 말할 기회를 잡았다. 「그것이 내게는 최선이라고 느껴졌어요. 그런데 그것이 불가능하다는 말을 들으니 암담하군요. 생활이 더 어려울지는 모르지만 생각해 둔 게 있어요. 가정교사로 나서는 거지요.」

그가 이틀 뒤에 다시 왔을 때 그녀가 말했다. 「가정교사 자리를 구하려고 했지만 아무도 도와줄 사람이 없어요. 나를 똑바로 쳐다보세요, 드미뜨리 세르게이치. 당신 이외에는 정말 아무도 없어요.」

「미안해요. 도움이 될 만한 사람들을 내가 별로 알고 있지 못해서. 내가 공부를 가르치고 있는 집들은 모두 가난하지요. 그들이 알고 있는 사람들도 거의 똑같습니다. 하지만 최선을 다해서 찾아보도록 하지요.」

「고마워요. 당신은 내 친구예요. 내가 당신의 시간을 빼앗고 있군요. 하지만 내가 달리 어쩌겠어요?」

「베라 빠블로브나, 내가 당신의 〈친구〉인 이상 내 시간에 대해선 걱정할 필요가 없습니다.」

베라 빠블로브나는 미소를 지었고 얼굴이 빨개졌다. 그녀는 그를 드미뜨리 세르게이치라고 부르는 대신 〈내 친구〉라고 부른 것을 미처 깨닫지 못하고 있었던 것이다.

로뿌호프도 따라서 미소를 지었다.

「당신은 그렇게 말할 생각은 아니었을 겁니다, 베라 빠블로브나. 당신이 좋다면 취소해도 좋습니다.」

베로치까는 미소를 지었다. 「그러기엔 너무 늦었는걸요.」 그리고 얼굴을 붉히며 말했다. 「그리고 조금도 후회하지 않아요.」 그녀의 얼굴은 더욱 붉게 상기되었다.

「때가 되면 내가 좋은 친구라는 것을 알게 될 겁니다.」

그들은 서로 손을 꼭 쥐었다.

여러분은 파티가 있던 그날 저녁 뒤에 있는 이 두 번의 첫 대화를 잘 들었을 것이다.

이틀 뒤에 『경찰 관보』[31]에는 다음과 같은 광고가 실렸다. 〈프랑스 어와 독일어 등을 할 수 있는 젊은 규수가 가정교사 자리를 찾고 있습니다. 문의하실 곳은 꼴롬나[32]의 N.N.거리 N.N.집 관리 아무개입니다.〉

이제 로뿌호프는 베로치까의 일을 돕기 위해서 그의 많은 시간을 소비하지 않으면 안 되었다. 매일 아침, 그것도 거의 대부분 걸어서 그는 뷰보르그스끼에서부터 광고에 주소가 실린 그의 친구의 집이 있는 꼴롬나까지 가야만 했다. 그것은 먼 거리였다. 그러나 뷰보르그스끼 근방에는 마땅한 친구가 없었다. 문의가 들어올 친구의 집은 몇 가지 조건을 충족하고 있어야만 했다. 이를테면 그 가문의 사회적 지위, 좋은 가정 환경, 좋은 외모와 차림새 따위가 그것이다. 가난한 집에서는 조건이 별로 좋지 않은 가정교사에게 의뢰하게 마련인 데다 사회적 지위도, 좋은 집안 환경도 갖지 못한 그녀의 추천이 호의적으로 보여질 리 만무하기 때문이다. 그래서 로뿌호프는 자신의 주소를 광고에 낼 수가 없었다. 가난한 학생이 보호하고 있는 외톨이 여자라고 하면 사람들이 그녀에 대해서 뭐라고 할지 너무도 뻔하지 않은가? 그래서 로뿌호프는 특별한 방법을 생각해 내었던 것이다. 그렇게 가정교사에 대한 문의가 들어올 집의 주소를 빌린 다음부터 그는 더욱 바빠졌고 더욱 멀리까지 걸어가야 했다. 관리는 문의자들에

---

31 1839년에서 1883년까지 뻬쩨르부르그에서 발행된 잡지.
32 뻬쩨르부르그의 빈민과 노동자가 주로 살던 변두리.

게 자기는 그녀의 친척이며 단지 대신 일할 뿐이라고 말했다. 그리고 그녀는 조카가 있는데 다음달 그가 올 것이라고 하면서 그 밖에 몇 가지 특별한 것들을 곁들여 알려주었다. 조카는 마차로 가지 않고 걸어서 그들의 집을 찾아갔는데, 당연한 일이지만, 대체로 그들의 환경은 불만족스러웠다. 한 집에서는 너무 젠 체를 했고 다른 집에서는 부인이 아주 선량해 보였으나 남편이 바보였다. 그리고 세 번째 집에서는 그 반대였다. 그 다음도 대개 그렇고 그랬다. 어떤 집은 생활하기에 편해 보였으나 조건이 맞지 않았다. 영어를 할 줄 아는 사람을 원했으나 그녀가 영어를 할 줄 모른다든지 또는 가정교사가 아니라 보모를 찾고 있었다든지 또는 가정교사를 두기에는 너무 가난해서 가정교사가 쓸 방이 없을 정도로 다 큰애가 둘, 어린것이 둘, 하녀, 그리고 부모까지 북적대는 경우도 있었다. 그러나 광고는 『경찰 관보』에 계속해서 나갔고 가정교사를 필요로 하는 사람들이나 로뿌호프 역시 희망을 버리지 않았다.

그렇게 2주일이 지나갔다. 그가 베로치까의 가정교사 자리를 구하러 왔다 갔다 하던 다섯째 날, 그가 먼 길을 걸어와 소파에 누워 있을 때였다. 끼르사노프가 그에게 말했다. 「드미뜨리, 우리의 작업에 소홀한 것 같아. 매일 아침마다 밖에 나가서 보내잖아. 오후와 저녁때도 대부분 마찬가지고. 너는 그만하면 가정교사 자리는 충분하지 않아? 이제는 그런 것에 낭비하는 시간을 아껴야 할 때라고. 나는 가정교사 노릇을 그만두려고 해. 40루블 저축한 게 있어. 그거면 졸업할 때까지 충분히 버틸 수 있거든. 너는 내가 가진 것보다 많잖아. 적어도 백 루블쯤. 그렇지 않아?」

「그 이상이지, 백50루블. 나는 학생들을 갖고 있지 않아. 하나를 제외하곤 다 그만두었어. 하지만 내가 도와야 될 일이 있어. 내가 그 일을 잘 해내면, 작업을 등한했다고 네가 서운해하진 않을 거야.」

「그게 뭔데?」

「너도 알다시피 내가 포기하지 않은 학생은 가난한 집 애야. 그런데 그 집에 아주 멋있는 여자가 있어. 그녀가 가정교사 자리를 원해. 집을 떠나기 위해서지. 그래서 내가 그녀가 있을 만한 자리를 찾고 있는 중이야.」

「멋있는 여자?」

「그래.」

「그거 괜찮군. 하지만 주의하라고.」 대화는 여기서 끝났다.

끼르사노프와 로뿌호프 씨, 당신들은 교양 있는 사람들이다. 그러나 이 일이 특별히 어떤 점에서 좋은지 알지 못한다. 그러면 당신들이 나눈 대화가 어떤 점에서 좋은 것인지 함께 생각해 보자. 끼르사노프는 그 여자가 예쁜지 어떤지를 물으려고 하지 않았고, 로뿌호프 역시 그녀가 예쁘다고 말하려고 하지 않았다. 즉, 끼르사노프는 〈그런데 네가 그녀를 위해서 가정교사 자리를 찾는 데 그렇게 열성인 걸 보니 사랑에 빠진 게로구나〉 하고 말할 생각을 하지 않았고, 로뿌호프 역시 〈맞았어, 나는 그녀에게 관심이 많아〉라고 대답할 생각을 하지 않았다. 설령 그가 그런 생각을 했다고 하더라도 그것을 말하려고 하지 않았을 뿐더러 질문을 회피하려고 〈오해하지 마, 알렉산드르. 나는 그녀를 사랑하지 않아〉 하고 발뺌할 생각도 하지 않았다. 그렇다고 여러분은 그들 모두가 어려운 처지에 있는 사람을 해방시킬 때 그 사람의 얼굴이 매력적인지 아닌지 — 그 사람이 젊은 여자일지라도 — 하는 것은 별로 문제가 안 된다고 생각했다고 미리 넘겨짚지는 마라. 그런 경우에 사랑에 빠졌느니 안 빠졌느니 하는 것은 논쟁거리가 될 수 없는 것이다. 그들은 그런 것에 대해 생각조차 하지 않았다. 무엇보다도 중요한 것은, 그들이 고귀한 행동을 하고 있다는 것을 인식하지 못했다는 것이다.

그러나 이것은 총명한 독자들이 보기에 — 이것은 대다수 문학가들에게 자명하다. 게다가 그들은 가장 총명한 사람들로 이루어져 있다 — 끼르사노프와 로뿌호프가 냉정하고 미적 감각이 결여되어 있다는 것을 입증하는 것은 아닐까? 물론 이 〈미적 감각〉이라는 말은 고귀한 이상을 지닌 미학자들 사이에서조차 애용된 지 그다지 오래지 않은 것이다. 그러나 〈미적 감각〉은 지금 유행처럼 번져 있다. 나는 그것이 어떤 것인지 알지 못한다. 또 그것이 적절하게 사용되는 것을 별로 보지 못했다. 아무튼 심미안이나 적어도 감정이 있는 젊은이가 여자와 이야기할 때 그녀의 얼굴에 관심을 갖지 않는다는 것이 자연스러운 것일까? 말할 것도 없이 이런 사람들은 예술적 감정, 즉 미적 감정을 소유하고 있다고 보기 어렵다. 우리 같은 〈미학자〉 그룹보다 예술적 감정이 풍부한 사람들 속에서 인간의 본성을 배운 다른 사람들에 따르면, 그런 환경에 처해 있는 젊은이는 젊은 여자와 대화할 때 어쩔 수 없이 부자연스럽게 대하게 된다고 한다. 신사 숙녀 여러분, 그것은 한때이다. 그러나 지금은 아니다. 그것은 어떤 점에서는 사실이다. 그러나 현단계의 새 세대로 생각되는 저 젊은이들에게는 아니다. 신사 숙녀 여러분, 이 세대는 특별한 세대인 것이다.

11

「그러면 내가 있을 곳을 아직 못 찾았군요?」
「아직, 베라 빠블로브나. 그러나 절망하지 말아요. 곧 찾게 될 겁니다. 매일 내가 두세 집씩 보고 있으니까 당신이 있을 만한 괜찮은 자리가 안 나타날 리가 없어요.」

「아아! 내가 여기에 머물러 있는 것이 얼마나 힘들고 어려운지 당신이 안다면 이렇진 않을 거예요. 내가 이 불명예에서, 이 비참함에서 벗어나는 것이 불가능하다고 느껴질 때면 나는 죽음 같은 무감각 속에 빠져들곤 해요. 지금 이 분위기는 불길해서 견딜 수가 없어요. 정말 숨이 막혀 죽을 것만 같아요!」

「참아요, 조금만 더 참아요, 베라 빠블로브나. 곧 찾을 겁니다.」 이것이 일주일 동안 계속된 그들의 대화 내용이다.

화요일. 「참아요, 조금만 더 참아요, 베라 빠블로브나. 틀림없이 찾을 겁니다.」

「내 친구인 당신을 너무도 괴롭히고 있어요! 이건 시간 낭비예요! 당신에게 어떻게 보답하지요?」

「당신이 괴로워하지 않는다면 그것이 내게 보답하는 겁니다.」 로뿌호프는 이 말을 하고 나서는 약간 당황했다. 베라 빠블로브나가 그를 쳐다보았다. 그는 침묵했고 아무 말도 더 하지 않았다. 그는 그녀의 대답을 기다렸다.

「내가 무엇 때문에 괴로워하지요? 당신이 무얼 했다고?」 로뿌호프는 아까보다 더 당황했다. 그리고 침울해 보였다.

「무슨 일이 있어요?」

「그러고 보니 당신은 내 말을 전혀 이해하지 못했군요!」 그는 어이없다는 듯이 말했다. 그리고 곧 쾌활하게 웃었다. 「아아! 참 난 바보야, 이렇게 멍청하다니! 용서해요, 베라 빠블로브나.」

「대체 무슨 일이에요?」

「아무것도 아닙니다. 당신은 이미 내게 보상했어요.」

「아니, 그게 무슨 말이에요? 어릿광대같이! 아니에요, 어릿광대는 바로 저예요.」 목요일에는 삭소 그라마티쿠스의 〈햄릿식 실험〉이 있었다. 그 일이 있은 뒤로 며칠 동안 마리아 알렉세예브나는 그녀의 감시를 그만두고 쉬었다. 비록 충분치는 않았지만.

토요일. 차를 마시고 나서 마리아 알렉세예브나는 세탁부가 가져온 옷가지들을 확인하고 방에서 나갔다.

「그 일이 잘될 것 같습니다.」

「정말이에요? 그게 사실이라면 진짜 잘됐어요! 가능한 대로 빨리 매듭을 지으세요! 이 일이 더 이상 지체된다면 나는 꼭 죽을 것만 같아요. 언제쯤 될 것 같아요? 그리고 어떻게?」

「내일이면 결정이 납니다. 희망을 가져도 돼요. 거의 틀림없어요.」

「어떻게요? 어떻게 되었는데요?」

「조용히 해요, 베라 빠블로브나, 이제 곧 알게 될 겁니다. 기뻐서 막 춤을 출 지경이라고요? 하지만 조심하지 않으면 마리아 알렉세예브나가 듣고 쫓아올 거라고요.」

「좋아요, 당신은 참 멋진 사람이에요! 아까 들어올 때 엄마가 넋을 잃고 당신을 쳐다볼 정도로 당신 얼굴에 광채가 났었어요.」

「사실은, 내가 왜 기뻐하는지 그녀에게 말했어요. 그녀에게 말하는 게 필요하다고 생각한 겁니다. 그래서 굉장한 자리를 찾았다고 말했습니다.」

「정말 딱한 사람이야! 내겐 주의 같은 거나 주면서, 게다가 내게 아직 단 한 가지 사실도 말하지 않았어요. 그래, 도대체 어떻게 된 거예요? 이제 그만 말해 줘요!」

「오늘 아침에 끼르사노프가…… 당신도 알잖아요, 내 단짝인 끼르사노프…….」

「알아요, 알고말고요. 딱한 사람 같으니! 자, 어서 빨리 말해요. 쓸데없는 말은 집어치우고요.」

「당신은 지금 내 말을 가로막고 있어요, 베라 빠블로브나.」

「어머나! 거기에 대해서 단 한마디 말도 없이 딴전을 핀 게 누군데 내가 되레 방해를 했다니, 어떻게 해야 당신에게 벌을 줄지 모르겠군요. 무릎 꿇으세요. 하지만 여기선 안 돼요. 당신 집에 가자마자 방에 들어가 무릎을 꿇으세요. 이건 명령이에요. 끼르사노프가 그것을 지켜봐야 해요. 그리고 당신이 무릎 꿇고 있다고 메모를 보내게 하세요. 내가 말하는 거 듣고 있어요?」

「좋습니다. 집에 가서 무릎을 꿇지요. 그 대신 지금은 아무 말도 않겠습니다. 벌을 받고 나서 용서를 받은 다음에 말하지요.」

「아, 안 돼요! 당신을 용서할게요. 제발 말 좀 해줘요. 이 지긋지긋한 사람 같으니!」

「그것 봐요. 당신이 책망받을 차례가 되니까 용서를 하잖아요. 사실은 당신이 내 말을 가로막았어요.」

「그런데 당신은 왜 내 이름을 부르죠? 이름 대신 〈내 친구〉라고 부를 거라고 생각했는데.」

「그래요, 내가 당신을 좀 꾸짖을 속셈으로 그렇게 불렀어요, 〈내 친구〉! 나는 성미가 급한 사람입니다, 매우 엄격하죠!」

「꾸짖는다고요? 당신이 어떻게 감히 나를 꾸짖죠? 당신 말 더 이상 듣고 싶지 않아요!」

「듣고 싶지 않다고요?」

「물론이죠. 듣고 싶지 않아요. 내가 뭘 들을 게 있겠어요? 당신은 이미 내게 모든 걸 말했어요. 〈문제는 곧 매듭지어질 것이다, 내일이면 결정날 거다. 당신은 솔직히 말해서 오늘은 더 이상 할 말이 없다. 그것 봐요, 그래도 더 들을 게 있어요? 안녕히 가세요!」

「하지만 내 말 좀 들어 봐요. 내 친구, 내 말을 들어요!」

「듣지 않겠어요. 갈 거예요.」 그러나 그녀는 돌아왔다. 「빨리 말하세요, 방해하지 않을 게요. 당신이 나를 얼마나 행복하게 하는지 당신은 모를 거예요! 당신 손 주세요! 얼마나 따뜻한가 보게요. 그리고 만져 보게요!」

「그런데 왜 눈물을 글썽입니까?」

「당신에게 감사해요, 정말 고마워요!」

「오늘 아침에 끼르사노프가 내일 방문하기로 약속한 그 부인의 주소를 주었습니다. 그 부인에 대해선 개인적으로 잘 몰라요. 하지만 중재를 한 친구로부터 그녀에 대해서 이것저것 많은 것을 들었습니다. 그녀의 남편은 전에 만난 적이 있습니다. 친구의 집에서 여러 번 만났지요. 이것저것 종합해서 판단할 때 그녀의 집에서 지내는 것이 괜찮을 것 같습니다. 그녀가 내 친구에게 자기의 주소를 주면서 서로 조건이 꼭 맞는 것 같다고 하더랍니다. 이제, 거의 다 해결된거나 다름없습니다.」

「아아! 그렇게만 된다면 얼마나 좋을까! 얼마나 기쁠까!」 베로치까가 조그맣게 속삭였다. 「가능한 한 빨리 결정이 났으면 좋겠어요! 당신은 그녀를 만나고 곧장 우리 집으로 오실 거지요?」

「아닙니다. 그것은 의심을 살 염려가 있어요. 나는 표도르를 가르칠 때 말고는 여기에 오지 않습니다. 이렇게 하면 어떨까요? 내가 우편으로 마리아 알렉세예브나에게 편지를 쓰는 겁니다. 화요일에 표도르를 가르칠 수 없게 됐다고, 그래서 수요일로 연기해야 되겠다고 말입니다. 만일 편지에 〈수요일 아침〉이라고 되어 있으면 당신은 문제가 잘 매듭지어졌다고 생각하면 돼요. 〈수요일 저녁〉이라고 되어 있다면 잘 안

됐다고 여기면 되고요. 하지만 틀림없이 〈아침〉이라고 되어 있을 겁니다. 보나마나 마리아 알렉세예브나는 그것을 표도르에게 말해 줄 것이고 또 당신과 빠벨 꼰스딴찌노비치에게도 알려 줄 겁니다.」

「편지는 언제 도착하지요?」

「저녁에.」

「그것은 너무 늦어요! 난 그때까지 참지 못할 거예요! 그런데 그 편지로부터 내가 무엇을 알게 되지요? 맞아요. 잘됐다는 대답뿐이지요. 그러고 나서 수요일까지 기다린다! 그것은 고문이에요. 만일 대답이 〈잘됐다〉는 것이면 나는 곧바로 그 부인을 찾아가서 뵐 거예요. 난 그것에 대한 모든 걸 알고 싶거든요. 하지만 그러려면 어떻게 해야 되지요? 음, 이렇게 하는 게 어때요, 당신이 그 부인의 집에서 나올 때 내가 길에서 당신을 기다리는 거예요.」

「그것은 내가 당신을 찾아오는 것보다 훨씬 더 위험합니다. 그렇다면! 내가 당신을 찾아오는 게 차라리 낫겠어요!」

「아니에요! 우리들이 함께 얘기하긴 어려울 거예요. 그리고 엄마가 의심하게 될 거고요. 그래요! 내가 처음에 제의한 대로 하는 게 낫겠어요. 나는 두꺼운 덮개를 갖고 있어요. 그걸 쓰고 나가면 아무도 나를 알아보지 못할 거예요.」

「음. 당신의 생각이 그럴듯하게 느껴지긴 합니다만, 생각 좀 해봅시다!」

「생각할 시간 없어요. 엄마가 언제 들어 오실지 몰라요. 그 부인은 어디서 살지요?」

「갈레르나야 거리, 다리 근처입니다.」

「몇 시에 그녀를 방문할 거지요?」

「그녀가 12시에 만나자고 했습니다.」

「12시에 꼬노 끄바르제이스끼 보우레바르드의 마지막 의자, 그러니까 다리에서 가장 가까이 있는 마지막 의자에 앉아 있을게요. 내가 덮개를 쓸 거라고 했지요? 이렇게 알아보면 돼요. 내가 손으로 음악에 맞춰 박자를 치고 있을게요. 만일 내가 정각에 거기에 없으면 집에서 붙잡혀 있다고 생각해요. 하지만 그 의자에 앉아 기다리세요. 늦더라도 반드시 그곳에 갈 테니까요. 보세요, 내 생각이 얼마나 멋지요! 당신이 얼마나 고마운지 몰라요! 정말 행복해요! 그런데 당신 신부는 어때요, 드미뜨리 세르게이치? 들으세요? 나는 당신을 〈내 친구〉 대신에 드미뜨리 세르게이치로 부르고 있어요. 기뻐요, 정말 기뻐요!」 베로치까는 피아노로 달려가 힘차게 치기 시작했다.

「귀여운 사람! 그건 예술적이지 못해요! 갤럽[33] 같은 춤곡이나 치려고 오페라 곡들을 치워 버리다니, 그건 고상한 취미가 아닙니다!」

「그래도 지금은 이게 좋은걸요! 정말 신나요!」

몇 분 후에 마리아 알렉세예브나가 돌아왔다. 드미뜨리 세르게이치는 그녀와 2인용 카드 게임을 했다. 처음에는 그가 이겼고 다음에는 그가 그녀에게 져주었다. 그는 30꼬뻬이까를 잃기조차 했다. 이것은 처음 있는 일이었다. 그녀는 승리감에 도취되었다. 그가 떠났을 때 그녀는 몹시 기분이 좋았다. 돈 때문이 아니라 승리 때문이었다. 유물론으로 더럽혀진 가슴에도 순수한 관념적인 기쁨은 있게 마련이다. 그리고 이것이야말로 인생에 대해서 유물론적 설명이 만족스럽게 해명해 내지 못하는 증거인 것이다.

---

33 4분의 2박자의 경쾌한 프랑스 춤곡.

12
베로치까의 첫 번째 꿈

 베로치까는 꿈을 꾸었다.
 그녀는 습기 차고 어둠침침한 지하실에 갇혀 있다. 그런데 갑자기 문이 열리고 베로치까가 벌판 한가운데에 있다. 그녀는 신바람이 나서 달음박질치고 있다. 그녀는 생각한다. 〈내가 지하실에서 죽지 않다니 어떻게 된 걸까? 으응, 내가 전에 들을 본 적이 없었기 때문이야! 내가 전에 들을 보았다면 틀림없이 지하실에서 죽었을 거야.〉 다시 그녀는 신바람이 나서 달음박질쳤다.
 그때 그녀가 중풍에 걸렸다. 그녀는 혼자 중얼거렸다. 「내가 중풍에 걸리다니 어떻게 된 거지? 늙은 남자나 여자가 중풍에 걸리기는 하지만 젊은 여자가 중풍에 걸리는 일은 없어!」 「아니에요, 젊은 여자도 걸린답니다.」 낯선 목소리가 들려오는 것 같았다. 「당신은 곧 회복될 거예요. 당신 손을 이리 내놔 봐요, 내가 만져 보게요. 자 보세요, 벌써 다 나았잖아요. 자, 일어서 봐요!」 「그 목소리는 누구일까? 내가 구원되다니! 모든 고통이 사라졌어!」 베로치까는 일어나 걸었고 곧 달리기 시작했다. 그녀는 다시 벌판한가운데에 있다. 다시 그녀는 신바람이 나서 달음박질치고 있다. 그녀는 생각한다. 〈내가 어떻게 중풍을 견뎌 낼 수 있었을까? 내가 태어나면서부터 중풍에 걸려 걷고 뛸 줄을 몰랐기 때문이야. 내가 걷고 뛸 줄을 알았다면 틀림없이 나는 중풍을 견뎌 내지 못했을 거야.〉 그녀는 여전히 신바람이 나서 달음박질치고 있다.
 그때 들판을 가로질러 한 젊은 여자가 오고 있다. 〈참 이상해! 그녀의 얼굴과 걸음걸이 그리고 그녀의 모든 것이 시시

각각으로 변하고 있어. 방금 그녀는 영국인이었는데 어느새 프랑스 인이 되었어. 그리고 어느새 독일인으로 또 폴란드 인으로 변했어. 그리고 지금은 러시아 인으로 변했어. 또다시 영국인, 다시 독일인, 다시 러시아 인이 되었어. 그런데 그녀의 얼굴이 끊임없이 변하고 있는데도 언제나 똑같아 보여. 도대체 어떻게 된 걸까? 영국 여자로 보일 때는 프랑스 여자로 보일 때와 같지 않았고 또 독일 여자로 보일 때는 러시아 여자로 보일 때와 같지 않았어. 그런데 그녀의 얼굴이 변하고 있는데도 언제나 똑같은 얼굴을 하고 있다니 참 이상한 사람이야! 그녀의 얼굴 표정도 시시각각으로 변하고 있어. 그녀는 얼마나 상냥해, 그런가 하면 또 어느새 화가 나 있어. 방금 우울해 보였는데 지금은 어느새 기쁨에 넘쳐 있고, 그녀는 끊임없이 변하고 있어. 그녀는 늘 상냥한 표정을 짓고 있고 화가 나 있을 때조차 변함 없이 상냥해 보여. 그런데 그녀는 정말 미인이야! 그녀의 얼굴이 변할 때마다 그녀는 점점 더 예뻐져.〉 그녀가 베로치까에게 다가온다.

「당신은 누구예요?」

「〈그〉가 전에는 베라 빠블로브나라고 불렀는데 지금은 늘 〈귀여운 사람〉이라고 불러요.」

「아! 그게 당신이군요! 사랑이 빠져 있다는 그 베로치까?」

「예, 몹시 사랑합니다. 그런데 당신은 누구지요?」

「당신 신랑의 신부랍니다!」

「어느 신랑이요?」

「모르겠어요. 나는 내 신랑들을 알지 못합니다. 그들은 나를 알지요. 그러나 내가 그들을 알아보는 것은 불가능해요. 내겐 신랑이 대단히 많거든요! 당신은 그들 가운데 한 사람을 당신 신랑으로 선택해야 돼요. 꼭 그들 중의 한 사람, 내 신랑들 가운데서 말이에요.」

「나는 이미 선택했어요.」

「내가 그의 이름을 알 필요는 없어요. 나는 그들을 모르니까요. 그러나 꼭 그들 중의 한 사람, 내 신랑들 가운데서 선택하세요. 나는 내 자매들과 신랑들이 서로들 가운데서 선택하기를 바래요. 당신은 지하실에 갇혀 있었지요? 그리고 중풍에 걸렸지요?」

「그래요.」

「하지만 지금은 자유롭지요?」

「예, 자유로워요.」

「당신을 자유롭게 하고 또 당신을 낫게 한 건 나예요. 기억하세요, 아직도 자유롭지 못한 사람이 많다는 것을, 병이 낫지 않은 사람이 많다는 것을. 그들을 자유롭게 하세요. 그들을 병이 낫도록 치료하세요. 당신이 하시겠어요?」

「하겠어요! 그런데 당신의 이름은 뭐지요? 나는 꼭 알고 싶어요!」

「나는 이름이 많아요. 여러 가지 이름을 갖고 있어요. 누군가가 나를 부르기 원하면 나는 그에게 적당한 이름을 줍니다! 당신은 나를 인류에 대한 사랑이라고 부르세요. 이게 내 진짜 이름이에요. 나를 그렇게 부르는 사람은 많지 않아요. 그러나 당신은 나를 그렇게 불러야 해요.」

베로치까는 도시를 왔다 갔다 하는 것 같았다. 그녀가 찾아간 곳은 지하실이었다. 그 지하실에는 젊은 여자들이 갇혀 있다. 베로치까가 문에 손을 갖다 대자 문이 열린다. 「당신들은 자유예요!」 그들이 밖으로 나간다. 그녀가 또 들른 곳은 방이었다. 그 방에는 젊은 여자들이 중풍에 걸려 누워 있다. 「일어나세요!」 그들은 일어나 밖으로 나간다. 그리고 그들은 모두 벌판에 있다. 그곳에서 달음박질치며 흥겨워 한다. 아아! 그것은 얼마나 즐거운 모습인가! 혼자 고독하게 있을 때보다 많은 사람들과 함께 더불어 있을 때에 얼마나 더 생동적이고 활기가 넘치는가! 아아! 얼마나 즐거운가!

13

로뿌호프는 몇 주일 동안 의학부의 친구들과 함께 시간을 보낼 여유를 갖지 못했다. 동료들과 교류를 계속하고 있던 끼르사노프는 로뿌호프에 관해서 친구들이 물어 오면 그는 다른 일로 바쁘다고 대답했다. 그러나 이미 우리가 알고 있듯이 그들 중의 한 명이 그에게 한 부인의 주소를 가르쳐 주었고 지금 로뿌호프는 그 집으로 가고 있는 중이다.

「모든 게 만족스럽게만 되면 문제는 아주 훌륭하게 매듭 지어질 텐데.」 로뿌호프는 그 부인의 집에 가면서 생각했다. 「2년이나 2년 반쯤 지나면 나는 교수 자격증을 취득하겠지. 그때면 우리는 생계를 꾸려 나갈 수 있을 거야. 그동안 그녀는 B부인의 집에서 조용히 머무는 거야. B부인이 생각이 제대로 박힌 여자이기만 하다면 말야. 그래, 그것은 조금도 걱정할 필요가 없어.」

사실, 부인이 남편의 사회적 지위와 그들의 재산과 친분 관계에 걸맞은 그런 치장을 하고는 있었지만, 로뿌호프는 그녀가 가식이 없는 총명하고 인정 많은 여자라는 것을 깨달았다. 조건은 호의적이었고 가정 환경도 베로치까에게 매우 쾌적했다. 모든 게 로뿌호프가 기대한 대로 완벽했다. B부인 역시 베로치까의 성격에 대한 로뿌호프의 대답에 만족해 했다. 일은 일사천리로 진행되었다. 그들이 30분 가량 대화를 나누었을 때 B부인이 말했다. 「당신의 젊은 숙모가 내 조건에 동의한다면 나의 집으로 와달라고 부탁하겠어요. 빠르면

빠를수록 좋아요.」

「그녀는 이미 동의한 거나 다름없습니다. 그녀가 자기 대신 동의해도 좋다고 내게 위임했으니까요. 그런데 우리가 문제를 마무리짓기는 했습니다만, 그동안 내가 당신에게 말씀드리지 못한 것에 대해서 말씀드릴까 합니다. 다름이 아니라 사실은 그 젊은 여자는 나의 친척이 아닙니다. 내가 공부를 가르치는 관리 집안의 딸입니다. 그녀는 나밖에는 그녀의 비밀을 털어놓을 사람이 아무도 없습니다. 그러나 나는 그녀에 대해서 절대적으로 타인일 뿐입니다.」

「알고 있었어요, 므슈 로쁘호프. 당신과 N선생(그녀의 주소를 알려준 친구를 말함) 그리고 이 일에 대해서 그에게 말해 준 당신의 단짝, 나는 여러분이 여러분 중의 하나가 한 젊은 여자에게 갖고 있는 우정에 대해서 서로 스스럼없이 얘기하고 그녀의 문제를 남의 일 보듯 하지 않는 훌륭한 분들이라는 걸 알아요. 그리고 나에 대해서도 좋은 생각을 갖고 있고 또 내가 여자 가정교사를 찾고 있다는 것을 아는 N선생은 그 젊은 여자가 당신의 친척이 아니라는 것을 내게 말하는 것이 옳다고 느꼈을 거예요. 그렇다고 신뢰 없는 사람이라고 나무라진 마세요. 그는 나를 아주 잘 알거든요. 나 역시 명예를 존중하는 사람입니다. 므슈 로쁘호프. 내 말을 믿으세요. 나는 그가 존경할 만한 사람이란 걸 알고 있습니다. 나는 내가 나 자신을 믿는 만큼이나 N을 신뢰하고 있어요. 그리고 N은 그녀의 이름을 모르더군요. 이제 얘기도 어느 만큼 됐고 하니 내가 그녀의 이름을 물어 봐도 될 것 같은데, 오늘이나 내일 아무 때든지 우리 집에 오라고 하세요.」

「그녀의 이름은 베라 빠블로브나 로잘스까야입니다.」

「그런데 이건 좀 다른 얘기입니다만 당신에게 말씀드릴 게 있어요. 나는 아이들한테 여간 주위를 기울이고 있지 않아요. 그런데 당신에게는 좀 이상하게 들릴지 모르지만 우리 아이들과 아주 가까이 지내야 될 사람을 만나 보지도 않은 채 당신과 그 문제에 대해서 결정은 지은 거예요. 하지만 나는 여러분이 어떤 사람들인지 잘 알고 있어요. 뿐만 아니라 여러분이 누군가에게 그와 같은 친절한 관심을 보인다는 것을 보니 나는 그 사람이야말로 나같이 자기의 딸이 진실하고 훌륭한 여자로 성장하기를 바라는 엄마에게 신이 보내 준 선물이나 다름없다고 믿어져요. 그래서 시험 같은 것은 거추장스럽고 상서롭지 못하다는 느낌이 들었어요. 이해하세요, 당신에게가 아니라 나 자신에게 하는 말이에요!」

「마드모아젤 로잘스까야를 위해서 나는 지금 대단히 기쁩니다. 그녀는 다른 어떤 집에 있더라도 이보다 편하진 못할 것입니다. 사실 나는 당신 집과 같은 이런 좋은 자리를 찾을 수 있으리라곤 꿈에도 생각하지 못했습니다.」

「그래요, N이 내게 말했어요. 그녀가 집에서 몹시 비참한 생활을 하고 있다고요.」

「매우 좋지 못합니다.」

로뿌호프는 B부인이 베로치까와 이야기할 때 본의 아니게 젊은 여자로 하여금 그녀의 과거의 생활을 상기시켜 마음에 상처를 주는 것을 피하도록 하기 위해서 그녀에게 참고가 될 만한 것들을 이야기하기 시작했다. 부인은 관심 있게 경청했다. 마침내 그녀는 로뿌호프의 손을 잡았다. 「됐어요. 그것으로 충분해요, 므슈 로뿌호프. 그러찮으면 내가 우울해져요. 내 나이가 돼서도 — 거의 마흔이 다 된 나이에 — 아직도 가정에서의 폭력을 무심히 들어 넘기지 못하는 것을 남들이 보면, 사실은 내가 어렸을 때 바로 그것으로 인해서 몹시 고통을 겪었거든요.」

「하나만 더 얘기하게 해주십시오. 이것은 당신에게 그다지 중요한 것도 아니고 또 어쩌면 당신에게 그런 말씀드릴 필요가 없을지도 모르겠습니다만 아무래도 당신에게 말씀드리는 편이 나을 것 같아 말씀드리는 것입니다. 지금, 그녀는 그녀의 어머니가 그녀와 그를 결혼시키려고 갖은 수를 다 쓰는 구혼자로부터 도망치려고 하고 있습니다.」

B부인은 생각에 잠겼다. 로뿌호프는 그녀를 쳐다보았다. 그리고 그 역시 생각에 골몰하기 시작했다.

「내가 잘못 본 게 아니라면 역시 그것은 당신에게 중요한 문제인가 보군요!」

B부인은 완전히 생각에 빠져 버린 듯했다.

「죄송합니다.」 그는 그녀가 몹시 심란해 하고 있는 것을 보고 말했다. 「죄송합니다. 당신에게 걱정을 끼쳐 드린 것 같군요.」

「그래요, 그것은 아주 진지하게 다뤄야 될 문제예요, 므슈 로뿌호프. 양친의 의사를 거스르고 집을 떠난다는 것은 말할 것도 없이 한바탕 분란을 일으킬 것입니다. 하지만 당신이 얘기한 대로 그것은 그다지 중요하지 않습니다. 만일 그녀가 단지 가족들의 무지와 폭력 때문에 집을 떠나는 것이라면 그것은 얼마든지 조정할 방법이 있지요. 최악의 경우라 해도 그들에게 돈을 얼마 주면 그것으로 끝납니다. 그것은 아무것도 아니에요. 그러나 그와 같은 어머니가 신랑을 딸에게 억지로 강요할 때는 신랑이 부자라는 걸 뜻해요. 한마디로 매우 수지가 맞는 투자인 거죠.」

「그렇습니다.」 로뿌호프는 완전히 의기소침해져서 말했다.

「바로 그거예요, 므슈 로뿌호프, 그가 부자라는 거죠. 그것이 나를 성가시게 해요. 그런 경우에, 그 어머니는 좀처럼 쉽게 포기하려 들지 않을 거예요. 그리고 양친의 권리가 어떤 것인지 아세요? 이와 같은 경우에 그들은 자신의 권리를 행사하려고 할 거예요. 그들은 곧 소송을 하겠지요. 그러면 쓰라린 패배를 할 거예요.」

로뿌호프는 일어섰다.

「당신에게 말씀드린 것을 모두 잊어 달라는 것밖에는 달리 드릴 말씀이 없군요.」

「아니에요, 잠깐 기다리세요. 당신 앞에서 변명할 생각은 없어요. 하지만 내 얘기 좀 들어 보세요. 당신 눈에 내가 얼마나 비열하게 보이겠어요! 하지만 존경받는 훌륭한 사람들의 동정거리가 될 거라는 생각이 나를 망설이게 해요. 아아, 우리는 얼마나 불쌍한 사람인가요!」

진정으로, 그녀를 쳐다보는 것이 슬펐다. 그러나 그녀는 더 이상 속마음을 감추려 하지 않았다. 그것은 그녀에게 실제로 고통스러운 것이었다. 한동안 그녀의 말은 뒤죽박죽이었다. 그만큼 그녀는 혼란에 빠져 있었다. 한참 만에야 그녀의 생각은 갈피를 잡기 시작했다. 그러나 그녀의 말이 뒤죽박죽이건 논리적이건 로뿌호프에게 아무 의미도 없었다. 그 역시 갈피를 잡지 못하긴 마찬가지였다. 그는, 그가 미처 깨닫지 못했던 사태에 대한 그녀의 설명에 주의를 기울일 수 없을 만큼 그녀가 말한 그 사실에 집착해 있었다. 그녀가 자신의 속마음을 다 털어놓은 뒤에 그가 말을 꺼냈다.

「당신이 자신을 변호하느라고 한 말들은 이제 아무 소용이 없습니다. 내가 당신을 비난하거나 화를 냈다고 생각하시지 말기를 바랍니다. 그러나 당신이 말한 것에 귀기울이지 못한 것을 고백하지 않을 수가 없군요. 아아, 내가 당신이 옳다는 것을 몰랐다면 좋았을 것을! 그리고 당신이 틀렸다면! 나는 그녀에게 말할 것입니다. 우리는 조건에 합의를 보지 못했다고, 아니 당신이 나를 만족시키지 않았다고, 그리고 그게 전부라고. 그녀와 나는 달리 방법을 찾아볼 것입니다. 그러나 지금 당장 그녀에게 뭐라고 말을 하죠?」

B부인은 눈물을 흘렸다.

「그녀에게 뭐라고 말을 하죠?」 로뿌호프는 계단을 내려가며 반복해 물었다. 「그녀는 어떻게 되지? 그녀는 어떻게 될까?」 그는 갈레르나야 거리로 나와 꼬노 끄바르제이스끼 보우레바르드로 가면서 자기에게 되물었다.

물론 달을 손으로 잡을 수 없다는 것을 아이에게 가르쳐 주려는 사람의 행동이 옳다는 그 말의 절대적 의미에서 보더라도 부인이 반드시 옳았던 것은 아니었다. 그녀의 사회적 지위나 관리인 남편의 중요한 역할을 고려해 볼 때 만일 그녀가 베로치까와 함께 있기를 원한다면 마리아 알렉세예브나가 감히 그녀와 그녀의 남편을 법정에 피고로 세우지 못할 것이고 — 그녀는 그것을 두려워했을 것이다 — 따라서 베로치까를 그녀로부터 빼앗아 갈 수 없으리라는 것을 충분히 추측할 수 있었다. 그러나 그럼에도 불구하고 B부인은 많은 골치 아픈 문제를 떠맡아야 할 것이고 어쩌면 기분 나쁜 인터뷰에 응해야 할지도 몰랐다. 그러므로 타인을 위해서 곤욕을 치르느니 자기 한몸 살자는 편이 나을 법했다. 누가 부인과 달리 행동할 수 있을 것이며 또 어떤 합리적인 사람이 그것을 마다하겠는가? 우리는 결코 그녀를 비난할 권리를 갖고 있지 않다. 그렇다, 로뿌호프가 베로치까의 피신이 불가능하다고 생각했다.

14

베로치까는 약속한 의자에 앉아서 기다렸다. 군대 모자를 쓴 사람이 모퉁이를 돌아서 올 때마다 그녀의 가슴은 마구 방망이질했다. 마침내 그가 나타났다. 「아! 그다, 내 사람!」

그녀는 벌떡 일어나 그에게 달려갔다.

그는 베로치까가 기다리는 의자에 도착할 때쯤 용기를 회복할 법도 했다. 그러나 그는 미처 거기까지 생각하지 못했고 예상보다 빨리 도착했다. 그는 우울한 표정 그대로 베로치까에게 나타났다.

「잘 안 됐나요?」

「잘 안 됐습니다.」

「하지만 그렇게 틀림없을 거라고 하더니 어째서 잘 안 됐지요? 이유가 뭐예요, 내 사람?」

「집에 갑시다. 나와 함께 가요. 가서 그것에 대해서 얘기해요. 왜 안 됐는지 설명할 테니. 하지만 지금은 생각 좀 하게 내버려 둬요. 아직 생각이 정리가 안 돼요. 정신이 모아지지도 않고 아무튼 우리는 다른 계획을 강구해야 될 것 같아요. 절망하진 말아요. 뭔가 곧 찾게 될 겁니다.」

이 마지막 말은 그녀에게 약간 위안이 되었다. 그러나 별 뾰족한 수가 있는 것은 아니었다. 「지금 여기서 말해요. 기다리는 건 지긋지긋해요. 방금 〈다른 계획을 강구해야 될 것 같다〉고 했는데 그 말대로라면 우리의 지금까지의 계획은 실현될 수 없다는 걸 뜻해요. 그렇다면 나는 가정교사가 될 수 없다는 건가요? 나는 왜 이렇게 비참해야 되지요, 왜 이렇게 불행한가요!」

「왜 당신을 속이겠습니까? 내 말은 사실입니다. 당신은 가정교사가 될 수 없습니다. 그게 겨우 내가 당신에게 말할 수 있는 겁니다. 그러나 참아야 돼요. 인내해야 돼요! 용기를 내세요! 용기 있는 자만이 성공하는 겁니다!」

「아아! 내 사람, 나는 용기를 갖고 있어요. 하지만 그것은 너무도 힘들어요!」

그들은 몇 분 동안 아무 말도 하지 않았다.

그런데 그게 뭘까? 그녀가 외투 속에서 손에 들고 있는 게!

「당신 손에 들고 있는 게 뭐지요, 이리 줘요.」

「아니에요, 그럴 필요 없어요. 무겁지 않아요. 아무것도 아니에요.」

다시 그들은 말없이 걸었다. 그렇게 한참 지났을 때 베로치까가 말을 꺼냈다.

「생각해 보니 간밤엔 들떠 가지고 새벽 2시까지 잠을 못 잤어요. 그러다가 잠이 들었는데 꿈을 꿨어요! 내가 질식할 것 같은 지하실에서 풀려난 것 같았어요. 그리고 중풍에 걸렸다가 나은 것 같았고요. 그리고 벌판으로 나갔어요. 그랬더니 거기엔 나 같은, 지하실에서 풀려 나왔거나 중풍이 나은 여자들이 있었어요. 우리는 너무도 행복해서 넓은 벌판을 이리저리 마구 뛰어다녔어요! 그런데 그 꿈이 실현되지 않았군요. 만일 그 꿈이 실현되지 않는다면 다시는 집에 돌아가지 않을 작정이었어요!」

「그게 무엇인지 이제 알겠군요. 그 보따리 내게 줘요.」

그들은 아무 말도 하지 않았다. 오랫동안 완전한 침묵했다.

「그 부인과 내가 그 문제를 논의했지만 다음과 같은 결론에 부닥쳤습니다. 마리아 알렉세예브나의 동의 없이 당신은 결코 집을 떠날 수 없을 거라는 겁니다. 사실 불가능합니다. 이런, 자, 내 팔을 잡아요. 아무래도 당신이 병이 날까 봐 걱정이 되는군요.」

「아뇨, 아무것도 아니에요. 이 덮개가 답답해 숨이 막혔을 뿐이에요.」

그녀는 덮개를 벗었다. 「이젠 괜찮아요. 훨씬 나아요.」

「얼굴이 창백한데! 내 사람, 내가 한 말에 너무 신경 쓰지 말아요. 내가 표현을 잘못한 것 같군. 하지만 모든 게 잘될 겁니다.」

「이제 이 일을 어떻게 하지요, 내 사랑? 당신은 단지 나를 위로하려고 그런 말을 하는 거예요. 하지만 아무 소용이 없어요!」

그는 할 말이 없었다. 그들은 다시 침묵했다.

「창백해. 너무 창백해! 한 가지 방법은 있습니다.」

「그게 뭔데요, 귀여운 사람?」

「당신에게 말할게요. 하지만 당신이 좀더 침착해지면 그때 말하겠습니다. 그것은 심사숙고해서 결정해야 되는 일이니까.」

「지금 말해 주세요. 그것을 알지 않고는 잠시도 침착해질 수가 없어요. 어서요.」

「안 돼요! 당신은 지금 몹시 흥분해 있어요. 그래 가지고는 중요한 문제를 결정할 수가 없습니다. 조금만 참아요. 곧 알게 될 테니. 벌써 문 앞에 다 왔어요. 안녕, 내 사람, 당신이 심사숙고한 뒤에 대답할 수 있다고 판단되면 그때 당신에게 말하겠습니다.」

「그게 언제죠?」

「내일 모레, 내가 표도르를 가르치러 올 때입니다.」

「너무 길어요!」

「그렇다면 내일 시간 내서 오지요.」

「아뇨, 그것보다 더 빨리요!」

「그러면 오늘 저녁!」

「아뇨, 당신을 보내지 않겠어요! 지금 나와 같이 들어가요. 당신은 내가 침착하지 않다고, 판단을 내릴 수 없다고 말했어요. 좋아요, 우리와 함께 저녁 식사를 해요. 그러면 내가 침착하다는 것을 깨닫게 될 거예요. 저녁 식사를 하고 나면 엄마는 꼭 한숨 자는 습관이 있어요. 그때 얘기할 수 있어요.」

「하지만 지금 내가 어떻게 들어가지요? 우리가 함께 들어

간다면 당신 어머니가 의심할 텐데!」

「의심이라고요! 내가 무엇을 걱정하겠어요? 아니, 바로 그렇기 때문에 당신이 함께 들어가는 게 나아요. 사람들이 우리를 봤을지도 모르잖아요, 내가 덮개를 벗고 걸어왔으니 말이에요.」

「당신 말이 옳아요.」

15

마리아 알렉세예브나는 그녀의 딸과 로뿌호프가 함께 들어오는 것을 보고 무척 놀랐다. 그녀는 즉시 그들을 면밀히 검사하기 시작했다.

「말씀드릴 게 있습니다, 마리아 알렉세예브나. 내일 모레 저녁때 약속이 있어요. 그래서 내일 표도르를 가르치려고 합니다. 앉게 해주세요. 나는 지금 몹시 피곤하고 좋지 않습니다. 좀 쉬고 싶습니다.」

「왜 무슨 일이 있어요, 드미뜨리 세르게이치? 정말 좋지 않아 보이는군요!」

〈사랑 행각일까, 우연히 만난 걸까? 만일 사랑 행각이라면 그가 즐거워해야 하는데, 아니면 사랑싸움이라도 한 걸까? 저 애가 그의 뜻대로 따라 주지 않는다고 말야. 그랬다면 당연히 그는 화가 나 있어야 해. 그리고 싸웠다면 그가 저 애를 데리고 같이 들어오지 않았을 거고. 그런데 저 애는 곧장 제 방으로 갔어. 그를 쳐다보지도 않고 말야. 싸운 것 같지도 않고, 그럴 리가 없어, 그래 분명해. 그들은 우연히 만난 게 틀림없어. 하지만 알 수가 있어야지. 악마나 알까? 악마라면 두 눈으로 똑똑히 보았을 테니 말야.〉

「뭐, 특별한 일은 없습니다. 마리아 알렉세예브나, 그런데 베라 빠블로브나가 약간 창백해 보이던데요. 왠지 그런 생각이 들었습니다.」

〈뭐라고? 베로치까가?〉「그 앤 가끔 그래요.」

「그러고 보니 그런 것 같습니다. 사실 내가 머리가 좀 어지러워서요. 너무 생각에 골몰하다 보니.」

「왜, 무슨 일이 있어요, 드미뜨리 세르게이치? 당신 애인과 다투기라도 했나요?」

「아닙니다. 마리아 알렉세예브나. 내 애인에게 만족합니다! 말다툼을 해야 할 상대는 그녀의 부모님들이지요.」

「그게 무슨 말이죠, 〈바뚜쉬까〉?[34] 드미뜨리 세르게이치, 어떻게 그녀의 부모와 싸울 수가 있지요? 나는 당신이 그러지 않을 거라고 생각했는데, 바뚜쉬까!」

「어쩔 수가 없었습니다. 마리아 알렉세예브나, 그런 집안이에요. 그들은 내가 신이나 되는 줄 아는 모양이거든요.」

「그건 그런 게 아니에요. 드미뜨리 세르게이치. 모든 사람들을 다 만족시킬 수는 없어요. 당신도 한계를 갖고 있어요. 그건 사실이에요. 하지만 정말 다투었다면 그리고 그게 돈에 관계된 거라면 어쩐지 나는 당신을 나무랄 순 없을 것 같군요.」

「좀 무례한 말씀이긴 합니다만, 마리아 알렉세예브나. 내가 몹시 피곤한 탓인지 즐거운 분위기 속에서 좀 쉬었으면 하는 마음입니다. 하지만 당신 집 말고는 어디 그런 분위기가 있어야지요. 그래서 오늘 저녁 식사 동안 당신 집에서 신세를 졌으면 하는데 허락해 주시기 바랍니다. 그리고 요리사에게 뭘 좀 시켰으면 하는데 그것도 양해해 주시고요. 덴커[35]

---

34 상대방 남성을 격의 없이 부르는 말.

씨 양조장이 여기서 멀지 않은 것 같던데, 그의 술은 아주 우수하지요.」

저녁 식사란 말을 듣자 마리아 알렉세예브나의 얼굴이 노여움으로 검붉어졌다. 그러나 요리사 이야기가 나오자 그녀는 노여움을 거두고 짐짓 진지한 표정을 지었다. 「알겠어요, 〈갈루브치끄〉.[36] 저녁 식사에 무얼 곁들이려고요? 덴커 씨라면 틀림없이 좋은 술을 갖고 있을 거예요.」 그러나 〈갈루브치끄〉는 그녀의 얼굴을 쳐다보지도 않고 여송연[37] 갑을 꺼내더니 그 속에 들어 있는 꽤 낡아 보이는 종이를 찢어 가지고는 그 위에다 연필로 쓰기 시작했다.

「묻고 싶은 게 있는데, 마리아 알렉세예브나, 어떤 술을 좋아하십니까?」

「당신이니까 솔직히 말하는데, 바뚜쉬까 드미뜨리 세르게이치, 나는 술을 마셔 본 적이 없어서 술에 대해선 거의 아무것도 몰라요. 술은 여자들이 아녀요.」

「당신 얼굴을 보니 당신이 술을 마시지 않는다는 걸 알겠습니다. 하지만 그래도 그렇지, 마리아 알렉세예브나, 젊은 여자들도 〈마라스키노〉[38]를 마시는데, 어떻습니까? 내가 그걸 주문해도 괜찮겠지요?」

「그게 어떤 종류의 술인데요, 드미뜨리 세르게이치?」

「그저 그런 겁니다. 술이라기엔 그렇고 시럽 같은 거라고나 할까.」 그는 붉은 지폐[39]를 꺼냈다. 「이거면, 충분할 겁니

---

35 여러 개의 상점을 가지고 있는 뻬쩨르부르그의 유명한 포도주 양조업자.
36 사랑하는 사람.
37 필리핀의 루손 섬에서 나는 잎담배를 말아서 만든 향기가 좋은 담배.
38 야생 버찌(marasca)로 만든 리큐르 주.
39 10루블 짜리.

다!」 그는 주문서를 다시 슬쩍 쳐다보았다. 「아무튼, 5루블을 조금 넘을 겁니다.」 (5루블이면 꼬박 3주일 수입이야. 한 달을 버틸 수도 있어! 하지만 지금은 다른 수가 없어. 마리아 알렉세예브나의 환심을 사는 게 필요해.)

마리아 알렉세예브나의 눈에 눈물이 어렸다. 그리고 자기도 모르는 사이에 황홀감에 넘친 미소가 온 얼굴에 퍼졌다.

「근처에 제과점이 있습니까? 호도 파이 〈뻬로그〉를 살 수 있을지 모르겠군요. 먹어 본 것 중에서 가장 맛있는 걸 찾아보죠.」

그는 부엌에 가서 요리사에게 사오도록 시켰다.

「오늘은 즐겁게 노는 겁니다, 마리아 알렉세예브나. 장인, 장모 될 분들과 다툰 것은 술을 마셔 잊어버리고 싶군요. 왜 놀면 안 됩니까, 마리아 알렉세예브나? 나는 애인과 일류로 지냅니다. 우리는 잘살지 않겠습니까, 행복하게 살지 않겠습니까, 마리아 알렉세예브나?」

「그렇고말고요, 바뚜쉬까, 드미뜨리 세르게이치, 그게 이유였군요. 당신이 왜 그렇게 우쭐대는지 알겠어요. 나는 당신이 냉정하고 이성적인 사람이기 때문에 당신이 돈에 그렇게 우쭐대리라고는 미처 생각지 못했거든요. 분명히 당신은 당신 신부의 지참금을 약간 올린 게 틀림없어요, 그렇지 않아요?」

「맞았어요, 마리아 알렉세예브나. 그리고 내 주머니에 돈이 있는 이상 충분히 즐길 수 있다고 생각합니다. 그런데 지참금을 약간 올렸다는 게 뭐 그리 이상합니까? 당신이 말하려는 게 뭐지요? 의심이 풀리도록 숨김없이 말해 보세요. 그러지 않으면 고상하지 못해요, 마리아 알렉세예브나.」

「고상하지 못하다고? 그건 사실이에요, 드미뜨리 세르게이치. 고상하지 못해요. 하지만 내 생각대로라면 사람은 자기가 하는 모든 것에 고상해야 돼요.」

「당신 말이 옳아요, 마리아 알렉세예브나.」

저녁 식사까지는 30분 내지 45분쯤 남아 있었다. 그들은 이런 대화 중에서 가장 생기 있게 온갖 고귀한 감정이란 감정은 모두 들먹여 가며 이야기의 꽃을 피웠다. 그러다 문득 드미뜨리 세르게이치는 그가 곧 결혼하게 될 것을 확신한다며 미친 듯이 떠벌렸다.

「그런데 베라 빠블로브나는 언제쯤 결혼하게 됩니까?」

딸에게 아무런 압력도 넣을 수 없는 마리아 알렉세예브나로서는 그 말에 대꾸할 수가 없었다. 당연했다. 그러나 그는 마리아 알렉세예브나가 곧 딸의 마음을 움직여 결혼시킬 거라고 생각했다. 분명히 그녀는 대답하지 않았다. 그러나 그는 사물을 보는 눈을 가지고 있었다. 「당신과 나는, 마리아 알렉세예브나, 늙은 참새예요, 그렇게 생각하지 않습니까? 하지만 우리는 왕겨 따위로는 잡히지 않죠. 내가 나이는 별로 많지 않지만 늙은 참새인걸요. 지독한 돈벌레라고요.」

「그건 그래요, 바뚜쉬까. 지독한 돈벌레지, 지독한 돈벌레고말고!」

한마디로, 마리아 알렉세예브나와의 즐겁고 숨김없는 대화는 드미뜨리 세르게이치가 언제 그랬냐는 듯이 그의 우울한 기분을 잊어버릴 만큼 그의 기운을 돋구었다. 그는 마리아 알렉세예브나가 이전에 보았던 그 어느 때보다 활기에 넘쳐 있었다. 〈교활한 친구야! 영리한 악당이고말고! 그의 애인으로부터 천 루블 이상을 더 뜯어낼 게 틀림없어. 그 집 식구들도 그가 어떻게 그의 주머니를 챙기는지 보았을 거야. 그들이 나중에 그를 찾아가기라도 하면 그는 틀림없이 그럴 거야.《바뚜쉬까 그리고 마뚜쉬까.[40] 나는 사위로서 당신들을

---

40 상대방 여성을 격의 없이 부르는 말.

존경합니다. 그러나 당신들에게 줄 돈은 한 푼도 없습니다.》 교활한 악당이고말고! 하지만 그런 사람과 얘기하는 건 재미있어. 보나마나 이제 요리사가 들어온 걸 알면 그는 깨끗한 손수건을 가지러 간다고 핑계 대고는 부엌에 가서 기웃거릴 거야. 요리사가 술을 12루블어치 이상 샀는지 어쨌는지 보려고 말야. 하지만 저녁 식사 때 삼분의 일만 먹고 남겨 두는 거야. 뻬로그도 일 루블 반은 들었을걸. 하지만, 뭐 괜찮아, 뻬로그라면 돈을 갖다 내버리기라도 할 위인이니까, 그것도 좀 남겠지. 쨈 대신 옛날에 좋아하던 것을 발라 먹는 맛도 괜찮을 거야. 그럼, 손해될 게 뭐 있어, 이익이 되면 됐지.〉

16

베로치까는 그녀의 방에 앉아 있었다.
「내가 그를 집에 들어오게 한 게 잘한 걸까? 엄마의 눈초리가 예사롭지 않았는데! 게다가 그는 얼마나 거북해 할까! 저녁 식사를 같이 할 수 있을까? 오 하느님! 불쌍한 나는 또 어떻게 되지?」
「그는 한 가지 길이 있다고 말했어. 아냐, 내 사랑, 길은 전혀 없어. 아니, 있긴 있어, 꼭 한 가지 길이. 창문. 도저히 견딜 수 없게 되면 그리로 내 몸을 던지는 거야. 참 나도 바보같이! 〈도저히 견딜 수 없게 되면〉이라니! 지금 당장 어떻게 하고? 네가 창문에 몸을 던지면 그 순간 마치 날개가 달린 것처럼 재빨리 날개를 펴는 거야. 굉장히 신날 거야. 다만······ 내가 보도에 떨어져 부딪친 뒤에······ 아아! 그 끔찍한 상처! 아니야, 나는 네가 그걸 느낄 틈이 있으리라곤 믿지 않아. 그래 그건 어려울 게 틀림없어. 몸을 약간 꿈틀거리다가 끝나겠지. 하지만 네가 보도에 부딪치기 전에…… 공기는 얼마나 부드러울까……. 마치 깃털 침대처럼 말야. 그것은 나를 상냥하고 부드럽게 어루만져 줄 거야. 기분이 참 괜찮을 거야. 그래, 하지만 다음 순간! 모든 사람이 쳐다보겠지. 머리는 깨지고 얼굴은 찢어지고 피투성이에다 진흙범벅이 된 내 모습을 말야. 만일 깨끗한 모래가 그 자리에 있다면 그러나 거기에 있는 모래는 몹시 지저분해. 그게 희고 깨끗하기만 해도 참 좋을 텐데. 그러면 얼굴도 찢어지지 않고 깨끗할 거야. 사람들 인상을 찌푸리게 하지도 않고 말야. 파리의 젊은 여자들은 연탄 가스를 피워 놓고 죽는다지. 그것도 좋은 생각이야, 참 괜찮은 생각이야. 그런데 그들은 왜 그렇게 큰소리로 떠들까! 무슨 얘기들을 하고 있는 거지? 그들이 뭐라고 하는지 여기선 통 알아들을 수 없어. 그래, 그에게 모든 것을 설명한 편지를 남기는 거야. 언젠가 그에게 말한 대로 〈오늘이 내 생일〉이라고 말야. 나도 참 뻔뻔스럽지! 내가 어떻게 그런 말을 다 했지? 하지만 그때는 어리석어 아무것도 몰랐잖아. 그런데 파리의 가난한 여자들은 참 똑똑해! 나도 똑똑할 수 없을까? 참 이상할 거야! 방에 들어와 보니 보이는 거라곤 아무것도 없고 희뿌연한 공기와 가스 냄새뿐이거든. 모두들 많이 놀라겠지. 〈이게 어찌된 일이지?〉 〈어디에 있니, 베로치까?〉 엄마는 아빠에게 소리치겠지. 〈그렇게 멀건히 서 있기만 하면 어떻게 해요? 어서 창문을 열어요.〉 그들은 창문을 열고 나서 손으로 얼굴을 감싸고 책상에 엎드려 있는 나를 발견할 거야. 〈베로치까, 숨이 막히지 않니?〉 나는 대답이 없을 테고. 〈베로치까, 왜 아무 말도 없니? 아아! 얘가 질식했어요!〉 그들은 비명을 지르고 울기 시작할 거야. 아아! 얼마나 이상해! 그들이 울고 엄마가 나를 얼마나 사랑했는지 모른다고 말하는 게 말야. 하지만 그는 슬퍼할 거야. 그래, 그에게 편지를 남기는 거야. 좋아, 생각하고 또 생각해서 파리의 젊은 여자들처럼 하는 거야. 두렵지 않아. 두려울 게 뭐 있어? 그만큼 좋은 게 또 어디 있어! 그러나 그가 생각한 계획이 무엇인지 내게 말할 때까지 기다리는 거야. 아냐, 아무것도 없어. 그는 나를 위로하려고 그렇게 말한 것뿐이야. 사람들은 뭣 때문에 위로를 할까? 그거야말로 아무 소용도 없는 건데. 아무런 도움도 못 주면서도 대체 무슨 위로를 할 수 있다는 거지? 그는 똑똑해. 하지만 그 역시 똑같애. 그런데 그는 지금 무슨 말을 하고 있는 거지? 즐거운 것 같은데. 그의 목소리에 생기가 넘치잖아! 그는 정말 어떤 계획을 갖고 있는 걸까? 아냐, 아무것도 있을 수가 없어. 그런데 그가 뭔가를 생각해 내지 않았다면 그렇게 즐거워할 수 있을까? 그렇다면 생각한 게 뭘까?」

17

「베로치카, 와서 식사해라!」 마리아 알렉세예브나가 소리쳤다.

빠벨 꼰스딴찌노비치가 어느새 귀가해 있었다. 삐로그는 벌써 오래전에 준비되어 있었다. 그것은 제과점에서 사온 것이 아니라 요리사가 전날 재워 둔 쇠고기로 만든 거였다.

「마리아 알렉세예브나, 식사 전에 보드까 한 잔 드시지요? 건강에 매우 좋습니다. 특히 떫은 오렌지로 만든 이런 종류의 술은 그만입니다.[41] 나는 당신에게 의사로서 말씀드리는

---

41 러시아 인들은 종종 보드까를 의학적인 목적을 위해 또는 고기를 먹기 전에 완전한 음식의 맛을 감별하기 위해 다양한 종류의 과일이나 허브를 넣어서 맛을 낸다.

겁니다. 들어 보세요, 자자, 들어요! 실수 없게. 의사로서 처방하는 겁니다.」

「의사 말이라니 안 들을 수도 없고, 반 잔만 마실게요.」

「아닙니다, 마리아 알렉세예브나, 반 잔은 당신에게 아무약효도 없어요.」

「그럼 당신은 어때요, 드미뜨리 세르게이치?」

「전에 많이 했지만 마리아 알렉세예브나, 지금은 괜찮아요, 술은 끊기로 맹세했습니다.」

「그래도 마시면 몸이 따뜻해질 텐데.」

「그게 술의 좋은 점이죠. 마리아 알렉세예브나. 당신의 혈기를 북돋아 줄 것입니다.」

〈그는 정말 즐거운가 봐! 그렇다면 무슨 가망이라도 있는 걸까? 도대체 그가 어떻게 했길래 엄마가 저처럼 화기애애하게 풀어졌을까? 그는 나를 쳐다보지도 않고 있어. 정말 민첩한 사람이야!〉

그들은 식탁에 앉았다.

「자, 빠벨 꼰스딴찌노비치의 건강을 위해서 한 잔 해야지요? 이걸로 합시다. 에일[42] 말입니다. 맥주보다 세진 않지만 맥주와 똑같은 거죠. 마셔 보세요, 마리아 알렉세예브나.」

「당신이 말한 대로 그게 맥주 같은 거라면 안 마실 이유가 없지.」

〈맙소사! 웬 술병이 그리도 많담! 아아! 나는 참 바보야. 엄마가 기분이 좋아지게 된 게 바로 그것 때문인 것도 모르고!〉

〈교활한 악당 같으니라고. 그는 술을 안 마시고 있어. 에일로 입술을 적시는 시늉만 할 뿐이야. 하지만 정말 우수한 에

---

42 본래 저장 맥주(lager beer)보다 쓰고 독한 맛이며 현재 영국에서는 맥주(beer)보다 품위 있는 말로 맥주(beer)와 동의어로 씀.

일이야! 맛도 끄바스⁴³보다 낫고 세. 그 쏘는 맛이 기가 막혀. 내가 얘를 미쉬까에게 시집 보내면 보드까는 그만두고 에일만 마실 거야. 좋아! 이 친구는 결코 술 취하지 않을 거야! 만일 그가 술 취한다면 악당이고말고! 하지만 그래도 나를 위해서 마련한 건데, 암 그렇고 말고! 그가 차를 마시고 싶다면 맘껏 마시게 해주는 거야.〉

「당신도 좀 마셔야지, 드미뜨리 세르게이치.」

「그래요! 전엔 한때 술을 많이 마신 적이 있습니다. 마리아 알렉세예브나. 꽤 오랫동안 그랬죠. 운도 없고 돈도 없을 때엔 술을 마시곤 했습니다. 그런데 지금은 일거리도 충분히 있고 돈도 있지요. 술을 마실 필요가 없습니다. 술을 마시지 않아도 충분히 즐겁게 지내고 있습니다.」

저녁 식사가 모두 끝나자 그들은 제과점의 삐로그를 가져왔다.

「요리사 스쩨빠노브나, 이게 다입니까?」

「곧 가지고 들어갈 거예요, 드미뜨리 세르게이치.」 요리사가 샴페인 한 병을 가지고 왔다.

「베라 빠블로브나, 당신과 나는 아직 건배를 하지 않았습니다. 자, 나의 신부와 당신의 신랑의 건강을 위해서 한잔 듭시다!」

〈그의 말이 뜻하는 게 뭘까? 정말 그걸 의미하는 걸까?〉 베로치까는 생각했다.

「신께서 당신의 신부와 베로치까의 신랑에게 모든 행복을 내려 주시기를.」 마리아 알렉세예브나가 말했다. 「그리고 우리 늙은 것들이 베로치까의 결혼식을 곧 볼 수 있게 해주시기를!」

---

43 과일, 야채 또는 가장 일반적으로 흑빵을 발효시켜 만든 대중적인 음료.

「염려 마십시오. 오래 기다리지 않아 곧 그렇게 될 겁니다, 마리아 알렉세예브나, 그렇지 않습니까, 베라 빠블로브나?」

〈그는 무슨 속셈으로 그런 말을 하는 걸까?〉 베로치까는 생각했다.

「틀림없어요! 베라 빠블로브나. 물론 그와 결혼하는 거지요! 자, 〈그렇다〉고 대답해 보세요.」

「그래요.」 베로치까가 대답했다.

「좋아요, 베라 빠블로브나. 그런데 당신은 왜 그동안 당신 어머니를 기다리고 의심하게 해드렸습니까? 보세요, 〈그렇다〉고 한마디 하니까 모든 게 해결되지 않습니까? 자, 곧 있게 될 베라 빠블로브나의 결혼식을 위해 다시 한번 건배합시다. 마셔요, 베라 빠블로브나. 두려워할 거 없습니다! 모든 게 다 잘될 겁니다. 〈곧 있을 당신의 결혼식을 위하여!〉 잔을 부딪칩시다.」

그들은 짤랑 소리를 내며 잔을 부딪쳤다.

「신이여 굽어 살피소서! 신이여 굽어 살피소서! 고맙다, 베로치까. 너도 내 나이쯤 되면 행복이 무엇인지 알 게다, 베로치까.」 마리아 알렉세예브나가 눈물을 닦으며 말했다. 영국산 에일과 마라스키노가 그녀의 기분을 한층 더 감상적으로 만들었다.

「신이여 굽어 살피소서! 신이여 굽어 살피소서!」 빠벨 꼰스딴찌노비치가 화답했다.

「당신과 함께 있으니 얼마나 즐거운지 모르겠어요. 드미뜨리 세르게이치.」 마리아 알렉세예브나가 저녁 식사가 끝난 뒤에 말했다. 「그래요, 정말 즐거웠어요. 당신은 우리 집 손님인데 오히려 우리가 대접받다니! 당신은 오늘 휴일의 여흥을 선사한 거나 다름없어요!」 그녀의 눈은 평소의 초조하고 성급해 보이는 빛깔이 아니었다. 즐거움이 두 눈에 가득 차 있었다.

 모든 것이 계획대로 되지는 않았다. 로뿌호프는 그 자신이 술을 샀을 때 이미 그런 결과를 감히 엿보지 못했다. 그는 초대받지 않은 자신이 저녁 식사에 끼어들어서 마리아 알렉세예브나의 호의를 잃지 않을까 염려했고 따라서 마리아 알렉세예브나의 환심을 사두어 그동안에 쌓은 신뢰를 잃지 않고자 했을 뿐이었다. 그러나 그녀가 그를 신뢰하지 않았다면 비록 그들이 서로 공감하는 사이라고 해도 남 앞에서 그처럼 술을 많이 마셨을까. 하지만 그녀는 근본적으로 사람을 믿지 않는 여자였다! 그리고 실제로 그 정도의 유혹에 넘어갈 사람이 아니었다. 그녀는 차를 마시고 난 다음까지는 눈앞에 어른거리는 즐거움과 쾌락을 미루려고 했다. 그러나 인간은 누구나 약점을 가지고 있는 법이다. 그녀는 보드까와 그 밖의 눈에 익은 술들을 끝내 물리칠 수 없었고 에일과 다른 유혹물들은 그녀가 일찍이 경험해 보지 못한 야릇한 기분으로 인도했다.

 저녁 식사는 매우 기품 있는 귀족식으로 끝마쳐졌다. 그녀는 요리사에게 명하여 이런 식사 후에 흔히 관습처럼 되어 있는 순서에 따라 사모바르를 얹어 놓게 했다. 그러나 차를 마신 것은 그녀와 로뿌호프 두 사람뿐이었다. 베로치까는 차를 마시고 싶지 않다고 말하곤 곧 그녀의 방으로 갔다. 순진한 농부 같은 빠벨 꼰스딴찌노비치는 저녁 식사 뒤에 늘 그러하듯이 잠깐 눈을 붙여야겠다며 자리를 떴다. 드미뜨리 세르게이치는 품위 있게 차를 마셨다. 한 잔을 다 마셨을 때 그는 한 잔을 더 요구했다. 이때 마리아 알렉세예브나는 약간 어지러움을 느끼기 시작했고 이른 아침부터 몸이 별로 좋지 않았었다고 변명했다. 손님은 예의에 어긋나도 이해해 달라고 부탁했고 그녀는 편하게 행동하라고 말했다. 그는 두 번째 잔을 마시고 다시 세 번째 잔을 비우고 의자에 앉은 채로 잠이 들었다. 그리고 요리사가 표현한 대로 〈우리 집 황금빛 시계추〉처럼 간혹 꾸벅꾸벅 졸더니 마침내 코를 골기 시작했다. 요리사가 사모바르와 잔들을 챙겨 부엌으로 가져 가버린 뒤에 드미뜨리 세르게이치를 깨운 것은 마리아 알렉세예브나의 코 고는 소리였다.

18

「용서해요, 베라 빠블로브나.」 그녀의 방으로 들어오며 로뿌호프가 말했다. 그는 아주 상냥하게 말했고 그의 목소리는 가볍게 떨리고 있었다. 그러나 저녁 식사할 때, 그는 큰소리로 떠들었고 그녀를 〈내 사랑〉이 아닌 〈베라 빠블로브나〉라고 불렀었다. 「내 무례를 용서해요. 내가 말한 것이 무엇을 뜻하는지 눈치챘을 겁니다. 음, 그래요, 남편과 아내는 헤어질 수 없는 겁니다. 그리고 그때에 당신은 자유예요.」

그는 그녀의 손에 키스를 했다.

로뿌호프는 그녀의 손에 키스를 했다. 수없이 계속해서 그는 키스를 했다.

「보세요, 내 소중한 사람, 당신은 나를 지하실에서 해방시키고 있는 거예요. 당신은 정말 똑똑하고 친절한 사람이에요. 그런데 어떻게 나를 해방시킬 생각을 했어요?」

「당신과 처음으로 춤을 췄을 때입니다. 그때 그것을 생각했어요.」

「내 소중한 사람, 나는 그때 당신이 친절한 사람이라고 생각했어요. 당신은 내게 자유를 주고 있어요. 이제 나는 어떤 시련도 이겨낼 각오가 되어 있어요. 그리고 이제야 비로소 내가 정말 지하실에서 해방될 거라는 것을 알겠어요. 이제 그렇게 숨이 막히지 않아요. 이미 그곳에서 떠나고 있는 기분인걸요. 하지만 어떻게 그곳을 떠나지요, 내 소중한 사람?」

「길은 이겁니다, 베로치카. 지금이 4월 말이니까 7월 초쯤이면 의학부에서의 내 일은 모두 끝납니다. 나는 졸업을 할 것이고 그러면 생계를 꾸려 나갈 수 있을 겁니다. 그리고 당신은 지하실을 떠나게 될 거고요. 3개월만 참아요, 어쩌면 그보다 짧을 수도 있어요. 그때 당신은 나오는 겁니다. 나는 외과 의사가 되어 있을 것이고 봉급이 많지는 않지만, 그건 문제가 되지 않아요. 나는 필요한 만큼만 시술을 할 거니까. 어쨌든 그때 우리는 함께 살아갈 수 있을 겁니다.」

「아아! 내 소중한 사람, 우리는 아주 조금만 벌면 될 거예요. 하지만 나는 그렇게 하고 싶지 않아요. 당신이 번 돈으로 생활하고 싶지 않아요. 내가 지금도 피아노 레슨을 해서 얼마씩 벌고 있는 것을 알잖아요. 물론 그땐 학생들을 잃게 되겠지요. 내가 아주 지긋지긋한 년이라고 사람들한테 소문낼 테니까요. 하지만 다른 학생들을 찾을 수 있을 거예요. 그리고 생활을 할 수 있을 거예요. 지금 내가 말한 게 옳은 거 아니에요? 내가 당신이 번 돈으로 생활해선 안 된다는 것을 당신은 모르세요?」

「누가 당신에게 그런 생각을! 내 소중한 친구, 베로치카?」

〈아아! 지금 그는 누가 나한테 그런 생각을 가르쳐 주었는지 묻고 있는 거야.〉「당신이야말로 늘 내게 이 사상을 말하고 있던 게 아니었나요? 뿐만 아니라 당신의 책들, 그 절반이 그렇게 말하고 있던걸요!」

「책에서요? 내가 그렇게 말했다고요? 그게 언제였지요, 베로치카?」

「아아! 그게 언제였냐고요, 그래요! 돈이 모든 일의 근본이라고 누가 나에게 말했지요? 누가 그걸 나에게 말했냐고요, 드미뜨리 세르게이치?」

「음, 그래서요?」

「그렇다면 당신은 내가 책에 있는 전제에서 결론을 끌어낼 줄 모르는 바보 천치 계집이라고 생각하는 건가요?」

「음, 그게 어떤 결론이지요? 내 소중한 친구, 베로치까, 당신은 지금 아무 의미도 없는 말을 하고 있는 거예요.」

〈아아! 이 교활함! 그는 전제군주처럼 군림하고 싶은 거야. 내가 자기의 노예가 되기를 원하고 있어! 정녕, 그럴 수는 없어.〉「드미뜨리 세르게이치, 무슨 말인지 모르시겠어요?」

「당신이 말을 하지 않는데 내가 무슨 수로 그걸 알지요.」

「돈이 모든 일의 근본이라고 말한 건 바로 당신이에요. 드미뜨리 세르게이치, 또 돈을 갖고 있는 자만이 힘을 갖고 있고 권리를 갖고 있다고 당신 책에 쓰어 있었어요. 여자가 남편의 돈으로 살아가게 되면 그녀는 그에게 의존하게 돼요. 그렇지 않아요, 드미뜨리 세르게이치? 당신은 내가 그것을 이해하지 못할 거라고 생각하나요? 그리고 내가 당신의 노예가 될 거라고 생각하나요? 그러나 그렇지 않아요, 드미뜨리 세르게이치. 나는 당신이 내 위에 전제군주로 군림하도록 내버려 두지 않을 거예요! 당신은 자비롭고 친절한 전제군주가 되기를 원할지 모르지만 나는 그걸 용납하지 않을 거예요. 나는 그런 걸 원하지 않는단 말이에요, 드미뜨리 세르게이치! 자, 나의 〈밀렌끼〉,[44] 그럼 우리가 어떻게 살 수 있냐고요? 당신은 사람들의 팔과 다리를 자를 것이고 어쩌면 이것 저것 마구 퍼마시는 비참한 신세가 되겠지요. 그리고 나는 피아노 레슨을 하고 말이죠. 하지만 그것 말고 우리가 살아

---

44 사랑하는 여인을 은밀히 부르는 말.

갈 방도는 없을까요?」

「그래요. 그 말이 맞아요. 누구든지 타인으로부터 자기를 지켜야 해요. 그가 누군가를 사랑하고 신뢰하는 건 별개의 문제이지요! 당신이 말한 것을 당신 스스로 실행할 수 있을지 나는 모르겠어요. 그러나 당신이 말한 것은 별 차이가 없습니다. 그런 결심을 한 사람이라면 이미 그의 성채를 갖고 있는 것이나 다름없기 때문이죠. 그는 이미 자기 혼자의 힘으로 살아갈 수 있다고 생각하는 겁니다. 그는 남의 도움을 받는 것이 필요할 때조차 그것을 거부할지도 모릅니다. 이러한 감정은 그 자체로 완결된 것이니까요. 그러고 보면 우리는 좀 별난 사람들입니다. 베로치까! 당신은 말했어요. 〈나는 당신의 돈으로 생활하고 싶지 않아요〉라고. 나는 그것에 대해서 당신을 칭찬하지 않을 수가 없어요. 당신 말고 누가 그런 말을 하겠습니까, 베로치까?」

「우리가 별나다고 해도 그건 중요하지 않아요, 나의 밀렌끼. 우리가 뭘 두려워하겠어요? 우리 방식대로 사는 거예요. 그게 우리들을 위해서 최선이에요. 그러지 않으면 우리가 어떻게 살아가겠어요, 밀렌끼?」

「베라 빠블로브나, 지금 이야기한 것은 앞으로 우리들 생활의 한 면에 불과해요. 게다가 당신은 나를 폭군으로, 노예제를 주장하는 사람으로 몰아세우기까지 했어요. 그렇다면 이제 다른 것들을 어떻게 했으면 좋겠는지 당신 생각을 말해 보아요. 어차피 내 생각을 미리 말하는 것은 어리석을 테니까. 보나마나 똑같은 방식으로 난도질당하겠지요. 자, 베로치까, 우리가 어떻게 살아야 할지 털어놔 보아요. 아마도 난 이렇게 말할 겁니다. 〈내 사랑, 당신은 정말 지혜로워요!〉」

「그게 무슨 말이죠? 나에게 아첨이라도 하는 건가요? 당신은 내가 고분고분하기를 원해요. 하지만 사람들이 겸손의

탈을 쓰고서 남을 지배하려고 어떻게 알랑대는지 나는 너무도 잘 알아요. 나는 당신이 이후에는 좀더 솔직하게 말했으면 해요. 당신은 나에 대해서 칭찬을 너무 많이 했어요. 부끄러워요. 내가 자만하지 않도록 너무 칭찬하지 마세요.」

「좋아요, 베라 빠블로브나. 당신 생각이 그렇다면 털어놓고 말하지요. 당신에겐 여성다움이 부족해요, 베라 빠블로브나, 꼭 남자처럼 생각이 너무 딱딱해요.」

「아아! 내 소중한 사람, 그 〈여성다움〉이라는 말이 뜻하는 게 도대체 뭐죠? 여자는 콘트랄토[45]로, 남자는 바리톤으로 말하는 걸 말하지요. 그러나 그게 뭐죠? 꼭 우리가 콘트랄토로 말할 필요가 있는 건가요? 우리에게 그렇게 말하도록 요구할 만한 가치가 있는 거냐고요? 왜 사람들은 여성다움을 유지하는 것이 우리의 의무라고 말하는 거죠, 그것은 아무 의미도 없는 것 아닌가요?」

「그래요, 아무 의미도 없어요, 베로치까. 그리고 아주 사소한 것일 뿐입니다.」

「그렇다면 나는 여성다움 따위에나 신경을 쓰는 그런 짓은 않겠어요. 자, 들어 보세요. 드미뜨리 세르게이치, 우리들이 어떻게 살아야 할 것인지 내가 생각한 바를 남자들이 하는 식으로 말해 보겠어요. 우리는 친구가 될 거예요. 아니, 오직 나 혼자만이 당신 친구가 되고 싶어요. 아아! 내가 당신의 끼르사노프를 얼마나 미워하는지 말하지 않았군요!」

「그러면 안 돼요, 베로치까. 그는 아주 좋은 사람이에요!」

「하지만 그가 싫어요! 나는 당신이 그를 쳐다보지도 못하게 할 거예요!」

〈이건 아주 좋은 징후야! 그녀는 내가 전제군주로 군림할

---

45 성악에서 가장 낮은 여성음.

까 봐 두려워하고 있는 거야. 자기를 내 인형으로 만들어 버릴지 모른다고 말야.〉

「같이 살면서 어떻게 그를 안 볼 수가 있어요?」

「당신들은 연인들처럼 늘 같이 앉아 있어요.」

「물론입니다. 아침, 저녁 식사 때마다. 하지만 늘 일에 파묻혀 있기 때문에 서로를 잊고 지내기 일쑤죠.」

「하지만 늘 붙어 지내잖아요!」

「십중팔구는 그래요. 그는 그의 방을 쓰고 나는 내 방을 쓰지만 거의 붙어 지내는 거나 마찬가집니다.」

「그렇다면 그를 전혀 안 보면 안 되나요?」

「음, 우리는 친구입니다. 때때로 이야기를 하지요. 하지만 지금까지 서로에게 부담된 적은 없어요.」

「당신들은 늘 같이 앉아서 서로 끌어안거나 논쟁을 해요. 그가 미워요.」

「당신이 왜 그렇게 생각하는지 그 이유를 모르겠어요, 베로치까. 우리는 결코 다투지 않아요. 우리는 거의 대부분 떨어져 지내요. 우리는 친구예요, 그래요. 그런데 그게 어쨌단 말이죠?」

「아아! 내 소중한 사람, 내가 당신을 속였어요, 아주 멋지게 말이죠! 당신은 우리들이 함께 어떻게 살아야 할지 말하고 싶어하지 않았어요. 그런데 방금 당신은 내게 모든 걸 말했어요! 내가 당신을 속인 거예요! 들어 보세요. 당신 생각을 그대로 옮기면 우리가 살아야 할 방식은 이런 거예요. 우선, 우리는 각자의 방을 하나씩 가져야 해요. 그리고 차를 마시고 식사를 하고 우리를 — 나 혼자만도 아니고 당신만도 아닌 — 찾아온 손님을 맞을 세 번째 방을 가져야 해요. 두 번째로, 나는 당신을 방해하지 않기 위해서 감히 당신 방에 들어가지 않을 거예요. 당신은 끼르사노프가 감히 당신을 방해하지 않는다는 것을 알아요. 그래서 당신들은 다투지 않는 거지요. 그것은 나에게도 똑같이 적용돼야 해요. 이게 두 번째예요. 그리고 세 번째가 있어요. 아아! 내 소중한 사람, 당신에게 묻는다는 걸 잊었어요. 끄르사노프가 당신 일에 간섭하던가요, 혹시 당신이 그에게 간섭하는 적이 있나요? 당신들은 무엇이든지 서로에게 물을 권리를 갖고 있나요?」

「아! 이제 당신이 왜 끄르사노프에 대해서 말하는지 알겠어요. 하지만 당신한테 대답하진 않겠어요!」

「좋아요! 하지만 난 그를 미워할 거예요. 그리고 당신이 말하지 않아도 나는 이미 알고 있어요. 당신들은 무엇이든지 서로에게 물을 권리를 갖고 있지 않아요. 그래요, 이게 바로 세 번째예요. 나는 당신에게 무엇이든지 물을 권리를 갖진 않을 거예요. 만일 당신이 당신 일로 나와 이야기하는 것이 필요하다면 당신은 내게 이야기하세요. 그 반대도 똑같아요. 이상의 세 가지 규칙이 바로 당신이 생각하고 있는 거예요. 그 밖에 또 있나요?」

「베로치까, 당신의 두 번째 규칙은 설명이 필요해요. 우리는 물론 중립의 방에서 차를 마시거나 식사를 할 때 서로 보게 되겠지요. 하지만 꼭 그렇지는 않겠지만 이런 경우를 생각해 볼 수 있습니다. 즉, 아침에 차를 마시고 나서 각자의 방으로 갑니다. 내 방에 앉아 나는 감히 당신 방에 코를 내밀지 못할 거고 결과적으로 나는 저녁 식사 때까지 당신을 볼 수가 없게 돼요, 그렇지 않아요?」

「물론이에요.」

「좋아요. 내 친구 하나가 찾아와서 2시에 다른 친구가 나를 방문할 거라고 했다고 합시다. 그런데 1시에 갑자기 외출할 일이 생긴 겁니다. 그럴 때 2시에 찾아올 그 친구에게 말 좀 전해 달라고 당신에게 부탁해도 되겠어요? 당신이 계속 집에 있을 것인지 물어도 괜찮겠어요?」

「물론 당신은 그럴 수 있어요. 내가 그런다고 대답할지 안 할지는 전혀 별개의 문제지만요! 만일 내가 거절한다면 당신은 그것을 내게 강요할 권리가 없어요. 내가 왜 거절하는지조차 물어서는 안 되지요. 하지만 내가 그 일에 동의하는지 안 하는지를 물을 권리는 있어요.」

「좋아요. 하지만 아침 식사 때만 해도 나는 그가 오리라는 것을 알지 못했어요. 또 감히 당신 방에 들어가려고 하지도 않을 거고. 그런데 내가 어떻게 그걸 부탁할 수 있겠습니까?」

〈오, 하느님! 그는 정말 순진해! 어린애야! 그의 말을 들어 봐! 그는 내 말을 잘못 이해하고 있어!〉

「당신은 이렇게 하면 돼요. 드미뜨리 세르게이치. 중립의 방으로 가서 〈베라 빠블로브나!〉 하고 부르는 거예요. 그러면 내가 방에서 듣고 〈뭐 필요한 거 있어요, 드미뜨리 세르게이치?〉 하고 대답할 거예요. 그러면 당신이 대답하겠죠. 〈나 지금 밖에 나가는데 내가 없을 때 A씨가 찾아올 거예요. (물론 당신은 친구분의 이름을 내게 가르쳐 주겠지요.) 내가 그에게 전할 말이 있는데, 베라 빠블로브나, 그에게 좀 전해 주겠소?〉 만일 내가 〈아뇨〉라고 대답하면 대화는 거기서 끝나요. 그러나 〈예〉로 대답하면 나는 중립의 방으로 나올 거예요. 그리고 당신은 당신 친구분에게 전할 것을 내게 말하면 되지요. 자, 어떻게 하면 되는지 알겠어요, 모르겠어요?」

「알겠어요, 내 소중한 베로치까. 농담이 아니라 정말 당신이 제의한 대로 사는 게 좋겠어요. 그런데 그런 생각을 당신에게 가르쳐 준 게 정말 누구입니까? 나야 물론 그런 사상을 벌써부터 익히 알고 있었고 또 어디서 그것을 읽었는지도 기억하지만 그런 책을 당신 손에 넘겨준 적은 없어요. 내가 당신에게 준 책들 어디에도 그런 사상은 들어 있지 않았을 겁니다. 당신이 직접 들었습니까? 누구지요? 아마도 그런 사상을 알고 있을 만한 사람들 중에 내가 당신이 만난 첫번째 사람일 거라고 생각하는데.」

「아아! 그것을 생각해 내는 게 뭐 그리도 어렵나요? 나는 많은 가정을 보았어요 — 우리 가정에 대해서 말하는 게 아니에요, 우리 집은 너무도 특수해요 — 그리고 친구들이 있어요. 그들의 집에 가보기도 했지요. 남편과 아내 사이에서 벌어지는 불협화음이란 당신은 상상도 할 수 없을 거예요!」

「맞아요. 나도 그 정도는 알고 있어요, 베로치카.」

「내가 어떻게 느꼈는지 당신이 안다고요? 사람들은 자기 방식대로는 살 수 없게 되어 있지요. 늘 함께, 늘 같이 있어야만 하는 거예요. 하지만 그들은 일이 있거나 함께 휴식을 즐길 때가 아니면 서로를 쳐다보고 있을 필요가 없는 거예요. 나는 그동안 줄곧 연구하고 생각해 봤어요. 〈왜 사람들이 타인에게 그처럼 공손한 것일까? 왜 모든 사람들이 가족들과 함께 있을 때보다도 남 앞에서 더 잘 보이려고 하는 것일까?〉 하고 말이죠. 실제로 그들은 타인 앞에서 더욱 공손하게 굴어요. 왜지요? 왜 자기 가족들에게는 타인에게 하듯이 하지 않고 아무렇게나 행동하는 거지요? 설령 그들이 타인을 더 좋아한다고 해도 말이에요. 당신은 아세요? 내가 당신에게 부탁하고 싶은 청이 하나 있는 걸 말이에요. 그것은 지금까지 내게 해왔듯이 앞으로도 그렇게 해달라는 거예요. 그런다고 우리들 사랑에 당신이 불편을 느끼진 않을 거라고 생각해요. 결국, 당신과 나는 이 세상 그 누구보다도 서로에게 가까이 있는 셈이니까요. 당신이 그동안 내게 어떻게 해왔지요? 당신이 언제 함부로 대답한 적이 있나요? 언제 불친절하게 이야기한 적이 있나요? 전혀 없어요! 사람들은 묻겠죠,

낯선 부인이나 처녀에게 어떻게 무례하게 대할 수 있냐고요. 그래요, 지금까지 그대로가 좋아요. 이제 나는 당신의 신부예요. 곧 당신의 아내가 될 거예요. 당신은 꼭 낯선 사람 대하듯 한다고 사람들이 말하게끔 내게 대해야 돼요. 이렇게 하는 것이 사랑을 보존하는 그 어떤 방법보다 나아요. 그렇고말고요, 내 소중한 사람!」

「당신에게 무슨 말을 해야 할지 모르겠어요, 베로치까, 당신이 나를 놀라게 한 게 이번이 처음이 아닙니다.」

「내 소중한 사람, 당신은 내게 너무 아첨하길 좋아해요. 그것은 당신이 생각하는 것처럼 그렇게 어려운 게 아니에요. 그리고 그러한 생각이 내게만 특별히 떠오른 것도 아니고요. 많은 젊은 여자들이 그것을 생각하고 있어요. 나 같은 숙맥조차 말이죠. 다만, 그들이 생각하는 것을 그들의 신랑이나 남편에게 말하지 못하는 것뿐이에요. 그들은 그것을 말하면 비도덕적인 사람으로 몰린다는 것을 알거든요. 내가 당신을 사랑하게 된 것은 당신이 그렇게 생각하지 않기 때문이에요. 내가 당신을 언제부터 사랑하기 시작했는지 아세요? 우리들이 첫 대화를 나눈 날, 바로 내 생일이었어요. 당신이 여자는 불쌍하다고, 연민을 느끼게 한다고 말한 바로 그 순간 나는 당신을 사랑하게 되었던 거예요.」

「그러면 내가 당신을 사랑하게 된 것은 언제라고 봅니까? 바로 그날인가요, 그래, 내가 그 말을 한 바로 그날이라고 생각합니까?」

「당신 참 이상하군요, 밀렌끼! 당신은 내가 알아맞히지 못할 거라고 이미 말하고 있잖아요. 내가 알아맞히면 틀림없이 또 내게 아첨할 거예요.」

「하지만 한번 알아맞혀 봐요!」

「음, 물론 그것은 내가 당신에게 모든 사람들이 편안히 살 수 있도록 세상을 바꾸는 것이 가능한지를 물은 바로 그날이에요.」

「보답으로 당신 손에 키스해야겠어요.」

「그것으로 충분해요. 나는 여자의 손에 키스하는 관습을 좋아하지 않아요.」

「왜 안 된다는 거죠, 베로치까?」

「아아! 소중한 사람, 당신은 그 이유를 알아요, 굳이 내게 그걸 꼭 물어야겠어요? 그런 질문은 하지 마세요, 나의 밀렌끼!」

「그래요. 내 사람, 그건 사실입니다. 사람들은 그런 질문을 해서는 안 돼요. 그것은 옳지 않아요. 나는 당신이 하는 말뜻을 모를 때에만 묻겠어요. 당신의 말은 누구의 손에도 키스를 해서는 안 된다는 거죠.」

베로치까는 웃음이 나왔다.

「내가 당신을 골탕 먹이는 데 성공했으니, 이제 그만 당신을 용서할게요. 당신도 알다시피, 당신은 나를 시험하려고 했어요. 하지만 당신은 왜 그것이 좋지 않은지 아직 그 이유를 모르는 것 같아요. 누구의 손에도 키스를 해서는 안 된다는 것은 사실이에요. 하지만 내가 말하고 있는 것은 그런 게 아니었어요. 일반 규칙이 아니라, 남자가 여자의 손에 키스하는 그 꼴사나움을 얘기하고자 했을 뿐이에요. 이것은 여자들을 불쾌하게 하는 게 틀림없어요. 그것은 여자들이 남자들과 동등하게 취급되지 않는다는 것을 말해 주거든요. 여자들이 남자들이 여자 앞에서 자존심을 낮춘다고는 생각하지 않아요. 여자들은 남자보다 훨씬 낮은 처지에 있어요. 남자들이 아무리 자신을 낮춘다고 해도 그들은 여자들보다 훨씬 높은 곳에 있어요. 그러나 당신은 이런 식으로 생각하지 않았어요. 당연히 내 손에 키스해야 된다고 생각한 거지요.」

「그건 사실입니다. 베로치까. 그런데 당신과 나는 좀처럼 그렇게 보이지 않아요. 그렇다면 우리는 뭐지요?」

「우리가 무엇인지 신은 알겠죠, 나의 밀렌끼. 오히려 이렇게 말하는 게 옳을지도 모르겠어요. 마치 아주 오래전에 결혼한 사람들 같다고요.」

「정말입니다. 우리는 옛친구이고, 변한 것은 아무것도 없는 것 같아요.」

「단 하나 변한 게 있어요. 나의 밀렌끼. 내가 지하실에서 나와 자유를 만끽하고 있다는 사실이에요.」

19

그들의 대화는 이랬다. 결혼을 약속한 대화치고는 약간 이상한 대화였다. 그들은 서로 손을 꽉 잡았다. 로뿌호프는 혼자 집에 갔고 베로치까는 그를 보내고 나서 문을 잠갔다. 요리사가 평소보다 늦게까지 부엌에서 앉아 있었다. 그녀는 〈황금빛 시계추〉가 오랫동안 코를 골기를 바랐고 실제로 황금빛 시계추는 오랫동안 코를 골았다.

7시에 집에 도착하자, 로뿌호프는 곧 작업에 매달리기 시작했다. 그러나 그는 정신을 집중할 수가 없었다. 그는 일이 손에 잡히지 않았고 오히려 세메노프스끼 다리에서 뷰보르그스끼까지 오는 동안 그의 머리에 떠올랐던 생각, 말할 것도 없이 사랑에 대한 환상에 사로잡혀 있었다. 그러나 그는 완전히 사랑에 빠지지도 완전히 환상에 사로잡히지도 않았다. 부유하지 못한 사람들이 생활이 그렇듯이 그의 관심은 무미건조하고 단조로운 만큼 한 곳에 쏠려 있었다. 유물론자인 그는 줄곧 그가 얻게 될 이익에 대해서만 생각했다. 고귀하고 시적이고 풍부한 상상력 대신에 그는 조야한 유물론자에게 어울리는 그런 사랑의 상상력에 매달렸다.

〈희생, 그녀의 머리에서 그걸 생각해 낸다는 것은 거의 불가능할 거야. 그리고 그것은 좋지 않아. 어떤 사람한테 빚을 지면 그와의 관계는 아무튼 긴장되기 쉬운 법이거든. 그녀도 이걸 알 거야. 친구들이 내 앞길을 설명해 줄 가능성도 있어. 그러나 친구들이 설명해 주지 않는다고 해도 그녀는 스스로 알게 될 거야. 그녀는 말하겠지.《나 때문에 당신의 창창한 앞날을 포기했군요》라고. 내 돈을 생각하는 것은 아니야. 친구들이나 그녀도 내가 돈을 생각하고 있다고 여기지는 않아. 그러고 보면《그가 나 때문에 가난해졌어요. 그렇지 않으면 부자가 되었을 텐데》라고 그녀가 생각하지 않으리란 것은 천만다행이야. 그녀는 이렇게 생각하지 않을 거거든. 오히려 내가 학문적인 명성을 갈망하고 있으며 결국 그것을 손에 넣을 수 있다고 생각할 거야. 그러나 걱정거리가 생기겠지.《아아! 그가 나 때문에 희생하다니!》하고 말야. 하지만 나는 희생하는 것에 대해서 생각해 본 적이 없어. 희생할 만큼 그렇게 어수룩하지도 않고, 또 그럴 생각이 없어. 나는 단지 나를 위해서 최상의 것을 할 뿐이야. 나는 희생을 자처할 생각은 없어. 이 세상엔 실제로 그런 사람도 없고, 그것은 가장된 말이야. 희생이란 반숙한 계란으로 만든 장화처럼 아무 짝에도 쓸모 없는 말과 똑같아. 사람은 누구나 자기가 좋아하는 식으로 행동하지. 그리고 그것을 전파하는 법이야. 물론 이론이야 수용하지. 그러나 어려운 현실에 부딪치면 그만 얼굴을 붉히고 말거든. 그리고 그가《당신은 나의 은인》이라고 말하는 순간에 이미 자기의 면도날을 드러내 보인 거나 다름없어. 그는 말하겠지.《당신이 나를 지하실에서 구해 줘서 얼마나 고마운지 모르겠다!》고. 하지만 내가 왜 당신을 해방시키지 못해서 안달을 해야 하지? 당신을 해방시킨 게 나라고 생각한다고? 당신은 내게 쓸개도 없이 그 모든 수고를 감당했을 거라고 생각해? 어쩌면 나 자신을 해방시켰다고 하는 게 옳을지도 모르지, 분명히 그렇고말고. 나도 살고 싶고 사랑하고 싶단 말야, 무슨 말인지 알겠어? 나는 나 자신을 위해서 이 모든 것을 하고 있는 거라고. 음, 그런데 이 난처하기 짝이 없는 오해를 그녀에게 불러일으키지 않으려면 어떻게 해야 되지? 하지만 다 잘될 거야. 그녀는 똑똑해. 그리고 그거야말로 아무것도 아니란 걸 이해할 거야. 물론 나는 일이 이런 식으로 되리라곤 생각하지 못했어. 그래, 이게 아니었어. 그저 그녀가 집을 나오는 데 성공하면 결혼을 2년쯤 미룰 수 있을 거라고 생각했거든. 그동안 나는 학위를 얻게 될 거고 그때쯤이면 나의 재정도 안정될 거고 말야. 하지만 이젠 불가능해. 그렇다면 내가 잃은 게 뭐지? 게다가 우선 당장 돈문제를 해결해야 되지 않을까? 하지만 뭐가 필요해? 아무것도 필요없어. 장화가 있고 팔꿈치가 해어지지도 않았고, 양배추 수프가 있고 따뜻한 방도 있는데 뭐가 더 필요해? 내겐 이거면 충분해. 그렇다면 내가 뭘 잃게 된다는 거지? 젊고 예쁜 여자가 없다면 그거야말로 아무 소용도 없는 거야. 그녀는 틀림없이 즐거워할 거야, 사교계에서도 성공할 거고. 돈은 넉넉하지 않겠지만, 부의 혜택을 빼앗겼다고 생각하지는 않을 거야. 그녀는 분별 있고 도덕적인 여자야. 그녀는 스스로에게 말할 거야. 《이런 것들은 사소한 거야. 아무것도 아니야. 나는 그것들을 경멸해.》실제로 그녀는 그런 것들을 경멸할 거야. 하지만 자기가 뭘 빼앗겼는지도 모른다거나 자기에게 부족한 게 아무것도 없다고 확신하는 것은 조금도 도움이 되지 않아. 그것은 환상이나 다름없어. 환영이나 마찬가지야. 물론 본성을 이성이나 상황, 자존심으로 덮어 버리고 침묵할 수는 없겠지. 아무한테도 알아 달라고 떠벌이지도 않고 말야. 하지만 그런다고 본성을 피할 수 있는 것은 아니야. 결국에는 서서히 침식되어 버리고 말겠지. 젊은 여자가, 그것도 아름다운 젊은 여자가 그런 식으로 산다는 것은 어울리지 않아. 다른 사람들보다 헐한 옷을 입는다는 것도 그래. 돈에 쪼들리는 생활을 하다 보면 사교계에서 두각을 나타내지도 못할 거구 말야. 미안해, 내 불쌍한 아가씨. 나는 좀더 나은 것이 당신을 기다리고 있을 거라고 생각했는데. 그러나 내가 뭘 꺼리겠어. 그녀는 내 것이야. 문제는 앞으로 2년 후에 나와 결혼하는 것에 그녀가 동의하느냐 않느냐는 거였어. 그리고 그녀는 동의했어.〉

「드미뜨리, 와서 차 마셔!」

「알았어, 갈게.」 로뿌호프는 끼르사노프의 방으로 가는 도중에 생각했다. 〈그런데 나는 늘 바닥에서 헤매고 있단 말야! 늘 혼자 시작해서 혼자 끝내. 그런데 내가 왜 그것을 희생이라고 부르기 시작했지? 마치 내 학문적 평판을 포기하기라도 한 것처럼 말야! 결국 모든 건 똑같지 않아? 조금도 변한 건 없어. 나는 똑같은 식으로 나아가게 될 거야. 학위도 취득할 거고, 그리고 마찬가지로 의학을 위해서 작업도 계속할 거고. 그러고 보면, 생각을 실천에 옮길 때 이기주의가 그것을 어떻게 관철하는지 두고 보는 것도 재미있는 일임에 틀림없어.〉

나는 독자들에게 미리 경고해 두고자 한다. 로뿌호프의 이 독백이 장차 로뿌호프와 베라 빠블로브나의 관계에 미칠 어떤 중요한 동기를 내포하고 있다고 미리 넘겨짚지 말라는 것이다. 베라 빠블로브나의 인생이 사교계에서 두각을 나타내는 데 필요한 재산이나 비싼 옷이 없다고 해서 흔들리지는 않을 것이다. 그리고 그녀의 로뿌호프에 대한 관계는 좋지 않은 오해의 감정으로 인해서 비도덕적으로 되지도 않을 것이다. 나는 모든 단어마다에 은밀한 의도를 감추는 그런 작가가 아니다. 단지 사람들이 행동하고 생각하는 것을 서술할 뿐이다. 즉 어떤 행동, 대화, 독백이 어떤 사람이나 상황의 특성을 기술하는 데 필요하다면 비록 이야기의 앞으로의 전개와는 직접적 상관이 없더라도 언급하고 있는 것뿐이다.

「알렉산드르, 내가 우리의 작업에 소홀했다고 불평하지 마. 이제부터는 너를 앞서 갈 거야.」

「뭐라고? 그럼, 그 젊은 여자와의 일은 다 끝난 거니?」

「그래.」

「그녀가 B부인의 집에 가정교사로 있게 되는 거야?」

「아니, 그녀는 가정교사가 되지 않을 거야. 다른 방법을 택하기로 했어. 당분간 그녀의 집에서 그대로 견디기로 했어. 그리고 견딜 만할 거야.」

「그래, 잘됐구나. 가정교사를 하는 건 좀 힘들지. 방금 시신경 문제를 끝마쳤는데 그 다음으로 넘어가려고 해. 너는 어디까지 나갔니?」

「글쎄 나도 그것을 빨리 끝마쳐야 할 텐데······.」

여기서 대화는 해부학과 생리학 이야기로 옮겨갔다.

20

〈오늘이 4월 28일, 7월 1일까지는 끝날 거라고 그가 말했어. 1일이 아니고 10일이야. 그래 10일로 해두지 뭐. 아니, 넉넉하게 15일로 잡는 게 좋겠어. 아니야 10일로 할 거야, 이제 며칠 남았지? 오늘은 겨우 다섯 시간 남았으니까 빼버리고 4월이 아직 이틀이 남았네. 5월이 31일까지니까 모두 합하면 73일이 되네. 그렇게 많이? 하지만 73일만 지나면 그땐 자유야! 이 지하실에서 나오게 되는 거야. 아아, 행복해! 나의 밀렌끼! 그는 영리해, 정말 빈틈이 없어, 아아, 행복해!〉

이날은 일요일이었다. 화요일에 표도르를 가르치기로 되어 있던 그는 월요일에 왔다.

「내 사랑, 당신과 함께 있으니 기뻐요, 단 일 분뿐이지만! 내가 이 지하실에서 있는 게 며칠 남았는지 아세요? 당신은 언제 끝나지요? 7월 10일까지면 끝나나요?」

「그래요, 베로치까.」

「그러면 오늘 저녁과 72일만 더 지하실에서 있으면 되겠군요. 어제 내가 표시를 해두었어요. 보세요, 기숙사 학생들처럼 조그만 달력을 만들었어요. 하루하루 지우는 거예요. 그걸 지워 나가는 게 얼마나 기쁜지 몰라요!」

「내 귀여운 베로치까! 여기서 불안하게 보내는 날도 길지 않을 겁니다. 두 달 반은 금방 지나가요. 그러면 당신은 자유가 되는 겁니다.」

「아아! 얼마나 기쁠까! 하지만 지금은, 내 소중한 사람, 나에게 말을 너무 자주 하지 말아요. 쳐다보지도 말고요. 피아노도 당신이 올 때마다 쳐선 안 돼요. 나는 당신이 오면 방에서 나오지 않겠어요. 아니에요, 그건 내가 견딜 수 없을 거예요. 단 일 분씩만 나올래요. 하지만 냉정하게 쳐다볼 거예요. 전혀 마음이 없는 듯이 말이에요. 이제 내 방으로 곧장 갈 거예요. 안녕, 내 사랑 언제?」

「목요일.」

「사흘은 너무 길어요! 하지만 그땐 68일이 남을 거예요.」

「68일은 좀 부족한 듯한데, 70일쯤이면 여기서 나올 수 있게 될 거예요.」

「70일요? 아뇨, 〈지금〉으론 68일이 맞아요. 당신은 나를 행복하게 해요! 안녕, 내 사람.」

목요일. 「내 소중한 사람, 68일만 여기 있으면 돼요.」
「그래요, 베로치카. 시간이 참 바람처럼 빨리 지나가요.」
「빨리 지나간다고요? 아니에요, 아아! 하루하루가 얼마나 길게 느껴지는지 몰라요! 사흘을 지내는 데 꼬박 한 달 동안이나 질질 끌려 다닌 느낌이에요. 안녕, 내 소중한 사람, 우린 말을 해서는 안 돼요. 우리 참 민첩하지 않아요? 그렇지요? 안녕, 아아! 이제 68일만 이 지하실에 앉아 있으면 되는 거예요.」
〈음! 음! 그렇게 분명하진 않아. 하기야 일에 파묻혀 있으면 시간이 빨리 지나가는 법이잖아. 내가 지하실에 있는 것도 아니고. 음, 음! 그래!〉

토요일. 「아아! 내 소중한 사람. 꼭 66일이 남았어요. 아아! 여기는 얼마나 우울한지 몰라요. 지난 이틀이 그 전 사흘보다 더 길게만 느껴지는 거예요. 아! 정말 우울해! 여기는 비참해요. 당신이 그걸 알기만 한다면. 안녕, 내 사랑 화요일까지. 이번 사흘 동안은 지난 닷새 동안보다 더 길게 느껴질 거예요. 안녕.」
〈음, 음! 그래! 음! 그녀의 눈빛이 좋지 않아 보여. 그녀는 눈물을 보이지 않으려고 하는 거야. 그래, 이건 좋지 않아, 음! 그래!〉

화요일. 「아아! 내 소중한 사람, 날짜 세는 것을 포기했어요. 날짜가 지나가질 않아요. 아니, 전혀 꼼짝도 안 해요.」
「베로치카, 당신에게 부탁할 게 있는데 잠깐 같이 얘기해요. 당신은 몹시 열렬히 자유를 갈망하고 있어요. 조금만 내게 자유를 줘요. 우리는 얘기를 해야 됩니다.」

「좋아요. 나의 밀렌끼, 우리는 얘기를 해야 돼요, 몹시 하고 싶어요.」

「그런데 당신이 어떨지 몰라 묻는 겁니다. 내일 당신이 가장 편리한 때 아무 때나 괜찮아요. 언제라도 상관없어요. 자, 말만 해요. 다시 그 꼬노 끄바르제이스끼 보우레바르드의 벤치로 와요. 어때요. 괜찮아요?」

「그곳으로 갈게요. 나의 밀렌끼, 실수없이. 11시에, 괜찮아요?」

「그럼요, 고마워요, 귀여운 꼬마.」

「안녕, 내 소중한 사람, 아아! 당신이 그런 걸 다 생각하다니 정말 기뻐요! 아아! 난 바보예요. 그렇게 생각하지 않으세요? 안녕, 우리는 얘길 하게 될 거예요. 그럼요, 신선한 공기도 마실 거고요. 안녕, 밀렌끼. 11시에 실수 없이.」

금요일. 「베로치까, 어디 가니?」

「엄마?」

베로치까는 얼굴이 빨개졌다.

「네프스끼 거리에요.」

「그러면 나와 같이 가자, 베로치까. 고스찌니 드보르에 심부름 갈 일이 있단다. 그런데 왜 그런 옷을 입었니, 베로치까, 네프스끼에 간다면서, 네프스끼에 갈 때는 제일 좋은 옷을 입어야 하는 거다. 사람들이 보잖니.」

「나는 이 옷이 좋아요. 일 초만 기다려요, 엄마. 방에다 뭘 하나 두고 나왔어요.」

그들은 출발했다. 그리고 그들은 고스찌니 드보르에 도착했다. 그들은 사도바야 거리와 나란히 늘어서 있는 담벽을 따라 걷고 있었다. 네프스끼 거리가 멀지 않았다. 루자노 가게[46] 앞이었다.

「엄마, 나 엄마한테 할 얘기가 두 가지 있어요.」

「무슨 문제라도 있니, 베로치까?」

「안녕, 엄마. 우리가 곧 만나게 될지 모르겠어요. 엄마가 화내지 않는다면 내일 다시 만나게 될 거예요.」

「그게 무슨 말이니? 베로치까, 난 도통 무슨 말인지 이해를 못하겠다. 그래, 뭐라고?」

「안녕, 엄마. 나는 지금 남편에게 가는 중이에요. 드미뜨리 세르게이치와 나는 사흘 전에 결혼했어요. 아저씨, 까라반나야 거리 이즈보쉬치끄로 가주세요.」

「25꼬뻬이까입니다. 아가씨.」

베로치까는 재빨리 마차를 잡아탔다.

「좋아요, 하지만 빨리 가주셔야 돼요. 〈그〉가 오늘 저녁에 엄마를 찾아올 거예요. 엄마, 그리고 내게 화내지 마세요, 엄마.」

이 말은 마리아 알렉세예브나에게 거의 들리지 않았다.

「까라반나야 거리로 가지 마세요. 엄마에게서 조금이라도 빨리 떠나려고 그렇게 말한 것뿐이에요. 왼쪽, 네프스끼 거리로 가주세요. 까라반나야 거리보다 훨씬 더 멀리 가야 해요. 바실리예프스끼 섬까지요. 거기 중앙 쁘로스펙뜨 뒤편에 있는 5번가예요. 빨리 좀 가주세요. 요금은 충분히 드릴게요.」

「아아! 아가씨! 이렇게 나를 골탕먹이다니, 내게 반 루블은 줘야 할 거유.」

「빨리만 가주신다면요.」

---

46 여성들의 향수와 화장품을 파는 가게.

21

결혼식은 간소하게 치러졌다. 그러나 보통의 예식과는 거리가 멀었다.

결혼을 약속한 대화가 있은 날로부터 이틀 동안 베로치까는 다가오는 자유에 뛸 듯이 기뻤다. 그러나 셋째 날, 그녀가 그렇게 부른 〈지하실〉은 전보다 갑절이나 더 견딜 수 없었다. 넷째 날, 그녀는 마음이 설레면서 더욱더 슬퍼했고 눈물을 흘렸다. 그러나 많이 울지는 않았다. 다섯째 날, 그녀는 많이 울었다. 여섯째 날, 그녀는 전혀 울지 않았다. 그러나 슬픔 때문에 잠을 이룰 수가 없었다.

로뿌호프는 베로치까를 쳐다보았다. 그리고 〈음! 음!〉 하고 말하기 시작했다. 그는 베로치까를 보며 다시 〈음! 음! 그래! 음!〉 하고 말하였다. 처음 말할 때 그는 어떤 불안한 예감을 느꼈으나 그게 무엇인지 확실하지 않았다. 두 번째 말에서 그는 처음에 느꼈던 게 무엇인지 분명하게 알아차렸다. 〈이건 자유를 주는 게 아니라 감옥에 남겨 두는 거나 다름없어.〉 그러고 나서 그는 꼼짝 않고 두 시간 동안 생각했다. 세메노프스끼 다리에서 뷰보르그스끼로 오는 한 시간 반 동안, 그리고 그의 소파에서 30분 동안, 처음 15분 동안 그는 이마에 인상을 짓지 않았다. 그러나 그 뒤 45분 동안 그는 이맛살을 찌푸리며 고뇌에 찬 모습으로 생각에 생각을 거듭했다. 그리고 두 시간이 다 되어 갈 때쯤 해서는 주먹으로 이마를 치며 고골리의 희곡[47]에 나오는 우체부 쩰라찐보다도 더 악을 썼다. 「10시군, 그래 아직 시간이 있어.」 그러다가 문득 시계를 쳐다보고는 방을 나갔다.

47 『검찰관』(1836)

처음 15분 동안, 그가 이마를 쥐고 생각한 것은 다음과 같은 것이었다. 〈모두 쓸데없어. 내가 왜 졸업을 해야만 하지? 졸업 증서가 없어도 굶어 죽지는 않을 거야. 그래, 그건 필요 없어. 과외하고 번역하는 것만으로도 적지 않게 벌 수 있어. 의사가 되는 것보다도 더 벌 수 있다고. 그래 집어치는 거야!〉

결국 그가 이마를 찡그릴 필요는 없었다. 사실대로 말하면 골치 아플 게 없었다. 그가 처음 과외를 시작한 때부터 바로 지금과 같은 해결 방식을 이미 예감했던 터였으므로. 그는 지금 그것을 깨달았다. 만일 누가 〈희생〉으로 시작해서 비싼 옷 이야기로 끝난 앞의 그의 상념을 그에게 생각나게 해준다면 상황의 본성은 바로 그때에 예감되어 분명해졌을 것이다. 그렇지 않다면 〈내 학문적 전도를 포기한다〉는 말이 아무 의미도 없기 때문이다. 사실 그때에는 그가 그것을 포기할 것 같지 않았다. 그러나 본능이 이미 그에게 속삭이고 있었던 것이다. 〈그것을 포기하는 거야. 더 이상 미룰 필요는 없어〉라고. 따라서 만일 실천적 입장에서 볼 때 그의 포기는 근거가 있다는 것을 누가 그에게 말해 주었다면 그는 이론가로서 개선 장군처럼 의기양양하게 다음과 같이 말할 것이다. 〈지금 여기에 이기주의가 우리의 사고를 어떻게 지배하며 또 우리의 행동을 어떻게 통제하는가에 대한 새로운 본보기인 당신이 있다. 당신은 분명히 이렇게 말할 것이기 때문이다. 오래전부터 예견되고 준비되었는데 왜 내가 그녀를 그녀의 《지하실》에 한 주일 이상이나 그대로 방치해 두겠는가?〉

그러나 그는 그런 것을 전혀 생각해 보지 않았고, 그리고 그런 생각이 떠오르지도 않았다. 그는 한 시간 45분 동안이나 이마를 찡그리며 〈누구에게 우리의 결혼 주례를 서달라고 할 것인가?〉라는 문제를 갖고 씨름하고 있었기 때문이다. 그러나 대답은 한결같이 〈우리의 결혼 주례를 서줄 사람은 아무도 없다〉는 것이었다. 그런데 〈아무도 없다〉는 대답 대신에 갑자기 메르짤로프의 이름이 떠올랐다. 그는 손으로 이마를 치며 자신 있게 단언했다. 〈내가 처음부터 메르짤로프를 생각해 내지 못하다니 어째서 그랬을까?〉 하지만 실제로 그는 메르짤로프가 결혼 주례를 한다는 것을 생각해 내는 데 익숙하지 않았던 것이다.

의학부에는 온갖 종류의 학생들이 있었다. 그들 가운데는 신학대학생들도 있었는데 그들은 신학 대학에 적을 두고 있었다. 로뿌호프는 그들을 통해서 신학 대학생들을 몇 명 알고 있었다. 그가 아는 신학 대학생들 중의 하나 — 친하지는 않지만 친구로 지낸 — 가 일 년 전에 졸업하고 신부가 되었는데, 그는 당시에 바실리예프스끼 섬에 있는 회랑이 끝도 없이 길게 이어진 한 건물에서 살고 있었다.[48] 로뿌호프는 그에게 갔다. 특별한 경우에다 또 늦은 시각이었으므로 그는 마차를 타고 갔다.

메르짤로프는 그의 방에 혼자 앉아서 어떤 새 책을 읽고 있었다. 아마도 루이 14세가 썼거나, 같은 왕조의 누군가가 쓴 것 같았다.

「상황이 이러저러해, 알렉세이 뻬뜨로비치, 자네가 그 일을 맡으면 적잖이 위험하다는 것을 잘 아네. 그녀의 부모님들과 화해를 하면 그보다 더 좋은 게 없겠지만 소송이라도 하면 어쩌겠나? 자네에게 약간 성가신 일이 있을지도 모르지. 아마도 틀림없이 그럴 가능성이 있을 거네. 그러나……」

로뿌호프는 〈그러나〉 다음에 이을 말이 생각나지 않았다. 도대체 누가 사람의 목을 올가미에 넣도록 설득할 수 있단 말인가?

---

48 뻬쩨르부르그의 중심부 맞은편, 네바 강 어귀에 위치하고 있다.

메르짤로프 역시 난처한 입장이 되었다. 그가 위험을 무릅쓰는 것을 허락해 줄 〈그러나〉를 찾으려고 했지만 〈그러나〉에서 한 걸음도 더 나아가지 못했다.

「이 문제를 어떻게 해야 원만히 해결할 수 있을까? 나는 물론 그렇게 하고 싶네만, 지금 자네가 하고 있는 그 짓을 나는 일 년 전에 했지. 그리고 자네처럼 자유를 포기했네! 좀 망설여지네만 그래도 자네를 도와야 할 텐데, 하지만 아내를 얻을 때는 조심하지 않으면 오히려 위험한 법이라네.」

「잘 있었어요, 알료샤? 사람들이 모두 당신에게 안부를 전해 달라고 하더군요. 어떻게 지내세요, 로뿌호프. 그러고 보니 당신을 본 지가 오래됐군요. 당신이 방금 아내에 대해서 뭔가 얘기하던데 그게 뭐죠? 아, 그렇군요. 보나마나 아내들은 늘 따끔하게 혼내 주어야 한다는 거겠죠!」 이것은 방금 그녀의 부모를 방문하고 돌아온 열일곱 살쯤 돼 보이는 젊은 부인이 한 말이었다. 그녀는 예쁘고 활달한 금발 미녀였.

메르짤로프는 사태를 아내에게 말했다. 그 젊은 부인의 눈에서 빛이 났다.

「알료샤, 그들이 당신을 잡아먹진 않을 거예요!」
「하지만 위험해, 나따샤!」
「매우 위험이 큽니다.」 로뿌호프가 틀림없다는 듯이 말했다.
「그렇지만 어쩌겠어요? 당신은 위험을 감수해야 해요, 알료샤. 부탁해요.」
「당신은 이 일에 끼어들지 않았으면 했는데, 나따샤. 나를 책망하지 않는다면 내가 이 일을 해결하겠소. 자네 언제 결혼하려고 하지, 드미뜨리 세르게이치?」

사실상 모든 장애물은 제거되었다. 월요일 아침에 로뿌호프는 끼르사노프에게 말했다.

「이봐, 알렉산드르. 너에게 우리들 작업의 내 몫을 선물로 주겠어. 내 논문들과 조직 표본들을 가져. 나는 그것들을 모두 포기했어. 의학부를 떠나려고 해. 이게 내 마지막 부탁이야! 난 결혼할 생각이야!」

로뿌호프는 그간의 줄거리를 간단히 설명했다.

「네가 어리석은지 내가 어리석은지는 모르겠지만 네게 말하지 않을 수가 없구나, 드미뜨리, 이것은 미친 사람이 하는 짓이야. 그러나 지금은 아무 말도 않겠어! 제기할 수 있는 모든 의견들을 나보다도 몇 곱절 더 되씹어 봤을 테니까. 설사 그것들을 깊이 생각해 보지 않았다고 해도 차이는 없어. 네가 어리석은 짓을 하는 건지 현명한 행동을 하는 건지는 모르겠어. 그러나 네 마음이 이미 결정된 이상, 적어도 너를 단념시키도록 설득하는 그런 어리석은 짓을 하지는 않겠어. 내가 도움을 줄 만한 것 없나?」

「근처에 생활비가 적게 드는, 방 세 개짜리 집을 하나 찾아 봤으면 해. 그리고 가능하면 내일이라도 당장 의학부 졸업 시험을 치러야겠어. 그래서 네가 우리가 살 집을 찾아봐 주면 좋겠어.」

화요일에 시험을 치른 로뿌호프는 메르짤로프에게 가서 그 다음날에 결혼식이 있을 거라고 말했다. 「자네가 가장 편리한 때가 언제지, 알렉세이 뻬뜨로비치?」

알렉세이 뻬뜨로비치는 하루종일 집에 있으므로 아무 때든 상관없다. 「끼르사노프를 보내. 자네에게 알려 줄게.」

수요일 11시에 로뿌호프는 꼬노그바르데이스끼 대로로 갔다. 얼마 동안 기다려도 베로치까가 나타나지 않자 그는 걱정되기 시작했다. 그러나 곧 그녀가 몹시 숨이 차서 나타났다.

「베로치까, 당신에게 무슨 일이라도 있었소?」

「아니에요, 밀렌끼. 아무것도. 단지 늦잠 자서 늦은 것뿐이에요.」

「그렇다면 도대체 몇 시에 잤단 말이오?」

「밀렌끼, 당신에게 말 안 하려고 했는데, 7시예요. 밤새도록 이 생각 저 생각하느라고 잠을 못 잤어요. 아뇨, 그보다는 일찍 잤어요. 6시에!」

「묻고 싶은 게 있어요, 베로치까. 우리는 곧 결혼해야만 돼요, 그렇지 않아요? 우리들이 모두 편해지려면 말이오.」

「그래요, 밀렌끼. 해야 돼요. 바로 해요!」

「그러면 나흘이나 사흘…….」

「아아! 그럴 수만 있다면……. 밀렌끼, 당신은 멋진 사람이에요!」

「사흘이면 틀림없이 집을 찾을 수 있을 거요. 살림살이도 장만할 수 있을 거고 그러면 우리가 함께 살 수 있지 않겠어요?」

「그럼요, 나의 사랑, 틀림없이 그렇고말고요!」

「그러나 먼저 결혼을 하는 게 필요해요.」

「아아 잊었군요, 밀렌끼. 우선 결혼부터 하는 게 필요해요!」

「우리는 결혼식을 올릴 수가 있습니다. 사실은 내가 당신에게 물으려고 했던 게 바로 그거요.」

「당장 가서 식을 올려요. 그런데 이 모든 것을 어떻게 준비했어요? 당신은 참 머리가 좋아요, 밀렌끼!」

「가는 동안에 모든 걸 얘기하지요. 자, 갑시다.」

그들은 목적지에 도착했다! 그들은 긴 회랑을 지나 교회로 갔다. 그들은 성당 관리인을 만났고 그를 메르짤로프에게 보냈다. 메르짤로프는 회랑이 끝없이 이어진 집에서 살았다.

「자, 베로치까, 다른 청이 또 하나 있어요. 성당에서 젊은 부부를 서로 키스하게 하는 거 알지요?」

「그럼요, 나의 밀렌끼. 그런데 그게 참 우스워요!」

「그러니까 웃음거리가 되지 않도록 지금 서로 키스를 한번 해봅시다.」

「좋아요, 서로 키스해요. 그런데 그거 꼭 해야 돼요? 하지 않으면 안 되나요?」

「안 돼요. 성당에서는 그러지 않으면 식을 올릴 수가 없어요. 따라서 연습해 보는 겁니다.」

그들은 서로 키스했다.

「밀렌끼, 미리 해볼 기회가 있어서 잘됐어요. 저기 관리인이 오네요. 이제 키스해도 우습지 않을 거예요!」

그러나 온 사람은 관리인이 아니었다. 관리인은 한참이 지나서도 오지 않았다. 그것은 끼르사노프였다. 그는 미리 와서 메르짤로프 집에서 그들을 기다리고 있었다.

「베로치까, 이 사람이 당신이 미워하던, 당신이 만나는 것을 금지시킨 알렉산드르 마뜨베이치 끼르사노프요.」

「베라 빠블로브나, 우리 다정한 친구 사이를 갈라놓으려는 이유가 뭡니까?」

「당신들이 너무 다정하기 때문이에요.」 베로치까는 끼르사노프에게 손을 내밀고 미소 지으며 말했다. 그리고 그녀는 잠시 생각에 빠졌다.

「내가 그를 당신이 하는 것처럼 사랑할 수 있을까요? 당신은 그를 몹시 사랑하고 있는 것 같던데. 그렇지 않나요?」

「내가요? 나는 나 자신 말고는 아무도 사랑하지 않아요. 베라 빠블로브나!」

「그럼 당신은 그를 사랑하지 않나요?」

「우리는 함께 살아요. 말다툼을 하는 일도 없고, 그것으로 충분하지 않습니까?」

「그럼 그도 역시 당신을 사랑하지 않는단 말인가요?」

「나는 그런 것을 물어 본 적이 없어요. 그에게 물어 봅시다. 자네 언제 나를 사랑한 적 있나, 드미뜨리?」

「특별히 경멸하지는 않았지!」

「음, 그게 사실이라면, 알렉산드르 마뜨베이치, 당신들이 만나는 것을 금지시키지 않겠어요. 나도 당신을 좋아하게 될 것 같아요!」

「그거 아주 좋군요, 베라 빠블로브나.」

「자, 이제 준비가 됐네.」 알렉세이 뻬뜨로비치가 들어오며 말했다.

「성당 안으로 들어갑시다.」 알렉세이 뻬뜨로비치는 쾌활했고 장난 섞인 시늉을 했다. 그러나 의식이 시작되자 목소리가 약간 떨렸다.

「만일 소송이라도 벌어지면 나따샤, 당신은 당신 아버지한테 가야 할 거야. 남편이 먹여 살릴 수 없을 테니까. 하긴 남편을 혼자 남겨 두고 떠나는 것도 불쌍한 인생이지. 게다가 아버지의 빵으로 살아야 할 테니 말이야!」 그러나 몇 마디 말을 마치자 그는 완전히 침착해졌다.

의식이 반쯤 끝났을 때 나딸리야 안드레브나 또는 나따샤 — 알렉세이 뻬뜨로비치가 부르는 대로 — 는 그들이 의식을 끝내고 그녀의 집으로 오도록 초청했다. 그녀는 간단한 아침 식사를 준비했다. 그들은 웃으며 들어왔고 쿼드릴을 두 번 추고 나서 왈츠를 췄다. 춤을 출 수 없는 알렉세이 뻬뜨로비치는 그들을 위해서 바이올린을 연주했다. 한 시간 반이 눈 깜짝할 사이에 지나갔다. 즐거운 결혼식이었다.

「집에서 내가 돌아오길 기다리고 있을 거예요. 벌써 저녁 때가 다 됐어요.」 베로치까가 말했다. 「이제 가야 되겠어요. 나의 밀렌끼, 사나흘쯤은 지하실에서 살 수 있을 거예요. 우울해 하지도 않을 거고, 어쩌면 금세 지나갈지도 몰라요. 내가 걱정돼요? 하지만 지금은 두려운 게 아무것도 없어요. 나와 같이 집에 갈 생각은 마세요. 나 혼자서 갈 거예요. 아무도 모르게요.」

「맞아, 그들이 나를 잡아먹진 않을 거야. 걱정하지 말게.」 알렉세이 뻬뜨로비치가 로뿌호프와 끼르사노프를 문까지 배웅하며 말했다. 그들은 베로치까를 먼저 보내고 잠시 뒤에 나왔다.「나따샤가 격려해 주어서 기분이 아주 좋아!」

다음날, 그러니까 사흘 만에 좋은 집이 하나 발견되었다. 그 집은 바실리예프스끼 섬 5번 가의 끝 쪽에 있었다. 통틀어서 백60루블을 가지고 있던 로뿌호프는, 끼르사노프와 함께, 그와 베로치까가 집을 갖는다든지 가구와 식기들을 장만하는 것이 불가능하다고 결론을 내렸다. 그래서 그들은 한 노인으로부터 방 세 개와 가구, 식기, 선반을 세내었다. 그 노인은 1번 가와 5번 가 사이에 있는 중앙 거리 성벽 옆 가게에서 단추, 리본, 핀 등을 팔며 조용히 여생을 보내고 있었다. 그는 저녁때면 그의 부인과 조용히 담소하며 지냈는데 그녀는 암시장에서 보따리로 가져온 온갖 잡동사니 물건들을 수선했다. 그들에게는 하인이 몇 명 있었다. 그들은 한 달에 30루블씩 지불해야 했는데 그 당시에 — 10년 전(1853) — 뻬쩨르부르그의 경기는 그다지 나쁘지 않았다. 당시에 그들이 가진 돈으로는 겨우 서너 개월을 지탱할 수 있을 뿐이었다. 게다가 찻값도 한 달에 10루블 정도는 족히 들지 않겠는가? 4개월 동안 로뿌호프는 과외 학생들을 찾아보았으며 번역일도 수소문해 보았다. 심지어는 상점에 근무하는 것까지도 알아보았다. 그는 이것저것 가리지 않았다. 집이 발견된 그날(그 집은 상태가 매우 좋았다. 그들이 찾고자 했던 그런 집을 찾은 셈이었다)은 목요일이었으므로 로뿌호프는 여느 때처럼 표도르를 가르치러 갔고 적당한 때에 베로치까에게 말했다.「내일 나한테 와요, 여기 주소가 있어요. 그들이 알아챌지 모르니 지금은 더 이상 아무 말도 하지 않겠어요.」

「나의 밀렌끼, 당신이 나를 구한 거예요!」

이제 집을 떠나는 방법이 문제였다. 그들은 그동안의 일을 고백할 것인가? 베로치까는 그렇게 하는 것에 대해서 진지하게 생각해 보았다. 그러나 그녀의 어머니는 마구 주먹질을 해댈지도 몰랐다. 심지어 그녀를 방에 가두어 버릴지도 알 수 없었다. 베로치까는 그녀의 방에 편지를 한 통 남기기로 결론을 지었다. 마리아 알렉세예브나는 딸이 네프스끼 거리로 간다는 소리를 듣고 그녀도 함께 가자고 말했을 때 베로치까는 얼른 그녀의 방으로 가서 그 편지를 도로 챙겼다. 직접 어머니를 마주 대하고서 이야기하는 것이 더 낫고 올바르다고 느껴지 때문이었다. 길거리에서라면 아무리 그녀의 어머니라고 해도 그녀를 때리지 못할 테니까. 그녀에게 말하는 동안 약간 거리를 두고 서 있다가 가능한 한 빨리 마차를 잡으면 되었다. 그리고 그녀가 소매를 잡아채기 전에 마차를 타고 떠나면 그만이었다.

바로 그런 장면이 루자노 가게 근처에서 일어났던 것이다.

22

그러나 우리는 이 장면의 반쪽만을 보았을 뿐이다.

그런 종류의 가능성에 대해서 털끝만큼도 의심을 품지 않았던 마리아 알렉세예브나는 잠시 동안 — 아니, 그보다 훨씬 짧은 시간 동안 — 번개에 맞은 듯이 화석처럼 꼿꼿이 서 있었다. 그녀는 딸이 말한 게 무엇인지, 그게 무엇을 뜻하는지, 그리고 어떻게 그런 일이 일어나게 되었는지를 이해하려고 했지만 아무것도 이해할 수 없었다. 그러나 그것은 잠깐이었다. 그녀는 앞으로 내달으며 욕설을 퍼붓기 시작했다.

그러나 딸은 이미 네프스끼 쪽으로 멀리 사라지고 있었다. 그녀는 계속해서 앞으로 몇 발자국을 내걸었다. 그러나 곧 〈마차를 잡아야 해〉라고 중얼거리며 길가로 물러섰다.「마차!」「어디 가시려고 합니까, 부인?」(그 애는 어딜 가려고 했을까?) 그녀는 딸이 〈까라반나야 거리〉라고 하는 소리를 들었다. 그러나 그녀의 딸은 왼쪽 네프스끼 쪽을 꺾어 갔었다. 〈그 애는 어딜 가려고 했을까?〉「저기 저 애를 따라가요, 저 짐승 같은 년!」「누구를 따라가라고요? 알아듣게 말을 해야지요. 어딜 가려고 하시는 겁니까? 방향을 알아야 갈 게 아닙니까? 당신은 내게 가르쳐 주지 않았습니다.」마리아 알렉세예브나는 완전히 자제력을 상실했다. 그녀는 마부를 욕하기 시작했다.「술 취했군요, 아주머니. 그렇군, 그런 걸 가지고 괜히.」마차는 그녀에게서 떠났다. 마리아 알렉세예브나는 그를 잡으려고 달려가며 욕을 해댔다. 그러고 나서 다시 다른 마차를 큰소리로 부르며 한동안 사방팔방을 왔다 갔다 했다. 그녀는 손짓을 하며 쫓아다녔으나 곧 가로수 밑으로 돌아갔다. 그녀는 발길질을 하는 등 미친 여자처럼 행동했다. 그녀의 둘레에 고스찌니 드보르 기둥 옆에서 행상을 하던 거친 패들이 대여섯 명 모여들었다. 그들은 그녀를 조롱하며 자기들끼리 점잖지 못한 말들을 주고받았고 히히덕거리며 그녀에게 조용히 하라고 윽박질렀다.「여! 아주머니! 일찍감치 잔뜩 마셨군! 쾌활한 아주머니야!」「아주머니! 여! 아주머니! 내 레몬 반만 사슈, 술 취했을 때 먹으면 좋다고. 자, 싸게 드릴게.」「아주머니! 여! 아주머니! 그 친구 말 듣지 말라고. 레몬은 좋지 않아. 가서 낮잠이나 한숨 주무시지.」「아주머니! 여! 아주머니! 당신 욕하는 데는 도가 텄던데. 우리 시합 한번 하지. 누가 이기나 보게!」자기가 무슨 짓을 하고 있는지 깨닫지 못하고 있는 마리아 알렉세예브나는 수작을 걸어오는 패들 가운데에서 가장 가까이 있는 자의 뺨을 후려쳤다. 그는 열일곱 살이었는데 혀를 내밀며 그녀를 놀리고 있었다. 그의 모자가 날아갔고 곧 이어 머리카락이 잡혔다. 마리아 알렉세예브나는 손아귀에 든 그의 머리카락을 단단히 움켜쥐었다. 이 행위는 다른 패들을 극도의 흥분 상태로 부추겼다. 「여! 아주머니! 그에게 맛 좀 보여 줘!」 다른 패들이 소리쳤다. 「페드까! 그녀에게 빚을 갚아 주라고!」 그러나 그들의 대다수는 마리아 알렉세예브나의 편을 들었다. 「페드까가 그녀의 맞상대가 될까?」 「혼내 줘. 아주머니! 페드까를 넉다운시켜 버려! 그는 그래도 싸, 못된 놈 같으니.」 구경꾼들이 그들을 둘러싸기 시작했다. 마차들과 가게 점원들, 그리고 지나가는 행인들도 걸음을 멈추고 그들을 쳐다보았다. 마리아 알렉세예브나가 제정신이 들었는지 페드까의 머리를 뒤로 확 밀어젖히고는 길을 가로질러 가기 시작했다. 수작을 걸던 패들의 〈와〉하는 함성이 그녀의 등뒤에서 터져 나왔다.

그녀는 〈수습 기사(騎士)대〉[49]를 지나 집으로 가는 길에 들어서자 마차를 타고 안전하게 집에 도착했다. 문가에 표도르가 서 있는 것을 발견하자 그녀는 대뜸 그에게 손찌검을 했다. 그녀는 곧장 찬장으로 달려갔다. 그때 부엌 쪽에서 무슨 소리가 나는 것을 듣고 쫓아 내려온 요리사를 보자 장작 패듯 마구 패주었다. 그녀는 베로치까의 방으로 달려갔다가 찬장이 있는 곳으로 돌아왔다. 다시 그녀는 베로치까의 방으로 올라갔는데 거기서 잠시 동안 머뭇거리더니 욕설을 퍼부으며 방마다 뒤지기 시작했다. 그러나 누구도 그녀의 손에 걸

---

49 귀족 가문들의 소년들을 위해 1802년에 세운 엘리트 군사 교육 아카데미.

려들지 않았다. 표도르는 뒷층계로 달아났고, 베로치까의 방을 문틈으로 엿보고 있던 요리사 역시 마리아 알렉세예브나가 벌떡 일어나는 것을 보자 기겁을 해서 도망쳤던 것이다. 그녀는 다급한 나머지 부엌으로 가는 길을 찾을 수가 없어 마리아 알렉세예브나의 침대 밑에 숨어들었다. 그녀는 거기서 나중에 마리아 알렉세예브나가 진정한 뒤 그녀를 부를 때까지 꼼짝하지 않았다.

마리아 알렉세예브나가 욕설을 퍼부으며 빈방들을 왔다 갔다 하는 동안 그녀는 얼마나 시간이 흘렀는지 깨닫지 못했다. 관청에서 돌아온 빠벨 꼰스딴찌노비치는 마리아 알렉세예브나의 옷차림이 엉망인데다 제정신이 아닌 것을 보고 깜짝 놀랐다. 그러나 모든 것이 끝났을 때 마리아 알렉세예브나는 큰소리로 외쳤다. 「요리사, 저녁 먹자!」 요리사는 비로소 소동이 끝난 것을 알고 침대 밑에서 나와 저녁을 하기 시작했다.

저녁 식사 때 마리아 알렉세예브나는 전혀 욕설을 입에 담지 않았다. 그러나 여전히 화가 풀리지 않았는지 분을 삭이려고 혼자서 툴툴거렸다. 식사를 마치고도 그녀는 잠을 자지 않고 혼자 앉아서 아무 말 없이 투덜거릴 뿐이었다. 그러다가 조용해지더니 마침내 큰소리로 말했다. 「요리사! 주인 양반을 깨워서 내게 오시라고 해라!」

무엇인가 불호령이 떨어질 것을 예상하고 그녀 곁을 떠나 부엌이나 다른 곳으로 가지 못하고 기다리고 있던 요리사는 재빨리 그 말을 전했다. 빠벨 꼰스딴찌노비치가 나타났다.

「여주인에게 가서 말하세요. 우리 딸이 당신의 뜻대로 그 악마와 결혼했다고요. 〈그것은 내 아내의 뜻과 다른 것이었습니다〉고 말하세요. 우리 딸이 스또레쉬니꼬프와 결혼하는 것은 마님의 뜻에 어긋나는 것임을 알기 때문에 마님을 위해서 그렇게 했다고 말이에요. 그리고 말하세요. 〈내 아내는 야단을 맞아도 쌉니다. 그러나 나는 마님의 소망을 성실히 수행하려고 했습니다.〉 그리고 〈내가 그들을 만나게 했습니다〉고 말이에요. 알겠어요, 모르겠어요?」

「알겠소, 마리아 알렉세예브나. 당신 계획은 아주 용의주도해.」

「그러면, 허튼소리 하지 말고 냉큼 썩 갔다 와! 그녀가 식사를 하고 있더라도 신경 쓰지 말고 곧바로 그녀를 부르세요. 그녀가 무슨 일인가 궁금해서라도 식탁에서 내려오게 하시란 말이에요!」

빠벨 꼰스딴찌노비치가 말할 때의 침착한 태도는 그가 남을 설득시키는 말솜씨를 가지고 있지 않음에도 불구하고 평소에 여주인이 그의 말이라면 무조건 믿을 만큼 인상적이었다. 그러므로 마리아 알렉세예브나가 이른 대로 말을 한다면, 빠벨 꼰스딴찌노비치가 그의 아내와 다른 생각을 가지고 있었을 뿐만 아니라 의도적으로 베로치까와 로뿌호프를 만나게 해서 어떻게든 미하일 이바노비치의 〈명예롭지 못한 결혼〉을 막으려고 했다는 그의 말에 실질적인 증거가 전혀 없다고 해도 여주인이 그를 용서하기에 충분할 만큼 설득적이었다. 그런데 그들이 어떻게 결혼했다고 하지? 빠벨 꼰스딴찌노비치는 자기가 그녀의 지참금으로 로뿌호프에게 5천 루블이나 주었으며 결혼식에 드는 비용은 모두 지불했다고 했다. 그리고 자기를 통해서 서로 메모를 교환했고 그의 친구인 지방장관 필란찌에프의 집에서 만났다고 말했다. 「마님, 내가 변변치는 못합니다만, 마님, 딸의 정절은 내게 소중합니다. 그들은 내 앞에서 만났습니다. 우리는 애들에게 가정교사를 딸려 줄 만한 돈이 없는데도 일부러 그를 고용했다는 말입지요, 마님.」 그리고 빠벨 꼰스딴찌노비치는 그의 아내야말로 신뢰해서는 안 될 여자라고 침울하고 비감 어린 어조로 말했다.

그녀가 어떻게 빠벨 꼰스딴찌노비치를 믿고 용서하지 않을 수 있겠는가? 그리고 무엇보다도 중요한 것은, 예기치 않은 행운이었던 것이다! 기쁨이 가슴에 넘쳤다. 여주인은 마리아 알렉세예브나의 언행에 대해서 길게 언급하고 나서야 비로소 용서한다고 말하기 시작했다. 그러나 처음에는 당장 그의 아내를 내쫓으라고 빠벨 꼰스딴찌노비치에게 호통쳤다. 그러나 그가 그녀에게 간절히 용서를 빌자 그녀는 정말로 그런 뜻으로 말한 거는 아니고 한번 그래 본 것이라고 말했다. 마침내 그는 관리인의 자리에 계속 있도록 조처되었으나 지금 쓰는 그들의 방을 비우고 건물 뒤쪽에 있는 다른 방으로 옮겨야 했다. 여주인이 가끔씩 내다보는 첫번째 마당에 그의 아내의 모습이 보여서는 안 된다는 조건 때문이었다. 그로 인해서 그녀는 밖에 나가려면 여주인의 창문과 멀리 떨어져 있는 층계로 다녀야만 했다. 그리고 그의 봉급에 매달 추가로 지급되었던 20루블 가운데에서 15루블이 환수되었고, 5루블만이 여주인에 대한 관리인의 헌신에 대한 보상과 딸의 결혼 비용이란 명목으로 남겨졌다.

23

마리아 알렉세예브나는 로뿌호프가 저녁때 오면 그에게 어떻게 할 것인지 여러 가지 방법을 생각해 두고 있었다. 최상의 복수 방법은 문지기를 두 사람 숨겨 두었다가 적당한 때에 로뿌호프를 죽도록 패주는 것이었다. 가장 비장한 방법은 빠벨 꼰스딴찌노비치의 도움을 받아 직접 그녀의 입으로 그들의 순종하지 않은 딸과 그녀의 공범자인 그에게 저주를 퍼붓는 것이었다. 그들은 저주받아 마땅하며 대지조차도 부모의 저주를 받은 자들을 받아들이지 않는다고 하였다. 그러나 이것은 빠벨 꼰스딴찌노비치를 그의 아내로부터 떼어놓으려고 여주인이 했던 것처럼 상상일 뿐이었다. 그런 방식은 시처럼 고독한 영혼을 위로해 주는 것 말고는 실제로 아무 쓸모가 없기 때문이다. 더욱이 그나 그녀가 그런 일을 할 수 있고 또 했다고 하더라도 그나 그녀의 모질지 못한 성격으로 인해 오히려 슬픔만 더 느꼈을지도 알 수 없었다.

로뿌호프를 패준다거나 그녀의 딸을 저주하리라는 계획은 마리아 알렉세예브나의 생각과 상상에 불과했다. 그녀의 마음과 정신은 실제로 그렇게 현실에 초연하지 못했고 좀더 실제적이었다. 그리고 이와 같은 생각과 현실적 행동의 차이는 모든 인간의 타고난 약점이라고 할 수 있었다. 마리아 알렉세예브나는 〈수습 기사대〉 문 앞에서 정신을 차리고서야 비로소 딸이 정말로 사라졌고 결혼했다는 것을 그리고 영원히 그녀로부터 떠났다는 것을 깨달았다. 그 순간 그녀는 마음속으로 외쳤다. 〈그년이 나를 털어 갔어!〉 그녀는 집에 오는 도중 계속 속으로 외쳤다. 더러는 다른 사람에게 들릴 정도로 큰소리로 외치기도 했다.「그년이 나를 털어 갔어!」집에 돌아와서 표도르와 요리사에게 분풀이를 하는 동안 잠시 잊고 있던 ― 모든 사람은 흥분하면 중요한 문제를 잊어버릴 정도로 그 감정에 푹 빠져 버리는 약점을 갖고 있다 ― 마리아 알렉세예브나는 베로치까의 방으로 뛰어가 책상과 농서랍을 뒤지며 없어진 게 없나 재빨리 점검하기 시작했다. 그러나 모든 게 그대로였다. 그녀는 다시 확인하려고 주의 깊게 체크하기 시작했다. 그 결과 그녀의 옷과 물건들이 손대지 않은 채로 남아 있다는 것을 알게 되었다. 그녀가 떠나갈 때 걸

치고 있던 단순한 금귀고리 한 쌍과 낡은 하얀 모슬린 옷, 그리고 낡은 외투가 없어졌을 뿐이었다. 마리아 알렉세예브나는 베로치까가 틀림없이 로뿌호프에게 그녀의 물건 목록을 주었을 거라고 생각했다. 그러나 그녀는 딸에게 금붙이 따위는 어림도 없으며 가장 단순한 옷 네 벌과 얇고 낡은 속옷 몇 가지만을 주기로 마음먹었다. 그녀에게 아무것도 주지 않는 것은 그녀의 고귀한 관용심이 허락하지 않기 때문이었다. 그녀는 나름대로 지금껏 고귀한 관용심을 엄격하게 지켜 왔다.

실제 생활에서 부딪칠 다른 문제는 그녀와 여주인과의 관계였다. 우리는 이미 마리아 알렉세예브나가 그 문제에 대한 해답을 성공적으로 끌어낸 것을 보았다.

그러나 또 다른 세 번째 문제가 남아 있었다. 「바람둥이 계집과 악당 놈을 어떻게 하지?」 즉, 그녀의 딸과 뜻하지 않은 사위 문제였다. 〈그들을 저주해? 그거야 어려울 게 없지. 그러나 아무 소용없어. 디저트에 불과해. 그러면 어떻게 해야 하지? 분이 풀릴 때까지 야단치고 고소해서 감옥에 처넣는 거야!〉 처음에 그녀의 감정이 격하게 끓어올랐을 때 마리아 알렉세예브나는 이런 관점에서 해결을 시도했고 그것은 매우 만족스럽게 느껴졌다. 그러나 그녀의 피가 진정하기 시작하고 소동이 가라앉자 문제는 다른 관점에서 드러나기 시작했다. 소송을 하면 돈이 들어야 한다는 것을 그녀는 누구보다 잘 알고 있었다. 그녀의 마음을 사로잡은 그 방식은 엄청난 돈이 들어야만 했다. 그런다 해도 그것은 질질 끌게 마련이고 결국 돈만 탕진한 다음 허무하게 끝나 버리고 말 것이었다.

〈무엇을 할 것인가?〉 결국 한 가지 방법밖에 없어 보였다. 그것은 로뿌호프와 가슴이 후련해질 때까지 대판 싸움을 하고 베로치까의 물건들을 그대로 간수하는 거였다. 그가 그

물건들을 요구하면 그것을 보존하기 위한 수단으로 소송하겠다고 그를 위협하면 되었다. 아무튼 그녀는 대판 싸울려고 했다.

그러나 그녀는 그와 싸움을 벌이는 데 성공하지 못했다. 로뿌호프는 오자마자 다음과 같이 말하기 시작했다.「베로치까와 제가 마리아 알렉세예브나와 빠벨 꼰스딴찌노비치, 두 분의 동의 없이 이런 일을 저지른 것에 대해 용서해 주시기 바랍니다.」

이 말을 듣자마자 마리아 알렉세예브나는 소리쳤다.「그년 보고 지옥에나 가라고 해! 아무짝에도 쓸모 없는 년!」

그러나 마리아 알렉세예브나는〈아무짝에도 쓸모 없는 년〉이란 말을 다하지 못하고〈아무짝에도 쓸……〉하다가 말았다. 로뿌호프가 큰소리로 그녀를 제지하며 끼어들었기 때문이다.「당신의 욕에 귀를 기울이고 싶지 않습니다. 저는 일 처리에 관해서 의논하려고 왔습니다. 당신은 화가 나서 차분하게 이야기할 수가 없습니다. 그래서 빠벨 꼰스딴찌노비치하고 이야기하겠습니다. 화가 가라앉으면 표도르와 요리사를 보내 우리를 부르십시오.」그리고 그는 빠벨 꼰스딴찌노비치를 응접실에서 그의 방으로 이끌었다. 그러면서 그는 자기에게 큰소리를 칠 기회는 없을 테니 그녀는 잠시 쉬는 게 좋겠다고 말했다.

그는 빠벨 꼰스딴찌노비치를 문 쪽으로 데려갔다. 그는 잠시 멈추고 돌아서서 말했다.「그리고, 참, 마리아 알렉세예브나, 당신과도 얘기할 게 있습니다. 일에 관해서 입니다. 그러니 조용히 하셔야 할 겁니다.」

그녀는 다시 언성을 높이려고 했다. 그러나 그가 다시 제지하고 나섰다.「당신이 정 조용히 말씀하실 수 없다면 우리는 밖으로 나갈 것입니다.」

「당신이 밖으로 나가면 어쩌자는 거예요, 이 바보 같은 양반!」
그녀가 소리쳤다.

「그가 날 끌어내려 하잖아!」

「만일 빠벨 꼰스딴찌노비치마저도 조용히 말하는 것을 거부한다면 나는 떠나겠습니다. 그런데 빠벨 꼰스딴찌노비치, 당신은 왜 욕을 듣고도 가만히 있습니까? 마리아 알렉세예브나는 일을 이해하지 못합니다. 그녀는 자신이 우리와 무엇인가를 할 수 있다고 생각하지만 당신은 관리입니다. 경험이 많습니다. 물론 사리를 알고말고요. 그녀는 지금 베로치까와는 아무것도 않겠다고 소리칩니다. 심지어 저하고도 말입니다.」

「악당과는 아무것도 할 수 없다는 걸 알아야 해.」 그러나 마리아 알렉세예브나는 생각했다. 그녀는 처음에는 딸애의 어머니이기 때문에 흥분했으나 지금은 냉정하게 말할 수 있다고 그에게 말했다.

로뿌호프는 빠벨 꼰스딴찌노비치와 함께 돌아왔다. 그들은 자리에 앉았다. 로뿌호프는 그가 말을 마칠 때까지 듣기만 하고 대답은 그 뒤에 하라고 그녀에게 요구했다. 그러고 나서 그는 말을 시작했다. 그녀가 그의 말에 끼어들려고 하면 그때마다 그는 목소리를 한층 더 높였고 그렇게 해서 그의 말을 끝마칠 수 있었다. 그가 말한 내용은 이러했다. 「우리들은 떼어놓는 것은 불가능하므로 스또레쉬니꼬프의 일은 잊는 게 좋을 것입니다. 당신도 잘 알다시피, 당신이 분란을 일으키는 것은 어리석은 일입니다. 그러나 당신이 원한다면 하십시오. 당신의 돈이 남아돈다면 말입니다. 오히려 내가 그래 달라고 부탁을 하고 싶을 정도입니다. 어차피 베로치까는 스또레쉬니꼬프와 결코 결혼하지 않을 것이므로 제가 초조해 할 이유는 없습니다. 당신이 보다시피, 그 일은 실현될 가능성이 전혀 없기 때문입니다. 마리아 알렉세예브나. 젊은 여자들은 당연히 결혼을 해야 합니다. 그리고 일반적으로 그 것은 부모에게 손해입니다. 지참금을 주어야 하니까요. 게다 가 결혼 비용도 엄청납니다. 하지만 문제는 지참금이지요. 결과적으로 마리아 알렉세예브나, 당신과 어른께서는 아무 비용도 들이지 않고 결혼한 것에 대해서 당신의 딸에게 고마 워해야 합니다.」그는 이런 식으로, 그것도 아주 상세하게 반 시간 동안이나 설명했다.

그가 이야기를 마쳤을 때 그녀는 이런 악당을 위협하는 것 은 불가능하다는 것을 깨달았다. 대신 그녀는 자기의 감정을 이야기하기 시작했다. 베로치까가 부모의 동의를 구하지도 않고 결혼하다니 이루 말할 수 없이 슬프며 그것은 어머니의 가슴에 못을 박는 것이라고 하였다. 이제, 입장이 바뀌어 그 가 그녀의 감정과 슬픔을 위로하기 시작하자 자연히 대화의 분위기가 바뀌었다. 마치 그들이 언제 으르렁거렸냐는 듯이. 이제 그들은 예의를 지킬 줄 알았고 마침내 이번 사태에 대 해서 서로 의견을 나누게 되었다. 마리아 알렉세예브나는 사 랑하는 어머니로서 슬펐다고 말했고, 그러면 로뿌호프는 사 랑하는 어머니로서 슬퍼할 필요가 없다고 대답했다. 감정이 담긴 대화를 몇 마디 나눈 뒤에 그들은 예의를 충분히 회복 하게 되었고 자연스럽게 다른 문제로 넘어갔다. 그녀는 딸이 행복하기를 늘 원한다고 했다. 그러자 그것은 조금도 걱정할 필요가 없다고 그가 대답했다. 대화가 좀 길어지자 그들은 서로에 대해서 체면을 챙겼고 긴 사설과 함께 작별 인사를 준비하기 시작했다. 로뿌호프는 어머니의 슬픔을 알기 때문 에 딸이 그녀를 보러 오고 싶다고 했을 때 동의하지 않았으 며, 그것은 어머니가 슬픔을 참을 수 없을 것이라고 생각했 기 때문이라고 했다. 마리아 알렉세예브나는 베로치까가 행 복하게 살고 있다는 것을 들었을 때 ― 그거야말로 마리아 알렉세예브나의 유일한 바람이었다 — 완전히 진정되었다. 그리고 딸을 봐도 슬프지 않을 거라고 대답했다.

이와 같이 그들은 현명한 결론에 도달했고 평화롭게 헤어졌다.

「그는 좋은 사람이야.」 마리아 알렉세예브나는 사위를 대문까지 배웅하며 혼자 되뇌었다.

그날 밤 그녀는 이런 꿈을 꾸었다. 창문에 앉아 있던 그녀는 길에서 한 우아한 마차를 보았다. 그 마차는 곧 멈추었는데 마차로부터 잘 차려입은 부인과 신사가 내렸다. 그리고 그 부인이 말했다. 「보세요, 어머니, 남편이 이렇게 멋진 옷을 해주었어요!」 그 부인은 베로치까였다. 마리아 알렉세예브나는 옷감이 최상의 것임을 알아보았다. 베로치까가 말했다. 「옷감만 은화 5백 루블이 들었어요. 하지만 이것은 더 비싸요. 여기 내 손을 보세요!」 마리아 알렉세예브나는 베로치까의 손에 커다란 다이아몬드 반지가 끼워져 있는 것을 보았다. 「이 반지는, 어머니, 2천 루블이나 해요. 그리고 여기 보세요, 어머니, 이 반지는 더 비싸요. 4천 루블짜리예요. 가슴을 보세요, 어머니! 이 브로치는 훨씬 더 비싸요, 만 루블이나 하는 거예요!」 그때 신사가 말했다. 그 신사는 드미뜨리 세르게이치였다. 「이 모든 것은 우리에게 하찮은 것입니다, 마리아 알렉세예브나. 가장 중요한 것은 여기 내 주머니에 있습니다. 보세요, 어머니, 나의 돈지갑을요! 지갑이 이렇게 두툼합니다! 이 속에는 백 루블짜리 지폐만 있습니다. 이걸 선물로 드리겠습니다. 어머니, 이건 아무것도 아니거든요. 이것 말고 다른 지갑이 또 있는데 그건 훨씬 더 두툼합니다. 하지만 그건 당신에게 드릴 수가 없습니다. 그 속에는 현금은 한푼도 없고 주식과 어음만이 들어 있기 때문입니다. 모든 주식과 어음은 내가 당신에게 드린 지갑보다 더 가치가 나갑니다. 어머니, 마리아 알렉세예브나.」「당신은 내 딸과 우리 가족을 행복하게 하는 데 성공했어. 내 사위 드미뜨리 세르게이치. 그런데 도대체 어디서 그렇게 돈을 많이 벌었지?」「어머니, 나는 독점 기업가[50]가 되었답니다!」

꿈에서 깨어난 마리아 알렉세예브나는 혼자서 생각했다. 「정말 그가 독점 기업가가 된다면 좋고말고!」

24
마리아 알렉세예브나에 대한 변호

베로치까의 생애에서 중요한 사람으로서 당신의 역할은 끝났다. 마리아 알렉세예브나. 이제 우리는 당신으로부터 떠날 것이다. 이 소설의 작가로서 나는 당신이 약간은 불리한 에필로그와 함께 무대에서 사라진다고 불평하지 말기를 바란다. 그리고 우리들이 당신을 경우 없이 대할 거라고 생각하지도 않기 바란다. 당신은 어리석긴 했지만 그렇다고 당신의 좋은 센스마저 무시되지는 않을 테니까. 그리고 당신의 실수가 당신에게 꼭 불리하게만 가늠되지도 않을 테니까. 사실 당신은 당신 이전에 아무도 겪어 본 적이 없는 그런 사람들 속에 던져졌던 것이다. 그러므로 당신이 과거의 경험을 통해 그들을 판단함으로써 저지른 실수는 전혀 죄가 되지 않는다. 당신이 과거에 겪은 모든 경험은 사람은 두 부류 — 바보와 악당 — 로 이루어져 있다는 것이다. 즉, 바보가 아닌

---

50 1863년까지 러시아 정부는 특별 지역에서 보드까와 일부 다른 품목들의 판매 독점권을 파는 것으로 세입의 많은 부분을 차지하였다. 이러한 권리를 가진 사람을 독점 기업가라고 하였고 이들은 종종 이런 권리를 남용하여 커다란 재산을 모았다.

사람은 악당임에 틀림없어. 그리고 악당이 아닌 사람은 보나 마나 바보라고 당신은 생각하곤 했던 것이다. 그냥 한번 해 본 생각이라면 이런 생각은 매우 옳은 것이다. 마리아 알렉세예브나, 당신은 시니컬하게 말하는 사람들을 만나 보았다. 그리고 그들이 한결같이 단 하나의 예외도 없이 타인을 속이는 경우이거나 인생이 뭔지도 모르고 환경에 적응하는 재주도 없는 여물대로 여문 얼간이임을 보았다. 그러므로 마리아 알렉세예브나, 당신이 그들을 어리석은 자들로 여기거나 기만의 게임 상대로 본 것은 옳다. 그러나 만일 당신이 어리석지도 악하지도 않은 여자를 처음에 만났다면 사람들에 대한 당신의 생각은 다르게 형성되었을 것이다. 그리고 당신이 그녀에 대해서 무엇을 해야 할지 어떻게 대해야 할지를 몰랐다면 그것은 변명이다. 사람들에 대한 당신의 생각은 당신이 첫번째 고귀한 사람을 만났을 때 이미 완벽하게 형성되었을 것이기 때문이다. 그는 결코 불쌍한 어린애가 아니며, 당신처럼 인생을 속속들이 알고 그것에 대해 당신처럼 옳게 판단할 줄 알며 또 당신처럼 숙련되게 일을 처리할 줄도 안다. 그러므로 당신이 그를 잘못보고 당신과 같은 부류쯤으로 간주했다면 그것은 변명일 뿐이다. 그렇다고 이러한 실수들이 영리하고 활동적인 당신에 대한 생각을 과소평가 하게 하지는 않는다. 당신은 당신의 남편을 무에서 끌어올렸다. 그리고 당신은 여생을 위해서 상당한 재산을 모았다. 이것들은 좋은 것이다. 그러나 당신이 이것들을 완성하기까지는 어렵고 힘들었을 게 틀림없다. 당신의 방법은 나쁘다. 그러나 당신의 환경은 당신에게 아무것도 주지 않는다. 당신이 그런 방법을 택한 것은 당신의 환경 탓일 뿐 그 책임이 근본적으로 당신 개인에게 속하는 것은 아니다. 그리고 이 점에서 그것은 당신의 불명예가 아니라 당신의 지성과 강한 성격에 대한 명예인 것이다.

　마리아 알렉세예브나, 당신은 당신의 좋은 자질에 대한 이런 고찰에 만족하는가? 물론 당신은 만족할 것이다. 당신은 자신이 사랑스럽다거나 상냥하다고 결코 생각해 본 적이 없으니까. 당신이 자신도 모르는 사이에 고백한 것이 있는데, 그때 자신이 타락한 나쁜 여자라고 말한 적이 있다. 그리고 자신의 사악함과 불명예를 불리한 것으로 생각하지 않는다. 당신의 환경이 다른 것은 허용하지 않는다는 것을 알았기 때문이다. 결국, 당신은 걱정하지 않을 것이다. 당신의 지성과 강한 성격에 대한 칭찬 외에 자신에게 더 이상 할 칭찬이란 없다는 것을 잘 알기 때문이다. 더욱이 당신은 자신이 그런 자질들을 가졌다고 주장한 적도 없으며 가질 만한 것이라고 여기기보다는 오히려 터무니없는 것으로 간주했다. 그러므로 당신은 내가 당신에게 한 칭찬 이상의 그 어떤 칭찬도 요구하지 않을 것이다.

　그러나 나는 당신에 대해서 한 가지 더 말할 수 있다. 즉, 내가 좋아하지 않는 모든 사람들 중에서, 그리고 내가 같이 일하고 싶지 않은 사람들 가운데서 누군가와 함께 일하라고 한다면 나는 서슴없이 당신과 같이 일할 것이라고. 물론 당신은 당신에게 유리한 것이면 자비심을 보이지 않는다. 그러나 당신은 타인에게 해를 끼칠 뿐 유익한 것이 없다면 터무니없이 심술을 부리지 않는다. 당신은 대가 없이 시간, 노동, 그리고 돈을 사용하는 것은 헛된 것이라고 생각한다. 하기야 당신은 당신의 딸과 남편을 적절히 볶아 대었다. 그러나 당신은 복수심을 억제할 줄 알며 문제를 냉정하게 따질 줄도 안다. 그러나 이제 당신은 그들을 볶아 댈 기회가 없다는 것을 안다. 그것이 불가능하다는 것을 안다는 것은, 마리아 알렉세예브나, 대단한 것이다! 그것을 깨달았을 때 당신은 처음에 고려했던 소송을 포기했다. 소송이 당신의 부화를 부추긴 자를 벌주지 못할 것을 알기 때문이다. 당신은 소송이 일으킬 소동이 오히려 분란만 일으키고 돈만 낭비하리라는 것을 헤아렸다. 그래서 당신은 소송을 그만두었다. 만일 적을 정복하는 것이 불가능하다면, 그리고 그에게 사소한 손실을 입히는 데 반해서 당신이 더 큰 손실을 입게 된다면 당신은 그 싸움을 그만두는 게 낫다. 당신은 불필요하게 자신과 타인에게 해를 끼치지 않으면 불가능한 것은 일찌감치 인정하는 상식과 용기를 가졌다. 이 역시 대단한 것이다, 마리아 알렉세예브나. 그렇다, 마리아 알렉세예브나, 당신은 누구하고도 잘 지낼 수 있다. 당신은 손해될 게 뻔한, 분노를 위한 분노에 빠지지도 않는다. 이것은 매우 드물고 중요한 것이다. 많은 사람들은 당신처럼 하기보다는 자신과 타인에게 해를 끼치는 게 예사다. 그 점에서 당신은 대다수의 나쁜 사람들보다 낫다. 당신은 생각이 없지 않고 어리석지도 않기 때문이다. 나는 대지에서 당신을 찾아낸 것이 기쁘다. 당신은 결코 해롭지 않다. 이제 당신은 천한 일을 하며 지내야 할 것이다. 당신의 환경이 그렇게 되어 있기 때문이다. 그러나 당신은 점차 이전과는 다른 환경에 놓이게 될 테고 그것이 해가 없고 유익하기까지 한 것에 기뻐할 것이다. 당신은 대가 없이 어떤 해로운 일을 하려고 하지 않는다. 그것은 당신에게만 볼 수 있는 유일한 것이다. 당신은 원하는 것은 무엇이든지 할 수 있다. 당신은 그것이 바람직하다면 명예롭고 고귀하게 행동할 것이다. 당신은 그렇게 할 수 있다, 마리아 알렉세예브나. 그리고 이러한 능력을 발휘하지 않고 묵혀 두었다고 책망받지도 않을 것이다. 오히려 당신은 반대로 행동했을 것이다. 분명히 당신은 그러한 능력을 소유하고 있다. 이것은 아무에게나 말할 수 있는 게 아니다. 가난한 사람은 무엇이든지 닥치는 대로 하는 법이다. 당신은 나쁜 여자이지만 아무 희망도 없는 비참한 여자는 아니다. 당신은 설사 도덕적 기준으로 판단하더라도 많은 사람들보다 높은 곳에 있다.

「만족합니까, 마리아 알렉세예브나?」

「내가 어떻게 만족하겠습니까, 바뚜쉬까. 나의 환경이 나쁜걸요, 그렇지 않아요?」

「그것은 그렇습니다, 마리아 알렉세예브나!」

제3장
결혼과 두 번째 사랑

1

 베로치까가 지하실에서 해방된 지 3개월이 지났다. 로뿌호프 가정의 일은 번창했다. 그는 꽤 많은 학생들을 가르쳤으며 출판사의 일도 얻었다. 지리학 원서를 번역하는 것이었다. 베라 빠블로브나 역시 학생을 두 명 찾았다. 최상급의 학생은 아니었으나 그런 대로 괜찮았다. 그들은 모두 합해서 한 달에 80루블을 벌었다. 그러나 그런 수입으로는 사치스러운 생활을 하기엔 어림도 없는 것이었다. 그러나 가난에 빠질 위험은 없었다. 그들의 재산은 점점 불어났고 그들은 4개월이나 그 안에 그들 자신의 회사를 세울 수 있다고 생각했다. 이것은 실제로 나중에 실현되었다.

 그들의 생활 방식도 틀이 잡혔다. 물론 그들이 결혼을 약속하던 그날 베로치까와 농담 반, 진담 반으로 제의한 그대로는 아니었지만 그래도 그와 상당히 유사했다. 그들이 사는 집의 노부부는 젊은 부부가 사는 이상한 방식에 대해서 이런저런 뒷말을 했다. 마치 그들의 젊은 사람들 같지 않다, 심지어는 남편과 아내 같지 않다, 세상천지 어디에도 그런 사람들은 없다 등등.

「그래, 뻬뜨로브나,[51] 당신에게도 그런 것처럼 내게도 이상하게 느껴져. 그녀가 그의 누이동생이고 그가 그녀의 오빠인지도 모르잖아? 아무래도 함부로 말할 게 아닌 것 같소!」

「그거 참 좋은 비유예요, 그렇지요? 형제자매 사이엔 격식이 필요 없어요. 그런데 그들 좀 보세요! 그녀는 일어나면 옷을 입고 앉아서 사모바르를 가져올 때까지 기다려요. 그러고 그는 꼭 차를 끓이고 난 다음에 그녀를 불러요. 그러면 그녀는 옷을 단정히 입고 나오는 거예요. 어떤 오누이 사이가 그렇데요? 이럴지도 몰라요. 가난 때문에 두 집 식구가 한 아파트에 사는 가난한 사람들 있잖아요. 그런 사람들일지 누가 알아요!」

「그리고, 뻬뜨로브나, 남편이 아내의 방에 들어갈 수 없다는 건 어떻게 된 거지? 그녀가 옷을 차려입지 않으면 그를 들어오지 못하게 한다던데. 어떻게 그럴 수가 있지?」

「밤에 그들이 어떻게 헤어지나를 좀 보세요. 그녀가 〈나의 밀렌끼, 잘 자요〉라고 말하면 그들은 헤어져서 각자 자기의 방으로 가요. 그들은 책을 읽어요. 그는 글을 쓰기도 하는가 봅니다. 자, 들어 보세요. 언젠가 내가 직접 눈으로 본 건데요, 그녀가 방으로 가서 책을 읽고 있을 때였어요. 그때 칸막이 사이로 무슨 소리가 들리데요. (그날 밤, 잠이 안 와서 늦게까지 깨어 있었거든요.) 가만히 들어 보니 그녀가 일어나는 것 같더라고요. 당신 뭘 생각하세요? 내가 그렇게 귀를 기울이고 있자니까 그녀가 화장대 앞에 서서 머리를 만지는 거예요. 그래요, 그녀는 친구를 만나러 밖에 나갈 준비를 하는 거 같았어요. 그래서 계속 듣고 있었죠. 그녀가 밖으로 나가

---

51 러시아에서 사람들은 보통 이름 뒤에 아버지의 이름으로 만든 부칭이 온다. 여기에 쓰인 것은 부칭이다.

길래 나도 현관까지 나가 의자에 앉았어요. 그리고 창문 위쪽 창으로 그의 방을 살펴보았지요. 그녀가 문가로 가는 것이 들렸어요. 〈들어가도 돼요, 밀렌끼?〉 그러니까 그가 말하는 거예요. 〈잠깐만, 베로치까.〉 그 역시 자리에 누웠던가 봐요. 그는 일어나 바지를 입고 윗도리를 걸치더라고요. 그래서 생각했지요. 그가 넥타이를 맬 거라고요. 하지만 그는 넥타이는 매지 않았어요. 그는 옷차림을 좀 만지더니 말했어요. 〈이제 들어와도 돼요, 베로치까.〉 그녀가 말했어요. 〈이 책에 모르는 게 좀 있어요. 이것 좀 설명해 줘요.〉 그가 그녀에게 설명해 주더군요. 〈음, 밀렌끼, 당신을 성가시게 한 거 용서하세요.〉 그러자 그가 대답하더군요. 〈아, 아니야, 베로치까. 나는 그냥 침대에 누워 있던 중이었어. 난 아무렇지도 않은걸.〉 그리고 그녀가 나왔어요.」

「그리고 그녀가 나왔다고?」

「글쎄, 그렇다니까요.」

「더 이상 아무 일도 없이?」

「예, 아무 일도 없이요. 하긴 그녀가 그를 보러 갈 때는 늘 단정하게 하고 갔으니까 그게 그렇게 이상할 건 없지요. 그는 잠깐 기다리라고 하고서 옷을 입고는 〈들어와요〉라고 말하거든요. 그런데 당신 생각엔 그들의 행동이 어떤 거 같아요?」

「이런 걸 거야, 뻬뜨로브나, 일종의 종교적인 생활이지. 당신도 그런 사람들 많이 알잖소.[52]」

「그런 것 같아요. 그래요! 당신 생각이 옳아요.」

이것은 다른 대화이다.

「다닐류치, 내가 그들의 행위에 대해서 그녀에게 넌지시 물

---

[52] 특히 17세기 후반 러시아 정교회가 분파된 후, 많은 급진적이고 지방 분권적 분파 기독교인들은 종교적 이의와 사회 저항의 형태로 영세 농민과 도시의 하층민들 사이에서 나타났다.

어 보았어요. 내가 말했지요. 〈내 말을 듣고 미쳤다고 하지 말아요. 당신들의 종교가 뭐지요?〉 그녀가 말하더군요. 〈물론, 러시아 정교지요.〉 〈그러면 당신 남자분은?〉 〈그도 역시 러시아 정교지요〉 하고 말하는 거예요. 그래서 내가 말했지요. 〈어떤 종파에 속하는 게 아니고?〉 그녀가 말하는 거예요. 〈아뇨, 아무 종파에도 속하지 않아요. 그런데 왜 그렇게 생각하시는 거죠?〉 〈왜냐하면, 아가씨, 당신이 처녀인지 결혼을 했는지 몰라서 그래요. 그래, 당신은 그 남자 분과 함께 사는 거요?〉 그녀가 웃으며 말했어요. 〈아, 그럼요.〉」

「그녀가 웃으며 그랬다고?」

「예, 그렇대도요. 〈그럼요, 그와 같이 살아요〉 합디다. 그래서 내가 물었지요. 〈그런데 왜 그처럼 생활하지요? 그를 보러 갈 때면 꼭 옷단장을 고치는 것 같던데. 꼭 당신이 그의 아내가 아닌 것처럼 말이에요.〉 그랬더니 그녀가 말하는 거예요. 〈그것은 내가 그를 평상복 차림으로 맞고 싶지 않기 때문이에요.〉 그래요, 그들은 어떤 종파에도 속한 것 같지 않았어요. 내가 다시 물었어요. 〈그런데 왜 그렇게 하지요?〉 그랬더니, 〈집에서도 사랑을 지키고 말다툼을 하지 않으려고요〉 합디다.」

「그러고 보니, 뻬뜨로브나, 그녀 말이 사실인 것 같은데. 하기야, 그녀는 좀더 품위 있게 보이고 싶어할 테니까!」

「그리고 그녀가 그 뒤에 다음과 같이 말합디다. 〈내가 평상복 차림을 하고 있는 걸 다른 사람에게 보이고 싶어하지 않는데, 왜 누구보다도 더 사랑하는 남편에게 세수하지 않은 얼굴을 보이고 싶어하겠어요. 그런 식으로 그 앞에 나서지 않으려는 거예요.〉」

「그래, 그녀 말이 사실인 것 같군, 뻬뜨로브나. 왜 남자들이 다른 남자의 여자와 사랑에 빠지는지 알아? 자기 아내를 볼 때보다 더 예뻐 보이기 때문이라오. 당신이 그걸 뭐라고 했지? 아, 그래, 평상복, 평상복 차림이 아니거든. 성서에 나오는 솔로몬 이야기에도 그렇게 말하고 있소. 솔로몬 왕이야 물론 가장 지혜로운 왕이지!」

2

로뿌호프 가정의 일은 번창했다. 베로치까는 늘 행복했다. 어느 날(결혼한 지 5개월쯤 되었을 무렵) 과외를 마치고 돌아온 로뿌호프는 그의 아내가 다른 때와 좀 다른 것을 발견했다. 그녀의 눈이 자부심과 행복으로 빛나고 있었다. 그 모습은 그녀가 정신적으로 고양되어 기쁨에 넘친 사고와 애정에 찬 자부심으로 들떠 있던, 과거의 며칠 동안에 잠깐 보았던 그의 신부를 드미뜨리 세르게이치에게 기억나게 했다.

「당신 무척 행복해 보이는데 나에게도 그 행복을 나누어 주지 않겠소?」

「그럴 생각이에요. 하지만 당신은 좀더 기다려야 할 거예요. 내가 옳다고 확신하게 되면 그때 얘기할게요. 그것은 내게 대단한 기쁨이 될 거예요. 당신도 역시 기뻐할 거라고 확신해요. 그리고 끼르사노프와 메르짤로프도 기뻐할 거고요.」

「그런데 도대체 그게 뭔데?」

「당신은 질문을 하지 않기로 한 우리의 약속을 잊었군요. 내가 그것을 확신하게 되면 그때 말해 줄 거예요.」

두 주일이 지나갔다.

「나의 밀렌끼, 당신에게 내 기쁨을 말할게요. 당신은 그것에 대해서 모든 것을 알고 있으니까 꼭 내게 충고해 줘야 해요. 당신은 내가 뭔가 큰일을 하려고 오랫동안 기다려 왔다는 것을 알아요. 나는 우리 손으로 봉제 조합을 시작하기로 결심했어요. 좋은 생각 아니에요?」

「그래, 내 사랑, 당신 손에 키스하지 않기로 약속했지만 그건 일반적으로 그렇다는 얘기고 이런 경우를 포함하는 것은 아니지. 당신 손을 이리 줘요, 베로치까!」

「천천히요. 나의 밀렌끼, 내가 그 일을 하는 데 성공했을 때요.」

「당신이 성공했을 땐 이미 내가 키스하는 유일한 사람이 아닐 거라고. 끼르사노프와 알렉세이 뻬뜨로비치, 그리고 모든 사람이 키스하고 싶어할 거야. 하지만 지금은 나 혼자거든. 그리고 그런 생각을 하고 있다는 것만으로도 키스할 만한 가치가 있다고.」

「이건 폭력이에요! 소리지를 거예요!」

「그렇다면 소리지르시지!」

「나의 밀렌끼! 나는 수치심을 느낄 거예요. 그리고 당신에게 아무 말도 안 할 거예요.」

「중요한 점은 이거라고, 우리 모두가 계획은 세웠지만 우리는 아무것도 성취하지 못했어. 그런데 당신이 오래전부터 우리의 문제를 생각하기 시작했다는 거야. 이제 곧 우리 모두는 당신 생각을 직접 시험해 보게 될 거야.」

베로치까는 그녀의 머리를 남편의 가슴에 기대고 얼굴을 파묻었다.

「당신은 나를 너무 칭찬해요.」

그녀의 남편이 그녀의 머리에 키스했다. 「정말 영리하고 귀여운 머리야!」

「밀렌끼, 그만 해요! 당신에겐 정말 아무 말도 못해요! 당신이 어떤 사람인지 알아요?」

「그만 할게. 자, 말해 봐요, 상냥한 아가씨.」

「내게 그런 식으로 말하지 말아요!」

「그래, 이 냉정한 아가씨야.」

「아이! 대체 당신이란 사람은 어떤 사람이길래 나를 이처럼 놀리는 거예요? 자, 들어 보세요. 가만히 앉아서요. 이 점이 내겐 제일 중요한 문제라고 느껴져요. 즉, 처음에 당신이 사람들을 몇 명 뽑을 때 아주 조심스러워야 한다는 거예요. 당신은 정말 괜찮은 사람들을 뽑아야 해요. 속이 편협하지 않고 변덕스러워서도 안 되고 견실하고 동시에 친절한 사람이어야 해요. 그들이 서로 다투어선 안 되기 때문이지요. 그리고 우리들이 했던 것과 같은 방식으로 그들이 다른 사람들을 뽑을 수 있어야 하거든요. 그렇지 않아요?」

「맞아요.」

「지금까지 그런 처녀를 세 명 찾았어요. 내가 얼마나 그녀들을 찾아 헤맸는지 몰라요! 지난 3개월 동안 그런 처녀들을 알아보느라고 시장 가게들 주변을 뻔질나게 돌아다녔다고요. 그런데 마침내 찾아냈어요. 아주 괜찮은 처녀들이에요. 그녀들에 대해선 뭐든지 다 알아요.」

「그런데 무엇보다도 그녀들은 작업에 아주 능숙한 처녀들이어야 돼요. 그 일은 바로 그게 밑천이거든. 모든 게 다 그렇지만 상업적 계산이 확실해야 된다고.」

「암요! 그렇고말고요.」

「또 뭐 있소? 왜 당신이 내 충고를 부탁한다고 했잖아.」

「세부적인 것에 관한 건데, 나의 밀렌끼.」

「내게 말해 봐요. 물론 당신은 그 모든 것에 대해서 심사숙고했을 테고 또 상황에 잘 대처해 나갈 능력이 있으니까 별문제야 없겠지만 당신도 알다시피 가장 중요한 것은 〈원칙〉, 〈개성〉, 그리고 〈지식〉이야. 그 밖에 세부적인 것들은 각기 그 상황 나름의 조건에 따라서 그때그때 이렇게 또는 저렇게 나타나는 법이지.」

「알아요. 그러나 결국은 당신이 인정해야 보다 자신감을 가지게 될 거예요.」

그들은 장시간 토론했다. 로뿌호프는 아내의 계획에 수정할 것이 아무것도 없음을 알았다. 그러나 그녀의 편에서는 좀 달랐다. 그녀는 그와 토론을 하는 동안에 그 계획이 점점 구체화되고 명료해지는 것을 느꼈다.

다음날 로뿌호프는 『경찰서 관보』에 찾아가서 대충 다음과 같은 광고를 냈다. 〈베라 빠블로브나 로뿌보바는 여성 의류와 속옷 등의 바느질감 주문을 받습니다. 적당한 가격으로……〉

바로 그날 아침 베라 빠블로브나는 쥘리를 보러 갔다.

「그분은 내 결혼한 이름을 모를 거예요. 그분에게 마드무아젤 로잘스까야라고 말하세요.」

「이런, 꼬마 아가씨, 덮개도 안 쓰고 나를 보러 오다니. 게다가 하녀에게 이름까지 밝히고. 이건 몹시 어리석은 짓이에요. 당신은 스스로를 파멸시키고 있어요, 아가씨!」

「그 말은 맞아요. 하지만 나는 결혼했는걸요. 가고 싶은 곳은 어디든지 갈 수 있어요. 하고 싶은 것도 뭐든지 할 수 있고요.」

「그러나 당신 남편이 알면, 어쩌다 알기라도 하면 어쩌려고.」

「한 시간쯤 뒤에 그가 여기로 올 거예요.」

그 다음엔 어떻게 결혼했는지에 관해서 질문이 쏟아지기 시작했다. 쥘리는 베로치까를 껴안고 키스했다. 그리고 감격해서 눈물을 흘렸다. 그녀가 좀 진정하자 베로치까는 자기의 방문 목적을 말하기 시작했다.

「옛 친구란 도움이 필요할 때가 아니면 까맣게 잊어 먹기 일쑤인가 봐요. 사실은 당신에게 커다란 청이 있어요. 내가 봉제 공장을 내려고 해요. 그래서 내게 주문도 하시고 아는 분들한테 추천도 해주었으면 해요. 바느질은 제가 썩 잘해요. 우수한 재봉사들도 몇 있고요. 당신도 그녀들 중의 한 사람을 알 거예요.」

실제로 쥘리는 그녀들 중의 한 사람이 유능한 재봉사라는 것을 알고 있었다.

「이게 내가 만든 견본이에요. 내가 손수 만들었어요. 잘 만들어졌는지 한번 보세요.」

쥘리는 그 옷의 모양을 주의 깊게 살펴보았다. 그리고 그녀의 숄에 있는 자수와 소맷단의 바느질을 꼼꼼히 뜯어보더니 아주 만족스러워 했다.

「아가씨, 당신은 틀림없이 성공할 거예요. 솜씨와 기품이 잘 살려져 있어요. 반드시 성공해서 네프스끼에 커다란 공장을 갖게 될 거예요.」

「예, 적당한 때에 그곳에 공장을 세울 참이에요. 하지만 지금은 집에서 주문을 받아요.」

봉제 공장 이야기를 끝마치자 그들은 다시 베로치까의 결혼에 대해서 이야기하였다.

「그 일이 있고 나서 스또레쉬니꼬프는 두 주일쯤 몹시 술에 취해서 지냈대요. 하지만 곧 아델과 화해했는가 봐요. 아델을 위해선 참 잘됐어요. 하지만 아델이 좋은 평판을 못 들을 것 같아서 좀 미안해요.」

대화가 여기에 이르자, 쥘리는 아델과 다른 사람들간에 있었던 기묘한 사건들에 대해서 이야기하였다. 이제 마드무아젤 로잘스까야는 결혼한 부인이었으므로 쥘리는 더 이상 그녀에게 입을 봉하고 있을 필요가 없다고 생각했다. 처음에 쥘리는 분별력을 잃지 않고 말했다. 그러나 그녀는 차츰 대담해져서 그들의 방탕한 생활을 떠벌리기 시작했고 나중에는 광포한 모습까지 띠었다. 베라 빠블로브나는 당황했다.

그러나 쥘리는 그것을 알아채지 못했다. 베라 빠블로브나는 곧 냉정을 되찾았다. 그리고 병들어 흉한 몰골이 된 쥘리 르 떼리에의 얼굴에서 지난날의 청순한 예쁜 모습을 찾으려는 짓궂은 흥미로 그녀의 이야기를 들었다. 그러나 그때 로뿌호프가 들어왔다. 쥘리는 즉시 이 세상에서 가장 위엄 있고 기품 있는 여자로 태도를 고쳤다. 그러나 그녀는 그런 태도를 그렇게 오래 지속하지 않았다. 그녀는 로뿌호프에게 그의 아내가 〈굉장한 미인〉이라고 축하하고 나서 다시 흥분했다. 「자, 당신들의 결혼을 축하해야겠어요.」 그녀는 즉석에서 아침 식사를 주문했고 샴페인을 내왔다. 베로치까는 그녀의 결혼을 위해서 반 잔, 그녀의 〈조합〉을 위해서 반 잔, 그리고 쥘리를 위해서 반 잔을 마셨다. 그녀의 머리가 돌기 시작했다. 그녀와 쥘리는 소리를 지르고 웃어 댔으며 한껏 기분이 고조되었다. 쥘리가 베로치까를 꼬집자 그녀는 펄쩍 뛰었고 쥘리는 달아났다. 베로치까가 그녀를 뒤쫓았다. 그들은 집안을 천방지축으로 뛰어다녔고 의자를 넘어 다녔다. 로뿌호프는 가만히 앉아서 웃기만 했다. 그러나 쥘리가 그녀의 힘을 자랑할 생각으로 베로치까에게 덤벼들자 그들의 소란은 끝났다. 「당신쯤은 한 손으로 들 수 있어!」「그렇게는 안 될걸요!」 그들은 서로 엉켜 뒹굴기 시작했다. 그들은 소파에서 떨어졌지만 어느 누구도 일어날 생각을 않고 그렇게 잠이 들 때까지 웃음을 그치지 않고 누워 있었다.

몇 년 만에 처음으로 로뿌호프는 어떻게 해야 좋을지 몰라 난처해했다. 「그들을 깨워야 할까? 좀 안 됐기는 하지만, 섣부르게 손을 댔다가는 즐거운 자리를 망가뜨리지도 몰라!」 그는 조심스럽게 일어나서 읽을 책을 찾아보려고 다른 방으로 갔다. 그는 『베르사이유 궁전 대합실의 역사』란 책을 한 권 발견했다. 그것에 비하면 『성 밖의 건초 창고』는 도덕 그 자체였다. 그는 방의 한쪽 편에 있는 소파에 앉아서 책을 읽기 시작했다. 그러나 15분쯤 지났을 때 지루함을 못 이겨 잠이 들어 버렸다.

두 시간 후에 폴린이 쥘리를 깨웠다. 저녁 식사 시간이었다. 세르주는 저녁 식사에 초대받아 나갔고 그들만이 함께 자리를 했다. 쥘리와 베로치까는 다시 수다를 늘어놓기 시작했고 곧 다시 진지해졌다. 그들의 서로 작별을 고할 때는 완전히 침울해져 말을 잇지 못했다. 그때 쥘리는 베로치까가 왜 봉제 조합을 세우려고 하는지 ― 그녀가 방금 전까지 그런 것을 물을 기회가 없었다 ― 물어 보아야겠다는 생각을 했다. 만일 돈을 벌기 위해서라면 배우나 가수가 되는 게 훨씬 쉬울 것이기 때문이었다. 실제로 베로치까는 그런 일을 하기에 충분한 좋은 목소리를 갖고 있었다. 이 문제는 그들을 다시 자리에 앉게 만들었다. 베로치까는 그녀의 계획을 차분히 설명하였고 쥘리는 다시 열광적으로 축복을 보냈다. 그리고 이것저것 수다를 늘어놓다가 쥘리는 갑자기 자기는 타락한 여자라고 외치며 울기 시작했다. 그리고 그녀는 덕이 무엇인지 알고 있다며 또 울기 시작했고 베로치까에게 키스하며 열렬히 축복의 말들을 늘어놓았다.

나흘 뒤 쥘리는 베라 빠블로브나를 찾아와서 그녀의 옷을 여러 벌 주문했다. 그리고 베로치까에게 그녀의 여러 친구들 주소를 알려주며 그들에게 또한 많은 주문을 받을 수 있을 거라고 했다. 쥘리는 꼭 가야 한다면 세르주를 데려왔다. 「로뿌호프가 방문했으니 이번엔 당신이 그 답례를 해야만 돼요.」 쥘리는 로뿌호프의 집에서 장시간 머무는 동안 아주 근엄하게, 조금도 흐트러짐 없이 행동하였다. 그녀는 벽이 얇은 칸막이로 되어 있어 그녀의 말이 밖으로 새어 나갈 수 있다는 것을 알았던 것이다. 그녀는 흥분하기는커녕 로뿌호프

가정의 가난한 살림살이를 즐겁게 바라보며 전원생활의 기분을 느끼기까지 했다. 그리고 그러한 모습이 그들의 생활 방식이라는 것, 사람이란 다른 방식으로 살아선 안 된다는 것, 그리고 오직 적당한 생활 환경 속에서만 참된 행복이 가능하다는 것을 알게 되었다. 그녀는 세르주에게, 우리도 함께 스위스로 가서 들과 산의 호숫가에 조그만 집을 짓고 서로 사랑하며 고기도 잡고 정원도 가꾸며 살자고 했다. 세르주는 언제든지 마음의 준비가 되어 있다고 말했다. 그러나 그녀가 서너 시간 뒤에 마음이 변할지도 모르니 기다려 보자고 했다.

쥘리가 탄 번쩍번쩍 빛나는 기품 있는 마차와 훌륭한 말들의 힘찬 기상은 중앙 거리와 작은 거리 사이에 있는 5번 가 주민들에게 놀라운 호기심을 불러일으켰다. 그들은 적어도 — 그렇게 오래되지는 않았지만 — 뾰뜨르 대제 이후로 일찍이 그런 광경을 본 적이 없었다. 수많은 눈들이, 창문이 일곱인 단층 골조 건물의 닫혀져 있는 대문 앞에 멈추어선 이 훌륭한 마차의 모습을 지켜보고 있었다. 그들은 이 훌륭한 마차에서 그보다 훨씬 더 화려하고 우아한 차림의 부인이 눈부신 장교복을 입은 장교 — 그가 중요한 지위에 있으리란 것은 의심할 여지가 없는 — 와 함께 걸어 나오는 것을 보았을 때 눈이 휘둥그레졌다. 잠시 대문이 열리고 마차가 안뜰로 들어가자 여기저기에서 탄식 소리가 들렸다. 위엄 있는 장교와 그보다 훨씬 더 우아한 부인에 대한 호기심이 막혀 버린 때문이었다. 그러한 호기심은 그들이 출발할 때도 마찬가지였다. 다닐류치가 그의 가게에서 집에 돌아왔을 때 뻬뜨로브나가 말했다.

「다닐류치, 우리 집에 세든 젊은 부부가 매우 귀한 집 사람들인 게 틀림없어요. 장군과 장군 부인이 그들을 보러 왔었는데, 장군 부인의 모습이 얼마나 우아하던지 당신에게 말론 옮길 수가 없을 정도예요. 그런데 그 장군은 별이 두 개나 되던걸요.」

세르주는 아무런 훈장도 갖고 있지 않았다. 설혹 그런 것을 갖고 있다고 해도 쥘리와 함께 외출하는 동안에는 옷에 달지 않았을 것이란 점을 생각한다면 뻬뜨로브나가 어떻게 세르주에게서 별을 보았느냐는 것은 놀라운 수수께끼였다. 그러나 그녀는 실제로 그것들을 보았다고 했고 결코 잘못 보지 않았으며 과장도 아니라고 했다. 물론 나는 이 점에 대해서 그녀의 말을 곧이 듣지 않는다. 그러나 어떻든 그녀가 실제로 그것들을 보았다고 하는 것에 대해서는 설명이 필요하다. 우리는 그가 그런 것을 갖고 있지 않다는 것을 안다. 그는 단지 그렇게 보였을 뿐이었다. 그러나 뻬뜨로브나의 관점에서 보면, 그처럼 위엄이 있어 보이는 그에게 두 개의 별이 없다는 것이 오히려 이상할 지경이었다. 그래서 그녀는 그것들을 실제로 보았다고 여기고 있는 것이었다. 그러므로 그녀가 그것들을 실제로 보았다고 했을 때 그것은 농담이 아닌 것이다.

「게다가 하인들도 얼마나 멋지게 차려입었는지 몰라요, 다닐류치! 진짜 영국 옷감이었다고요. 한 마에 5루블은 족히 들었을 거예요. 그는 위엄 있는 사람이었어요. 아주 중요한 사람임에 틀림없어요. 그는 내게 점잖게 공대했어요. 그의 옷소매를 만져 보는 것도 허락하고요. 아주 멋지고 근사한 옷이었어요. 그리고 그들은 닭 모이로 돈을 던져 줄 만큼 돈이 많아 보이더라고요. 그런데 그들이 젊은 부부가 세든 방에 들어가 앉는 거예요. 그리고 그들과 한 시간이 넘게 편안하게 대화를 나누었어요. 내가 당신과 얘기할 때처럼 말이에요. 그 젊은 부부는 그들에게 허리 숙여 절을 하지도 않고 그들과 농담까지 하더라고요. 그 젊은이는 장군과 함께 의자에 앉아 담배를 피우기도 했어요! 그가 장군의 바로 면전에서 담배를 피며 그 앞에 편하게 앉아 있더라니까요! 글쎄, 그의 담뱃불이 꺼지자 장군의 담배를 빌려 불을 붙이기도 하고 말이에요! 그리고 장군은 우리 젊은 부인의 손에 얼마나 위엄 있는 키스를 했다고요! 아아, 그걸 당신한테 보여 주었어야 하는 건데! 그러니 이 일을 어떻게 이해해야 되지요, 다닐류치?」

「모든 것은 신의 뜻대로라는 게 내 사고방식이야. 나는 그들의 아는 사람간이든 친척이든 그 모든 것은 신의 뜻대로일 거라고 생각해.」

「그거야 그렇지요, 다닐류치. 그건 의심할 것도 없어요. 하지만 내 생각은 이래요. 우리 집에 세든 젊은이나 그의 부인이 장군이나 장군 부인 누군가의 동생 아니면 자매일 거라고 말이에요. 솔직히 말해서, 내 생각엔 그녀가 장군의 여동생 같아 보여요.」

「어째서 그렇게 생각하지, 뻬뜨로브나? 그것은 자연스럽지 않은데. 만일 그렇다면 그들은 돈을 갖고 있겠지.」

「그건 사실이에요, 다닐류치. 그렇다면 이런 게 아닐까요. 어머니나 아버지 중에 누군가가 사생아를 낳은 거예요. 두 사람 다 그걸 원하지 않았겠지만요. 사실 그러고 보니 닮은 데가 전혀 없지도 않았어요.」

「그럴듯하군, 뻬뜨로브나. 어쩌면 사생아일지도 모르겠어. 요즈음엔 별일이 다 일어나니까.」

꼬박 나흘 동안 뻬뜨로브나의 조그만 가게는 중요한 장소로 떠올랐고 사흘 내내 길 건너편의 가게에 왔던 사람들까지도 모여들어 문전성시를 이루었다. 이 며칠 동안 사람들에게 사실을 말해 주느라고 눈코 뜰 새가 없었던 뻬뜨로브나는 그녀의 일마저 접어 두어야 할 지경이었지만, 조금도 마다하지 않고 궁금해 안달이 난 사람들의 갈증을 해소해 주었다.

이 모든 일이 있은지 일주일이 채 안 되었을 때 빠벨 꼰스딴찌노비치가 딸과 사위를 보러 왔다.

마리아 알렉세예브나는 그녀의 딸과 그 악당이 어떻게 살고 있는지 궁금해 그들에 대한 정보를 얻으려고 애썼다. 그러나 그것은 체계적이거나 일관성 있게 추진된 것은 아니었고 대부분 집요한 호기심에 의해서 발동된 것이었다. 그녀는 비교적 점잖은 대화 상대인 바실리예프스끼 섬에 사는 한 부인에게 베라 빠블로브나가 사는 곳을 지날 때면 그녀에 대한 것 좀 알아봐 달라고 부탁했다. 한 달에 한 번쯤 또는 상황에 따라서는 그보다 훨씬 빈번하게 떠도는 이야기들이 전달되었다.「로뿌호프 식구들은 평화롭게 잘살더군요. 말다툼하는 일도 없고요. 딱 하나 남다른 일이라면 젊은 사람들이 많이 그들을 찾아온다나 봐요. 그리고 사치스럽게 살진 않지만 돈은 있는 것 같았어요. 뭘 파는 일이란 없고 오히려 사들이는 편이라고나 할까요. 그녀는 새로 비단옷을 두 벌이나 해 입었다나 봐요. 그리고 소파 두 개, 긴 테이블 하나, 의자 여섯 개를 샀는데 그것들을 아주 싸게 40루블에 샀대요. 가구들이 아주 좋더라고요. 그냥 제 돈 주고 샀으면 백 루블은 족히 주었어야 했을 거예요. 그런데 그들의 집주인에게 새 세입자를 찾아봐 달라고 했나 봐요. 우연히 들었는데,〈우리는 한 달 뒤에 새 거처로 옮길 생각입니다. 당신이 그동안 우리에게 베풀어주신 친절에 감사합니다〉하더라고요. 그러니까 집주인이 도리어〈정말이오?〉하고 되묻지 않겠어요. 그가 대답하더군요.〈물론입니다. 당신의 친절은 잊지 않을 것입니다〉라고요.」

마리아 알렉세예브나는 이 소식을 듣고 적잖이 위안이 되었다. 비록 그녀가 몹시 거칠고 못된 여자이긴 했지만, 그리고 그녀 자신의 이익을 위해서 딸을 괴롭히고 죽이려고 하고 파멸시키려고 하기도 했지만, 또 딸을 통해서 부자가 되려는 계획이 수포로 돌아가자 그녀를 저주하기도 했지만 — 이 모든 것은 사실이다 — 그렇다고 그녀가 딸에 대한 사랑마저 느끼지 않았다고 말할 수 있을까? 그것은 전혀 사실이 아니다. 모든 사태가 끝났을 때 그래서 그녀의 딸이 영원히 그녀의 손아귀에서 빠져나갔을 때 그녀가 무엇을 할 수 있겠는가? 달리는 사륜 마차에서 떨어뜨린 것은 이미 잃어버린 것이나 다름없다. 그 모든 것에도 불구하고 그녀는 그녀의 딸이었다. 그리고 이제, 베라 빠블로브나가 마리아 알렉세예브나의 이익에 봉사할 기회가 없게 되자 어머니는 진심으로 딸이 잘되기를 바랐다. 더욱이 일이 어찌되든 상관없다는 식으로 방관한다는 것은 그녀에겐 어울리지 않는 것이었다. 물론 그녀는 그들의 생활을 염탐하지 않았다. 그녀가 딸을 지켜보는 것은 단지 그녀가 도덕적으로 딸을 지켜보지 않을 수 없기 때문이었다. 그것은 딸이 잘되기를 바라는 것과 조금도 다를 바 없었다. 그것은 그녀가 그녀의 딸이기 때문에 당연한 것이었다. 그녀가 왜 딸과 화해를 못하겠는가? 뿐만 아니라 그 악당 사위도 면밀히 따져 볼 때 견실한 사람이 아니던가? 어쩌면 그는 언젠가 톡톡히 한몫을 할 것이다. 이와 같이 마리아 알렉세예브나는 점점 그녀의 딸과의 관계를 새롭게 정립하려는 생각을 하기 시작했다. 그렇게 되는 데는 반년이나 어쩌면 일 년쯤 걸릴 것이다. 그러나 조금도 서두를 필요는 없었다. 시간은 성급하게 굴 필요가 없을 만큼 충분했다. 그러나 장군과 장군 부인에 대한 소식은 예상된 줄거리를 반이나 단축시켜 일을 촉진시켰다. 악당은 실제로 악당임이 증명되었다. 〈학생도 아니고 계급도 없고 결국 돈 몇 푼 가진 그가 젊고 부유한, 그래서 틀림없이 장래가 유망한 장군과 친구가 되었다니. 게다가 베로치까가 장군 부인과 친해지고 말야.

그는 틀림없이 성공할 거야! 아니, 어쩌면 베라가 장군 부인의 친구였는지도 모르지. 그래서 자기 남편을 장군에게 소개시켰는지도 말야. 하지만 어떻든 똑같애. 아무튼 베라는 성공할 거야.〉

그래서 그 유명한 방문의 소식을 듣자마자, 어머니는 그녀를 용서했고 그녀를 보고 싶다는 것을 딸에게 전하러 그녀의 아버지가 보내졌던 것이다. 베라 빠블로브나는 빠벨 꼰스딴찌노비치와 그녀의 남편과 함께 갔다. 그들은 거기서 저녁 시간을 보냈다. 냉랭한 공기가 감돌았고 긴장감까지 돌았다. 그들은 표도르 이야기를 많이 했다. 그에 관한 이야기는 아무 위험이 없기 때문이었다. 그는 그들이 김나지움 기숙사에 넣도록 마리아 알렉세예브나를 설득해 김나지움에 가 있었다. 드미뜨리 세르게이치는 그곳으로 그를 찾아가곤 했고 휴일이면 베라 빠블로브나가 그를 데리고 집에 오곤 했었다. 아무튼, 그들은 차가 준비될 때까지 그럭저럭 시간을 보내고 나서 서둘러 나왔다. 로뿌호프 부부는 집에 손님이 오기로 되어 있다고 말했다.

반년 동안 베라 빠블로브나는 순수한 공기를 마셨다. 그녀의 폐는 거친 말들, 천박한 생각, 저급한 술수, 탐욕을 위한 모든 것, 그리고 그녀에게 무시무시한 인상을 주었던 그녀의 지하실에 대한 나쁜 분위기를 완전히 잊어버렸다. 불결, 비참함, 그리고 온갖 종류의 천박함, 그러한 모든 것은 어느새 신선하고 상냥한 부드러운 모습으로 그녀의 눈앞에 펼쳐져 있었다.

〈그와 같은 비참한 속박 속에서 어떻게 이런 삶에 대한 강한 욕망이 생겨났을까? 어떻게 내가 그 지하실 속에서 숨을 쉴 수 있었지? 그리고 내가 거기서 숨을 쉬고 살았을 뿐만 아니라 이렇게 강하고 건강하게 자랐다니! 참으로 놀라운 일이야! 도무지 이해할 수가 없어! 어떻게 내가 거기서 선을 사랑하는 사람으로 자랄 수가 있었느냐 말야? 이해할 수가 없어! 믿어지지가 않아!〉 베라 빠블로브나는 집으로 돌아오면서 생각했다. 그리고 그녀는 비로소 자기가 질식할 듯한 지하실에서 해방된 것을 느꼈다.

「그들이 집에 도착한 뒤 잠시 후에 오기로 되어 있던 손님들은 그들의 유쾌한 친구들인 알렉세이 뻬뜨로비치, 그리고 나딸리아 안드레예브나, 그리고 끼르사노프였다. 그날 저녁도 그들은 보통 때처럼 그렇게 지냈다. 말할 것도 없이 건전한 사람들 속에서, 티 없이 맑은 생각을 하며 지내는 베라 빠블로브나의 새로운 생활은 갑절이나 행복했다! 습관처럼 그들은 많은 일화를 끼워 넣어 가며 즐거운 대화를 했고, 나아가 당시의 역사적 사건(북부와 남부의 위대한 전쟁의 서막인 캔자스 주의 시민 전쟁[53]은 지금도 계속되고 있는데, 그것은 미국인들만이 아니라 이 모임의 사람들 마음까지도 사로잡을 만큼 그 뒤에 벌어질 엄청난 사건의 직접적인 발단이 되었다. 현재, 모든 사람들이 정치를 논했지만 단지 소수의 사람들만이 이 주제에 관심을 가지고 있었는데 그 소수의 사람들 가운데에는 로뿌호프, 끼르사노프, 그리고 그들의 친구들이 있었다) 등 세상사에 대해서도 진지하게 토론을 벌였다. 그들은 그 당시의 논쟁거리들에 대해서도 토론했는데, 이를테면 리비히[54]의 이론에 따른 농토의 화학적 분석이라든가 역사적

---

53 캔자스-네브래스카 주에서 노예 제도 유지 지지자들과 폐지 지지자들간에 발생한 피의 전쟁. 1861년에 발생한 미국 남북 전쟁 발발 전조가 되었다.

54 Baron Justus Von Liebig(1803~1873). 독일의 화학자. 기센과 뮌헨의 교수였으며, 농예 화학 분야에서 인공 화학 비료 발전에 중요한 기여를 했다.

진보의 법칙,[55] 그리고 자기 자신을 위해서 탐구하고 추구하고 만족을 찾는 〈현실적인 욕망〉과 실현될 수 없을 뿐만 아니라 몸에 열이 날 때 일어나는 환각적인 갈증처럼 아무런 만족도 발견할 수 없는 〈환상적인 욕망〉의 차이점에 대한 것들이다. 실제로 〈환상적인 욕망〉은 흔히 〈현실적인 욕망〉의 상실을 통해서 발생하는 법이므로 유일한 해결 방법은 〈현실적 욕망〉의 결함을 치유하는 데 있다고 했다. 그리고 마지막에는 그 당시에 유행하던 포이어바흐의 인간학적 철학에 의해 더욱 분명하게 부각된 이 두 욕망의 근본적인 구별의 필요성 등에 대해 이야기했는데 나중에는 이런 것들이 한데 뒤엉켜 논의되었다. 그리고 부인들은 마치 전혀 학술적인 대화가 아닌 것처럼 흥미롭게 전개되는 이 학술적인 토의에 귀를 기울였다. 그녀들은 간간이 질문을 하기도 했으나 대체로 가만히 듣고 있을 때가 더 많았다. 한 번은 그녀들이 로뿌호프와 알렉세이 뻬뜨로비치에게 찬물을 끼얹기도 했는데, 그것은 그들이 광천수 개발의 중요성에 대해서 넋이 나갈 정도로 열중해 그녀들을 거들떠보지도 않았기 때문이었다. 그러나 그녀들의 짓궂은 장난에도 불구하고 알렉세이 뻬뜨로비치와 로뿌호프는 그들의 학술적 대화를 계속했고 전혀 방해받지 않았다. 끼르사노프는 그중에서도 악랄하리만큼 한 술 더 떴는데 부인들의 편에서 보면 아주 지독하기조차 했다. 그리고 세 사람 모두 밤늦게까지 게임을 하고 노래를 불렀는데 그동안 웃음소리가 그치지 않았다. 그러나 밤이 깊어 피곤해지

---

[55] 1850년대에 사회에 비판적이고 교육받은 러시아 인들은 자신의 사회적 역할을 정의하기 위해 정치적·사회적 화제를 토의하고 때때로 역사 과정의 본질과 기원을 논쟁하였다. 특히 영국의 역사학자 버클은 과학적인 방법과 역사 발전에 기초를 둔 지식을 바탕으로 하였기에 이들에게 큰 영향을 주었다.

자, 꿈쩍도 하지 않을 것 같던 진지한 대화의 열광자들도 마침내 하나, 둘씩 헤어졌다.

3
베라 빠블로브나의 두 번째 꿈

베라 빠블로브나는 곧 잠자리에 들어 꿈을 꾸었다. 들판이 나타나고 그 들판을 가로질러 한 사람이, 즉 그녀의 밀렌끼가 알렉세이 뻬뜨로비치와 함께 걸어가고 있다. 그녀의 밀렌끼가 말한다. 「자네, 어떤 토양은 희고 깨끗하고 향기로운 밀을 산출하는 데 어떤 토양은 전혀 그렇지가 못한 이유를 알고 싶다고 했지. 이제 곧 그 차이점을 알게 될걸세. 이 아름다운 밀이삭의 뿌리를 보게. 뿌리 근처의 이 흙은 깨끗하다고 해도 괜찮을걸세. 이 축축한 냄새는 썩 기분 좋은 냄새는 아니지만 더럽지도 악취가 나지도 않네. 자네와 내가 사용하는 철학적 언어로 말한다면, 이 깨끗한 흙은 현실적인 구체적 토양인 셈이지.[56] 물론, 그것은 흙이네. 그러나 주의 깊게 살펴보면 그것을 구성하고 있는 모든 요소들이 건강하다는 것을 알게 될걸세. 그 요소들이 함께 모여 흙을 이루고 있는 거지. 그러나 그 원자들의 구성을 바꾸면 다른 게 생길 거네. 그러나 기본적인 요소들이 건강하니까 어떤 게 생겨나든 그것은 건강하다고 해야겠지. 그렇다면 이 흙의 건강한 요소는 어디에서 오는 걸까? 이 넓지 않은 조그만 들판을 둘러보게. 여기에 물이 흐르는 도랑이 있지 않나. 바로 이 도랑 때문에 이곳의 토양은 부패할 수가 없는 거네.」

---

56 유물론을 말한다.

「그렇지, 운동이야말로 현실 그 자체니까.」 알렉세이 뻬뜨로비치가 말한다. 「왜냐하면 운동은 생명이거든. 그리고 현실적인 것과 생명은 하나의 똑같은 것이니까. 그러나 생명의 주요한 요소는 노동이네. 따라서 현실의 주요한 요소도 노동이라고 할 수 있지. 현실성의 가장 참된 징표는 뭐니뭐니해도 활동성 그 자체니까.」

「그래, 자네 말이 맞네, 알렉세이 뻬뜨로비치. 태양이 대지를 비추고 그 온기가 토양의 성분들을 좀더 복잡한 화합물로 변화시켜 마침내 토양이 고도의 유기적 화합물이 되기 시작할 때, 이러한 토양에서 자라는 밀이삭은 틀림없이 건강한 밀이 될 거네.」

「그렇고말고, 그것은 생명력 있는 활동하는 토양이거든, 드미뜨리 세르게이치.」

「다른 들판으로 가보세. 자 여기에 있는 풀 한 포기를 뽑아 그 뿌리를 살펴보자고. 역시 흙이 엉겨붙어 있네. 그런데 이 흙의 상태를 보게. 토양이 썩은 것을 쉽게 알아볼 수 있거든.」

「학술적인 용어로 말한다면, 환상적인 추상적 흙이 되겠군.」 알렉세이 뻬뜨로비치가 말했다.

「그렇지, 이 토양의 성분은 건강하지가 못하네. 이 성분들이 화학적 변화를 통해 바뀐다고 해도 이곳에서 난 작품들은 건강하지 못하고 부패할 것이 당연하네.」

「맞았어, 바로 성분들이 건강하지 않기 때문이지.」 알렉세이 뻬뜨로비치가 말했다.

「우리들이 이와 같이 토양이 건강치 못한 이유를 알아내는 것은 그리 어렵지 않네.」

「말하자면, 이러한 추상적 부패의 원인에 대해서 말이지?」 알렉세이 뻬뜨로비치가 말했다.

「그렇지, 이 성분들의 부패 말이네. 만일 자네가 이 들판을 한번 살펴본다면 물이 빠질 도랑이 없다는 것을 곧 알게 될 걸세. 그러니까 물이 정체해 썩게 되는 거지.」

「맞아, 운동의 부재는 노동의 부재와 같은 것이니까.」 알렉세이 뻬뜨로비치가 말한다. 「노동은 인간학적으로 볼 때 운동의 근본적인 형태이지. 그것은 모든 형태의 운동에 토대와 소재를 제공하거든. 이를테면, 오락, 휴식, 유희, 유쾌함 등 말이네. 이것들은 노동이 없다면 아무런 현실성도 갖지 못하네. 운동 없이는 생명도 없거든. 즉, 현실성이 없네. 그러므로 이 토양은 추상적이지. 다른 말로 썩었단 말이네. 얼마 전까지만 해도 사람들은 그런 토양의 건강성을 회복하는 방법을 몰랐지. 그러나 지금은 건강성을 회복하는 수단이 발견되었네. 즉, 배수로를 내는 것이지.[57] 필요 없는 물을 배수로를 통해 빠지게 하면 남아 있는 물은 자연히 운동성을 갖게 되고 들판은 다시 활력이 넘치게 되네. 그러나 이런 방법이 실제로 실행에 옮겨지지 않는 한, 그 토양은 추상적으로 남아 있게 되지. 즉 썩어 버리게 된다는 말이네. 그렇게 되면 좋은 수확을 거둘 수 없게 되지. 당연한 이야기지만 좋은 토양에서 좋은 수확이 나는 법이거든. 왜냐하면 그런 토양은 기름지니까. 그러므로 우리가 증명해야 할 것은 다른 게 아니지. 라틴어로 바로 〈증명되어야 할 것〉이네.」

그들이 라틴 어를 말했을 때, 베라 빠블로브나는 그 말을 알아듣지 못했다.

「알렉세이 뻬뜨로비치, 자네 삼단논법 따위로 말장난하고 싶은 모양이군.」 그녀의 밀렌끼, 즉 그녀의 남편이 말했다.

---

[57] 혁명을 비유한 말. 검열을 피하기 위해 사용한 방법으로 러시아 급진파들에 의한 배수로와 같은 유물주의적 과정은 변화의 혁명적 의미를 가리키고, 화학적 과정은 진화론적인 변화를 의미한다. 그래서 체르니셰프스끼가 강조하는 것은 화학적인 발전에서라기보다 배수로에서의 혁명 지지다.

이때 베라 빠블로브나가 그들의 대화에 끼어들었다.「자, 이제 당신들의 분석과 판단, 그리고 인간학에 대한 얘기는 그만 해요. 나도 대화에 낄 수 있는 그런 것 좀 얘기하자고요. 아니, 같이 좀 즐기도록 해요.」

「그러지요, 같이 즐깁시다.」알렉세이 뻬뜨로비치가 말한다.「〈신앙고백〉을 하는 건 어때요?」

「좋아요! 좋아요! 그게 재미있겠어요.」베라 빠블로브나가 말한다.

「자, 게임을 말했으니까 이젠 하는 방법을 말해 봐요.」

「기꺼이 하고말고요. 제수씨.」알렉세이 뻬뜨로비치가 말한다.「그런데 당신이 몇 살이지요? 열여덟?」

「곧 열아홉이 돼요.」

「아직은 아니잖습니까. 그러면 당신이 열여덟이라고 하고, 조건은 동등해야 하니까, 우리들이 열여덟이 될 때까지 겪었던 것을 고백하는 겁니다. 내가 먼저 나와 아내에 대해서 고백하지요. 내 아버지는 관청 소재지에 있는 성당 사제 밑의 부제였는데 책 만드는 일을 했습니다. 어머니는 집에서 신학교 학생들의 하숙을 했지요. 자나 깨나 아버지와 어머니는 늘 먹고 살 걱정을 했습니다. 아버지는 술을 마셨는데 견딜 수 없을 정도로 궁핍이 얼굴에 낄 때, 즉 아주 슬플 때에 그러셨지요. 어쩌다 수입이 매우 좋은 때는 어머니에게 가진 돈을 다 내주면서 이렇게 말했습니다. 〈자, 마뚜쉬까, 이제 신에게 감사드려요. 앞으로 두 달 동안은 끼니 걱정을 안 해도 될 게요. 반 루블이 아직 내 주머니에 남아 있군. 기분도 좋고 하니 술이나 한잔 마셔야 되겠소.〉그런 경우는 정말 기쁠 때였죠. 어머니는 곧잘 신경이 날카로워져 있기 일쑤였어요. 이따금 나를 때리기도 했고 그것은 어머니가 말하던 것처럼 허리에 요통이 생겨 짜증이 날 때였습니다. 하루종일 솥과 주전자를 들고 다녀야 하는 것은 말할 것도 없고, 하숙생 다섯 명 말고도 우리 다섯 식구의 옷을 빨아야 했고 또 왁스를 칠하지 않아 더러운 20피트쯤 되는 마루도 닦아야 했고 거기다가 소마저 돌보아야 했으니 오죽했겠습니까. 쉴 새 없이 과로하게 일을 해도 늘 일이 쌓여 있으니 어머니의 신경이 날카로운 게 당연한 노릇이었지요. 하지만 그렇게 일을 해도 언제나 궁핍했습니다. 심지어 어머니는 우리 남매들 신발을 살 돈이 없어서 늘 쩔쩔맸으니까요. 그럴 때면 어머니는 우리들을 때렸습니다. 하지만 우리 조무래기들이 제법 똑똑하게 굴거나 어머니의 일을 도우려고 하기라도 하면, 그리고 아주 드물기는 했지만 모처럼 어머니가 휴식을 취할 때, 그리고 어머니의 허리가 아프지 않을 때면 ― 그럴 때면 어머니는 〈정말 시원하구나〉 하고 말했지요 ― 어머니는 우리들을 몹시 귀여워하곤 했습니다.」

「아아, 당신의 그 슬픔과 기쁨에 대해서는 더 이상 말하지 마세요.」 베라 빠블로브나가 말했다.

「그렇다면, 당신은 나따샤의 고백을 듣고 싶습니까?」

「듣고 싶지 않아요. 그녀 역시 당신과 똑같은 기억을 갖고 있을 거예요. 틀림없어요.」

「그것은 정확히 맞는 말입니다.」

「하지만 내 고백을 듣는 것은 재미있을 겁니다.」 갑자기 나타난 세르주가 말했다.

「들어 보지요.」 베라 빠블로브나가 말했다.

「내 아버지와 어머니는 부자였는데도 늘 돈문제로 근심 걱정이 끊이지 않았습니다. 부자 역시 그런 걱정에서 면제되지 않는가 봅니다.」

「당신은 고백하는 법을 모르는 것 같고요, 세르주.」 알렉세이 뻬뜨로비치가 정중하게 말한다. 「왜 그분들이 돈문제로 노심초사하는지 내게 말해 보세요. 그분들이 걱정하는 돈문제란 실제로 어떤 겁니까? 또 그분들을 안절부절하게 만드는 물건들은 어떤 건가요?」

「좋네, 자네가 왜 그런 질문을 하는지 알겠네.」 세르주가 말한다. 「하지만 이 주제는 그만두기로 하지. 그분들의 다른 면을 얘기하지. 그분들 역시 아이들을 애지중지했는데……」

「하지만 그분들은 아이들한테 줄 것을 늘 충분히 갖고 있었습니다. 그렇지 않은가요?」 알렉세이 뻬뜨로비치가 물었다.

「물론 그렇네. 사실 그분들이 그 점을 주의했어야 했는데……」

「그만둬요, 세르주.」 알렉세이 뻬뜨로비치가 말한다. 「우리들은 당신 얘기라면 안 들어도 벌써 다 알고 있어요. 쓰지 못할 정도로 넘치는 재산에 대한 걱정, 쓸데없는 것들에 대한 고민, 이런 것들이 당신이 자란 토양이지요. 바로 추상적인 토양 말입니다. 당신 자신을 똑바로 보세요! 당신은 근본은 바보가 아니지요, 오히려 훌륭한 사람입니다. 분명히 우리들보다 나쁘지도 않고 어리석지도 않아요. 그러나 당신이 잘하는 게 뭡니까?」

「나는 쥘리가 가는 곳이면 어디든지 따라가서 그녀를 친절하게 보살피네. 그리고 쥘리가 쓰고 싶어하는 대로 마음껏 돈을 대 주지.」

「바로 그런 것들에서 우리는 추상적이고 건강치 못한 토양을 보는 겁니다.」

「아이! 당신들의 리얼리즘과 환상주의에 대해 이젠 지긋지긋해요! 도대체 그런 말들을 해서 뭘 어쩌자는 것인지 모르겠어요. 그래도 그만두지 않을 거예요?」 베라 빠블로브나가 말했다.

「나와 얘기하지 않으련?」 갑자기 나타난 마리아 알렉세예브나가 물었다. 「여러분, 자리 좀 비켜 주세요. 딸과 얘기 좀 하게요.」

모두 사라진다. 베로치까는 자신이 마리아 알렉세예브나와 홀로 남은 것을 깨닫는다. 마리아 알렉세예브나가 얼굴에 웃음을 띠고 있다.

「베라 빠블로브나, 너는 교육받은 여자다. 너는 그만큼 정숙하고 고상하다.」 마리아 알렉세예브나가 말한다. 그녀의 목소리가 노여움으로 떨리고 있다. 「너는 아주 상냥하다. 그런데 거칠고 주정뱅이인 내가 어떻게 너와 얘기를 할 수 있겠니? 베라 빠블로브나, 너는 야수 같은 나쁜 엄마를 가졌다. 하지만 묻겠다. 왜 너의 엄마가 그 모든 괴로움을 겪어야 했는지 아니? 먹고살기 위해서란다. 네 식으로 유식하게 말하면, 그것이야말로 진짜 인간적인 걱정거리였다. 그렇지 않니? 너는 욕도 많이 들었다. 비천하고 몹쓸 행동도 많이 보았다. 그러나 다시 묻겠다. 그런 것들이 무엇 때문이었는지 아니? 무의미한 것이었다고? 쓸데없는 짓거리였다고? 아니다. 네 집에선 어떤지 모르지만 그것은 공허하고 추상적인 생활이 아니었다. 보다시피, 베라 빠블로브나, 나도 어느새 너처럼 학술적인 언어로 말하는 법을 배웠구나. 하지만, 베라 빠블로브나, 네 엄마가 성질이 나쁜 못된 여자라는 것이 그렇게도 너를 슬프고 부끄럽게 하던? 베라 빠블로브나, 내가 선하고 정직한 여자가 됐으면 좋겠니? 나는 마술사다. 베라 빠블로브나, 나는 요술을 부릴 줄 안다. 너의 소원을 들어줄 수가 있단다. 자, 봐라, 베라 빠블로브나! 벌써 너의 소망이 실현되고 있잖니. 말 많은 나는 이제 사라진다. 그러면 이 친절하고 상냥한 모녀를 잘 보도록 해라!」

방에서 수염이 텁수룩한 초라한 남자가 술에 취해 코를 골고 있다. 누구인지 알 수 없다. 그의 얼굴의 반쯤은 손에 가려져 있는데 얼굴이 지저분하고 멍이 들어 있다. 침대에는 한 여자가 누워 있다. 그것은 마리아 알렉세예브나였다. 그러나 무척 상냥해 보인다. 그리고 얼굴이 창백하다. 마흔다섯 살의 나이에 비해 무척 연약하고 지쳐 있는 것처럼 보인다! 침대 곁에는 열여덟 살 된 젊은 여자가 있다. 〈나다, 베로치까. 그런데 내가 이렇게 누추해 보이다니! 이게 웬일이지? 내 안색이 누렇게 뜨고 몸이 이렇게 여위다니! 이 쓸쓸한 방 좀 봐! 가구라곤 거의 아무것도 없어!〉「베로치까, 애야, 나의 천사야.」 마리아 알렉세예브나가 말한다. 「자, 앉아서 쉬어라, 내 보물. 왜 나를 쳐다만 보고 있니? 너 하나쯤은 내가 간수할 수 있단다. 오늘밤까지 네가 잠을 안 잔 게 벌써 사흘이다.」

「신경 쓰지 마세요. 피곤하지 않아요.」 베로치까가 말했다.

「조금도 나아지지가 않는구나, 베로치까. 내가 없으면 네가 어떻게 살지? 네 아버지의 수입이라곤 쥐꼬리만 하니, 그이가 너를 보살펴 주지도 못할 텐데. 너는 예쁘다. 이 세상엔 나쁜 사람이 많단다. 너를 돌보아 줄 사람은 아무도 없는데, 아무래도 네가 걱정되는구나.」 베로치까가 흐느긴다.

「애야, 슬퍼하지 마라. 이런 말을 하는 건, 너를 책망해서가 아니라 네게 주의를 주려고 하는 것이다. 금요일, 그러니까 내가 병들기 전날 왜 집을 떠났지?」 베로치까가 울음을 터뜨린다.

「그는 너를 속일 거다, 베로치까. 그를 단념해라.」

「아니에요, 엄마.」

두 달이 지나간다. 일 분 동안에 두 달이 지나가다니 어떻게 된 걸까? 군복을 입은 장교가 앉아 있다. 장교 앞에 있는 식탁에는 술병이 하나 놓여 있다. 베로치까, 그녀는 장교의 무릎에 앉아 있다.

다시 일 분만에 두 달이 넘는 시간이 지나간다.

한 부인이 앉아 있다. 부인 앞에 베로치까, 그녀가 서 있다.
「다리미 할 줄 알아요?」
「할 줄 압니다.」
「당신은 어떤 계급에 속하지요? 농노인가요, 자유인인가요?」
「나의 아버지는 관리였습니다.」
「그러면 당신은 귀족인가요? 그렇다면 당신을 받아들일 수가 없어요. 어떤 하인이 당신과 결혼을 하겠어요? 여기서 떠나요. 나는 당신을 받아들일 수 없어요.」

베로치까가 거리에 서 있다.

「마드무아젤! 야, 마드무아젤!」 어떤 술 취한 젊은 녀석이 다가오며 말을 건다. 「당신 어디로 가지? 내가 데려다 줄게.」
베로치까는 네바 강 쪽으로 달려간다.

「자, 내가 요술 부린 걸 다 보았니? 그래도 네 엄마가 상냥한 사람이었으면 하고 바라니?」 마리아 알렉세예브나가 다시 나타나서 묻는다. 「마술이 훌륭하지 않니? 내가 그것을 잘 보여 주지 않았니? 왜 말이 없니? 입에 든 혀는 어디다 쓰려고 꿀 먹은 벙어리처럼 입을 꼭 다물고 있는 거니? 반드시 네 대답을 듣고 말겠다! 네 입을 열게 하는 게 이렇게도 어렵다니, 구경을 하고 있던 중이었니?」

「예.」 베로치까가 떨리는 목소리로 대답했다.
「그래, 세상이 어떻게 돌아가는지 좀 보고 들었니?」
「예.」
「그래, 학식 있는 사람들이 잘살든? 그들도 너처럼 책을 읽고 사람들을 보다 잘살게 하는 새로운 계획을 가지고 있든? 그들도 그렇든? 말하라고 하잖니!」

베로치까는 아무 말도 못하고 떨고 있다.

「허! 그러고 보니 너로부터 얻을 게 전혀 없진 않구나. 그들의 잘살든? 내 말을 듣고 있는 거니?」

베로치까는 아무 말도 않는다. 그녀는 식은땀을 흘리고 있다.

「그래 가지고야 사람들이 어떻게 너와 얘기하겠니! 그래, 그들이 잘살든? 내가 묻고 있다. 그들이 좋아 보이든? 내가 묻고 있잖니. 너도 그들처럼 되고 싶니? 말을 안 해! 이젠 얼굴까지 돌리고! 너는 교육을 받았다. 그래, 내가 훔친 돈으로 학교에 다녔단 말이다. 너는 선을 행하려고 한다고 했다. 하지만 내가 나쁜 여자가 아니었다면 너는 선이 무엇인지 알지조차 못했을 거다. 알겠니? 너는 모든 것을 내게 빚지고 있어. 너는 내 딸이야. 알겠니? 나는 네 엄마란 말이야!」 베로치까는 몸을 떨며 운다. 식은땀이 흐른다.

「엄마, 엄마가 내게 원하는 게 뭐예요? 나는 당신을 사랑할 수가 없어요.」

「내가 언제 너보고 나를 사랑하라고 하든?」

「하지만 적어도 나는 엄마를 존경하려고 했어요. 그러나 그것 역시 할 수가 없어요.」

「내가 너의 존경을 받고 싶다든?」

「그러면 엄마가 원하는 게 도대체 뭐예요? 내게 왜 왔어요? 왜 그렇게 나를 야단치는 거예요? 엄마가 내게 원하는 게 뭐냐고요?」

「감사할 줄이나 알아, 저만 아는 못된 것 같으니. 나를 사랑하지 않고 존경하지 않는다고? 그래, 나는 말 많은 여자다. 그런데 왜 나를 사랑하지 않는 거지? 그래, 나는 나쁜 여자다. 왜 나를 존경하지 않는 거지? 너도 알 거다, 베르까.[58] 내가 현재의 내가 아니었으면 너도 현재의 네가 되지 못했을

---

[58] 〈베라〉의 경멸적 의미.

거란 것을. 내가 나쁘기 때문에 네가 착한 거야. 내가 말 많은 여자이기 때문에 네가 상냥한 마음씨를 가진 거야. 그거나 알아 둬, 베르카. 그리고 감사하거나 해.」

「그만 떠나세요, 마리아 알렉세예브나. 내 자매들과 이야기하고 싶어요.」

마리아 알렉세예브나가 사라진다.

그녀의 신랑의 신부, 즉 그녀의 자매들 중의 한 자매가 베로치까의 손을 잡는다.

「베로치까, 나는 친절한 사람이기 때문에 늘 당신에게 친절하고 싶어요. 그리고 나와 말하는 사람도 나처럼 상냥하길 바래요. 그런데 지금 당신은 우울해요. 그래서 당신을 보는 나도 역시 우울해요. 보세요! 예쁜 얼굴을 찡그리고 있잖아요?」

「당신은 이 세상에서 가장 아름다워 보여요.」

「키스해 줘요, 베로치까. 우리 자매들 중에 우리 두 사람만이 슬퍼요. 하지만 당신 어머니는 진실을 말했어요. 나는 당신 어머니를 좋아하지 않지만, 그녀의 도움이 필요해요.」

「당신이 그녀의 도움을 필요로 한다고요?」

「사람들이 조바심 낼 필요가 없어지면 차츰 그녀 없이도 지낼 수 있을 거예요. 하지만 지금은 불가능해요. 당신도 알겠지만, 상냥하고 친절한 사람들은 자신의 발만으로는 일어서지 못해요. 혼자서도 강한 사람들이 바로 성마른 사람들이에요. 물론 그들 중의 어떤 사람들은 세상사를 나쁜 쪽으로만 몰아가려고 해요. 그러나 그들 중의 다른 사람들은 사태를 개선하려고 하지요. 그것이 그들의 이익을 위해서 더 낫기 때문이에요. 그래야 당신이 피아노 레슨을 위해 번 돈을 챙길 수 있을 테니까요. 그리고 딸이 그녀를 위해서 부자 사위를 낚아 올 테니까요. 바로 그러한 이유로 당신을 교육시키는 것이 필요했던 거예요. 그들은 분명히 나쁜 생각을 가졌지만, 그러나 인류를 위해서 좋은 결과를 가져왔던 거예요. 당신은 늘 자비롭게 행동하지 않았어요? 그러나 대부분 나쁜 사람들은 그렇게 행동하지 않아요. 만일 당신의 어머니가 안나 뻬뜨로브나였다면, 당신이 그런 교양을 갖도록 공부를 할 수 있었겠어요? 선한 것을 배우고 그것을 사랑했겠어요? 아뇨, 당신은 선한 것을 배우도록 허락되지 않았을 거예요. 기껏해야 인형처럼 멋이나 내도록 허락되었을 거예요. 그렇지 않아요? 그리고 그런 어머니는 딸에게 인형을 사주었을 거예요. 왜냐하면 자기 자신이 인형이니까요. 그리고 늘 인형들 속에서 인형 놀이를 하며 사니까요. 당신 어머니는 나쁜 여자였어요. 그러나 그녀는 개성을 가졌어요. 그녀에게는 당신이 인형이 되지 않는 게 필요했어요. 당신은 사악한 사람들이 얼마나 가지각색인지 모르세요? 어떤 사람들은 내가 사람이 사람다워야지 인형 같아선 안 된다고 했더니 날 방해하던걸요. 그런데 다른 나쁜 사람들은 나를 돕는 거예요. 그들은 물론 의식적으로 나를 돕지는 않아요. 그러나 그들은 사람들이 사람답게 될 충분한 기회를 제공하고 있어요. 심지어 그들은 사람들이 사람답게 되기 위한 수단들을 모으기도 하는데 이것이야말로 내가 원하는 모든 거예요. 그래요, 베로치까, 나는 지금 나쁜 사람들 없이는 지낼 수가 없어요. 그들은 다른 종류의 악한 사람들에 대항해서 일을 하거든요. 나의 나쁜 사람들은 분명히 나빠요. 그러나 바로 그들의 집요한 손놀림 아래서 선이 자라고 있단 말이죠. 그래요, 베로치까, 당신은 어머니에게 감사해야 돼요. 그녀를 사랑하진 말아요. 그녀는 나빠요. 그러나 당신은 모든 것을 그녀에게 빚지고 있다는 것을 알아야 해요. 그녀가 없었다면 지금의 당신은 존재하지 않았을 거예요!」

「그것은 늘 그럴까요, 아니면 변할까요?」

「아니오, 베로치까, 늘 그렇지는 않을 거예요. 그것은 조금씩 변할 거예요. 그리고 그것이 충분히 강해질 때 나는 성미 급한 사람들을 필요로 하지 않을 거예요. 곧 그렇게 될 거예요, 베로치까. 그때가 되면 나쁜 사람들도 그들이 나쁜 짓을 하는 것이 불가능하다는 것을 알 거예요. 그리고 저 개성이 강한 성미 급한 사람들도 상냥해질 거고요. 그들은 친절해지려는 그들의 관심과 대립될 때에만 화를 낼 거예요. 선이 악보다 좋다는 것을 알기 때문이지요. 그들은 자신들의 관심을 다치지 않고도 그것을 사랑하는 것이 가능할 때, 그때 비로소 그것을 사랑하기 시작할 거예요.」

「인형 같은 사람들은 어떻게 되지요? 그들 역시 안돼 보이던데요!」

「그들은 다른 종류의 인형을 가지고 놀게 될 거예요. 그리고 오직 그때만 그들은 해롭지 않은 인형으로 남을 거예요. 그러나 그들은 자신들과는 다른 아이들을 갖게 되겠지요. 왜냐하면 나는 모든 사람들이 사람답게 되기를 바라니까요. 나는 그들의 아이들에게 인형이 아니라 사람이 되도록 가르칠 거예요.」

「아아! 그렇게만 된다면 얼마나 좋겠어요!」

「그래요, 그러나 지금도 나쁘지만은 않아요. 이미 선이 준비되고 있으니까요. 선을 돕고 있는 사람들은 이미 그것을 즐기고 있는 거나 다름없어요. 베로치까, 당신이 부엌에 들어가면 숨이 막히겠지만 요리사의 저녁 식사 준비를 돕는다면, 그것은 당신에게 좋은 일이 될 거예요. 당신이 가스와 냄새를 겁내다니요! 저녁 식사가 한층 더 즐거울 텐데요. 그가 저녁 식사 준비하는 것을 돕는다면 그야 물론 저녁 식사가 두 배나 더 맛이 날 거예요. 당신은 달콤한 걸 좋아하잖아요, 그렇지 않아요?」

「사실이에요.」그녀는 자신이 사탕조림을 좋아해 부엌에서 곧잘 그것을 만든다는 것을 들키자 미소를 지으며 말했다.

「그런데 당신은 왜 우울하죠? 당신은 더 이상 우울해선 안 돼요!」

「당신은 정말 친절해요!」

「그리고 행복하세요, 베로치까, 나는 늘 행복해요. 우울할 때조차 나는 행복해요, 사실 아니에요?」

「그래요. 그러나 내가 우울하면 당신도 우울한 것처럼 보여요. 하지만 당신은 언제나 우울한 분위기에서 벗어나 있어요. 당신과 함께 있으면 행복해요, 몹시 행복해요.」

「〈우리 사는 동안 행복하리라〉라는 짧은 노래 기억해요?」

「그럼요.」

「같이 불러요!」

「좋아요!」

「베로치까! 베로치까, 곤히 잠자는 걸 내가 깨웠나? 아침 식사가 준비됐어. 당신이 웅얼웅얼대는 소리에 놀라 들어와 보니, 당신이 잠 속에서 노래를 부르고 있는 거야.」

「아니에요, 나의 밀렌끼. 당신이 깨우지 않았어도 일어나야 했어요. 그런데 이상한 꿈을 꾸었어요, 밀렌끼. 차 마실 때 얘기할게요. 그만 방에서 나가요, 옷 갈아입을게요. 그런데 어떻게 허락도 없이 감히 내 방에 들어왔지요, 드미뜨리 세르게이치? 당신 벌써 약속을 잊었군요. 그런데 나 때문에 놀랐다고요, 나의 밀렌끼? 이리 오세요, 그 보상으로 키스해 줄게요!」그녀는 그에게 키스했다.

「자, 빨리 나가요! 빨리요! 옷 갈아입을게요.」

「오, 그냥 있게 해줘! 내가 당신 옷 입는 것 도와줄게.」

「정말요? 싫지 않은데요, 좀 부끄럽긴 하지만.」

4

 베라 빠블로브나의 봉제 조합이 마침내 세워졌다. 그러나 그 기초는 처음에 매우 단순했다. 사실 언급할 가치도 없을 만큼 보잘것없었다. 베라 빠블로브나는 그녀가 뽑은 세 명의 재봉사에게 다른 가게에서 정식 재봉사로 일하는 것보다 급료가 약간 더 지급될 것이라는 것 말고는 아무런 규칙도 정하지 않았다. 그 일과 관련해서 특별히 이상한 것은 없었다. 재봉사들은 베라 빠블로브나가 말이 적은 편은 아니나 그렇다고 변덕스러운 여자도 아니라는 것을 알았다. 그래서 그녀들은 함께 일하자는 그녀의 제의를 스스럼없이 받아들였다. 실제로 중류 집안의 여자가 봉제 공장을 세우려고 한다는 사실에 망설일 이유는 없었다. 이 세 명의 처녀들은 재봉사를 서너 명 더 발견했는데 그녀들은 베라 빠블로브나가 자신들에게 기울인 것과 똑같이 세심한 주의를 가지고 그녀들을 뽑았다. 이 선택 조건에는 상식에 벗어난 어떤 것도 없었다. 즉, 젊고 조심성 있는 여자는 그녀의 가게에서 일할 여자들이 솔직하고 곧은 성격에다 친절하고 동정심 있고 한 곳에서 오래 근무할 여성이기를 원했다. 그녀는 서로들간에 분란이 없기를 바랐을 뿐 그 이상 아무것도 바라지 않았다. 그러므로 그녀가 현명하면 했지 그 이상 아무것도 아니다. 베라 빠블로브나는 이 선택된 처녀들과 낯이 익었었고, 그녀들을 채용할 쯤에는 이미 그녀들과 매우 친숙해져 있었다. 그것은 지극히 자연스러운 것이었다. 이러한 것은 그녀가 건전한 상식의 소유자라는 것을 보여 주었다. 따라서 특별히 사려 깊게 생각해 보아야 할 것이나 의심할 것은 없었다.
 이렇게 해서 그녀들은 한 달 동안 일했고 약속했던 대로 임금을 제때에 받았다. 베라 빠블로브나는 늘 공장에 나와 있었다. 재봉사들은 그녀를 검소하고 주의 깊고 사리를 아는 여자로 생각했는데, 차츰 그녀가 자신들에게 상당한 배려를 해주고 있다는 것을 알게 되면서 베라 빠블로브나를 완전히 신임하게 되었다. 그러나 어디에도 특기할 만한 것은 없었으며 다만 그녀가 좋은 여주인이며 그녀의 사업이 번창하리라는 것, 그리고 그녀가 일을 다룰 줄 안다는 것만 있었다.

한 달이 끝나 갈 무렵, 베라 빠블로브나는 어느 날 장부를 들고 공장에 들어왔다. 그리고 재봉사들에게 일을 중단하고 그녀가 말하는 것을 경청하도록 불러 모았다. 그녀는 비교적 단순한 어조로 포괄적인 여러 가지 것들을 말했다. 그것은 재봉사들이 그녀에게서 뿐만 아니라 그 누구한테서도 일찍이 들어 본 적이 없는 그런 것이었다.

「이제 우리들은 서로 잘 압니다.」 그녀가 말하기 시작했다. 「나는 여러분이 훌륭한 노동자이며 좋은 여성들이라고 생각합니다. 그렇다고 내가 바보라는 것은 아닙니다. 마침내 나는 여러분에게 그동안 내가 생각해 온 것들을 솔직하게 말하려고 합니다. 만일 여러분이 그 가운데 이상한 것이 있다고 생각되면 그것에 대해서 주의 깊게 생각해 보기 바랍니다. 물론 내가 생각해 온 것들이 무의미하는 뜻은 아닙니다. 내가 말하려고 하는 계획은 이런 것입니다.

훌륭한 사람들에 의하면, 우리가 아는 어떤 공장에서보다도 훨씬 더 많은 이익이 여러분 자신들한테 돌아갈 수 있는 봉제 공장을 세우는 것이 가능하다고 합니다. 그래서 나는 실험을 해보기로 했습니다. 첫 달의 결과를 보고 판단할 때 그것이 가능한 것으로 나타났습니다. 여러분은 정기적으로 임금을 받고 있습니다. 그런데 지금 내가 여러분에게 말하려고 하는 것은 여러분의 임금과 다른 모든 비용을 제하고도 매우 많은 돈이 분명한 이유로 내 수중에 남아 있다는 것입니다.」 베라 빠블로브나는 장부를 펴고 그 달의 차변과 대변 계정을 그녀들에게 읽어 주었다. 비용 계정에는 지불된 임금 말고도 다른 모든 비용이 적혀 있었다. 공장 임대세, 광열비, 심지어 베라 빠블로브나가 공장일로 임대한 마차의 요금인 일 루블까지도 빠짐없이 기입되어 있었다.

「자, 여러분, 이렇게 많은 돈이 내 손에 남아 있습니다.」 그녀는 계속했다. 「이제 내가 이것을 가지고 어떻게 해야 하겠습니까? 나는 재봉사 여러분이 벌어들인 이윤을 바로 여러분에게 나누어 드리기 위해서 봉제 공장을 세웠습니다. 그러므로 이 돈을 여러분에게 나누어 드리려고 합니다. 처음으로 실시되는 이번에는 여러분 모두가 똑같은 몫을 받게 될 것입니다. 그리고 우리가 지금보다 경영을 더 잘할 수는 없는지 그래서 여러분에게 훨씬 더 많은 이익을 가져다 줄 다른 더 좋은 방법은 없는지 앞으로 차차 알게 될 것입니다.」 그녀는 그 돈을 배분했다.

처음 얼마 동안 재봉사들은 어리둥절했고 이게 꿈이 아닐까 하고 생각했을 정도로 그녀들의 놀라움은 컸다. 그러나 다음 순간 놀라움이 진정되자 그녀들은 앞을 다투어 감사의 말을 쏟아 놓기 시작했다. 베라 빠블로브나는 그녀들의 감정을 다치지 않게 하려고 그녀들에게 감사할 충분한 시간을 주었다. 그녀들의 말에 귀기울이는 것을 소홀히 함으로써 자칫 그녀들의 감정과 기분을 무시하는 것처럼 비쳐지지 않게 하려는 배려에서였다. 그녀는 설명을 계속했다.

「이제, 여러분에게 가장 어려운 문제에 대해서 설명해야 할까 봅니다. 그것에 대한 물음이 틀림없이 제기될 것이기 때문입니다. 그러나 여러분에게 그것을 어떻게 설명해야 할지 모르겠군요. 하지만 어떻든 설명은 해야 할 것 같습니다. 내가 봉제 공장을 세운 것이 파생되는 이윤을 챙길 목적이 아니라면, 이 공장을 세운 의도가 무엇이며, 왜 그 돈을 여러분에게 내놨냐는 질문이 바로 그것입니다. 여러분도 아시다시피 나는 내 남편과 함께 경제적으로 부족함 없이 생활하고 있습니다. 즉, 우리는 부자는 아니지만 필요한 모든 것을 갖고 있습니다. 내가 만일 어떤 것이 필요하다면 남편에게 그것을 부탁할 것입니다. 아니, 부탁할 필요조차도 없습니다. 왜냐하면 내가 돈이 더 필요하다는 것을 내 남편이 알면 그는 그만큼 더 벌 것이고 따라서 나는 필요한 만큼 더 갖게 될 테니 말입니다. 그는 지금 돈벌이가 가장 좋은 일들에 매달리지 않고 그가 가장 좋아하는 일들을 하는 데 시간을 소비하고 있습니다. 그리고 내가 좋아하는 일을 하는 것이 그를 기쁘게 합니다. 나 역시 그에 대해서 똑같습니다. 그러므로 만일 내가 돈이 부족하다면, 그는 현재의 직업보다 수입이 많은 직업을 가질 것입니다. 그러면 그런 일을 능히 찾을 수 있을 것입니다. 그는 똑똑하고 능력 있는 사람이니까요. 그러나 여러분은 그에 대해서 좀 아시겠지만, 그가 그런 일을 찾고 있지 않다는 바로 그 사실이 우리 두 사람이 갖고 있는 돈이 충분하다는 증거입니다. 이것이 내가 돈을 그렇게 갈망하지 않는 이유입니다. 어차피 사람이 다르면 욕망도 다른 법이고 또 모든 사람이 다 돈을 좋아하는 것은 아니기 때문입니다. 어떤 사람은 공 차는 것을 좋아하고 또 어떤 사람은 좋은 옷이나 카드를 좋아합니다. 그런 사람들은 모두 그들의 정열을 위해서 모든 것을 내던질 각오가 되어 있는 사람들입니다. 실제로 그런 사람들이 많이 있습니다. 그리고 그들에겐 정열이 돈보다 더 소중하다는 사실에 대해서 놀라는 사람은 아무도 없습니다. 내 취미는 바로 여러분과 함께 이 일을 잘해 나가는 것입니다. 그러나 나는 내 취미를 위해서 모든 것을 내던지지는 않을 것이고 또 그것에 돈을 낭비하지도 않을 것입니다. 나는 오직 그 일을 위해서 내 시간의 얼마를 포기할 뿐입니다. 그리고 나 자신을 위해서 그 이익금의 일부를 갖지도 않을 것입니다. 자, 나의 이런 생각에 이상한 점은 없다고 봅니다. 도대체 누가 자기의 소중한 취미를 팔아 돈을 벌기를 기대하겠습니까? 다른 사람들은 자기가 좋아하는 것을 위해서 돈까지 씁니다. 그러나 나는 그렇게는 하지 않을 것입니다. 실제로 내놓을 돈도 없습니다. 결국 다른 사람들에 견주어 볼 때 내게 유리한 점이라면 다른 사람들이 그들의 즐거움을 위해서 돈을 써야 하는 반면에 나는 아무런 재산상의 손실도 없이 취미를 살리고 그로부터 기쁨을 얻는다는 것입니다. 그렇다면 내가 이런 취미를 가진 것은 무엇 때문이겠습니까? 그 이유는 이렇습니다. 진지하고 현명한 사람들의 책에는 이 세상 사람들이 함께 더불어 살아가는 방법에 대해 씌어 있습니다. 즉, 모든 사람들이 인생을 즐겁게 살 수 있는 방법에 대해서 말입니다. 그들이 말하는 방법의 중요한 원리는 〈새로운 체제〉로 공장을 운영하는 데 있습니다.[59] 그래서 나는 우리가 과연 필요한 그런 체제를 시작할 수 있을지 직접 시험삼아 해보기로 했습니다. 그것은 마치 어떤 사람이 좋은 집 한 채를 짓기 원할 때, 여러 사람이 그로부터 기쁨을 얻을 수 있도록 훌륭한 정원이나 오렌지 밭을 가꾸는 것과 똑같습니다. 그렇게 해서 나는 여러 사람이 함께 기쁨을 나눌 수 있는 훌륭한 봉제 공장을 시작한 것입니다.

물론 방금 한 것처럼, 내가 매달 이익금을 여러분한테 나누어 준다면 그것만으로도 충분히 만족스러운 일일 것입니

---

59 이상적 사회주의 학자인 푸리에와 프랑스의 저널리스트면서 정치 활동가인 블랑에 의해 주장된 협동 농장을 말한다. 특히 블랑은 1848년 프랑스에서 일어난 혁명 사건에 두각을 나타내었으며 체르니셰프스끼는 그의 저서에 큰 감명을 받았다고 한다.

다. 그러나 현명한 사람들이 말하기를, 그보다 훨씬 더 좋은 방법이 있다고 합니다. 그렇게 하면 이익금도 더 많아질 뿐만 아니라 이익금 역시 좀더 유익한 일에 쓰여질 수 있다고 말입니다. 그들은 이 일이 매우 쉽게 이루어질 수 있다고 합니다. 이제, 그것에 대해서 알아보기로 합시다. 그러면 지혜로운 사람들의 생각에 따라서 우리가 할 수 있는 것이 무엇인지 차근차근 말하겠습니다. 만일 여러분에게 어떤 생각이 떠오르고 또 그것이 꽤 전망이 있어 보인다면 우리는 상황이 허락하는 대로 그것을 조금씩 해나갈 수도 있을 것입니다. 그리고 여러분에게 솔직히 고백합니다만, 여러분의 도움이 없으면 나는 이 새로운 조처를 취할 수가 없습니다. 어떤 새로운 것도 여러분이 인정하지 않는다면 하지 않을 것입니다. 현명한 사람들에 의하면, 오직 사람들이 스스로 원하는 것만이 성공적으로 이루어질 수 있다고 합니다. 나 역시 그렇게 생각합니다. 그러므로 여러분은, 그것이 어떤 것이 됐건, 새로운 출발을 두려워할 필요가 없습니다. 여러분이 변화를 원치 않는 한, 모든 것은 지난날의 방식 그대로 계속될 것입니다. 즉, 여러분이 원하지 않는다면 어떤 일도 하지 않을 것입니다.

그리고 이것은 비록 여러분의 충고를 듣고 결정한 것은 아닙니다만 공장의 주인으로서 꼭 당부하고 싶은 것이 있습니다. 즉, 현재의 수지 계산이 유지되어야 한다는 것입니다. 불필요한 비용이 나가지 않도록 주의해 주었으면 합니다. 그리고 지난달에는 나 혼자 모든 일을 관리했습니다만 이제부터 나는 그 일을 맡지 않으려고 합니다. 그래서 여러분 가운데서 두 분을 뽑아 나와 협의해서 일을 해나가도록 할 생각입니다. 나는 모든 문제에 대해서 그녀들과 상의해서 결정할 것입니다. 그것은 여러분의 돈이지 내 돈이 아닙니다. 그러므로 여러분이 그것을 관리해야 합니다. 아직은 실험 단계이고 또 여러분 가운데서 누가 그 일을 가장 잘 해낼 수 있는지 모릅니다. 그러므로 그 때까지 당분간 여러분 중에서 뽑힌 사람이 그 일을 맡아 봐야 합니다. 일주일이 지나면, 여러분은 그 사람들 말고 다른 사람들을 뽑아야 할지 또는 이전의 사람들이 그 자리에 그대로 있는 것이 좋을지 판단하게 될 것입니다.」

비상한 관심을 끄는 이 말이 떨어지자 조용히 듣기만 하고 있던 그녀들 사이에 긴 토론이 전개되었다. 그러나 베라 빠블로브나는 이미 자기에 대한 그녀들의 신뢰를 확신하고 있었으므로 아주 솔직하게 말했다. 그리고 너무 미리 앞서가지 않았다. 또 잠시 동안의 열광이 지나간 뒤에 모든 것이 실망을 끝나 버리는 일이 생겨, 그녀들이 자신을 정신병자 취급하는 일이 없도록 세심한 주의를 기울였다. 그것은 아주 중요한 문제였다. 실험은 서서히 진척되었다.

말할 것도 없이 그것은 빈틈없이 착실하게 진행되었다. 처음 3년 동안 공장에 관한 이야기를 간단하게 서술하면 다음과 같다. 그 기간 동안의 경험은 그 뒤에 베라 빠블로브나 자신의 생애에서 아주 중요한 역할을 하게 된다.

새 공장에 최초로 직원이 된 처녀들은 앞서 이야기한 것처럼 주의 깊게 선별되었다. 그녀들은 유능한 재봉사였고 그 계획의 성공 여부에 깊은 관심을 갖고 있었다. 그러므로 공장의 일이 순조롭게 성공하리라는 것은 당연한 일이었다. 그리고 한 번이라도 주문을 맡긴 적이 있는 손님들을 결코 잃지 않았다. 그동안 몇몇 상점들과 큰 공장들이 약간의 시기심을 보이기는 했으나 대수로운 문제는 아니었다. 오히려 그런 일들은 그들이 어떤 술책도 쓰지 못하도록, 간판을 다는 데 필요한 허가를 하루 빨리 얻는 것이 필요하다는 것을 베라 빠블로브나에게 인식시켰을 뿐이었다. 시간이 지남에 따라 최초로 조합원이 된 처녀들만으로는 수요를 충족시킬 수 없을 정도로 주문이 쇄도하기 시작했고, 그에 따라 조합원들의 수도 차츰 늘어나게 되었다. 그래서 일 년 반이 다 되어 갈 때쯤에는 조합원이 스무 명이나 되었고 그 뒤에도 계속 그 수가 불어났다.

공장의 관리권을 전 조합원에게 넘겨주고 난 뒤에 일어난 첫번째 결과 중의 하나는 다음과 같은 것이었다. 즉, 자신들이 경영권을 갖게 된 바로 그 첫 달에 그녀들은 베라 빠블로브나가 그에 상응하는 보수 없이 일을 한다는 것은 적절하지 못하다고 판단했다. 그녀들이 이 문제에 대해서 이야기하자 베라 빠블로브나는 그녀들의 주장이 옳다고 대답했다. 그녀들은 그녀에게 전체 이익금의 삼분의 일을 주려고 했다. 그리고 그녀들은 그 돈을 따로 떼어놓았다. 그러나 곧 베라 빠블로브나는 그것은 그녀의 근본적인 취지에 반대되는 것이란 점을 그녀들에게 설명했다. 그녀들은 얼마 동안 그녀의 이와 같은 태도를 이해할 수가 없었다. 그러나 얼마 뒤에 그녀들은 베라 빠블로브나가 그 돈을 받기를 거절한 것이 그녀의 자만심 때문이 아니라 그 일의 실험적 성격 때문이라고 결론을 내렸다. 공장은 베라 빠블로브나가 혼자 재단일을 해나갈 수 없을 정도로 팽창했다. 그녀는 재단 보조 일을 할 사람을 구해야만 했다. 그녀가 받기를 거절해 그대로 남아 있던 그 돈은, 그녀의 요청에 따라 재단사로서 그녀가 마땅히 받아야 할 몫을 제외하고 공동 기금으로 적립되었다. 그 기금의 차감 잔액은 신용조합 설립기금으로 쓰였다. 약 일 년 동안 베라 빠블로브나는 하루의 일과 중 가장 많은 시간을 공장에서 보냈고, 일정에 따라 그 누구 못지않게 열심히 일했다. 그러나 그녀가 공장에서 일하는 시간을 차츰 줄여 나갈 여지가 생기면서 그녀는 다른 일에 좀더 많은 시간을 할당하였고 그에 따라 그녀의 임금도 줄어들었다.

공장의 이익금은 어떻게 분배되어야 하는 것일까? 베라 빠블로브나는 이익금이 모든 사람들에게 균등하게 분배되기를 원했다. 그러나 그녀들이 그것에 동의한 것은 삼 년째 되는 해의 중반이었다. 그때까지 그녀들은 몇 가지 방식을 시도해 보았다. 처음에 그녀들은 각자가 받은 임금의 비율에 따라 이익금을 분배했다. 그 뒤에 그녀들은, 만일 누군가가 병이나 다른 중요한 일로 일을 못하게 되었을 때 그녀의 분배몫이 줄어드는 것은 정당하지 못하다고 결론을 내렸다. 즉, 그 이익금은 그녀가 며칠 동안 일을 못하는 동안에 다른 조합원들이 열심히 일해서 벌어들인 돈이라기보다는 평소 공장의 충실한 운영으로 얻어진 것이기 때문이었다. 그 뒤에 그녀들은 다시 다른 방안을 마련했는데, 특별 수당을 받고 있는 재단사와 다른 처녀들은 이미 그들의 직책에 대해서 충분한 보상이 주어졌으므로 그들의 이익금의 분배에 있어서 다른 사람들보다 그들의 임금차의 비율만큼 더 받는다는 것은 공정하지 못하다는 주장에 일치를 보았다. 특별한 직책을 갖지 않은 평재봉사들은 비록 그녀들 자신의 투표로 마련되긴 했지만 몇몇 조처들이 정당하지 못하다는 것을 알아도 그것을 문제삼지 않고 순응했다. 특별 수당을 받은 다른 처녀들 역시 자신들이 남보다 이익금을 많이 분배받는다는 것에 대해서 자중했다. 그러나 일단 본래의 취지로 돌아가기로 하자, 그녀들은 모두 부당한 이익금 받기를 거부했다. 그러나 이와 같이 한쪽에서의 인내와 다른 한쪽에서의 거부 같은 겸손도 양측의 끊임없는 개선의 노력을 고려한다면 그다지 특별한 것은 아니었다. 그러나 그 무엇보다도 어려운 일은 그녀들 중의 몇 명이 다른 사람들보다 많은 임금을 받고 있기는 하지만 평재봉사들 모두가 이익금의 균등한 분배를 받을 자격이 있다는 것을 인식시키는 것이었다. 실제로 남보다 성공적으로 일을 한 재봉사들은 이미 그녀들의 성공에 대해서 남보다 많은 임금으로 충분히 보상되었다고 봐야 하기 때문이었다. 이익금 분배의 마지막 변화는 삼 년째 중반에 들어서서 일어났는데, 그것은 이익금을 분배받는 것이 그녀들 가운데 어느 한두 사람의 재능에 대한 보상이 아니라 공장의 전반적인 경영과 관리, 그리고 그 목표의 결과라는 것을 공장의 처녀들이 이해하고 나서였다. 즉, 그녀들의 목표가 개인의 특성을 고려하기보다 일에 참여한 모든 사람들에게 가능한 이익금을 균등하게 분배하는 것이었고, 또 노동자들이 이익금 할당에 참여할 수 있게 된 것은 바로 이러한 조합의 성격에 의한 것이기 때문이었다. 실제로 조합의 성격과 정신, 그리고 관리 방식은 모든 사람들의 참여 속에서만 존재할 수 있는 것이었다. 그리고 모든 사람들의 이와 같은 참여는 조합의 성격상 반드시 필요한 요소였다. 그러나 그러한 체제에 참여하기를 끝까지 망설였고 또 이익금을 가장 적게 분배받았던 사람들이 말없이 묵묵히 따라 주었던 행동이야말로 가장 활발하게 활동했고 또 남보다 이익금을 많이 분배받았던 사람들의 열성 못지 않게 체제의 유지와 발달에 귀중한 자산이 되었음은 물론이거니와 그들 모두에게도 이익을 가져왔고 또 공장의 성공에도 기여했다.

내가 공장일을 상세하게 설명하지 않았기 때문에 많은 부분에 대한 언급이 빠졌다. 그러나 베라 빠블로브나의 활동에 대해서는 약간의 지면을 할애할 필요가 있을 것이다. 그러나 내가 그녀에 대해서 이야기하는 것은 단지 베라 빠블로브나가 어떻게 활동했는가를 보여 주려는 것뿐이다. 즉, 그녀가 인내와 지칠 줄 모르는 애정을 갖고서 어떻게 일을 진행시켰으며 또 주인으로서 자신의 계획을 늘어놓기보다는 그녀의 조수들의 말을 듣고 자신의 견해를 설명하고 충고하고 같이 입안하고 제의함으로써 그녀의 협력자들이 그녀들의 결정을 성공적으로 수행하도록 하는 데 어떤 역할을 했는가를 보여주려는 것이다.

이익금은 매달 분배되었다. 처음에 처녀들은 자신들의 몫을 받고는 제각기 따로 썼다. 그녀들은 각자가 직접 생활 필수품을 구입했으며 함께 행동하는 데에는 익숙하지 않았다. 그러나 그녀들이 지속적으로 일에 참여한 뒤로 차츰 공장일의 전과정을 이해하게 되자, 베라 빠블로브나는 일의 성격상 주문량이 일 년 열두 달을 놓고 볼 때 매달 다르다는 것을 그녀들에게 상기시키고, 이익금이 적은 달을 대비해서 가장 많은 달의 이익금 중의 일부를 적립해 두는 것이 바람직할 것이라고 제안했다. 그렇게 해서 수지 계산은 일정하게 유지되었다. 그리고 처녀들은 만일 그녀들 중의 누구든지 공장을 떠나게 되면 별 어려움 없이 그녀가 예치해 둔 돈을 찾을 수 있다는 것을 알게 되었다. 그 밖에도 약간의 예비 기금이 마련되었는데 그것은 점차 늘어났다. 그녀들은 그 기금을 어떻게 활용할 것인가에 대해서 여러 가지 방법을 검토하기 시작했다. 그녀들은 이 기금을 갑자기 돈이 필요하게 된 조합원들에게 대부의 형식으로 빌려 줄 수 있으며 거기에 대해서는 전혀 이자가 붙지 않으리란 것을 이해했다. 가난한 사람들은 그들에 대한 금전적인 도움이 무이자로 주어져야 한다고 생각하였다. 이 신용조합이 설립된 후에 소비조합이 생겼는데 처녀들은 차, 커피, 설탕, 신발, 양말, 그 밖의 다른 물건들을 이 가게에서 구입하는 것이 훨씬 이익이라는 것을 깨달았다. 그것은 도매가격으로 물건을 사는 것만큼이나 싸게 먹히는 것이었다. 짧은 기간 동안에, 그들은 이 소비조합에서 구입할 수 있는 품목을 대폭 넓혀 나갔고 그들이 매일같이 소매점에서 구입해야 되는 빵과 식량들의 구매까지 그 영역을 확장하였다. 그러나 그렇게 하기 위해서는 그들이 서로 가까이 살아야 한다는 것을 알았다. 그들은 곧 그룹을 짓기 시작했고 짝을 이루어 함께 살기로 하는 한편 공장 근처에 거처를 마련하려고 했다. 이렇게 되자 공장에는 빵가게와 상점들의 일을 도맡아 볼 공제조합이 필요해졌다. 이렇게 일 년 반쯤 지났을 때에는 거의 모든 처녀들이 현재의 큰 아파트에서 살게 되었는데 그들은 공동 식탁을 갖고 있을 뿐만 아니라 식구들이 많은 가정에서 하는 것과 똑같이 그들의 식량을 구입했다.

처녀들의 절반은 외톨이였다. 그리고 몇몇은 친척, 어머니, 또는 아주머니뻘 되는 나이 든 부인과 함께 살았으며 둘은 연로한 아버지를 모시고 있었다. 그 밖에도 많은 처녀들이 어린 동생을 데리고 있었다. 그들의 가족 관계 때문에 처녀들 세 명은 일반 아파트에서 살 수가 없었다. 즉, 그들 중의 한 사람은 좀처럼 남과 어울려 살 수 없는 어머니를 모시고 있었는가 하면, 두 번째 처녀는 시골 처녀들과 같이 살고 싶어하지 않는 관리 부인인 어머니를 모시고 있었고 세 번째 처녀는 주정뱅이 아버지를 모시고 있었다. 이들은 처녀이긴 했지만 결혼한 재봉사들처럼 특별한 방식으로 조합을 이용해야 했다. 그러나 이 처녀들 이외의 다른 모든 처녀들은 그녀들이 부양하는 가족과 함께 일반 아파트에서 살았다. 그녀들은 대체로 한 방에 두세 명씩 짝을 이루어 살았다. 그리고 그녀들의 가족들은 상황에 따라 다르기는 했지만 대개 다른 방이 주어졌다. 사내아이들은 여덟 살까지만 그곳에 머물도록 규정되었고, 그 이상된 아이들은 일을 배우도록 작업장에 보내졌다.

그리고 전 조합원들이 아무도 다른 사람들보다 유리한 몫을 가질 수 없으며 타인에게 해를 끼쳐서는 안 된다는 생각에 익숙해지도록 모든 금전적인 계산은 정확하게 이루어졌다. 혼자 사는 처녀들의 방세와 식비 계산은 아주 손쉬웠다. 그 밖에 다른 사람들이 계산은 약간 논란이 있긴 했지만 다음과 같이 결정되었다. 즉, 여덟 살 이하의 아이들에게는 그 보호자에게 성인 여자의 4분의 1에 해당하는 비용을 내고 그 다음 여덟 살부터 열두 살까지는 3분의 1을, 열세 살 이상은 2분의 1을 내기로 했다. 그리고 어린 소녀들이 열세 살이 되었는데도 취직을 하지 못하면 대체로 공장에 들어오도록 했다. 그리고 그들이 열여섯 살이 넘었을 때 숙련된 재봉사의 자질을 보이면 정식 조합원으로 받아들이기로 했다. 성인 가족들의 부양에 대해서는 물론 재봉사들과 똑같은 비용이 적용되었다. 특별히 그들의 독방을 쓰는 경우에는 추가 비용을 내야 했다. 조합 아파트에 사는 대부분의 나이 든 부인들과 노인 세 명은 부엌일과 그 밖의 집안일을 맡아 보도록 하였고 그들의 봉사에 대해서는 적절한 대가가 지불되었다.

일단 이러한 것들이 확립되자 그 밖의 다른 문제들은 아주 쉽고 단순하고 자연스럽게 이루어졌다. 그러나 모든 것은 매우 사려 깊게 이루어 졌으며 모든 새로운 조처들은 충분한 토의를 거쳐서 채택되었다. 모든 변화는 바로 이러한 지속적인 실험의 산물이었다. 여기서 우리가 앞에서 이익금의 분배에 관해 이야기한 것처럼 다시 공장의 다른 일에 대해서 상세히 설명한다는 것은 지루하고 따분하기 짝이 없는 일일 것이다. 여러 가지 상황을 고려할 때 독자들을 싫증나지 않게 하기 위해서라도 모든 것을 다 이야기할 필요는 없을 것이다. 그러나 간략하게나마 한두 가지 일을 더 언급해야 할 것 같다. 예를 들면 재봉사들이 주문이 밀리지 않을 때 만든 기성복을 판매할 중개상을 가지게 되었다는 것이다. 그녀들은 아직 독립된 직매점을 가지지는 못했으나 고스찌니 드보르에 있는 한 상점과 기성복을 납품하기로 계약을 했다. 그러나 마침내 그녀들은 시장 안에 조그만 가게를 열었고 나이든 부인 두 명이 이 가게 일을 맡아보았다. 그 밖에 조합에서의 일상생활에 대해서 이야기하면 다음과 같다.

베라 빠블로브나는 처음부터 그녀들에게 책을 가져다 주었다. 설명을 마치면 그녀는 큰소리로 책을 읽기 시작했다. 새로운 일거리 때문에 방해받지 않으면 삼십 분이나 한 시간쯤 읽어 주곤 했다. 처녀들은 잠시 쉬었다가 다시 얼마를 더 듣기도 했다. 그녀가 처음부터 그녀들에게 독서를 권장할 생각을 가지고 있었다는 것은 말할 필요조차 없다. 물론 그녀들 중의 몇 명은 그 전부터 독서를 좋아했다. 그렇게 2, 3주일이 지나자 독서는 작업 과정의 일부가 되었다. 서너 달이 지났을 때 서너 명이 책을 능숙하게 읽을 수 있게 되었는데 그녀들이 베라 빠블로브나를 도와 반 시간쯤 책을 낭독했다. 이 반 시간의 독서는 일과의 한 부분으로 정착되었다. 책을 낭독하는 짐이 베라 빠블로브나에게서 덜어지자 베라 빠블로브나는 독서의 단조로움을 덜기 위해서 그 전부터 해오던 이야기를 더욱 자주 하게 되었고 그 길이도 길어졌다. 그녀의 이야기는 여러 지식 분야의 기초 과정을 두루 훑어 나가는 식이었다. 얼마 후에 — 이것은 매우 진척되었다 — 베라 빠블로브나는 정식으로 입문 과정을 도입하는 것의 가능성을 검토하기 시작했고 처녀들은 더욱더 배우고자 하는 열망에 불탔다. 그녀들의 일은 매우 성공적이어서 저녁 식사 전의 일과 시간을 따로 할당해서 베라 빠블로브나의 강의를 들을 정도였다.

「알렉세이 뻬뜨로비치.」 어느 날 메르쨜로프 집에 머무는 동안 베라 빠블로브나가 말했다. 「당신한테 부탁할 게 있어요. 나따샤는 이미 내 편이에요. 나의 봉제 조합은 온갖 지식을 전수하는 학원이 되어 가고 있어요. 거기서 교수가 되어 달라는 거예요.」

「그런데, 내가 무엇을 가르칠 수 있지요? 라틴 어, 그리스 어, 논리학, 아니면 수사학?」 알렉세이 뻬뜨로비치가 웃으며 말했다. 「내 전공 분야는, 내 생각엔, 별로 흥미들이 없어 할 텐데, 오히려 다른 분야의 교수가 필요한 것 같은데요.」

「아니에요. 바로 당신이 전문가이기 때문에 당신이 필요해요. 당신이 도덕의 방패가 되어 주셔야겠어요. 그리고 우리의 생활 습관에 대해서도 조언을 주시고요.」

「그것은 사실입니다. 나 같은 사람이 없으면 도덕 교육이 되지를 않아요. 좋아요. 교수로 임명만 해주십시오.」

「러시아 역사나 세계사 같은 것은 어때요?」

「좋지요! 그 주제를 공부해서 전문가가 되겠습니다. 두 가지 — 교수와 방패 — 라 좋고말고요!」

나딸리아 안드레예브나, 로뿌호프, 학생 두셋, 그리고 베라 빠블로브나 등이 교수 — 그들은 농담으로 자신들은 그렇게 부르고 있었다 — 들이었다.

교육 지도와 아울러 그들은 또한 여흥의 시간도 마련했다. 그들은 저녁 파티를 가졌고 또 야외로 소풍을 나가기도 했다. 처음에는 어쩌다 한 번씩 갔으나 그들의 수입이 점점 늘어나게 되면서 좀더 자주 그런 기회를 가졌다. 그들은 극장에도 갔다. 셋째 해가 되던 해 겨울에 그들은 극장에서 이탈리아 오페라가 상연될 때 아래층 뒷좌석을 열 석이나 차지했다.

이런 일들은 베라 빠블로브나를 얼마나 기쁘게 했던가! 그러나 늘 행복한 일만 있는 것은 아니었다. 불행이 찾아올 때면 그녀가 노력하고 애쓴 만큼 실망도 컸다. 조합에서 가장 유능한 재봉사들 중의 한 명에게 닥친 불행은 그녀 혼자에게 만이 아니라 공장 전체에 좋지 않은 영향을 미쳤다. 베라 빠블로브나가 직접 뽑은 세 처녀들 중의 한 사람이었던 사센까 쁘리비뜨꼬바는 매우 예쁘고 겸손한 아가씨였다. 그녀는 미남이고 친절한 마음씨를 가진 젊은 관리와 약혼한 상태였었다. 어느 날 좀 늦은 시각에 그녀가 거리를 걷고 있을 때였는데 잘 차려입은 어떤 신사가 그녀에게 말을 걸어 왔다. 그녀는 발걸음을 재촉했다. 그는 그녀를 쫓아오더니 그녀의 팔을 잡았다. 그녀는 그의 팔을 뿌리치고 달리기 시작했다. 그런데 그녀가 손을 잡아 빼는 순간 그의 가슴을 쳤는데 도로 위에 그 신사의 시계줄이 떨어지는 소리가 들렸다. 그 신사는 완전히 흥분해서 사센까를 붙잡으며 사람들에게 〈강도야! 경찰!〉 하고 소리쳤다. 곧 경찰 두 명이 와서 사센까를 경찰서로 데려갔다. 그런 일이 있는 뒤에도, 공장 사람들은 아무도 그녀에게 무슨 일이 일어났는지 알지 못했고 그녀가 그런 곳에 끌려갔으리라고는 상상도 못했다. 나흘째 되는 날, 친절한 경찰 한 명이 사센까의 편지를 베라 빠블로브나에게 가져왔다. 로뿌호프는 바로 알아보려고 나갔다. 그러나 그는 문전에서 박대를 받았고 모욕적인 욕설을 들었다. 그는 세르주를 찾아갔다. 그러나 세르주와 쥘리는 멀리 교외로 소풍을 나가 이틀 동안이나 집에 돌아오지 않고 있었다. 그가 헛수고를 하고 돌아온 지 두 시간쯤 지났을 때 담당 경찰이 사센까에게 용서를 구했고 그녀의 신랑에게도 용서를 구하러 갔다. 그러나 그는 신랑을 찾지 못했다. 신랑은 전날 경찰서로 사센까를 보러 갔다가 그녀를 조사하던 경찰로부터 그 멋쟁이의 이름을 들었고 즉시 그에게 가서 결투를 신청했다. 그 멋쟁이는 도전을 받지 않고 아니꼬운 듯한 말투로 자신의 잘못을 사과했다. 그리고 가소롭다는 듯이 큰소리로 웃기 시작했다. 그때 신랑이 〈이래도, 당신이 도전을 거절할 수는 없을걸〉 하고 말하면서 그의 뺨을 쳤다. 멋쟁이는 지팡이를 잡았고 신랑은 상자를 들어 그를 쳤다. 멋쟁이는 바닥에 나뒹굴었고 그의 하인이 소리를 지르며 허겁지겁 달려왔다. 주인은 죽은 듯이 뻗어 있었다. 그는 격렬하게 마룻바닥에 넘어졌는데 이때 넘어지면서 얼굴을 테이블 모서리에 냅다 부딪쳤던 것이다. 신랑은 감옥에 들어갔고 형사소송이 제기되었다. 이 일이 어떻게 될지는 아무도 알 수 없었다. 결과는 어떻게 되었을까? 그러나 결과는 아무것도 없었다. 단지 그때부터 사셴까를 보는 것이 슬플 따름이었다.

공장에는 그 밖에도 다른 일들이 있었지만 이와 같은 사건은 없었다. 그러나 그 역시 언짢기는 마찬가지였다. 당시에 젊은 남자나 중년의 남자들이 젊은 여자를 울리는 이런 일들은 매우 흔한 것이었다. 베라 빠블로브나는 사람들의 현재의 사고방식이나 상황으로 볼 때 이런 일들을 피할 수 없다는 것을 알았다. 젊은 여자들은 그녀들이 아무리 주의해도 안전하게 지켜질 수 없었다. 그것은 마치 사람들이 천연두를 퇴치하는 방법을 알기 전에 퍼졌던 그 증세와 똑같은 것이었다. 물론 지금은 천연두를 앓고 있는 사람들이 자기 자신을 책망하지도 않으며 그와 가까운 사람들을 헐뜯지도 않는다. 상황이 달라진 것이다. 과거에는 나쁜 날씨나 불결한 도시, 천연두를 앓고 있는 사람들 외에는 비난할 것이 없었다. 미래에는 천연두와 같은 것을 퇴치할 수 있을 것이다. 사실 그것을 퇴치할 수 있는 방법은 이미 발견되었다.[60] 그러나 사람들은 그것에 대한 저항력이 생기도록 충분히 지시에 따르지 않고 있었다. 베라 빠블로브나는 이런 더러운 전염병을 가차

---

60 사회의 혁명적 변화의 또 다른 비유적 암시.

없이 쓸어버려야 했다. 그러나 아무리 주의한다고 해도 희생자를 내지 않을 도리는 없었다. 기껏해야 〈나는 당신이 불행한 것을 비난하지 않아요. 물론 당신을 책망하지도 않고요〉라는 말밖에 없다. 이 일상화된 사건들은 베라 빠블로브나를 몹시 슬프게 했고 빈번하게 성가신 일을 일으키기 일쑤였다. 때때로 그녀들을 돕기 위해서 방문할 필요가 있었다. 그러나 자주 갈 필요는 없었다. 단지 그녀들을 돕고, 진정시키고, 용기를 북돋아 주고, 자기에 대한 신뢰를 되찾도록 하고, 이성적으로 생각하도록 유도하고, 눈물을 흘리는 것을 그치도록 하는 것이 필요할 뿐이었다. 〈당신이 계속 울기만 한다면 아무 소용이 없어요.〉

그러나 그녀에겐 행복이 슬픔보다 훨씬 컸다! 이 슬픈 일들을 제외한다면 모든 것이 행복했다. 그리고 이 슬픈 일들은 아주 드물게 일어났다. 반년 전의 어떤 일로 슬퍼할 수 있지만 동시에 그 밖의 다른 일에서 기쁨을 느낄 수도 있다. 그리고 두세 주일이 지났을 때 그 슬픈 일에 대해서조차 기쁨을 느끼게 될지도 모른다. 실제로 일상적인 일은 즐겁고 쾌활한 것이었으며 그것은 베라 빠블로브나의 가슴을 늘 기쁨으로 채웠다. 때때로 이러한 슬픔 때문에 일이 어려워질 때면 특별히 기쁜 일들이 일어나 이러한 것을 보상해 주곤 했다. 그런 일들이 슬픈 일보다 자주 일어났다. 예를 들면 그녀들은 자신들의 어린 동생들을 취직시키는 데 성공했고 삼 년째 되는 해에는 두 처녀가 가정교사 자격시험에 통과했던 것이다. 그것은 그녀들에게 얼마나 행복한 일이던가! 그런 종류의 좋은 일들이 여러 번 있었다. 그러나 공장과 베라 빠블로브나에게 더욱 빈번하게 기쁨을 가져다 준 것은 그녀들의 결혼이었다. 꽤 여러 번의 결혼식이 있었는데 모두 행운이 깃들었다. 결혼식은 매우 즐겁게 진행되었다. 결혼식 전날과 결혼식날 저녁에는 으레 파티가 벌어졌고 공장의 친구들은 시종 신부를 놀라게 했다. 그리고 예비 기금으로 신부에게 지참금이 주어졌다. 그러나 식이 끝나면 베라 빠블로브나는 다시 일에 파묻혔고 쉴 새 없이 손을 놀려야 했다. 처음에 그와 같은 결혼은 베라 빠블로브나의 편에서 보면 공장에 달갑지 않은 것처럼 느껴졌다. 첫번째 신부가 베라 빠블로브나에게 그녀의 결혼식 대모가 되어 줄 것을 요청했을 때 그녀의 청은 거절되었고 두 번째 신부도 똑같은 부탁을 했으나 역시 거절되었다. 신부의 결혼식 대모는 메르짤로바 부인이나 그녀의 어머니가 많이 맡았다. 베라 빠블로브나는 언제나 거절했다. 그 대신에 그녀는 신부가 옷 입는 것을 도왔고 그녀를 교회에까지 데리고 가곤 했다. 그녀는 오직 신부 친구들 중의 한 사람으로서만 동참했을 뿐이었다. 처음에 그녀들은 그녀의 거절이 그녀들의 결혼을 불쾌하게 여기기 때문이라고 생각했다. 그러나 그녀는 그녀들의 청을 늘 고맙게 여겼다. 그 다음에는 베라 빠블로브나가 신부의 보호자로서 사람들 앞에 나서고 싶어하지 않는 것이라고 생각했다. 그녀가 그런 영향력 있는 일에 나서길 꺼리는 것은 사실이었다. 그러나 실제 이유는 그녀의 공장에 주문을 맡기러 오는 많은 부인들이 그녀를 다른 재단사와 구별하지 못하도록 다른 사람들 앞에 나서지 않으려는 것 때문이었다. 사실 그녀는 공장이 그녀들에 의해서 세워지고 운영되고 있다는 것을 사람들에게 설명할 때 가장 커다란 기쁨을 느꼈다. 그리고 이렇게 설명함으로써 자신이 믿고 싶어하는 것을 스스로에게 확신시키려고 했다. 즉, 그녀는 공장이 그녀 없이도 잘 운영되고 또 그와 같이 자발적으로 운영되는 똑같은 공장이 많이 세워지기를 바랐다. 왜 안 되겠는가? 그것은 아주 좋은 일이 아닌가? 분명히 그것은 그 무엇보다도 좋은 일이었다. 지도자 없이,

재봉사들간에 아무런 등급 없이, 바로 재봉사들 자신의 생각으로 입안되고 계획된다는 것은 얼마나 즐거운 일인가? 이것이야말로 베라 빠블로브나가 가장 열망하는 꿈이었다.

5

 조합이 세워진 지 그럭저럭 3년이 지났고 베라 빠블로브나가 결혼한 지도 어느새 3년이 넘었다. 돌이켜보면 이 3년은 얼마나 조용하고 바쁘게 지나갔던가! 그리고 그들은 얼마나 평온하고 행복의 기쁨에 가득 찼던가! 진정 모든 것이 신바람 나는 일이었다.
 베라 빠블로브나는 잠에서 깨어난 뒤에도 오랫동안 침대에 그대로 누워 있었다. 그녀는 이처럼 아침의 단잠을 즐기며 침대에서 푹 쉬는 것을 좋아했다. 그러나 아직 꿈속을 헤매고 있는 것은 아니었다. 그녀는 무슨 일을 해야 할지를 생각하고 있는 중이었다. 그러나 실제로는 졸음 속에서 오락가락하는 생각을 쫓고 있을 뿐 구체적인 무슨 생각을 하고 있는 것은 아니었다. 그냥 그렇게 단잠을 즐기며 이 생각 저 생각을 하고 있었다. 그리고 혼자 속으로 중얼거렸다. 「참 따뜻하고 부드러워 좋아. 아침에 이렇게 단잠을 자니까 참 편안해.」 그녀는 그렇게 누운 채로 중립의 방에서 ─ 아니, 우리는 중립의 방 중의 하나라고 해야 한다. 그들의 결혼한 지도 어느새 4년째로 접어들었고 그들은 지금 중립의 방을 두 개 쓰고 있었다 ─ 그녀의 남편이, 즉 그녀의 밀렌끼가 〈베로치까, 일어났소?〉라고 말할 때까지 단잠을 즐겼다. 「예, 밀렌끼.」 이것이 그녀의 남편이 차를 준비해도 좋다는 뜻이었다. (아침에 차 끓이는 것은 그의 몫이었다.) 그리고 베라 빠블로브나 — 아니, 집에서 그녀는 베라 빠블로브나가 아니라 베로치까였다 — 는 옷을 입는다. 여자가 옷 입는 것은 얼마나 오래 걸리던가! 그러나 그녀가 옷 입는 데는 그렇게 오래 걸리지 않았다. 단 일 분이면 되었다. 그리고 여자가 머리를 매만지는 데는 또 얼마나 오랜 시간이 걸리던가! 그러나 그녀는 머리를 매만지는 데 그렇게 오래 걸리지 않았다. 꼭 칠 분이면 되었다. 그러나 그녀는 자기의 머리카락을 만지는 것을 좋아했다. 때때로 그녀는 신발을 신고 화장실에 가서 오랫동안 있다가 돌아오기도 했다. 그녀의 신발은 우아했다. 그녀는 수수하게 차려 입었지만 신발만은 예외였다. 신발은 그녀가 몹시 애지중지하는 것 중의 하나였다.

마침내 그녀가 차를 마시러 나왔다. 그녀가 남편에게 키스를 했다. 그와 온갖 사소한 일과 또는 중요한 문제들에 대해서 이야기했다. 그러나 베라 빠블로브나 — 아니, 베로치까, 아침에 차를 마시는 자리에서도 여전히 베로치까였다 — 는 차보다 크림을 더 좋아해서 차는 크림을 먹기 위한 구실에 불과했다. 그녀는 크림을 한 스푼 반 이상을 넣었다. 차 역시 그녀가 몹시 좋아하는 것이었다. 뻬쩨르부르그에서 좋은 차를 구하기가 어려웠으나 베로치까는 매번 최고의 차를 찾아내었다. 또 그녀는 직접 젖소를 키우기를 원했는데 만일 일이 지금처럼 순조롭게 진척되면 일 년 안에 실현될 수 있었다.

10시가 되자 밀렌끼는 학생을 가르치기 위해서 또는 일을 하기 위해서 외출했다. 그는 큰 공장의 사무실에서 일하고 있었다. 베라 빠블로브나 — 이제 그녀는 다음날 아침까지 다시 베라 빠블로브나로 돌아간다 — 는 집안 살림을 돌보았다. 그녀는 하녀를 하나 데리고 있었는데 제 스스로는 아무것도 할 줄 몰라 일일이 모든 것을 가르쳐야 하는 다 큰 계집아이였다. 그나마 그녀가 뭣 좀 가르쳐 놓았다 싶으면 다시 새 하녀를 데려다 가르쳐야 했다. 즉, 베라 빠블로브나는 하녀들을 오래 잡아 둘 수가 없었는데 그녀들 모두가 데려다 일을 가르쳐 놓으면 곧 결혼해 버리는 탓이었다! 이제 반년이 좀 지나면 여러분은 베라 빠블로브나가 대모가 될 준비로 신부의 칼라 깃이나, 소매 등을 매만지고 있는 것을 보게 될 것이다. 이제 그 일을 거부하는 것은 불가능하게 된 것이다. 〈어쩌겠어요, 베라 빠블로브나? 당신이 그 일을 맡아 주셔야겠어요. 당신 말고는 아무도 없어요.〉

집안 살림을 돌보고 나면 그녀는 학생들을 가르치러 가야 했다. 그녀는 여러 명의 학생들을 가르쳤는데 일주일에 모두 열 시간 정도 되었다. 그 이상은 너무 벅찼고 또 시간도 없었다. 그녀는 피아노 레슨을 하기 전에 잠시 공장에 들르고 집에 돌아가는 길에 다시 한번 들러 살펴보았다. 그리고 집에 와서 밀렌끼와 함께 저녁 식사를 했다. 그들의 저녁 식사에는 거의 언제나 동료나 친구들이 끼여 있었는데, 한 명이 보통이었다. 이따금씩 두 명 이상이 식사에 초대되는 일이 있기는 했으나 아주 드물었다. 만일 두 명이 초대되기라도 하면, 일의 양이 두 배로 불어나는 것은 말할 것도 없고 접시를 새로 마련해야만 되었다. 집에 돌아왔을 때 베라 빠블로브나가 피곤하면 저녁 식사는 평소보다 간소하게 준비되었다. 저녁 식사 시간이 될 때까지 그녀는 그녀의 방에서 휴식을 취하며 앉아 있고 저녁 식사는 그녀의 도움 없이 준비된 대로 차려진다. 그러나 그녀가 피곤하지 않으면 곧바로 부엌에서 음식을 끓이고 김을 내는 일이 시작되고 특별한 요리 — 즉, 구운 요리 — 가 마련된다. 그러나 보통은 크림과 같이 먹을 수 있는 요리, 즉 핑계 삼아 크림을 발라 먹기에 적당한 요리들이 만들어진다.

저녁 식사를 하는 동안 베라 빠블로브나는 그녀의 남편에게 궁금한 것을 묻거나 자기 이야기를 하거나 한다. 그러나 그녀가 이런 저런 이야기를 늘어놓기가 일쑤였다! 식사가 끝나고 난 뒤에도 그녀는 15분 이상 밀렌끼와 함께 앉아서 쉬다가 〈잘 있어요〉 하고 나서 자기 방으로 갔다. 그녀는 그녀의 조그만 침대에 편히 누워서 쉬거나 책을 보았다. 그러나 곧바로 잠을 자기도 했다. 그녀는 대개 하루걸러 한 시간이나 한 시간 반씩 낮잠을 잤는데 이것은 그녀가 만사를 제쳐놓고 즐기는 일종의 도락이었다. 그것은 보통 사람이면 누구나 즐기는 관습이기도 했다. 그러나 베라 빠블로브나는 늘 저녁 식사 후에 잠을 잤고 또 그러는 것을 좋아했다. 그녀는 그것에 대해서 조금도 부끄러워하거나 미안해하지 않았다. 한두 시간 자고 난 뒤에 그녀는 밀렌끼와 차를 마시며 또 다른 대화를 나누었고 다시 반 시간 동안 중립의 방에 함께 앉았다가 〈잘 있어요, 밀렌끼〉 했다. 그들은 서로 키스를 하고 나서 아침 식사 때까지 헤어졌다. 그러고 나서 베라 빠블로브나는 일을 하거나 책을 읽거나 했는데, 책을 읽다가 다시 밤늦도록, 어떤 때는 새벽 2시까지 피아노를 치곤 했다. 그녀는 자기 방에 그랜드 피아노를 놓고 있었는데 그것을 산 지는 얼마 안 되었다. 그전까지 피아노를 세내어서 썼었다. 그들이 자기들의 피아노를 갖게 된 것은 커다란 기쁨이었다. 그것은 에라로프스끼 제품으로 아주 싼값인 백 루블에 구입했는데 수리하고 조율하는 데 70루블이 더 들긴 했지만 소리가 아주 훌륭했다. 이따금 밀렌끼는 그녀가 노래 부르는 것을 듣기도 했는데 그런 기회는 좀처럼 드물었다. 그만큼 그는 몹시 바빴다. 이들 부부는 대개 일하고 독서하고 피아노 치고 노래 부르며 저녁 시간을 보냈는데 독서와 노래가 주가 되었다.

그러나 이런 생활은 친구의 방문이 없을 경우였다. 대개는 방문자가 있게 마련이었고 그중에서도 밀렌끼나 베라 빠블로브나보다 연하의 젊은 친구들의 방문이 특히 잦았다. 그들 중에는 공장에서 교사로 일하는 사람들도 있었다. 그들은 로뿌호프를 대단히 높게 평가했는데 그를 뻬쩨르부르그에서 가장 훌륭한 정신적 지도자 중의 한 사람으로 꼽기도 했다. 이것은 대체로 틀리지 않았다고 할 수 있었다. 그들은 로뿌호프와의 관계가 보다 긴밀해지기를 원했는데 그것은 드미뜨리 세르게이치와 대화를 나누는 것이 유익하기 때문이었다. 그들은 베라 빠블로브나에게 대단한 존경심을 표시했는데 그녀가 아무런 불쾌감 없이 그들이 그녀의 손에 키스하는 것을 허락해 줄 정도였다. 그녀는 마치 그들보다 열다섯 살이나 연상이라도 되는 것처럼 의젓하게 그들을 맞았는데 그녀가 흥분하지 않았을 때에는 거의 그런 식으로 행동했다. 그러나 그녀는 흔히 흥분하기 일쑤였고 그들과 함께 어울려 뛰노는 것을 몹시 즐거워했다. 그들은 흥겹게 춤이나 왈츠를 추거나 뛰어다녔으며 피아노를 치고 이야기를 나누며 즐거운 웃음을 터뜨렸다. 그러나 함께 어울려 노래를 부르는 일이 특히 많았다. 그러나 그처럼 정신 없이 뛰고 웃고 떠들어대는 동안에도 그들은 늘 베라 빠블로브나에게 절대적이고 무한한 숭배와 존경심을 표시하는 일을 — 훌륭한 어머니라고 해도 늘 존경받는 것이 아닐진대! — 잊지 않았다. 마치 신이 그녀에게 존경심을 선사하기라도 한 듯이! 그러나 그녀가 노래를 할 때면, 으레 그런 분위기라면 흥겹고 그냥 떠들썩하게 지나칠 수도 있으련만 신바람이 나기보다는 대개 분위기가 차분하게 가라앉았다. 그녀는 항상 진지하게 노래했는데, 노래를 하지 않을 때에는 피아노를 아주 열심히 쳤다. 그녀의 청중들은 벙어리처럼 침묵을 지킨 채로 듣기만 했다.

또한 그들은 로뿌호프와 나이가 같거나 많은 방문자를 맞기도 했는데 그들은 대부분 학급 동료였거나 그의 친구의 동료였다. 그들 중에는 젊은 교수가 두셋 되었고 나머지는 모두 학사였다. 그들 가운데 결혼한 사람은 메르짤로프뿐이었다. 로뿌호프 부부는 자주 외출하지 않았는데 메르짤로프의 집이나 그의 아내의 양친댁 이외에는 거의 아무데도 가지 않았다. 마침 메르짤로프의 처가에는 남자 형제가 여럿 있었는데 그들은 모두 관리로서 중요한 직책에 있었다. 베라 빠블로브나는 어느 정도 안락하게 사는 이 노인 댁에서 다양한 부류의 사람들을 만날 수 있었다.

자유롭고 충만하고 적극적이며 약간의 사치가 없지 않은 생활, 그리고 소파와 따뜻한 침대에 편히 누워서 쉬는 것, 그리고 크림을 먹거나 또는 구운 요리에 크림을 듬뿍 발라 먹는 것, 이런 것들은 베라 빠블로브나를 매우 행복하게 했다.

도대체 그보다 더 나은 생활이 있을까? 베라 빠블로브나에게 그것은 불가능하게 느껴졌다.

그렇다. 청춘의 꽃이 피기에는 아직 이르므로 그 이상의 것을 상상하는 것은 불가능했다. 그러나 시간이 지나고 해가 바뀌고 인생이 그렇게 계속된다면 모든 것은 달라질 것이다. 비록 지금은 몇몇 사람만이 그것을 느끼고 있지만 장래에는 대다수 사람들이 그것을 보고 느낄 것이다.

6

여름이 끝나 가던 무렵의 어느 날, 공장의 처녀들은 일요일마다 야외에 나가던 관례대로 야유회를 갔다. 여름 동안 그녀들은 거의 주일마다 섬으로 배를 타고 갔다. 베라 빠블로브나는 늘 그녀들과 함께 갔는데 이번에는 특별히 드미뜨리 세르게이치가 따라가게 되어서 야유회를 더욱 들뜨게 했다. 그가 그녀들과 동행하기는 이번이 두 번째로 좀처럼 드문 일이었다. 그가 함께 가기로 했다는 소식을 듣자 공장 식구들은 일제히 환호성을 질렀다. 〈베라 빠블로브나가 다른 때보다 더욱 즐거워할 거야. 그리고 야유회도 틀림없이 매우 신날 거야.〉 일요일에 다른 계획이 있던 그들 중의 몇몇도 계획을 변경해서 야유회에 합류했다. 처음에 네 개만 준비하기로 했던 준비물 바구니가 다섯 개로 늘었고 나중에 다시 한 개를 추가해서 모두 여섯 개가 되었다. 모두 오십여 명이 야유회에 참가했다. 재봉사가 스무 명이 약간 넘었고 (참석하지 않은 재봉사는 단지 여섯 명뿐이었다) 그 밖에 신분이 각기 다른 젊은 남자가 다섯 명 있었다. 그들 중에는 장교도 두 사람이나 되었다. 또 대학생과 의대생 여덟 명이 함께 따라갔다. 그녀들은 그들을 위해서 큰 사모바르 네 개, 여러 가지 구운 요리 잔뜩, 그리고 모자랄 것에 대비해서 충분하게 준비한 송아지 고기, 그 밖에 여러 음식들을 부족하지 않게 준비했다. 사람들이 모두 젊은 데다 모두들 바지런히 움직여서 생기가 넘쳤다. 모두들 각자의 식욕을 걱정하지 않아도 좋을 만큼 준비는 충분했다. 다만 장정이 열다섯 명이나 포함된 오십 명이란 수효를 고려하면 술 여섯 병이 약간 부족해 보였을 뿐이었다!

실제로 야유회는 기대했던 것 이상임이 증명되었다. 그들은 부족함 없이 하루를 즐겼다. 그들은 처음에 열여섯 쌍이 춤을 추었는데 열두 쌍으로 줄었다가 다시 열여덟 쌍으로 늘어났다. 그리고 스무 쌍이 한꺼번에 쿼드릴을 추기도 했다. 그들은 술래잡기도 하고 ─ 거의 스물두 쌍이 ─ 나무 사이에 세 개의 그네를 걸어 그것을 타며 놀기도 했다. 점심 식사를 하고 나서 그들은 차를 마셨다. 그리고 반 시간 동안 ─

아니, 그보다 적게, 훨씬 적게 — 드미뜨리 세르게이치와 그 또래의 젊은이들 가운데서 가장 급진적인 두 학생 사이에 벌어진 토론을 경청했다. 드미뜨리 세르게이치와 두 학생은 서로의 주장 속에서 비합리주의와 중도타협주의, 그리고 부르주아 이념을 발견했다. 이것들은 그들의 서로에게 적용한 말이었다. 그러나 각자는 개인적으로 특별한 결함을 갖고 있었다. 즉, 한 학생은 낭만주의를 신봉했고 드미뜨리 세르게이치는 완고한 도식주의자였으며 다른 학생은 엄격주의를 따랐다. 그런 문제에 문외한인 사람은 그러한 토론에 5분 이상 귀기울이는 것조차 어려웠다. 토론자들 중에 한 사람인 낭만주의자조차 토론이 한 시간 반을 넘기자 견뎌 내지 못하고 춤추는 무리들 속으로 슬쩍 달아났다. 그러나 그의 이러한 행동은 조금도 불명예스러운 것이 아니었다. 그는 마침내 중도타협주의자에게 화를 냈다. (나는 그 자리에 있지 않았지만 하마터면 나도 그 대상이 됐으리라.) 그리고 자기가 화를 내는 것에 대해서 다른 사람들이 받아 주는 기미가 보이자 그는 목에 힘을 주어 소리쳤다. 「왜 당신은 그에 대해서 이야기하는 겁니까? 당신에게 내가 며칠 전 존경하는 사람 — 매우 재치 있는 부인 — 에게서 들은 말을 들려드리겠습니다. 〈남자란 스물다섯이 될 때까지만 그의 사고방식을 온전하게 보전할 수 있다〉는 것입니다.」 「나는 그 부인이 누군인지 압니다.」 낭만주의자가 비굴한 태도를 보이자 한 장교가 그의 편을 들며 말했다. 「그것은 N부인입니다. 그녀가 내 면전에서 그렇게 말했지요. 그녀는 정말 고귀한 부인입니다. 그러나 그 부인은 바로 그 현장에서 자기의 나이가 이제 겨우 스물여섯 살이라는 것을 밝혀졌습니다. 바로 그녀가 30분 전에 자기의 나이를 말했던 것입니다. 사람들이 그 말을 기억하고는 얼마나 웃었는지 아십니까?」 이 말에 모두 웃었다. 낭만주의자 역시 겸연쩍게 웃으며 그 자리에서 물러났다.

그리고 그 장교가 그를 대신해서 논쟁에 끼어들었다. 차를 마실 때쯤 논쟁은 한층 더 고조되었다. 장교는 낭만주의가 엄격주의자와 도식주의자에게 했던 것보다 훨씬 더 노골적으로 자기의 본성을 드러냈고 마침내 의기소침해서 자기가 오귀스트 콩트주의자임을 고백했다. 차를 마신 뒤에, 장교는 자기의 나이가 그 부인이 이야기한 대로 그의 사고방식을 온전하게 보전하는 것을 허락한다며 그만 다른 사람들과 어울리는 게 어떻겠냐고 했다. 드미뜨리 세르게이치와 엄격주의자는 비록 자신들의 의사에 반하는 것이긴 했으나 그의 말에 따랐다. 그들은 춤을 추지 않고 탐정 놀이를 했다. 그리고 남자들이 도랑 뛰어넘기 시합을 하자 세 사상가는 서로 다투어 우승자가 되려고 했다. 장교가 도랑 뛰어넘기 시합에서 먼저 승리했다. 자존심이 강한 드미뜨리 세르게이치는 장교한테 지자 몹시 화가 났다. 그는 경쾌하게 도약해서 드미뜨리 세르게이치와 장교를 모두 물리친 엄격주의자 다음으로 일등이기를 바랐다. 엄격주의자는 운동선수였기 때문에 그와 내기하는 것은 부질없는 짓이었다. 그러나 드미뜨리 세르게이치는 장교한테 지자 불쾌한 내색을 굳이 감추려 하지 않았다. 그들은 여섯 번이나 서로 각축을 벌였다. 그러나 매번 장교가 약간씩 그를 앞섰다. 여섯 번째 힘 겨루기가 끝나자 드미뜨리 세르게이치는 자기가 의심할 수 없는 패자임을 인정했다. 그들 모두 기진맥진했다. 세 사상가는 풀밭에 누웠다. 그들은 다시 논쟁을 계속했고 드미뜨리 세르게이치는 오귀스트 콩트주의를 인정하게 되었으며 장교 역시 도식주의를 인정했다. 그러나 엄격주의자는 이전처럼 여전히 엄격주의자로 남았다.

그들은 11시에 귀가했다. 나이 많은 부인들과 아이들은 돌아오는 배 안에서 잠을 잤다. 그들이 그들을 덮어 줄 따뜻한 담요를 충분히 가지고 있었던 것은 무척 다행한 일이었다. 그러나 나머지 사람들은 모두 끊임없이 떠들어댔고 여섯 척의 배에서 농짓거리와 웃음소리가 잠시도 끊어지지 않았다.

7

 이틀 뒤 아침에 차를 마시던 베라 빠블로브나는 남편에게 안색이 좋아 보이지 않는다고 말했다. 그는 간밤에 잠을 잘 자지 못해서 그런 거라며 어제 저녁 이후로 몸이 약간 안 좋기는 하지만 별것 아니라고 말했다. 그는 야유회에 갔을 때 감기에 걸렸는데 달리기와 힘 겨루기를 한 후 풀밭에 잠시 누워 있던 동안에 걸린 것이었다. 그는 자신의 부주의를 인정했다. 그리고 베라 빠블로브나에게 별로 대수로운 것이 아니라고 확신시키고 나서 여느 때처럼 일하러 나갔다. 저녁때 그는 그의 병이 완전히 나았다고 말했다.

 그러나 이튿날 아침에 그는 아무래도 며칠 간 집에서 쉬어야 할 것 같다고 말했다. 그 전전날부터 몹시 걱정을 하고 있던 베라 빠블로브나는 그 말을 듣고 무척 놀라면서 즉시 의사를 불러와야 한다고 말했다. 「하지만 내가 의사인 셈이니까 필요하면 내가 치료하면 된다고. 그러나 아직 그럴 필요까지는 없어.」 베라 빠블로브나를 안심시키려고 드미뜨리 세르게이치가 말했다. 그러나 베라 빠블로브나는 자기의 생각을 굽히지 않았다. 그래서 그는 끼르사노프에게 그의 병이 별것 아니나 그의 아내가 몹시 걱정하므로 그의 아내를 위로해 줄 겸 방문해 주면 좋겠다는 내용의 편지를 썼다.

 끼르사노프는 서두르지 않았고 저녁 식사 때까지 병원에

서 일하다가 6시에 로뿌호프의 집으로 왔다.

「알렉산드르, 자네를 부른 게 잘 한 것 같군.」로뿌호프가 말했다. 「위험하진 않아 다른 병이 도질 것 같지도 않구. 하지만 폐렴이 좀 있네. 물론 자네 도움 없이도 혼자서 충분히 치료할 수 있지만, 한번 내 입장이 되어 보게. 어쩔 수가 없었네. 내 양심을 만족시키는 게 필요하단 말이네. 자네가 알다시피 나는 자네처럼 학사가 아니잖나.」

그들은 오랫동안 폐를 검진했다. 끼르사노프는 그의 가슴을 쳐서 소리를 들어 보았고 그들 모두 로뿌호프가 잘못 판단하지 않았다는 것을 알았다. 위험한 징후는 없었다. 그러나 폐렴은 생각보다는 심한 상태였다. 그는 열흘쯤 집에서 쉬는 것이 필요했다. 그동안 로뿌호프는 자신의 병을 대수롭지 않게 여겼으나 이제는 치료를 하지 않으면 안 되었다.

끼르사노프는 놀란 베라 빠블로브나를 진정시키려고 자세하게 설명했다. 마침내 그녀는 그들이 자기를 속이고 있지 않다는 것을 알았다. 그리고 병이 그렇게 심각하지도 않으니 치료도 어렵지 않다는 것을, 〈누구나 걸릴 수 있는〉 병이라는 것을 깨달았다. 그러나 혹시라도 병이 악화되지는 않을까?

끼르사노프는 하루에 두 번씩 환자를 방문했다. 그들은 합병증의 기미가 없음을 알았다. 위험은 거의 없었다. 나흘째가 되는 날 아침에 끼르사노프가 베라 빠블로브나에게 다음과 같이 말했다. 「드미뜨리는 상태가 아주 좋습니다. 곧 모든 것이 좋아질 것입니다. 앞으로 사나흘이 고비이긴 하지만 오늘보다 심하지는 않을 겁니다. 그리고 곧 회복될 것입니다. 그보다 당신에게 한마디하고 싶군요. 베라 빠블로브나, 당신이 밤 늦게까지 그의 곁에 앉아 있는 것은 현명하지 못합니다. 그는 간호를 필요로 하지 않습니다. 사실 나조차도 필요하지가 않습니다. 당신은 공연히 자신을 괴롭히고 있는 것입니다. 당신은 몹시 날카로워져 있습니다.」

그는 베라 빠블로브나를 이해시키려고 했다. 그러나 헛수고였다. 「나도 그것이 소용없는 일이란 것을 알아요. 그리고 거기에는 생각하고 말 것도 없어요.」 즉, 그녀의 남편 곁에 아무도 남겨 두지 않고 그의 곁을 떠나 잠을 자러 갈 수가 없다는 것이었다. 마침내 그녀가 말했다. 「당신이 방금 나한테 말한 것은 당신도 짐작하겠지만 이미 그가 수차례 내게 이야기했던 것이에요. 물론 나는 당신에게 한 것처럼 그의 말에 귀를 기울였어요. 그러나 결국 그럴 수 없다고 결론을 내린 거예요.」

그와 같은 주장에 맞서 논쟁을 벌이는 것은 소용없는 짓이었다. 논쟁은 끝났다. 끼르사노프는 머리를 가로저으며 밖으로 나갔다.

그는 그날 저녁 10시에 환자를 보러 왔는데 베라 빠블로브나와 함께 약 30분쯤 그의 곁에 앉아 있다가 다음과 같이 말했다. 「자, 베라 빠블로브나, 이제 좀 가서 쉬어요. 우리 두 사람이 모두 당신에게 간청합니다. 오늘밤엔 내가 여기서 머물 것입니다.」

베라 빠블로브나는 망설였다. 그리고 밤새도록 환자 곁에 앉아 있는 것이 불필요하며 게다가 바쁜 사람인 끼르사노프를 붙잡아 두고 있다는 것을 깨달았다. 그러나 그녀는 좀처럼 쉽게 응낙하지 않았다. 〈그래, 분명히 그것은 꼭 필요하지는 않아. 《분명히》? 하지만 그걸 누가 알지? 아니야 밀렌끼를 혼자 남겨 두고 떠나는 것은 불가능해. 그동안에 무슨 일이 일어날지 누가 알아? 그가 물을 마시고 싶어할지도 모르고 또 어쩌면 차를 원할지도 모르잖아. 그는 예민한 사람이라 자고 있는 사람을 깨우지 않아. 그래, 그의 곁에서 떠난다는 것은 불가능해. 끼르사노프는 필요하지 않아.〉 그녀는 마침내 그 말에 따르지 않기로 마음먹었다. 그녀는 나가지 않 겠다고 말했다. 그녀는 별로 피곤하지 않으며 낮에 좀 쉬어서 괜찮다고 대답했다.

「현재의 상황에선 당신에게 돌아가 달라고 부탁을 해야 할 것 같군요.」

끼르사노프는 이 말을 듣지도 않고 그녀의 손을 잡아끌고 반강제로 그녀를 데리고 나갔다.

「사실 나는 그녀에게 부끄럽네, 알렉산드르.」 환자가 말했다. 「간호가 필요하지도 않은 사람 곁에서 밤새도록 앉아 있는 자네 역시 우스운 일을 하고 있는 거라고. 하지만 자네에게 감사하네. 정 그렇게 내가 걱정되면 간호하는 사람을 고용하라고 했는데 내 말을 들어야지. 그녀는 나를 다른 사람 손에 맡기는 것을 견디지 못하는 거네.」

사실, 베라 빠블로브나는 그녀의 침대에 닿자마자 곯아떨어졌다. 젊은 사람들이 삼일 밤을 새는 것쯤은 사실 그렇게 견디기 어려운 것은 아니었다. 또 병도 그다지 심한 것은 아니었다. 그러나 낮에 잠시도 쉬지 않고 밤을 계속 샌다는 것은 매우 위험했다. 이삼 일간 한숨도 안 자고 밤을 세운 그녀는 남편보다 오히려 더 위험했다.

끼르사노프는 환자와 함께 사흘 밤을 보냈다. 그러나 그것은 그다지 힘들지 않았다. 왜냐하면 베라 빠블로브나가 눈치 채지 못하도록 방문을 걸어 잠그고 잠을 잤기 때문이었다. 그녀는 그가 간호하지 않고 잠을 자지 않을까 의심했지만 그가 의사였기 때문에 잠자고 있더라도 걱정할 필요는 없었다. 무슨 일이 있겠어? 그는 잠을 자야 할지 자지 않아야 할지를 알고 있을 텐데, 뭐. 그녀는 그에게 부담감을 안 주려고 한 것이 오히려 그를 불편하게 한 것 같아 부끄러웠다. 그녀는 더 이상 그 일에 신경 쓰지 않았고 마치 그가 거기에 없는 것처럼 잠을 잤다. 〈너는 책망받아야 해, 베라 빠블로브나. 그리고 너는 벌을 받아야 해. 나는 너를 믿지 않아!〉

그러나 나흘째가 되자 환자가 더 이상 아프지 않다는 것이 명백해졌다. 그녀의 의심은 완전히 사라졌다. 그날 저녁에 그들은 카드 게임을 했다. 로뿌호프는 반쯤 비스듬히 눕거나 똑바로 앉기까지 했고 좀처럼 바닥엔 눕지 않았다. 그리고 쾌활한 목소리로 끼르사노프는 이제 밤에 그를 돌볼 필요가 없다고 말했다.

「알렉산드르 마뜨베이치, 그런데 당신은 왜 그렇게 나를 까맣게 잊어 버렸지요? 당신은 드미뜨리의 좋은 친구예요. 그는 종종 당신을 방문했지요. 그런데 당신은 그가 병이 날 때까지 거의 그를 방문하지 않았어요. 거의 일 년 반 가까이나 말이에요. 그래요, 벌써 그렇게 되었어요! 우리들이 좋은 친구라는 것을 잊었나요?」

「사람이란 변하는 법입니다. 베라 빠블로브나. 그리고 변명 같지만 매우 바빴습니다. 거의 아무도 방문하지 못했을 정도니까요. 시간이 없었습니다. 사실 내가 좀 게으른 편이긴 하지만 말이에요. 설혹 당신이라고 해도 오전 9시부터 오후 5시까지 병원과 의학부에 잡혀 있다 보면 어디에 간다거나 어떤 변화를 꾀한다는 것이 얼마나 어려운지 인정할 것이라고 봅니다. 담뱃갑에서 담배를 빼어 물 시간도 없을 지경이니까요. 우정이란 좋은 것입니다. 그러니 화내지 말아요. 소파 위에 있는 담뱃갑의 담배 맛이 좋은데요!」

사실 끼르사노프는 2년 이상 로뿌호프의 집을 방문하지 않았다. 독자 여러분은 그들의 집을 빈번히 드나들던 손님 가운데에 그가 빠져 있다는 것을 깨달았을 것이다. 그는 그들 중에서도 가장 드물게 그의 집을 방문했었다.

8

현명한 독자 여러분, 나는 남성 독자들에게만 설명하고 있다. 나의 여성 독자들은 너무도 잘 이해해서 추측 같은 성가신 일은 아예 하려고 하지도 않는다. 그러므로 나는 그녀들에게 설명을 할 필요를 느끼지 않는다. 나는 언제나 이런 식이다. 물론 나의 남성 독자들이라고 해서 모두 다 현명한 것은 아니다. 그런 부류의 사람들에게는 역시 설명할 필요를 느끼지 않는다. 그러나 대다수 독자 여러분 — 이들 속에는 거의 모든 문학가와 문학가를 자칭하는 사람들이 포함돼 있다 — 과 이야기하는 것은 언제나 즐겁다. 현명한 독자들은 다음과 같이 말한다. 「나는 사건이 어떻게 바뀔지 압니다. 새로운 사랑이 베라 빠블로브나에게 시작될 것입니다. 끼르사노프가 중요한 역할을 할 것입니다. 나는 그 이상도 추측할 수 있습니다. 즉, 끼르사노프가 벌써 오래전부터 베라 빠블로브나에 대한 사랑에 빠져 있다는 것입니다. 바로 그렇기 때문에 끼르사노프는 로뿌호프의 집을 방문하지 않은 것입니다.」 오오, 당신은 현명한 독자이다. 나의 현명한 독자여! 이제 당신은 내가 하는 말을 듣자마자 이렇게 말할 것이다. 「나도 그렇게 생각했습니다.」 그리고 당신은 우쭐해 할 것이다. 그러면 나는 당신에게 기꺼이 머리 숙여 경의를 표한다. 현명한 독자여!

앞에서 언급한 대로, 이제 베라 빠블로브나의 생활에 새로운 인물이 등장했다. 그러나 그에 대해서 자세히 이야기한 적이 없으므로 이 자리에서 몇 마디 설명을 해두는 것이 필요할 것이다. 내가 처음 로뿌호프에 대해서 말했을 때 나는 그와 그의 친구를 구별짓는 데 무척 애를 먹었다. 왜냐하면 끼르사노프에 대해서 이야기할 것 말고 특별히 그에 대해서 따로 이야기할 만한 것이 없었기 때문이었다. 실제로 현명한 독자들은 끼르사노프의 성격에 대한 이제부터의 기술이 로뿌호프의 반복이라는 것을 알게 될 것이다. 로뿌호프는 비교적 여유 있는 하원 의원의 아들이었다. 즉, 그는 〈양배추 수프〉를 자주 먹을 수 있었다. 끼르사노프는 지방법원 서기의 아들이었다. 즉, 그는 〈양배추 수프〉를 자주 먹을 수 없었다. 아니, 솔직히 말해서 거의 〈양배추 수프〉를 먹지 못했다. 로뿌호프는 어렸을 때 부모로부터 학비를 받았다. 그러나 끼르사노프는 열두 살 때부터 그의 아버지가 서류 베끼는 것을 도와야 했고, 김나지움 4학년 때부터는 가정교사 노릇을 했다. 그들 모두, 친척이나 아는 사람의 도움 없이 자신들의 노력을 자신들의 길을 개척했다. 로뿌호프는 어떤 사람이었던가? 그는 김나지움에서 프랑스 어를 배우는 데 실패했고 독일어도 〈데어, 디, 다스〉의 초보 단계를 넘어서지 못했다. 그러나 의학부에 입학한 뒤에 러시아 어만으로는 학문을 계속하기 어렵다는 것을 깨닫자 닥치는 대로 프랑스 책과 사전을 구입했다. 그때 그의 손에 들어온 책은 다음과 같은 것들이었다. 『텔레마크』[61]와 마담 드 장리[62]의 소설들, 그리고 당시의 유명한 잡지인 『르뷔 에트랑제르』[63]의 부록 몇 권. 그것들은 그다지 매력적인 책들은 아니었다. 그러나 대단한 독서광이었던 그는

---

61 프랑스 작가이면서 신비주의 가톨릭 신학자, 교육자, 대주교였던 페늘롱이 쓴 작품으로 1699년에 프랑스에서 출판되었고, 러시아에서는 1747년에 번역되어 출판되었다. 이 책은 입헌 군주제와 농업 생활의 가치를 격찬하고 있다.
62 Madame de Genlis(1746~1830). 프랑스의 계몽 철학자인 장 자크 루소의 제자로 루이 필리프의 가정교사이었으며, 러시아 18, 19세기에 가장 인기 있는 감성주의 소설 작가이기도 하였다.
63 뻬쩨르부르그에서 1832년에서 1863년까지 발간되었으며, 프랑스를 중심으로 한 외국 저서들과 외국 작가들의 생활을 소개한 잡지.

다음과 같이 결심했다. 〈프랑스 어를 유창하게 말하기 전에는 러시아 책을 펼치지도 않을 거야〉라고. 그리고 마침내 그는 프랑스 어를 유창하게 할 수 있게 되었다. 그러나 독일어에 관해서는 다른 방법을 택했다. 그는 독일 노동자들이 많이 모여 사는 집의 방 한 칸을 빌렸다. 그곳은 비참한 곳이었다. 게다가 독일인들은 매우 성가시게 굴었고 의학부까지의 거리도 꽤 멀었다. 그러나 그는 그가 필요로 하는 목표를 성취할 때까지 거기에서 살았다.

끼르사노프는 다른 방식을 취했다. 즉, 그는 독일어를, 로뿌호프가 프랑스 어를 배울 때에 한 것처럼 사전과 책을 이용해서 배웠다. 그러나 프랑스 어는 독특한 방식으로 배웠다. 즉, 사전도 없이 단 한 권의 책을 사용해서 배웠는데 그것은 바로 성서였다. 그것은 그에게 매우 익숙한 책이었다. 그는 제네바에서 번역한 프랑스 어판 신약성서를 구입해 그것을 여덟 번이나 읽었는데 드디어 아홉 번째에는 완벽하게 이해했다. 그렇게 해서 그는 프랑스 어를 마스터했다.

로뿌호프는 또 어떤 사람이었던가? 다음과 같은 것이 바로 그의 행동 방식이다. 한 번은 그가 초라한 교복 차림을 하고 까멘노이 오스뜨로프 거리를 걷고 있을 때였다. 마침 한 시간에 50꼬뻬이까씩을 받고 가르치고 있던 과외를 마치고 돌아오는 중이었다. 그곳은 의학부로부터 3베르스따 떨어진 꽤 먼 곳이었다. 그때 얼굴이 꽤 알려진 풍채 좋은 한 신사와 마주쳤는데, 대개 그런 사람이 그렇듯이 그를 옆으로 밀어젖히고는 길을 비켜 주지 않고 거만하게 그를 똑바로 쳐다보는 것이었다. 그러나 그 당시에 로뿌호프는 여자 이외에는 어느 누구에게도 양보하지 않는다는 신조를 갖고 있었다. 그들은 서로 어깨를 맞대고 눈을 부릅떴다. 그 신사가 반쯤 옆으로 돌아서며 말했다.「돼지 같은 놈, 꼭 거세한 돼지꼴이라니!」

그러나 그가 욕을 계속 퍼부으려는 순간, 로뿌호프는 그 신사에게 다가가 그의 몸을 잡아끌고 가서 시궁창에 밀어 넣어 버렸다. 그리고 그를 위에서 내려다보며 말했다.「움직이지 마, 그렇지 않으면 이번에는 더 깊은 시궁창에 집어넣고 말 거야.」두 농부가 지나가다 쳐다보며 그를 응원했다. 한 관리가 지나가다 그를 쳐다보고는 가볍게 웃으며 지나갔다. 마차 몇 대가 지나갔다. 하지만 마차에서는 아무도 내다보지 않았다. 마차에서는 시궁창에 엎어져 있는 사람이 보일 리가 없었기 때문이었다. 로뿌호프는 그렇게 잠시 서 있다가 그 신사의 손을 잡았다. 그리고 그를 일으켜 세우며 언덕 위로 올라가게 했다. 그리고 말했다.「어이, 선생. 어떻게 이 시궁창에 빠졌지? 이제 또다시 남한테 못된 짓을 하면 그땐 가만 안 놔두겠어. 내가 옷을 닦아 주지!」한 농부가 지나가다 그를 도와 신사의 옷에 묻은 흙먼지를 닦아 주고 두 사람이 지나가다가 역시 멈춰 서서 흙먼지 터는 것을 도와주었다. 그들은 모두 그 신사의 옷을 닦아 주고 떠났다.

끼르사노프는 그런 경험은 없었다. 그러나 그에게도 다음과 같은 일이 있었다. 하인을 여럿 부리는 한 부인이, 20년 전에 죽은 남편이 그녀에게 물려준 도서관의 목록을 만드는 것이 필요했다. 20년이 지난 뒤에 그런 목록이 필요하다는 것은 새삼스레 이야기할 필요가 없을 만큼 너무도 절실한 것이었다. 그때에 끼르사노프가 80루블을 받기로 하고 그 목록을 정리하도록 선택되었다. 그런데 갑자기 그 부인이 도서관 목록이 필요 없게 됐다고 하면서 목록 만드는 일을 중단시켰다. 그녀는 직접 도서관으로 와서 그에게 말했다.「더 이상 수고할 필요가 없게 됐어요. 내 생각이 바뀌었어요. 그동안 수고한 것에 대한 보수예요.」그러면서 그녀는 끼르사노프에게 10루블을 주었다.「영부인! (그는 그 부인을 정식 호칭으로 불렀다.) 나는 그 일을 절반 이상 끝마쳤습니다. 열일곱 개 선반 가운데서 이미 열 개 선반에 있는 책들의 목록을 완성했습니다.」「보수에 관해서는 나한테 권한이 있다는 것을 아시지요? 니꼴라스, 이리 와서 이 신사분과 얘기 좀 해라.」 니꼴라스가 왔다. 「당신이 감히 나의 〈마마〉를 모욕하는 겁니까?」「젖비린내 나는 친구 같으니!」 끼르사노프의 이 말은 좀 지나친 감이 있었다. 그는 끼르사노프보다 다섯 살이나 연상이었다. 「먼저 양쪽 얘기를 들어 보는 게 낫겠다.」「도와 줘요!」 니꼴라스가 외쳤다. 「도와 달라고? 내가 도움 청하는 방법을 보여 주지.」 그 순간, 부인은 비명을 지르며 기절해 쓰러졌다. 니꼴라스는 양손이 강철 끈으로 묶인 것처럼 꼼짝할 수가 없었다. 끼르사노프가 오른손으로 니꼴라스의 양손을 결박하고 있었던 것이다. 뿐만 아니라 그의 왼손이 니꼴라스의 턱을 잡고서 이제라도 곧 목을 조를 태세였다. 끼르사노프가 말했다. 「자, 보라고. 마음만 먹으면 너 하나쯤 목 졸라 질식시키는 것은 아무것도 아니라고.」 그는 그의 목을 조였다. 니꼴라스는 끼르사노프가 정말 자기의 목을 졸라 죽일지도 모른다는 것을 알았다. 그러나 끼르사노프는 그의 목을 누른 손의 힘을 뺐다. 니꼴라스는 그제야 자유롭게 숨을 쉴 수가 있었다. 그러나 끼르사노프의 손이 그의 목에서 완전히 떨어진 것은 아니었다. 그때 문가에 나타난 골리앗처럼 건장한 남자를 보자 끼르사노프는 큰소리로 말했다. 「그 자리에 멈춰! 그렇지 않으면 이 자의 목을 눌러 죽여 버리고 말 거야! 자, 썩 없어져. 안 그러면 정말 목을 조를 거야!」 니꼴라스는 사태를 재빨리 알아차리고 코를 움직여 가라는 표시를 했다. 그것은 끼르사노프가 옳다는 것을 시인하는 것이었다. 「자, 친구. 나를 계단 있는 곳까지 배웅해 줘야겠어.」 끼르사노프가 다시 니꼴라스를 향해 돌아서며 말했다. 그리고 아까처럼 그의 목을 옥죄었다. 그는 토끼같이 놀란 눈으로 쳐다보고 있는 골리앗을 멀찌감치 뒤로 한 채 앞방을 거쳐서 계단으로 내려갔다. 그리고 마지막 계단에서 니꼴라스의 목을 놓아주며 그를 뒤로 밀쳤다. 그리고 그는 니꼴라스의 손에 의해 결딴난 모자를 새로 사기 위해 상점으로 갔다.

자, 이런 사람들 사이에 어떤 차이점이 있겠는가? 그들을 대표하는 가장 두드러진 특징은 개인적인 것이 아니라 유형적인 것이다. 그들은 현명한 독자들이 이제까지 익숙해져 있는 것과는 전혀 딴판으로, 말하자면 일반적인 특징에 의해 그들 개개인의 차이점이 은폐돼 버리는 사람들이다. 다른 사람들이 보았을 때 이 사람들은 마치 중국인들 속의 유럽 인들 — 중국인들로서는 그들의 차이점을 잘 구별해 내지 못한다 — 처럼 다 그게 그거인 것처럼 보인다. 즉, 중국인들은 유럽 인들을 하나의 동일한 유형으로 보기 일쑤인데, 흔히 〈자신들의 문화를 이해하지 못하는 빨간 머리의 야만인들〉로 간주한다. 그들의 눈에 프랑스 인은 영국인과 똑같은 빨간 머리의 유럽 인일 뿐이다. 이 점에서 그들은 옳다. 즉, 모든 유럽 인들이 하나의 유럽 인으로 생각되는 것이다. 그러므로 개개의 유럽 인들이란 흔히 간과되기 십상이며 오직 한 유형의 대표만이 존재한다. 유럽 인들은 모든 바퀴벌레와 지네를 먹지 않는다. 그들은 모두 사람을 토막내서 죽이는 짓을 하지 않는다. 그들은 모두 쌀이 아니라 포도로 만든 브랜디와 와인을 마신다. 중국인들이 보기에 그들은 심지어 차에다 설탕을 타서 마시는 것마저 — 이 점에서 중국인들의 차문화와 근본적으로 다르다 — 똑같다.

그와 마찬가지로, 로뿌호프와 끼르사노프와 같은 유형의 사람들은 다른 유형의 사람들이 보면 서로 똑같아 보인다. 그들 각자는 과감하고, 확고하며, 동요하지 않고 사태를 올바르게 이해할 수 있는 능력이 있다. 그리고 일단 무엇이든지 그것을 이해하면 그것이 그의 손아귀에서 빠져나가지 못하도록 집요하게 매달린다. 이런 점들이 그들 본성의 한 면이라면 그들 본성의 또 다른 면은 아주 성실하다는 것이다. 그래서 〈이 사람을 믿고 전적으로 의존해도 괜찮을까?〉 하는 의심이 생겨날 여지가 전혀 없다. 이런 사실들은 허파로 숨을 쉬고 있다는 사실만큼이나 분명한 것이다. 뿐만 아니라 그들이 허파로 숨을 쉬고 있는 한 전혀 움직이지 않는다. 만일 여러분이 그들을 만난다면 주저 없이 그들의 가슴에 머리를 기대고 의지해도 좋다. 그들의 이와 같은 특징은 그들 각자의 개성이 그 속에 파묻혀 버릴 정도로 강력한 것이다.

이러한 유형의 인간이 우리들 가운데에 출현한 것은 그렇게 오래되지 않았다. 이전의 시대에는 이런 유형의 가능성을 보이는 고립된 개인만이 존재했다. 당시에 그들은 예외적인 존재였고, 따라서 좀 특이한 존재일 뿐 외롭고 무력한 존재였다. 때문에 그들은 소극적이었고 절망감에 빠져 있었으며 홀로 고고한 감정에 휩싸여 있거나 또는 낭만적 성향을 보이곤 했다. 즉, 그들은 이러한 유형의 주요한 특성들을 아직 지니고 있지 않았다. 그들은 냉철하고 실천적인 태도를 가지지 못했으며, 대담하고 잘 단련된 행동은 물론 능동적이고 건전한 사고방식을 갖지도 못했다. 따라서 비록 그들이 이러한 유형의 사람들과 똑같은 본성을 갖고 있다고는 해도 아직 이러한 유형의 인간으로 등장하지 못했던 것이다. 사실, 이러한 유형의 인간이야말로 최근에 성장한 유형이다. 내가 그다지 나이가 많은 것은 아니지만, 내가 젊을 때만 해도 이런 인간은 아직 존재하지 않았다. 사실 나는 전혀 늙었다고 할 수 없다. 그러나 다른 시대에 성장했기 때문에 나는 이런 유형의 인간이 될 수가 없었다. 그러나 나는 망설임 없이 그들에게 존경심을 표하고자 한다. 그들은 훌륭한 사람들이다.

이러한 유형의 인간이 출현한 지는 오래되지 않지만 그들은 급속히 성장하고 있다. 그들은 그 시대의 산물이며 징표이다. 그러나 주제넘게 한마디 더한다면, 그들은 그 시대와 함께 사라져 갈 것이다. 그때까지 그리 오래 걸리지 않을 것이다. 그들이 짧은 시간에 급속히 성장했다는 것은 장래 그들의 소멸 역시 그처럼 빠르리라는 것을 예고한다. 6년 전만 해도 그들은 전혀 찾아볼 수가 없었다. 그리고 3년 전만 해도 그들은 경멸되었다. 그런데 어느새 지금처럼 새로운 유형의 인간으로 등장하고 있는 것이다! 아직 그들에 대한 일반인들의 생각은 크게 바뀌지 않고 있다. 그러나 몇 년 지나면 정확히 몇 년만 지나면 바로 이 사람들이 〈우리를 구원하리라!〉고 여겨질 것이다. 그리고 그들이 말하는 것은 무엇이든지 사람들이 비난을 믿을 것이다. 그리고 그 뒤에 몇 년이 더 지나면, 아니 몇 년도 필요 없이 몇 달만 지나도 그들은 사람들로부터 저주를 받게 될 것이다. 그리고 역사의 무대에서 사라질 것이다. 사람들은 쉿 하고 그들에 관해서 말하는 사람의 입을 막을 것이고 그들에 대해서 언급하는 사람에게 무안을 줄 것이다. 물론 여러분은 그들로부터 많은 이득을 얻을 것이다. 오직 그것으로 충분하다. 그리고 쉿 하는 소리와 비난 속에서 무대를 떠날 것이다. 이전의 행동 그대로 자랑스럽고 겸손하게, 완고하면서도 상냥하게! 그렇다면 그들이 떠나고 난 뒤 무대에는 그들의 자취라고는 아무것도 남아 있지 않는 것일까? 아니다. 어떻게 이 세계가 그들 없이 움직여 나아갈 수가 있겠는가? 분명히 그들의 사라진 뒤에 이 세계는 이전보다 더욱 진보할 것이다. 그러나 부끄러운 것은, 몇 해가 지난 뒤에 사람들이 다시 이렇게 수군대리라는 것이다. 「그들이 사라진 뒤로 이 세계는 전보다 많이 나아졌어. 그러나 이 세계는 여전히 혼란에 가득 차 있어.」 이런 말들이 사람들의 입에서 나올 때 그것은 이런 유형의 사람들이 역사의 무대에 다시 나타나리라는 것을 암시해 준다. 그것도 더욱 많은 수효로, 그리고 이전보다 더욱 세련된 형태로. 왜냐하면 그때에는 이 세계가 지금보다 더 선으로 충만할 것이기 때문이다. 그리고 다시 똑같은 역사가 새로운 빛 속에서 반복될 것이다. 그리하여 마침내 사람들이 다음과 같이 말하는 때가 올 것이다.「자, 이제야말로 우리는 인생을 마음껏 즐길 수 있다.」그때에는 예외적인 인간 유형은 존재하지 않을 것이다. 모든 인간이 이러한 똑같은 인간 유형일 것이기 때문이다. 그리고 그들은 어떻게 이런 일반적인 인간 유형이 특별한 유형으로 취급된 때가 있었는지 의아해 할 것이다.

9

중국인들의 눈으로 볼 때, 중국인들 속의 유럽 인들은 모두 얼굴도 똑같고 생활 방식도 똑같다. 그러나 실제로 유럽 인들을 자세히 관찰해 보면 중국인들이 본 것과는 현저히 다르게 그들 사이에 많은 차이점이 있음을 알 수 있다. 그래서 어떻게 보면 아주 단조로운 하나의 유형인데도 불구하고 개인들 사이의 차이점이 극도로 두드러져서, 서로 다른 다양한 유형의 인간들보다 더욱 분명하게 구별된다. 때문에 여기에서 여러분은 온갖 종류의 사람들 — 사치스러운 시바리스[64] 사람, 금욕주의자, 근엄한 사람, 그리고 부드럽고 상냥한 사람 등등 — 을 발견하게 될 것이다. 그리고 가장 완고한 유럽

---

[64] 남부 이탈리아에 있는 고대 그리스 도시.

인도 중국인과 비교하면 오히려 상냥하고, 가장 겁 많은 사람도 매우 용감하며 가장 정열적인 사람도 아주 도덕적인 것처럼 보인다. 그들 중의 가장 금욕적인 사람조차 다른 유형의 사람들보다 타인들과 함께 어울려 생활하는 것이 필요하다는 것을 잘 알며, 반대로 가장 정열적인 사람조차 가장 도덕적인 다른 유형의 사람들보다 완고하다. 그런데 이 모든 것을 그들은 자기들의 취향대로 이해한다. 뿐만 아니라 도덕, 편리함, 이성 문제 그리고 선에 대해서도 그들 나름의 방식대로 이해한다. 그렇지만 중국인들이 유럽 인들을 볼 때, 이 모든 것은 똑같은 것으로 간주된다. 그러나 이러한 것은 중국인들이 자기들과 비교할 때만 그러할 뿐 실제로 그들 사이에는 엄청난 차이점이 있다. 그렇다면 이와 같은 그들의 본성과 이해 사이의 괴리를 어떻게 조화시킬 것인가?

유럽 인들끼리 서로 이야기할 때 보면 그들의 독특한 기질이 그대로 드러나는 것을 알 수 있는데 유럽 인들 속에는 — 다른 유형의 사람들은 제쳐놓고 오직 그들 속에서만 보더라도 — 실로 현격한 차이점들이 다양하게 존재한다.

우리는 지금 바로 앞에 이런 유형의 두 사람을 마주하고 있다. 베라 빠블로브나와 로뿌호프가 그들이다. 우리는 앞에서 그들의 관계가 어떻게 조정되는가를 보았다. 그리고 지금 세 번째 사람이 등장했다. 이제 앞의 두 사람과 이 사람 사이에 어떤 차이점들이 있는지 함께 보기로 하자. 베라 빠블로브나는 지금 자기 앞에 로뿌호프와 끼르사노프를 동시에 마주하고 있다. 지금까지 그녀는 선택의 여지가 없었다. 그러나 이제 그녀는 선택권을 갖고 있다.

10

그런데 먼저 끼르사노프의 외모에 대해서 두세 마디 해두는 것이 필요할 것 같다. 로뿌호프처럼 그 역시 이목구비가 뚜렷한 잘생긴 얼굴을 갖고 있다. 어떤 사람은 전자를 더 낫다 하고 또 어떤 사람은 후자를 더 낫다고 한다. 로뿌호프는 약간 선이 가는 듯한 외모에다가 짙은 밤색 머리카락에 검고 어두운 빛나는 눈, 매부리코, 얇은 입술, 그리고 타원형의 얼굴 모습을 하고 있다. 끼르사노프는 약간 갈색이 도는 금발에 짙은 푸른 눈, 그리스 인의 곧은 코, 작은 입, 그리고 직사각형의 얼굴 모습인데 특히 얼굴빛이 희다. 두 사람 모두 키가 컸고 몸이 쭉 뻗었다. 로뿌호프는 어깨가 약간 넓은 편인데 반해서 끼르사노프는 키가 좀더 커 보였다.

끼르사노프의 외형적 조건은 매우 유리했다. 그는 지금 교수이다. 교수 자격 심사 투표에 참가한 많은 사람들이 처음에는 그에게 반대표를 던졌는데, 그들은 그에게 교수 자격을 부여하길 거부했을 뿐만 아니라 박사 학위를 박탈하려고까지 했다. 그러나 그것은 불가능했다. 두세 명의 젊은이와 그의 동료이며 친구인 한 교수가 다른 교수들에게 베를린에 살고 있는 피르호[65]라고 하는 사람, 그리고 파리에 살고 있는 클로드 베르나르[66]라고 하는 사람, 그리고 역시 다른 지방에 살고 있는 몇몇 사람들의 말을 전했기 때문이다. 말하자면 피르호, 클로드 베르나르, 그리고 그 밖의 몇몇 사람들이 이른바 의학계의 중심 인물이라고 소개되었는데 이것은 극히

---

65 Rudolf Virchow(1821~1902). 독일의 병리학자. 의학 분야 중 특히 세포 병리학에 이바지하였고 공중 위생 개선에 선구자였다.

66 Claude Bernard(1813~1878). 프랑스의 생리학자. 실험 의학의 창시자이다. 저서로는 『실험 의학 시설』(1855)이 유명하다.

믿기 어렵다. 왜냐하면 의학계의 중심인물인 부르하베,[67] 후 페란트[68] 같은 사람이 우리에게 잘 알려져 있었으며 그 당시 제너는 종두법을 가르치고 있어서 자주 사람들 입에 오르내렸는데 반해서 피르호와 클로드 베르나르 같은 이름은 통 들어본 적이 없기 때문이다. 도대체 그들은 어떤 부문의 대가들인 것일까? 그러나 악마 이외에는 그것을 아는 사람이 아무도 없었다. 바로 그들이 끼르사노프가 학위를 취득할 때 그의 논문을 읽고 경의를 표했던 것이다. 그러므로 그들은 끼르사노프에게 박사 학위를 수여했고 그 일 년 반 뒤에 교수 자격을 부여했다. 학생들은 대체로 그가 교수단에 들어가기를 원했는데 그가 교수가 되면 교수단의 실력이 그만큼 향상되리라고 보았기 때문이었다. 그러나 그는 끝내 직접 시술을 하지 않았다. 그는 그 스스로도 시술을 포기했다고 말했다. 그렇기는 했지만 그는 병원에서 오랫동안 시간을 보내는 일이 많았고 종종 그곳에서 저녁 식사를 들기도 했으며 꽤 여러 날을 그곳에서 자기도 했다. 그렇다면 그는 거기서 무엇을 했을까? 그는 학문을 위해서만 일할 뿐 환자 치료는 하지 않는다고 말했다. 「나는 진료를 하지 않아. 단지 환자를 관찰하고 실험을 할 뿐이지.」 학생들은 그의 말을 신뢰하고 따랐다. 그들은 현재 오직 돌팔이 의사만이 치료를 한다고 확신했다. 당시에 효과적인 치료를 하는 것은 그만큼 어려웠기 때문이다. 그러나 병원에서 근무하는 사람들은 다르게 생각했다. 「끼르사노프의 이런 태도는 사람들을 〈천국〉으로 데

---

67 Hermann Boerhaave(1668~1738). 네델란드 의사. 임상 교육에 히포크라테스의 방법을 부활시켰으며 질병 진단을 위해 의사들과 병리학자들 사이에 위원회를 만들었다.

68 Christoph Wilhelm Hufeland(1762~1836). 독일 의사. 예나 대학과 베를린 대학에서 학생들을 가르쳤으며 백신 사용 연구에 기여했다.

려가는 거나 다름없다고. 그것은 좋지 않아.」 그들은 이렇게 서로 속삭였다. 그러나 환자에게는 다르게 말했다. 「용기를 잃지 마십시오. 이 의사의 말을 어기면 병이 더욱 악화되니 주의하십시오. 그는 대가입니다. 이 방면엔 신이나 다름없습니다.」

11

베라 빠블로브나가 결혼한 지 처음 얼마 동안 끼르사노프는 로뿌호프의 집을 매우 빈번하게 방문했다. 하루걸러 한 번씩 들를 만큼 자주 왔는데, 정확하게 말한다면, 거의 매일같이 그의 집을 방문한 거나 다름없었다. 그의 집을 처음 방문한 그날 그는 곧 베라 빠블로브나와 매우 친해졌다. 거의 로뿌호프와의 우정에 버금갈 만큼 그들 사이에도 우정이 생겨났다. 그리고 이런 빈번한 방문은 거의 반년 동안이나 계속되었다. 어느 날 그들은 셋 — 그, 남편과 아내 — 이 함께 앉아 있었다. 대화는 격식 없이 평소처럼 계속되었다. 그들 중에서도 끼르사노프가 가장 말을 많이 했는데 그가 갑자기 침묵했다.

「무슨 생각을 하고 있는 거지, 알렉산드르?」

「그래, 무엇이 그렇게 갑자기 당신을 엄숙하게 만들었나요, 알렉산드르 마뜨베이치?」

「특별히 뭐 이야기할 만한 것은 없습니다. 그저 약간 우울해졌을 뿐입니다.」

「좀처럼 당신에게선 보기 드문 일인데요.」 베라 빠블로브나가 말했다.

「그럴 만한 이유가 전혀 없는 것은 아닙니다만.」 끼르사노프가 어색한 목소리로 말했다.

 몇 분 뒤에 그는 다른 때보다 일찍 일어나서 밖으로 나갔고 평소 같지 않은 긴장된 태도로 작별 인사를 했다.

 이틀 뒤에 로뿌호프는 끼르사노프를 보러 갔었다고 베라 빠블로브나에게 말했다. 그리고 왠지 자기에게 이상한 태도로 대하는 것 같더라고 했다. 끼르사노프는 그답지 않게 격식을 갖춰 그를 대했는데 이런 태도는 그들 사이에서는 전혀 불필요한 행동이었던 것이다. 로뿌호프는 그의 얼굴을 똑바로 응시하며 말했다.

「알렉산드르, 자네 누군가에게 화난 게 틀림없어, 혹시 그게 나 인가?」

「아니.」

「그럼, 베로치까인가?」

「아니.」

「그럼, 자네한테 무슨 일이라도 있는 건가?」

「전혀 없어. 자네가 공연히 그렇게 생각한 것뿐이야.」

「그런데 오늘 따라 왜 내게 다정하게 굴지 않는 거지? 자네 태도는 자연스럽지가 않아. 마치 꼭 화가 잔뜩 나 있는 사람 같다고.」

 끼르사노프는 로뿌호프가 잘못 생각한 것이라고 변명을 늘어놓기 시작했다. 그러나 그가 그러면 그럴수록 오히려 자기가 화가 나 있는 것을 상대로 하여금 확신하게 하는 결과가 되었다. 드디어 그는 자기의 그런 행동에 대해서 무척 부끄러워했다. 그는 전처럼 다시 솔직하고 친절하고 다정하게 그를 대하려고 애썼다. 로뿌호프는 그가 서서히 평소의 그로 돌아오는 것을 유심히 관찰하며 그에게 물었다.「자, 알렉산드르, 자네가 무엇 때문에 화가 났었는지 얘기해 보게.」

「글쎄, 나는 내가 화가 나 있다고는 생각하지 않네.」 그는 다시 불쾌한 표정을 지었고 말머리를 굽히지 않았다.

몹시 당혹스런 일이었다! 로뿌호프는 그를 화나게 한 것이 무엇인지를 생각해 낼 수가 없었다. 더욱이 그들 사이의 존경심과 따뜻한 우정을 고려하면 그런 일이 전혀 있을 것 같지 않았다. 베라 빠블로브나 역시 그녀가 혹시 그를 화나게 할 만한 행동을 하지는 않았는지 생각해 보았다. 그러나 그녀 역시 그럴 만한 것을 기억해 낼 수가 없었다. 그녀 또한, 그녀의 남편과 마찬가지로, 그런 일이 가능하지 않다는 것을 잘 알고 있었다.

다시 이틀이 지났다. 끼르사노프가 나흘 동안이나 로뿌호프의 집에 오지 않는 것은 보통 일이 아니었다. 베라 빠블로브나조차 〈그가 혹시 아픈 게 아닐까?〉라고 생각하며 당황해했다. 로뿌호프는 그가 정말 아픈 것은 아닌지 알아보기 위해 그를 찾아갔다. 「뭐라고? 내가 아프다고?」 그는 여전히 화가 나 있었다. 로뿌호프는 그 이유에 대해서 집요하게 파고들었다. 얼마 동안 계속 부정하던 끼르사노프는 마침내 그와 로뿌호프 그리고 베라 빠블로브나와의 관계에 대한 그의 생각들을 뒤죽박죽 털어놓기 시작했다. 즉, 그는 그들을 몹시 사랑하고 존경하는 데 그들이 그동안 그에게 충분한 관심을 표시하지 않았다는 것이다. 그러나 그의 장황한 말 속에는 그가 화가 나 있는 것에 대한 직접적인 단서가 될 만한 것이 아무것도 없었다. 그 점잖은 사람이 망상에 사로잡힌 게 틀림없었다. 로뿌호프의 입장에서 볼 때 끼르사노프와 같은 사람에게서 그런 모습을 본다는 것은 너무도 잔인한 일이었다. 방문자가 주인에게 말했다. 「자네, 듣나? 우리는 친구네. 언젠가 이번 일을 부끄러워할 때가 있을걸세.」 끼르사노프는 겸연쩍은 태도를 지으며 사실 그것은 자기 입장에서 보더라도 아주 사소한 일이라고 말했다. 그렇다면, 그가 정말 모욕이라도 당했다면 무슨 일이 벌어질지 아무도 짐작 못할 터였다. 「그래, 그게 뭔데?」 그는 최근에 그를 불쾌하게 만든 것들을 다음과 같이 이것저것 늘어놓기 시작했다. 「자네가 그랬잖아, 머리카락이 흰 사람은 멍청한 사람이기 쉽다고. 게다가 베라 빠블로브나도 그랬지. 요즘 찻값이 올랐다고. 그래, 앞의 것은 내 머리카락을 두고 말한 것이고 뒤의 것은 내가 자네 집 재산을 축내고 있다는 얘기였어.」 로뿌호프는 맥이 빠져 손이 밑으로 힘없이 떨어졌다. 〈이 친구는 망상에 잡혀 제정신이 아냐. 아니, 어느새 바보 천치가 다 됐어!〉

로뿌호프는 우울한 기분으로 집에 돌아왔다. 몹시 아끼고 좋아하는 사람한테서 그처럼 뒤틀린 모습을 본다는 것은 비참한 것이었다. 궁금해서 묻는 베라 빠블로브나의 질문에 그는 그 이야기는 그만두는 게 좋겠다고 침울한 목소리로 말했다. 그 대신 그는 끼르사노프가 기분이 좋지 않더라고, 아마도 아픈 모양이라고 얼버무렸다.

사흘 뒤에, 제정신을 차린 끼르사노프가 자신의 무례한 행동을 깨닫고 로뿌호프의 집에 찾아왔다. 그는 기분이 좋은 것처럼 행동했다. 그리고 그가 얼마나 부끄러운 짓을 했는지 말하기 시작했다. 베라 빠블로브나의 말에서 그는 그녀가 남편으로부터 그의 터무니없는 행동에 대해서 듣지 못했다는 것을 알았다. 그는 로뿌호프의 사려 깊은 배려에 대해서 진심으로 고마워했다. 그리고 죄책감에서 베라 빠블로브나에게 그동안의 모든 이야기를 들려주기 시작했다. 그는 무척 예민해져 있었고 흥분해 있었다. 그는 그동안 좀 아팠다고 말하면서 쓸데없는 말을 늘어놓기 시작했다. 베라 빠블로브나는 그의 말을 중지시키려고 그를 제지했다. 그것은 아무것도 아니라고, 하찮은 것이라고. 그는 〈하찮은〉 것이란 말을 듣자 다시 로뿌호프와 이야기할 때 그랬던 것처럼 어리석고 우스꽝스런 말을 되풀이하기 시작했다. 그는 매우 신경이 날카로워져서 말했다. 그것은 물론 하찮은 것이라고, 그리고 로뿌호프 부부가 볼 때 그는 아무것도 아니며, 자기는 그 전처럼 대할 가치조차 없는 사람이라는 등등. 이 모든 것을 비겁하고 비열한 태도로, 그리고 동시에 가장 정중하고 겸손한 태도로 말했다. 이 말들을 듣는 동안 베라 빠블로브나 역시, 그녀의 남편이 그랬던 것처럼, 두 팔이 힘없이 밑으로 흘러내려졌다. 그가 돌아가고 난 뒤에 그들은 그가 며칠 전부터 행동이 이상했다는 것을 기억해 냈다. 그때에 그들은 그것을 알아채기는커녕 전혀 감지하지도 못했었다. 이제 이전의 그의 어색한 행동들이 무엇을 의미하는지 분명해졌다. 결국 그들은 똑같은 종류의 사람이었다. 단지 약간 더 계발되고 안 되고의 정도 차이뿐.

그런 일이 있은 뒤에, 끄르사노프는 매우 자주 그의 집을 방문했다. 그러나 이전처럼 격의 없는 절친한 관계를 계속하는 것은 불가능했다. 존경하는 사람의 가면 뒤에서 이제까지 감춰져 있던 긴 당나귀 귀가 갑자기 나타났던 것이다. 이로 말미암아 로뿌호프 부부는 존경하는 친구에게서 그들의 존경심을 잃어버렸다. 게다가 그 당나귀 귀는 그 뒤로도 이따금씩 그 모습을 드러내곤 했다. 물론 그것은 그렇게 얼마 동안 계속되다가 언젠가 사라질 것이었다. 그러나 그것은 불쌍하고 비참하고 추한 것이었다.

그들은 곧 끄르사노프에게 완전히 차갑게 대하기 시작했다. 그리고 그 역시 로뿌호프의 집을 방문하는 것이 그다지 즐겁지 않음을 알게 되자 곧 방문을 중지했다.

그러나 그는 이따금씩 친구들의 집에서 로뿌호프 부부를 만나곤 했다. 그리고 얼마 뒤에는 그에 대한 로뿌호프 부부의 차가운 시선도 누그러지기 시작했다. 이제 불쾌한 문제는 아무것도 없었다. 로뿌호프가 그를 방문하기 시작했다. 그리고 일 년이 지나자 그도 다시 로뿌호프의 집을 방문하기 시작했다. 그는 옛날처럼 침착하고 꾸밈 없고 정직한 끼르사노프, 기품 있는 끼르사노프 그대로였다. 그러나 그는 자주 방문하지는 않았다. 아직도 주저하고 쑥스러워하는 것이 분명했다. 지난번의 그 터무니없는 자신의 행동이 생각나는 모양이었다. 로뿌호프는 그 일을 거의 잊어버렸고 베라 빠블로브나 역시 마찬가지였다. 그러나 한 번 갈라진 금은 옛날의 그 진심에서 우러나오는 절친한 관계로 돌아가게 하지 않았다. 바깥으로 나타나는 그들의 관계를 보면 그와 로뿌호프는 매우 가까운 친구였고 사실이 또 그랬다. 로뿌호프는 전처럼 그를 다시 존경하기 시작했다. 그리고 그를 자주 찾아갔다. 베라 빠블로브나 역시 이전의 우정의 몫을 그에게 돌려주었다. 그러나 그녀는 좀처럼 그를 볼 기회가 없었다.

12

그러나 이제 로뿌호프의 병, 아니 보다 정확히 말하면 베라 빠블로브나의 남편에 대한 지나친 집착이 끼르사노프에게 로뿌호프의 가족과 일주일 이상 가깝게 지낼 기회를 제공했다. 그는 베라 빠블로브나가 밤을 새며 간호하는 것을 막기 위해서 그들과 매일밤 함께 보내기로 했을 때 자기가 매우 위험한 길에 들어섰음을 알았다. 3년 전, 자신의 내부에서 타오르는 열정을 억제하기 위해서 온갖 짓을 다 했을 때 그는 차라리 얼마나 행복하고 뿌듯했던가. 그리고 그 일은 또 얼마나 그를 즐겁게 했던가! 처음 2, 3주일 동안 그는 로뿌호프의 가정에 마음이 끌렸다. 그러나 그때와는 달리 외로움에서 오는 고통보다 그 고통을 이겨내려는 투쟁으로부터 더 커다란 만족감을 느꼈다. 그리고 한 달이 지나자 고통은 완전히 사라지고 확고부동한 태도에서 오는 기쁨이 그 자리를 대신했다. 그의 영혼은 동요하지 않고 평온했으며 동시에 쾌활했다.

그러나 지금이 그 당시보다 더욱 위험했다. 지난 3년 동안에 베라 빠블로브나는 확실히 도덕적으로 커다란 변화와 발전을 겪었다. 그때에 그녀는 거의 소녀나 다름없었다. 그러나 지금은 그때와 달랐다. 그녀에 의해서 부추겨진 감정은 더 이상 내가 사랑하고 미소 지었던 어린 소녀의 애정이 아니었다. 그뿐만 아니라 그녀는 도덕적으로 성숙해 있었다. 만일 여성의 미를 실제의 아름다운 외모에서 찾는다면 당시 우리 북부 지방 여성들은 해가 갈수록 더욱 아름다워지고 있었다고 할 수 있었다. 그렇다. 인간이 본래 선하고 삶의 또한 선한 것이라고 한다면, 지난 3년 동안의 세월은 정신적으로나 사물에 대한 태도나 외면적 자태에서, 그리고 인격 전체에서 선의 커다란 발전을 보여 주었다.

분명히 그것은 커다란 위험을 내포한 것이었다. 그러나 그것은 끼르사노프에게나 그러할 뿐, 베라 빠블로브나에게 무슨 위험이 있겠는가? 그녀는 남편을 사랑했다. 끼르사노프는 자신을 로뿌호프의 위험한 연적으로 간주할 만큼 그렇게 어리석지도 자만하지도 않았다. 이것은 그가 겸손한 척한다는 말이 아니다. 실제로 존경받는 사람들은 그와 로뿌호프를 똑같이 평가했다. 물론 로뿌호프에게는 이미 그녀의 사랑을 획득했다는 비교할 수 없는 유리한 점이 있었다. 그렇다. 그는 사랑을 획득했다. 그는 절대적으로 그녀의 마음을 사로잡았다. 게다가 그녀의 선택은 이미 끝났고 그녀는 그 선택에 만족하고 있었다. 그녀로서는 더 나은 다른 조건을 찾는다는 것은 생각할 수도 없었다. 이 정도면 충분히 좋지 않은가? 아무것도 부족한 것이 없는데 다른 것을 생각한다는 것은 어리석은 짓이었다. 말할 것도 없이 그녀의 로뿌호프에 대한 쓸데없는 걱정은 끼르사노프의 자만심에서 나온 것이었다. 끼르사노프가 한 달, 아니 두 달 동안이나 그런 생각에 시달렸다는 것은 터무니없는 짓 아닐까?

베라 빠블로브나를 자극하고 긴장시켜 그녀의 남편 곁에서 잠시도 떠나지 못하게 한다는 것은, 그리하여 그녀로 하여금 매우 중한 병의 위험을 무릅쓰게 하는 것은 바보 같은 짓이 아닐까? 비록 나의 안락하고 규칙적인 생활에 방해가 된다고 해도 잠시 틈을 내어 간단히 몇 마디 말만 해주면 되는 것을 가지고 성가시고 귀찮다고, 그것도 나와 아주 절친한 사이인 남자를 중대한 위험에 빠뜨리는 것이 과연 바람직한 일일까? 이러한 것은 비열한 짓이다. 그리고 이런 비열한 행동은 스스로 견뎌 내야 하는 나 자신과의 투쟁에 견주면 말할 수 없이 수치스런 것이다. 더욱이 그 투쟁의 최종 목적이 고작 나 자신의 우쭐한 만족에 있다는 것이 의심할 수 없는 사실이리라.

이와 같은 것은 끼르사노프가 베라 빠블로브나를 쓸데없는 밤샘에서 구해 내기로 결정했을 때 생각한 내용이었다.

이제 밤샐 필요는 없어졌다. 하지만 만일을 위해서, 그리고 갑자기 간호를 중단하는 것은 좋지 않으므로 끼르사노프는 한동안 로뿌호프의 집을 매일 두세 번씩 방문했다. 그 뒤에는 일주일에 두세 번, 그리고 그 다음에는 한 달에 두세 번, 그 다음에는 반년에 두세 번 방문했다. 그리고 그 뒤로 그는 로뿌호프의 집을 방문하지 않았는데 그것은 그의 직업상의 이유 때문이기도 했다.

13

 끼르사노프의 일들은 모든 것이 그가 계획한 대로 잘 진행되었다. 그의 집착은 새롭게 무장되었고 전보다 더욱 강해졌다. 그러나 그 집착과의 투쟁은 그다지 큰 고통을 주지 않았다. 그것은 차라리 편안한 싸움이었다. 지금, 끼르사노프는 드미뜨리 세르게이치의 병이 다소 나아진 뒤로 두 번째로 그의 집을 방문하고 있는 중이었다. 그는 9시까지 머물 예정이었다. 그때까지면 충분했다. 그는 몸가짐을 조심했다. 다음에는 2주일 후에 방문할 것이다. 그때쯤이면 특별히 병을 돌보지 않아도 될 것 같았다. 그러나 지금은 한 시간 이상 그들 곁에 앉아 있는 것이 필요했다. 한편 이번 주일에 그의 열정은 절반이나 무너져 내렸다. 그리고 한 달이 지나자 모든 것이 끝났다. 그러나 그는 동요하지 않았고 만족해 했다. 자신의 성공에 기뻤고 또 그 만족감이 보다 무관심하게 지낼 수 있는 여유를 주었기 때문에 그는 자연스럽게 그들과 대화를 나눌 수 있었다.

 로뿌호프는 이튿날 처음으로 외출할 참이었다. 때문에 베라 빠블로브나의 얼굴에는 여느 때와는 달리 몹시 생기가 돌았다. 그녀는 환자 이상으로 기뻐했다. 대화는 자연히 병에 얽힌 에프소드로 모아졌다. 그들은 지난 일을 회상하며 즐겁게 웃었다. 그리고, 약간 장난 섞인 말투로, 지나치게 신경을 쓴 나머지 자신의 건강까지 해친 베라 빠블로브나의 아내로서의 희생 정신을 칭찬했다.

 「웃고 잊어버리세요.」 그녀가 말했다. 「하지만 만일 당신 대신 내가 그런 병에 걸렸다면 당신은 그처럼 내게 마음을 쓰지 않았을 거예요.」

 「타인의 근심이 그에게 무슨 소용이 있겠어.」 로뿌호프가 말했다. 「아픈 사람이란 흔히 사람들이 자기 걱정하는 것을 빤히 바라보면서도 오직 신만이 자기를 낫게 할 수 있다는 환상에 빠지는 법이거든. 나는 사실 사흘 전부터 밖에 나갈 수 있었는데 그냥 집에 앉아 있었어. 그리고 오늘 아침에도 밖에 나가고 싶었는데 하루 더 연기했어. 될 수 있는 한 위험을 줄이려고 말이지.」

「맞아, 자네는 벌써 오래전에 밖에 나갈 수 있었어.」 끼르사노프가 자신 있게 말했다.

「그래, 하지만 나는 그것을 영웅주의 심리라고 생각했네. 솔직히 말해서 지금 이 생활이 몹시 짜증나네. 지금이라도 당장 밖에 나가고 싶은 심정이야.」

「당신이 영웅주의 심리라고 말하는 것은 사실 나를 안심시키기 위해서예요. 그래요, 당신이 그렇게도 이 격리 생활에 종지부를 찍고 싶다면 지금 당장 같이 밖에 나가요. 마침 30분쯤에 공장에 다녀오려던 참이었거든요. 우리 모두 함께 가요. 당신이 병이 나아서 우리 조합을 첫번째로 방문한다면 매우 좋아들 할 거예요. 아가씨들도 당신이 병이 낫자마자 공장을 맨 먼저 방문했다는 것을 알 거예요. 그리고 당신의 그와 같은 배려에 몹시 즐거워할 거고요.」

「좋았어, 우리 모두 같이 갑시다.」 로뿌호프가 말했다. 그는 잠시 후면 신선한 공기를 마음껏 심호흡할 수 있다는 생각에 무척 만족해 했다.

「정말요? 내 뜻대로 됐군요, 모두 내 재치라고요.」 베라 빠블로브나가 말했다. 「그런데 설마 알렉산드르 마뜨베이치, 당신이 우리와 함께 가는 것에 반대하는 건 아니겠지요?」

「아니오, 그 반대입니다. 나도 무척 기대가 됩니다. 사실 오랫동안 그곳에 가보고 싶었습니다. 당신의 생각은 정말 멋집니다.」

실제로 베라 빠블로브나의 추측은 적중했다. 처녀들은 로뿌호프가 병이 나아서 첫번째로 그들을 방문했다는 사실에 무척 기뻐했다. 끼르사노프는 공장에 매우 관심이 많았다. 그와 같은 사고방식을 가진 사람이 그것에 흥미를 느끼지 않는다는 것은 불가능했다. 만일 특별한 일이 그를 방해하지 않았다면, 그는 그곳에서 가장 열성적으로 그 처녀들을 가르치는 교사들 중의 한 사람이 되었을 것이다. 그들이 공장 일을 살펴보는 동안 30분, 아니 한 시간이 어느새 금방 지나가 버렸다. 베라 빠블로브나는 그를 이방 저방으로 안내하며 그에게 자세하게 설명했다. 얼마 후 그들이 식당에서 막 작업실로 돌아오고 있을 때 작업실에 있었던 한 처녀가 베라 빠블로브나에게 다가왔다. 그때 그 처녀와 끼르사노프의 시선이 마주쳤다.

「나스쩬까!」

「사샤!」[69] 그들은 서로 포옹했다.

「사셴까, 당신을 보다니 정말 기뻐요!」 그녀는 그에게 키스를 했다. 그리고 갑자기 큰 소리로 웃었다. 흥분이 가라앉아 그녀가 말하기 시작했다. 「베라 빠블로브나, 이 일에 대해서는 나중에 말씀드릴게요. 지금은 그와 떨어져 있고 싶지 않아요. 자, 가세요, 사셴까. 내 방으로 가요.」

끼르사노프 역시 그녀 못지않게 기뻐했다. 그러나 베라 빠블로브나는 그가 그녀를 알아보았을 때 그의 눈에 깊은 슬픔이 서려 있는 것을 보았다. 그리고 그녀의 그런 태도에 대해서도 놀라지 않았다. 그녀는 폐병의 마지막 단계에 와 있었기 때문이었다.

나스쩬까는 일 년 전에 조합에 들어왔는데 그때에 이미

---

[69] 끼르사노프의 애칭.

병이 매우 심하였다. 만일 그녀가 매일 그 시간까지 공장에 남아서 일을 했다면 그녀는 벌써 죽었을 것이다. 그러나 조합에는 그 일 말고도 그녀의 마지막 생명의 불꽃을 조금 더 연장시켜 줄 만한 일거리들이 많이 있었다. 그들은 그녀에게 해가 되지 않는 다른 일을 쉽사리 찾아낼 수 있었다. 그녀는 공장 일을 조금만 했고 대신에 사무실 일을 담당하여 주로 주문을 받았다. 그러나 나스쩬까가 공장의 다른 사람들보다 적게 일한다거나 덜 유용하다고 말하는 사람은 아무도 없었다.

로뿌호프 부부는 끼르사노프가 나스쩬까와 이야기를 마칠 때까지 기다리지 않고 먼저 갔다.

14
나스쩬까의 이야기

다음날 아침 일찍이 나스쩬까가 베라 빠블로브나에게 왔다. 「어제 당신이 본 것에 대해서 말씀드리고 싶어요, 베라 빠블로브나.」 그녀가 말했다. 그러나 그녀는 어떻게 이야기를 시작해야 할지 잠시 망설였다. 「나는 당신이 그를 나쁘게 생각하지 않기를 바래요. 베라 빠블로브나.」

「그게 무슨 뜻이지요? 당신은 나를 잘못 알고 있어요. 나따샤 보리소브나.」

「아뇨, 만일 내가 아니고 다른 사람의 경우라면 나는 그런 생각을 하지 않았을 거예요. 그러나 당신은 내가 다른 여자들과 같지 않다는 것을 알고 있어요.」

「아니에요, 나따샤 보리소브나, 당신 자신에 대해서 그런 식으로 말하면 안 돼요. 우리는 일 년 동안 당신을 겪었고 또 그 이전의 당신에 대해서도 우리 조합 사람들이 잘 알고 있어요.」

「바로 그것이 당신이 나에 대해서 잘 모른다는 것을 입증하는 거예요.」

「어째서 그렇지요? 나는 당신에 대해서 많은 것을 알아요. 당신이 하녀였던 지난 날, 당신은 여배우 N과 함께 살았어요. 그가 결혼하자 당신은 그녀의 시아버지를 피해서 그녀 곁을 떠나 Y공장에 들어갔어요. 그리고 거기서 우리 공장으로 왔어요. 나는 그 일들에 대해서 아주 소상이 알고 있어요.」

「물론, 나에 대한 모든 것을 알고 있는 막시모바와 셰나가 아무 얘기도 안 했을 거라는 건 알아요. 그러나 결국 당신과 다른 사람들이 나에 대해서 이야기를 듣게 될지도 모른다고 생각했어요. 아아! 공장에 있는 사람들이 그것에 대해서 아무것도 모른다면 얼마나 좋을까! 하지만 당신에게 말씀드려야겠어요. 곧 그가 얼마나 좋은 사람인지 알게 될 거예요. 나는 아주 나쁜 여자였어요, 베라 빠블로브나.」

「나따샤 보리소브나, 당신이?」

「예, 그래요, 베라 빠블로브나. 나는 아주 뻔뻔스런 여자였어요. 부끄러움이라곤 전혀 모르고 지냈으니까요. 게다가 늘 술 취해 있었어요. 사실 내가 이렇게 병든 건 폐가 좋지 않았는데도 계속 과음을 했기 때문이에요.」

베라 빠블로브나가 이런 고백을 듣기는 이번이 세 번째였다. 그녀와 알고 난 후로 완전히 평온과 예절을 되찾게 된 처녀들은 대부분 그때까지 좋지 못한 생활에 빠져 있었다고 말하곤 했던 것이다. 처음 그런 고백을 들었을 때 그녀는 무척 놀랐었다. 그러나 며칠 동안 곰곰이 생각한 끝에 스스로에게 물어 보았다. 「내 생활은 어떠했지? 내가 자란 환경 역시 추악하고 나빴어. 그러나 그것이 내게 영향을 미치지는 못했거든. 나보다 더 나쁜 가정에서도 때묻지 않고 순수하게 성장한 사람들이 얼마든지 있어. 어쩌면 수천 명이 넘을지도 몰라. 그래, 나쁜 환경 속에서도 타락하지 않고 행복하게 산다고 해서 이상할 건 아무것도 없어.」 그녀는 두 번째 고백을 경청했다. 그러나 그녀는 놀라지 않았다. 왜냐하면 고백한 그 처녀는 인간의 고귀한 품성들 — 관용과 성실, 그리고 부드러운 마음씨 — 을 조금도 다치지 않고 그대로 간직하고 있었기 때문이었다. 즉, 그녀는 순진무구한 면이 그대로 남아 있기까지 했던 것이다.

「나따샤 보리소브나, 당신이 하려고 하는 그런 고백을 그동안 몇 번 들은 적이 있어요. 그것은 우리 두 사람 모두에게 힘들어요. 말하는 당신이나 듣는 나 모두에게 말이죠. 지금, 당신이 그동안 아주 어렵게 인내해 왔다는 것을 알고 나니 당신을 더 존경하게 되는 것 같아요. 당신의 얘기를 듣지 않아도 대충 무슨 얘기인지 짐작이 가요. 이제 그 얘긴 그만두도록 해요. 당신이 내게 그것을 고백할 의무도 없고요. 나 자신도 몇 년 동안을 슬픔 속에서 보냈어요. 그래서 될 수 있으면 지난 일에 대해서는 생각하지 않고 지내려고 애써요. 물론 다른 사람들이 그런 얘기를 하는 것도 좋아하지 않아요. 그 역시 어렵긴 마찬가지이기 때문이에요.」

「그렇지 않아요, 베라 빠블로브나. 나는 생각이 좀 달라요. 사실은 그가 얼마나 좋은 사람인지 당신에게 말씀드리고 싶은 거예요. 내가 그에게 얼마나 감사하는지 남들한테 알리고 싶어요. 당신에게가 아니라면 누구한테 그런 이야기를 하겠어요. 사실 내가 어떤 생활을 해왔는지 구태여 말할 필요는 없어요. 가난한 집 딸자식이면 누구나 겪는 그런 거니까요. 나는 단지 내가 어떻게 그와 알게 되었는지를 말씀드리려는 거예요. 그에 대해서 이야기할 수 있다는 것만으로도 나는 너무 기뻐요. 뿐만 아니라 앞으로 그의 집에서 살 예정이거든요. 그리고 당신이 꼭 알아야 할 것이 있어요. 그것은 내가 왜 공장을 떠나려고 하는 거예요.」

「그 얘기를 하는 게 당신을 기쁘게 한다면, 나따샤 보리소브나, 기꺼이 듣겠어요. 먼저 내 일을 마치고요.」

「예, 그렇게 하세요. 그러나 나는 일을 할 수가 없어요. 내 건강을 염려해서 내게 그런 일을 맡긴 아가씨들이 너무도 친절하고 고마워요. 그녀들 모두에게 감사하고 있어요. 그녀들에게 전해 주세요, 베라 빠블로브나, 내가 그녀들에게 감사한다고요. 그러니까 내가 네프스끼 거리를 걷고 있을 때였어요, 베라 빠블로브나. 그날 따라 나는 좀 일찍 밖에 나왔어요. 한 학생이 걸어가고 있더군요. 그래서 그에게 수작을 걸었지요. 그는 대꾸도 하지 않고 길 건너편으로 가버리더군요. 그는 아마 내가 자기를 쫓아오고 있다고 생각했던 모양이에요. 그래, 내가 그의 팔을 잡았지요. 〈안 돼.〉 내가 말했어요. 〈당신을 그냥 안 보내겠어요. 당신 제법 미남인데요.〉〈제발 부탁이니 나를 가게 해줘.〉 그가 말했어요. 〈아니에요, 나와 함께 가요.〉〈그러고 싶지 않은데.〉〈그래요? 그럼, 내가 당신을 따라 가지요. 어디로 가세요? 절대로 당신을 놓치지 않겠어요!〉 나는 그만큼 뻔뻔스러운 여자였어요. 어떤 여자보다도 더하면 더했지 덜하지는 않았을 거예요.」

「어쩌면 바로 그랬기 때문에, 나따샤 보리소브나, 당신이 남보다 더욱 겸손하고, 더욱 솔직해졌는지도 모르겠군요.」

「예, 그랬는지도 모르겠어요. 다른 사람들 속에서 바로 내 그런 모습을 보았거든요. 하지만 내가 그것을 이해한 것은, 물론, 그때는 아니었어요. 그 뒤였어요. 내가 그보고 어쨌든 함께 가자고 말하니까 그가 웃으며 말하더군요. 〈당신이 원한다면 따라와요. 그러나 소용없을걸.〉 그가 나중에 한 말에 따르면 내게 공부를 가르치려고 그랬대요. 내가 그의 곁에 바짝 붙어서 가자 그가 싫어했어요. 그래서 그냥 떨어져서 따라 갔어요. 그리고 그에게 온갖 쓸데없는 이야기를 늘어놓았지요. 그러나 그는 그냥 침묵만 지켰어요. 그러는 동안 어느새 그의 방에 도착했어요. 학생 신분으로는 꽤 여유 있는 생활을 하고 있었어요. 그는 가정교사를 해서 한 달에 약 20루블을 벌고 있다고 하더군요. 그는 완전히 혼자 힘으로 살아가고 있었어요. 나는 소파에 아무렇게나 길게 누워서 그에게 소리쳤어요. 〈이봐요, 와인 어디 있어요?〉 〈없어.〉 그가 말했어요. 〈당신에게 술은 안 주겠어요. 대신 원한다면 차를 주지.〉 〈위스키와 함께요?〉 내가 말했어요. 〈아니, 위스키 없이.〉 나는 아무렇게나 행동하기 시작했어요. 아주 뻔뻔하게 굴었지요. 그는 앉아서 나를 쳐다보았어요. 그러나 내게 전혀 관심을 보이지 않더군요. 그는 나의 그런 행동이 몹시 불쾌했나 봐요. 요즈음에야 물론 그런 젊은이를 어렵지 않게 찾아볼 수 있어요, 베라 빠블로브나. 그러나 그때는 아주 드물었어요. 나는 화가 나서 그에게 마구 욕을 해대기 시작했어요. 〈이런 막대기 등신 같은 자식!〉 그리곤 말했어요. 〈나 갈래요.〉 〈지금 가서 뭐 할 일이라도 있나, 차를 마시고 가는 게 나을텐데. 이제 곧 주인 아주머니가 사모바르를 가져올 거라고. 하지만 내게 그 따위 욕은 하지 말고.〉 그는 시종일관 나를 당신이라고 불러 주더군요. 그가 말했어요. 〈그보다 당신이 누구인지, 어떻게 그런 일을 하게 됐는지 그 얘기나 들려주면 좋겠는데.〉

나는 생각나는 대로 아무렇게나 지껄이기 시작했어요. 우리 같은 여자는 아무렇게나 이야기를 꾸며대는 것이 보통이거든요. 그게 바로 사람들이 우리를 믿지 않는 이유지만요. 그렇기는 해도 진실이 전혀 없는 것은 아니에요. 게다가 우리들 중에는 좋은 집안에서 고등교육을 받은 여자들도 있거든요. 그래서 이야기를 한번 시작했다 하면 청산유수이기 십상이죠. 그가 가만히 듣고 있다가 말하더군요. 〈아냐, 당신 이야기는 서툴러. 그 말을 믿고 싶지만 그렇게는 안 되겠어.〉 이때 우리는 차를 마시고 있었어요. 그런데 그가 말하는 것이었어요. 〈술을 마시면 몸을 버리게 된다는 것쯤은 당신도 알 테지? 당신 폐는 이미 상당히 망가졌을 게 틀림없어. 자, 어디 검사해 봅시다.〉 베라 빠블로브나, 당신은 내 말을 믿으려 하지 않을 거예요. 하지만 그때 난 정말 수치심을 느꼈어요 — 나와 같은 그런 여자가 어떻게 수치심을 느꼈냐고요? 하지만 그 몇 분간은 정말 그랬어요 — 그가 그것을 눈치챘어요. 그가 말하더군요. 〈나는 단지 당신 폐를 검진해 보려는 것뿐이니까 부끄러워할 필요없어요.〉 그는 그때 겨우 2학년이었어요. 그러나 그는 많은 의학 지식을 갖고 있었어요. 그는 공부에는 늘 남보다 앞섰거든요. 그가 내 가슴을 검사했어요. 그가 말했어요. 〈이런, 당신 앞으로 절대로 술 마시면 안 되겠어. 당신 폐는 몹시 허약해.〉 내가 물었어요. 〈하지만 어떻게 술을 안 먹겠어요? 우리는 술 없이는 잠시도 지낼 수가 없어요.〉 그것은 정말 불가능해요. 베라 빠블로브나. 〈그러면 당신의 그 생활을 그만두면 되잖소.〉 〈왜 내가 그것을 포기하죠? 그게 얼마나 즐거운 생활인데.〉 〈아니, 거기엔 아무 기쁨도 없어. 그렇고말고!〉 다시 그가 말했어요. 〈나는 지금 바빠. 그러니까 그만 내게서 떠나는 게 좋겠어.〉 나는 저녁 시간을 거기서 쓸데없이 낭비한 것에 몹시 화가 나서 나왔어요. 그리고 그가 정열이라곤 조금도 없는 차가운 사람이었기 때문에 더욱 불쾌했어요. 우리의 욕망이란, 당신도 알겠지만, 그렇고 그런 거니까.

그런데 한 달쯤 지나서 갑자기 그곳에 다시 가보고 싶어졌어요.〈좋아, 그 막대기 등신을 다시 보러 가는 거야. 가서 이 번에도 꼼짝 않는지 어디 두고 보는 거야.〉이때가 저녁 식사 바로 전이었어요. 나는 그 전날 밤에 푹 잤기 때문에 술을 먹지 않았었어요. 그가 책을 들고 앉아 있더군요.〈이봐요, 막대기 등신.〉내가 그를 불렀어요.〈잘 있었소. 그래, 뭘 원하지?〉나는 다시 그를 희롱하기 시작했어요.〈내쫓아 버리겠어.〉그가 말했어요.〈그만두라고. 나는 그런 것을 좋아하지 않아. 지금은 술도 안 취했으니 당신도 그만한 것은 알잖아. 당신은 내가 말한 것을 명심하는 게 좋겠어. 당신 안색이 전보다 안 좋아 보여, 술을 끊으라고. 옷을 단정히 하고. 그래, 이왕 왔으니 잠시 얘기나 하다 가지.〉사실 나는 이미 가슴에 통증을 느끼기 시작했었어요. 그가 다시 가슴을 검진했어요. 그리고 내 폐가 전보다 더 악화되었다고 하더군요. 그는 그것을 내게 아주 자세히 설명해 주었어요. 그런데 그때 가슴이 몹시 아프기 시작했어요. 나는 슬퍼서 마침내 울기 시작했어요. 나는 죽고 싶지 않았거든요. 그는 계속 폐병의 위험을 경고했어요. 그래서 내가 말했어요.〈어떻게 해야 내가 이 생활을 그만둘 수 있죠? 나의 포주가 나를 그냥 보내주지 않을 거예요. 나는 그녀에게 은화 17루블을 빚졌어요. 당신도 알다시피, 우리는 늘 빚에 쫓겨요. 사실은 그래서 그곳을 떠나지 못하는 거예요.〉〈그렇군!〉그가 말했어요.〈지금 당장 은화 17루블은 없어. 하지만 내일 모레 나에게 와봐요.〉그 말은 아주 이상하게 느껴졌어요. 왜냐하면 나는 그에게 돈을 부탁할 생각이 아니었거든요. 그리고 내가 어떻게 그것을 기대할 수 있었겠어요. 나는 내 귀를 의심했어요. 그리고 그가 나에게 장난한다는 생각이 들자 서러운 생각에 막 울었어요. 그리고 말했어요.〈가난한 여자를 모욕하는 것은 죄악이고 수치예요.〉그리고 나는 그를 믿지 않았어요. 마침내 그의 말이 진심에서 한 말이라는 것을 알게 될 때까지요. 그런데 무슨 생각을 그렇게 골똘히 하시죠? 그는 돈을 마련해서 이틀 뒤에 그것을 내게 주었어요. 그때까지도 나는 그를 완전히 믿지 못했어요. 〈내게 아무것도 요구하지 않으면서 이런 돈을 해주다니, 어떻게 그런 일이?〉 내가 말했어요.

나는 포주에게 빚을 갚고 방을 하나 빌렸어요. 그렇지만 나는 할 줄 아는 것이 아무것도 없었어요. 돈도 물론 없었고요. 그래서 이전의 생활을 계속했어요. 물론 전과 똑같진 않았어요. 그래요, 그때에 비하면 얼마나 많이 나아졌는지 몰라요. 베라 빠블로브나! 나는 나를 화나게 하지 않는 사람들만 받았어요. 그들은 나의 좋은 친구들이었죠. 그리고 술도 안 했어요. 그러니 당연히 모든 게 나아질 수밖에요. 그때에 내가 얼마나 달라졌는지 아세요? 아뇨, 결국 그것은 어려운 거였다고 고백하지 않을 수가 없어요. 당신은 나를 알아요. 나는 정숙한 여자가 아니잖아요? 사실 이곳 공장에 와서 아이들을 얼마나 정성 들여 보살폈는지 몰라요! 그들은 모두 나를 좋아해요. 나이 든 부인들도 내가 그들에게 못된 것을 가르칠까 봐 염려하지 않아요. 그런 식으로 생활한 지 서너 달이 지나니까 생활이 안정되기 시작하더군요. 비로소 내 병도 돌보기 시작했어요. 바로 그 무렵부터, 사센까가 나를 보러 오기 시작했어요. 때때로 나도 그를 보러 갔어요. 내가 당신에게 말씀드리고 싶은 것은 바로 이 부분이에요. 그는 다른 사람들이 하는 식으로 나를 보러 오지 않았어요. 그는 오직 내가 이전의 나약한 생활을 되풀이하지 않는지 그리고 술을 마시지 않는지를 알기 위해서만 나를 찾아왔어요. 실제로 처음 얼마 동안 몹시 술을 마시고 싶었는데 그 유혹을 이겨 내도록 그가 도와주었어요. 그렇지 않아도 그에게 빚진 것 때문에 부끄러웠는데 내가 술을 마시고 있는 것을 그가 와서 보았다고 해보세요! 아마도 그것이 아니었다면 나는 참지 못했을 거예요. 툭하면 나의 친구들이 와서 — 아주 좋은 친구들이죠 — 〈술을 사러 보내야겠어〉 하고 말하곤 했거든요. 그러면 나는 그에게 빚진 것이 부끄러워 〈아니, 그것은 안 돼〉 하고 말했어요. 만일 그가 아니었다면 나는 유혹에 졌을 거예요. 술이 나에게 해롭다는 단순한 생각만으로는 충분치 않았던 거지요. 그렇게 3주일쯤 지나자 몸이 제법 튼튼해졌어요. 술 생각도 점점 사라지고요. 마침내 나는 술을 끊었어요. 그리고 그의 빚을 갚기 위해 돈을 모으기 시작했어요. 그리고 두 달 뒤에 그의 돈을 갚았어요. 그 다음날 그는 내게 옷을 해 입으라고 그 돈으로 산 옥양목과 다른 천들을 가져왔어요. 그 후로 그는 의사가 환자를 간병하듯 다녀가곤 했어요. 내가 빚을 갚은 지 꼭 한 달 만에 그가 나의 방에 앉아서 말했어요. 〈자, 봐요, 나스a까. 당신 안색이 많이 좋아졌어.〉 그건 사실이었어요. 술을 많이 마시면 얼굴빛이 나빠지거든요. 그것은 금방 나아지지 않아요. 그런데 마침내 서서히 나아지기 시작했던 거예요. 나의 혈색이 점점 살아나기 시작한 거죠. 그리고 내 눈빛도 더욱 맑아졌고요. 그때 나는 이전의 못된 버릇들을 버리고 얌전하고 공손하게 말하기 시작했어요. 당신도 짐작하겠지만 술을 끊은 뒤부터 나의 생각도 안정되기 시작했어요. 비록 내가 말이 서툴고 옛날의 부주의한 타성 때문에 곧잘 잊어 먹긴 했지만요. 그러나 이때는 전보다 훨씬 침착하게 말하고 행동했어요. 내가 그를 기쁘게 했다고 그가 말하기라도 하면 나는 그의 목에 매달리고 싶을 만큼 무척 행복했어요. 그러나 나는 감히 그러지 못했어요. 그리고 자제했어요. 그러던 어느 날 그가 말했어요. 〈당신도 알겠지만 나스쩬까, 나도 감정이 없진 않다고.〉 그리고 그는 내가 훌륭하고 정숙한 여자가 되었다고 말하면서 나를 쓰다듬었어요. 그가 어떻게 나를 쓰다듬었냐고요? 내 손을 잡더니 그의 손에 올려놓고 다른 손으로 만지기 시작했어요. 그리고 내 손을 자세히 들여다보더군요. 그동안 내 손은 하얗고 부드럽게 변해 있었어요. 그가 내 손을 잡았을 때 — 당신은 안 믿겠지만 — 나는 얼굴이 빨개졌어요. 베라 빠블로브나. 그런 여자였는데도 마치 전혀 그런 적이 없는 순결한 처녀처럼 말이에요. 이것은 이상했어요. 그러나 사실이 그랬어요. 그리고 내가 몹시 수줍어하며 — 이런 말을 하는 것도 터무니없는 것이겠지요, 베라 빠블로브나? 그러나 그것은 사실이었어요 — 말했어요. 〈당신이 나를 쓰다듬어 주시다니, 알렉산드르 마뜨베이치, 어떻게 그런 일이?〉 그가 말하더군요. 〈그것은 이제 당신이 정숙한 여자이기 때문이지, 나스쩬까.〉 〈정숙한 여자〉, 그는 내게 그렇게 말했어요. 나는 눈물이 날 만큼 감격했어요. 그때 그가 말했어요. 〈무슨 일이 있었소, 나스쩬까?〉 그리고 그는 내게 키스했어요. 무엇을 그리 생각하세요? 그가 내게 키스했을 때, 나의 머리가 허공에 뜬 것 같았어요. 그리고 그 순간 과거의 모든 것을 잊었어요. 믿을 수 있겠어요, 베라 빠블로브나? 나와 같은 그런 여자에게 그런 일이 일어날 수 있다는 것을 말이에요?

그 다음날 아침, 나는 앞으로 어떻게 해야 될지, 그리고 어떻게 살아야 할지 몰라 앉아서 울고 있었어요. 나같이 불쌍한 인간에게 남은 것이라곤 네바 강에 투신하는 것밖엔 아무것도 없었어요. 나는 이전과 같은 그런 생활을 할 수 없었던 거예요! 차라리 죽을 수는 있었지만, 사실 굶어 죽는 것은 아무것도 아니었어요. 그러나 그렇게는 더 이상 살 수가 없었어요. 나는 비로소 오래전부터 그를 사랑했다는 것을 깨달았어요. 그러나 그가 내게 전혀 그런 태도를 보이지 않았기 때문에 나는 그의 사랑을 바라지 못했어요. 사랑은 그렇게 내

안에서 죽어 갔어요. 그리고 내가 그런 감정을 가졌다는 것을 명확히 인식하지도 못했고요. 그런데 지금 그 모든 것이 다시 빛나기 시작한 거예요. 생각해 보세요, 당신이 만일 사랑을 느낀다면 당신이 사랑하는 사람 이외에 그 누구를 존경할 수 있겠어요? 그것은 불가능해요. 오직 그이 말고는 아무도 내 가슴에 존재하지 않았어요. 그래서 앉아서 울며 〈이제 무엇을 하지, 어떻게 살아가지?〉 생각하고 있었던 거예요. 마침내 마지막으로 다시 한번 그를 찾아가기로 결심했어요. 그리고 나서 물에 빠져 죽으러 가려고요. 이렇게 아침 내내 울며 생각하고 있었는데 갑자기 그가 나타난 거예요. 그는 내게 키스를 하고 나서 말했어요. 〈나스쩬까, 나의 집에서 사는 게 어떻겠소?〉 그래서 내가 생각하는 것을 그대로 말했어요. 그리고 그렇게 해서 그의 집에 가서 살게 되었어요.

그것은 행복한 시간이었어요, 베라 빠블로브나. 나는 어느 누구도 일찍이 그런 행복을 누리지 못했을 거라고 생각해요. 그는 내게 늘 친절했어요. 나는 이것이 꿈이 아닐까 하는 생각에 잠에서 깨어난 적도 여러 번 있었어요. 그러면 그는 책을 읽고 있다가 잠에서 깬 나를 보고 다가왔어요. 그리고 책을 덮고 나를 물끄러미 바라보았어요. 그는 점잖은 남자예요, 베라 빠블로브나. 나는 나중에서야 그의 그런 태도를 이해했어요. 소설 속에서 그와 비슷한 사랑의 이야기를 읽고 난 다음에 말이에요. 그때 비로소 나는 판단할 수 있었어요. 그는 아주 조심스럽게 나를 사랑했던 거예요! 사랑받는 그 기분, 당신은 알 거예요. 온갖 잡념을 다 잊어버릴 만큼 정말 행복했어요. 그가 처음으로 내게 키스한다고 생각해 보세요. 나는 현기증이 일어나 머리가 완전히 돌 지경이었어요. 나는 그에게 복종했어요. 그런 감정은 정말 달콤해요. 그러나 그것은 그 뒤에 느낀 감정에 비하면 아무것도 아니었어요. 대개 피가 끓어오를 때에는, 당신도 알겠지만, 불안이 찾아와요. 그리고 달콤한 감정 속에는 어느 정도 고통이 있어요. 제 아무리 행복한 것이라고 해도 거기엔 고통이 따르는 법이고 그걸 견디는 것은 역시 몹시 힘든 거예요. 물론 그 순간 기꺼이 자신을 희생할 각오가 되어 있다면 ― 자기의 생명을 기꺼이 희생하는 사람도 있어요, 베라 빠블로브나 ― 그것은 더할 나위 없이 행복하겠지만 말이에요. 그렇지만 이건 그렇지가 않았어요. 전혀 그런 게 아니었어요. 그것은 마치 한낮에 혼자 앉아 있다가 깜박 잠이 들었을 때의 바로 그 기분이었어요. 오직 〈아아! 정말 그를 사랑해!〉 하는 생각뿐이었어요. 고통과 불안이 전혀 없이 말이에요. 놀라울 정도로 마음이 잔잔하고 평온했어요! 사랑하는 사람이 귓가에 대고 속삭일 때의 바로 그 감정말이에요. 물론 그보다 천 배는 더 강했지만요. 마음이 그렇게 편안할 수가 없었어요. 가슴이 전혀 뛰지 않았어요. (예, 그랬어요. 가슴이 꼭 무풍지대 같았어요. 아아, 당신은 그런 감정 못 느껴 보았을 거예요.) 아니, 오히려 더욱 평온해지고 일말의 기쁨마저 일렁이는 거였어요. 그리고 아주 부드럽게 고동쳤어요. 나는 가슴을 활짝 열고 마음껏 숨을 들이마셨어요! 아아! 정말 그랬어요. 조금도 더하지 않았어요. 숨 쉬는 게 그렇게 편할 수가 없었어요! 아아! 마음이 얼마나 상쾌했는지 몰라요! 한두 시간이 지나가는 데도 꼭 일 분밖에 안 지나간 것 같았어요. (아니, 일 분이 아니라 일 초 같았어요.) 시간이 멈춘 것처럼 말이에요. 꼭 잠깐 잠이 들었다가 깬 것처럼 말이에요. 그런데 잠을 자다 깨면 시간이 얼마나 지났는지 알게 마련이죠. 그러나 시간이 흘렀어야 말이죠. 단 일 분도 안 된 것 같았거든요. 그런데도 그 순간 깊이 자고 난 것처럼 조금도 피곤하지 않았어요. 아니, 오히려 그 반대였어요. 마치 충분한 휴식을 취한 것처럼 마음이 새로워지고 용기가 솟는 거예요. 그래요, 꼭 휴식을 취한 것 같았어요. 숨을 쉬는 게 편해졌다고 했는데 정말 그랬어요. 그리고 막 힘이 솟아났어요. 베라 빠블로브나! 어떤 다정한 애무에도 그렇게 황홀한 감정은 느끼지 못할 거예요. 어떤 사랑이 주는 평온함도 이처럼 편안하진 못해요.

그는 정말 나를 사랑했어요! 정말이에요! 아아! 정말 기뻤고말고요! 그것은 경험해 보지 않으면 아무도 알 수 없어요. 하지만 당신은 그것을 알아요, 베라 빠블로브나!

당신도 알겠지만, 베라 빠블로브나! 나는 여자 앞에서도 얼굴을 붉힐 만큼 수줍음을 잘 타요. 내가 얼마나 부끄럼을 잘 타는지 우리 아가씨들이 말해 줄 거예요. 내가 방을 따로 쓰는 이유도 바로 그 때문이에요. 그것은 물론 이상할지도 몰라요. 당신은 안 믿으려고 하시겠지요. 그러나 당신은 그 모든 것을 알아요. 그러므로 새삼스럽게 이야기할 필요는 없을 거라고 생각해요. 하지만 그냥 지나치고 말 이야기도 아니라고 생각해요. 이제 당신에게서 떠나야겠어요. 베라 빠블로브나. 더 이상 당신에게 말씀드릴 거라곤 아무것도 없어요. 나는 단지 사셴까가 얼마나 좋은 사람인지 당신에게 말씀드리고 싶었던 거예요.」

15

나스쩬까의 그 뒤의 이야기는 다음과 같다. 그녀는 끼르사노프의 집에서 약 2년 동안 살았다. 그녀의 병의 위급한 징후는 완전히 사라진 것처럼 보였다. 그러나 2년이 다 되어갈 무렵 그 해 봄이 왔을 때 폐병이 갑자기 마지막 단계의 위기 증상을 보이기 시작했다. 의사는 그녀를 공기가 좋은 곳으로 떠나 보낸다면 그녀의 죽음을 연장할 수 있을지도 모른다고 말했다. 그들은 헤어지기로 결정했다. 가만히 앉아서 일하는 직업은 그녀의 회복에 도움이 되지 않으므로 가정부나 식모, 간호원 같은 직업을 찾는 것이 필요했는데, 그것도 안주인이 그녀에게 무리하게 일을 시키지 않고 또 불쾌하게 하지 않는 그런 자리가 필요했다. 이런 조건들을 다 구비한 자리를 찾는다는 것은 좀처럼 쉽지 않았다. 그런데 마침 그런 자리가 나타났다. 끼르사노프는 젊은 신진 예술가들을 여러 명 알고 있었는데 그들을 통해서 나스쩬까가 일할, 러시아 극단의 유명한 여배우의 식모 자리를 구할 수가 있었다.

여배우가 무대에 서는 동안, 나스쩬까는 그녀와 같이 사는 것에 매우 만족했다. 여배우는 교양 있고 또 매우 세련된 여성이었는데 나스쩬까는 그런 자리를 찾는 것이 쉽지 않다는 것을 알았다. 그래서 그녀는 매우 주의했고 또 여배우를 불쾌하게 만드는 일이 없었기 때문에 그녀의 귀염을 받았다. 그리고 나스쩬까가 자기를 위해서 정성껏 일하는 것을 알고 전보다 더욱 친절하게 대해 주었다. 나스쩬까는 거기서 조용히 살았고 그녀의 병도 더 이상 악화되지 않았다. 그런데 여배우는 결혼하자 무대에 서는 것을 그만두고 남편의 집으로 들어갔다. 그리고 거기서, 베라 빠블로브나가 이미 들어서 알고 있는 것처럼, 여배우의 시아버지가 그녀를 욕보이려고 추근댔다. 본래 나스쩬까는 화를 잘 내지 않는 편이었는데 이 일로 가족 사이에 말다툼이 벌어졌다. 여배우는 그 노인에게 창피를 주었고 그 노인은 수치심으로 노여워했다. 나스쩬까는 가정 불화의 원인이 되고 싶지 않았다. 그리고 그녀가 노력한다고 해도 이전과 같은 그런 즐거운 생활은 불가능했다. 마침내 그녀는 그 자리를 그만두었다.

그때가 끼르사노프의 집을 떠난 지 2년 반쯤 되었을 때였다. 그들은 그 당시 전혀 만나지 못했다. 마침내 그가 그녀를 찾아왔다. 그러나 이 재회의 기쁨도 그녀를 편하게 하지 않았다. 그가 그녀를 위해서 다시 그의 집에 와서 살도록 간청했기 때문이었다. 결국 나스쩬까는 두세 가정에서 식모 노릇을 계속하기로 했다. 그러나 어느 곳을 가도 늘 조심과 걱정이 따랐고 불쾌한 기분을 떨치지 못했다. 그래서 비록 그녀의 병에 해로우리라는 것을 알면서도 재봉사가 되는 게 차라리 나을 성싶었다. 그런 곳에 있게 되면 비록 병은 더욱 악화되겠지만 무엇보다도 불쾌한 일 없이 그녀의 일만 하면 되었기 때문이었다. 병이 악화되어 일찍 죽더라도 그것이 그녀의 운명이라면 굳이 피할 바가 아니었던 것이다. 그렇게 해서 하게 된 재봉사 일은 일 년 만에 그녀의 건강을 완전히 해쳤다. 그녀가 베라 빠블로브나의 조합에 들어왔을 때, 공장의 의사 노릇을 하던 로뿌호프는 폐병의 악화를 막기 위해서 가능한 모든 조처를 취했다. 그 정도의 의학 지식을 가진 사람이 할 수 있는 조처로는 상당한 것이었다. 그러나 그녀의 병은 이미 거의 갈 때까지 간 상태였다.

나스쩬까는 자기의 병이 그다지 심각하지 않다고 생각해서인지 — 폐병을 앓는 사람들이 흔히 그런 환상을 갖고 있듯이 — 끼르사노프를 찾아가지 않았다. 그러나 지난 두 달 동안 나스쩬까는 자기가 오래 살 수 있겠냐고 로뿌호프에게 자주 물었다. 그러나 그녀는 왜 그것을 알고 싶어하는지 대답하지 않았고 로뿌호프도 그녀의 병의 위기에 대해서 말해 줄 의무를 느끼지 않았다. 그녀의 물음 속에서 삶에 대한 일반적인 애착 이상의 어떤 것을 느끼지 못했기 때문이었다. 그는 그녀를 진정시키려고 애썼다. 그러나 그녀는 종종 그의 대답에 수긍하려 들지 않았다. 그녀는 자기가 살아 있는 동안 다시 행복해질 수 있을 거라고 확신했지만 불안이 없지 않은 것은 아니었다. 그러나 마침내 그녀는 자기가 오래 살지 못할 것이라는 것을 알고 그녀의 마음은 온통 이 생각에 사로잡혔다. 의사가 그녀에게 좀더 건강에 유의하도록 충고했기 때문이었다. 그녀는 자기의 희망보다 그의 말을 들어야 한다는 것을 알았다. 그녀는 끼르사노프를 다시 보게 되리라고는 기대하지 않았다.

그녀가 왜 그렇게 자신의 병에 대해서 알고 싶어하는가 하는 의문은 그다지 오래 은폐될 수 없었다. 그녀의 병이 막바지에 이를수록 그녀의 물음이 더욱 집요했기 때문이었다. 따라서 그녀가 진실을 알고 싶어하는 그 특별한 이유를 말했거나 로뿌호프와 베라 빠블로브나가 그녀의 끈질긴 물음에 어떤 사연이 있음을 알아챘을 가능성은 충분히 있었다. 어쨌든 그 뒤 두세 주일, 또는 그 뒤에 그와 같은 일이 실제로 일어났기 때문이다. 즉, 끼르사노프가 공장에 예기치 않게 출현했던 것이다. 마침내 그 의문은 풀렸다. 그녀의 집요한 물음에 의해서가 아니라 우연히 벌어진 상황에 의해서.

「기뻐요, 정말 기뻐요! 나는 늘 당신을 보기를 기다려 왔어요. 사셴까.」 그들의 그녀의 방에 들어서자 그녀가 말했다.

「그렇고말고, 나스쩬까, 나도 당신 못지않게 기뻐. 이제 다신 내 곁을 떠나지 못하게 할 거야. 내 집으로 들어와요.」 끼르사노프가 동정과 연민을 억제하지 못하며 말했다. 그러나 이 말을 하면서 그는 생각했다. 「내가 어쩌자고 그런 말을 했을까? 그녀는 자신의 병의 위험에 대해서 아무것도 모르는 것 같은데.」

그러나 그녀는 이 말이 무엇을 의미하는지 이해하지 못했다. 이해했다고 해도 그녀는 그것에 주의하지 않았다. 사랑하는 남자를 죽기 전에 한 번 더 볼 수 있다는 것만으로도 그녀는 다가오는 죽음에 대한 슬픔을 잊을 수 있었다. 그녀는 아주 소박하게 그녀의 행복을 표현했다. 「당신은 정말 친절해요! 내가 어떻게 당신 곁을 떠났는지 모르겠어요.」

그가 떠난 뒤에 그녀는 슬피 울었다. 그리고 그제서야 비로소 자기가 그를 다시 한번 보고 싶어했던 까닭을 이해했다. 그리고 그 사실을 이미 이해하고 있었음도 깨달았다. 「그래, 이제 더 이상 너의 건강을 돌보는 것은 아무 소용없어. 오직 얼마 안 되는 마지막 생명을 기쁘게 맞는 것만이 남아 있을 뿐이야.」

그녀는 진실로 기뻤다. 그는 병실이나 의학부에 가 있는 시간들 이외에는 잠시도 그녀 곁을 떠나지 않았다. 그들은 그렇게 한 달을 지냈고 그는 늘 그녀와 함께 있었다. 그들은 이것저것 많은 것을 이야기했다. 그녀가 그의 집을 떠나 겪은 일들, 그리고 자기의 어린시절에 대한 회상 등등. 그것들은 그녀를 매우 즐겁게 했다. 그는 그녀를 데리고 말을 타러 가기도 했으며 2인승 덮개마차를 빌리기도 했다. 그리고 화창한 날이면 뻬쩨르부르그 교외로 나가기도 했다. 그런 날이면 그녀는 천진난만한 아이처럼 즐거워했다. 자연은 언제나 활력을 불어넣어 주는 귀중한 장소였다. 정화하려면 수백만 수천만 루블이 들어야 되는 뻬쩨르부르그 주변의 지저분하고 황폐한 자연 환경도 예외 없이 그들에게 기쁨을 주었다. 그는 그녀에게 책을 읽어 주곤 했는데 함께 카드 게임을 하기도 했다. 뿐만 아니라 그녀는 체스를 배우려고 노력하기도 했다. 마치 그녀가 그것을 배울 충분한 시간이 있기라도 한 것처럼.

베라 빠블로브나는 걸어서 집에 귀가하는 길에 종종 그들의 집에 들러서 늦게까지 몇 시간씩 보내다 가곤 했는데 간혹 바람도 쐴 겸 아침에 환자를 방문하기도 했다. 집에 그녀들만 있을 때엔 나스쩬까는 그녀에게 언제나 똑같은 이야기를 들려주었다. 즉, 알렉산드르 마뜨베이치가 얼마나 친절하고 좋은 사람인가에 대해서, 그리고 자기가 그를 얼마나 사랑하는가에 대해서.

16

 그럭저럭 넉 달이 지나갔다. 끼르사노프는 나스쩬까를 병간호하고 그녀와 함께 지나간 추억에 대해서 이야기하며 지내는 동안 그녀에 관한 자기의 감정을 사랑인 양 착각했다. 그리고 베라 빠블로브나에 관해서 아무런 위험도 없는 것처럼 행동했다. 그는 그녀가 나스쩬까를 보러 왔다가 그와 이야기하려고 말을 멈췄을 때 그녀를 피하지 않았다. 나중에 그녀가 그를 위로하려고 했을 때에도 피하지 않았다. 그가 나스쩬까의 불행을 슬퍼하는 동안 베라 빠블로브나에 대한 그의 감정은 오직 고맙고 친절하다는 생각뿐이었다.
 〈그러나〉 — 독자들은 이 〈그러나〉라는 말을 보자마자 내가 무엇을 말하려고 하는지 이미 알아챘을 것이다. 지금까지 늘 그래왔던 것처럼, 여러분이 이제까지 읽은 것으로부터 다음에 일어날 일에 대해서 미리 언급하려는 것이다 — 〈그러나〉 나스쩬까에 대한 끼르사노프의 감정은 물론 끼르사노프에 대한 나스쩬까의 감정과 똑같이 않았다. 그는 벌써 오래전부터 그녀에게서 사랑을 느끼지 않았다. 그는 단지 전에 사랑했던 여인으로서 그녀에게 호의를 느낄 뿐이었다. 그녀와의 이전의 사랑은, 그녀가 누구인가와는 관계없이 단순히 청춘의 욕구에 불과한 것이었다. 말할 것도 없이 나스쩬까는 그와 대등한 입장이 아니었을 뿐만 아니라 그와 정신적 발달에 있어서도 같지 않았다. 그리하여 그가 청춘의 문을 나섰을 때 그는 나스쩬까에게 연민을 느꼈을 뿐 그 이상 아무것도 아니었다. 말하자면, 그는 지난 날의 회상과 연민 때문에 그녀에게 부드럽게 대했고 그것이 전부였다. 실제로 그녀에 대한 그의 슬픔은 곧 진정되었다. 그러나 그의 슬픔이 과거 속으로 사라졌을 때에도 여전히 자기가 슬픔에 잠겨 있다고 생각하곤 했다. 그러나 그것이 진정 슬픔이라기보다 지난 날에 대한 회상에 기인한다는 것을 알았을 때 그는 그제서야 베라 빠블로브나와의 관계 속에서 자기 자신을 바라보게 되었다. 그리고 자기가 매우 나쁜 상황에 처해 있다는 것을 깨달았다.

베라 빠블로브나는 그의 기분을 전환시키려고 노력했다. 그는 그녀가 하는 대로 그녀에게 자신을 내맡기기도 했는데 그는 자기가 베라 빠블로브나를 사랑하고 있다는 것을 분명하게 깨닫지 못하고 있었다. 설령 깨달았다고 해도 결과는 똑같았겠지만, 아무튼 그는 그녀가 하는 대로 순순히 따랐고 불행 속으로 서서히 표류해 가고 있었다. 그렇다면 베라 빠블로브나가 나스쩬까에 대한 그의 슬픔을 위로하기 시작한 지 두세 달이 지난 지금은 상황이 어떻게 변했을까? 그는 거의 매일 저녁을 로뿌호프의 집에서 보내다시피 했다. 그런 경우에 그는 그녀의 남편과 함께 있을 때도 종종 있었지만 그 혼자인 때가 더 많았다. 그 일 말고도 별로 특별한 일은 없었다. 사실 그것이 전부였다. 그러나 이 일은 그에게나 그녀에게 있어서 서로 대화를 할 수 있는 충분한 기회를 제공했다.

그런데 베라 빠블로브나는 요즈음 하루 일과를 어떻게 보내고 있는 것일까? 저녁때까지는 전과 똑같았다. 저녁 6시면 보통 그녀는 혼자서 공장에 있거나 자기의 방에 앉아서 일을 했다. 그러나 만일 그녀가 공장에 있는 날이면 끼르사노프가 이 시간에 그녀를 데리러 갔다. 그리고 그들이 공장에 가거나 거기서 돌아오면서 — 그 거리는 그다지 멀지 않았다 — 여러 가지를 이야기했는데, 보통 조합에 대한 이야기를 많이 하였다. 끼르사노프는 현재 그곳에서 가장 적극적인 후원자였다. 물론 그녀가 거기에서 전체적인 지도를 맡았지만 그 역시 할 일이 많았다. 서른 명이나 되는 처녀들이 적지 않은 질문을 해왔기 때문이었다. 그러나 그것은 그가 할 수 있는 가장 편한 일이었다. 그리고 휴식 시간이면 아이들과 앉아서 이야기를 했다. 이때에도 처녀들 몇몇이 흥미진진한 대화에 끼어들었다. 그들의 화제는 이를테면, 『천일야화』에 나오는 아라비안 나이트에 대한 이야기, 그는 이미 여러 번 그 속에 나오는 이야기를 그들에게 들려주었다. 인도의 흰 코끼리 이야기, 그리고 우리 나라에서도 많은 사람들이 좋아하는, 물론 다 좋아하는 것은 아니지만 흰 고양이 이야기, 백마에 관한 이야기 등등 이 세상의 모든 것에 대해서 닥치는 대로 이야기했다. 그때 특히 그들 중의 절반은 흰 코끼리, 흰 고양이, 백마 같은 백색 동물을 약하고 병들기 쉬운 종으로 좋아하지 않는다고 하였다. 그런 동물들의 눈을 보면 유색 동물처럼 그렇게 건강하지 않다고 했다.

「그런데 비처 스토우 부인에 대해서는 모르세요? 당신이 우리에게 읽어 줘서 우리 모두 알고 있는 그 소설의 작가 말이에요.」 처녀들 중의 하나가 물었다. 끼르사노프는 그것을 알지 못했다. 이런 경우에 그는 그것을 알아 가지고 나중에 그들에게 말해 준다. 그것은 흥미 있는 일이었다. 그래서 그는 지금 비처 스토우 부인의 이야기 대신 그녀 못지않게 위대한 하워드의 이야기를 해줌으로써 그 물음에 대답했다. 끼르사노프를 중심으로 한 토론은 이런 식으로 진행되었다. 절반의 아이들은 언제나 똑같은 얼굴이었지만 나머지 절반을 이루는 처녀들은 수시로 바뀌었다.

베라 빠블로브나가 일을 마치면 그는 그녀와 함께 돌아와

차를 마셨다. 그리고 로뿌호프까지 세 사람은 차를 마신 뒤에도 오랫동안 함께 앉아 있었다. 실제로 베라 빠블로브나와 그녀의 남편은 끼르사노프가 그 자리에 없을 때보다 훨씬 더 오랜 시간을 함께 보내곤 했다.

그들은 거의 매일 저녁마다 함께 보내곤 했는데 그때마다 한두 시간씩 음악을 연주하곤 했다. 드미뜨리 세르게이치가 반주하고 베라 빠블로브나는 노래를 불렀다. 끼르사노프는 주로 앉아서 감상하는 편이었다. 간혹 끼르사노프가 연주하기도 했는데 그럴 때면 드미뜨리 세르게이치와 그의 아내가 이중창을 불렀다.

요즘 베라 빠블로브나는 공장에서 서둘러 집으로 오는 경우가 많았는데 그것은 오페라에 가기 위해 옷을 갈아입기 위해서였다. 근래에 그들은 오페라 극장에 자주 갔는데 이따금씩 그들 모두 함께 가기도 했다. 그러나 간혹 베라 빠블로브나와 끼르사노프만 가는 경우도 있었다. 그 밖에 로뿌호프 부부는 젊은 친구들 말고도 전보다 친구들이 많아졌다. 전에는 젊은 친구들을 제외하면 메르짤로프 부부가 거의 유일한 방문자였으나 지금은 그들 말고도 사랑이 넘치는 두세 가족과 친하게 지냈다. 그들은 메르짤로프 부부와 다른 두세 가족들과 주말마다 같이 모여 춤을 곁들인 간단한 파티를 열곤 했다. 대개 여섯 쌍이 춤을 추었는데 여덟 쌍까지 춘 적도 있었다. 로뿌호프는 오페라보다 이 파티에 참석하는 것을 더 좋아해서 베라 빠블로브나가 없이도 혼자 참석하곤 했다. 따라서 끼르사노프는 좀더 자주 베라 빠블로브나와 함께 오페라에 갈 수 있었다. 게다가 로뿌호프는 집에서 가운을 입고 소파에 앉아 편히 쉬는 것을 좋아했기 때문에 그들 부부는 저녁 시간의 절반만을 함께 보내는 수가 많았다. 그러나 요즘엔 저녁에 특별히 외출하는 일 없이 함께 지냈다. 로뿌호프 부부는 다른 친구 없이 끄르사노프만 있을 때에 종종 그랜드 피아노가 있는 거실로 나와 그의 소파에서 함께 지냈다. 피아노는 그동안 베라 빠블로브나의 방에 있었는데 최근에 거실로 옮겼다. 그러나 이 역시 드미뜨리 세르게이치의 기분을 그다지 즐겁게 하지 않았다. 15분 내지 30분 만에 끄르사노프와 베라 빠블로브나는 음악을 끝내고 드미뜨리 세르게이치가 앉아 있는 소파 가까이에 앉았다. 그러나 베라 빠블로브나는 그 자리에 오래 앉아 있지 않았다. 그녀는 곧 소파 위로 가서 그녀의 남편이 비좁아 하지 않을 만한 공간을 차지하고 몸을 편안하게 모았다. 소파는 넓었다. 그러나 더 이상 사람이 앉을 자리는 없었다. 그녀는 팔을 뻗어 그를 껴안았다. 그는 거기서 그렇게 하고 앉아 있는 것을 좋아했다.

이렇게 석 달 정도가 지나갔다.

전원생활은 이제 더 이상 유행이 아니다. 그것은 누구나 즐길 수 있는 것이다. 그러나 나는 그것을 좋아하지 않는다. 즉, 개인적으로는 내가 산책을 즐겨하지 않는 때문인지 몰라도 아무튼 좋아하지 않는다. 아스파라거스도 좋아하지 않는다. 하기야 내가 좋아하지 않는 것이 몇 가지쯤 있다고 해서 문제될 게 뭐 있겠는가? 게다가 모든 음식과 모든 오락을 다 좋아하는 것은 불가능한데 말이다. 그러나 나는 비록 내 취미에는 맞지 않지만 그것들의 매우 좋은 것임을 안다. 그리고 나처럼 산책보다 체스를 더 좋아하고, 아스파라거스보다 대마유를 친 독일 김치를 더 좋아하는 사람들이 있다는 것도 안다. 더욱이 체스를 즐기지 않는 대다수 사람들이 대마유를 친 독일 김치를 좋아하지 않으리라는 것은 너무도 자명하다. 그들은 언제나 나보다 낫다. 그래서 말하는 것이다. 이 세상에 가능한 많은 유흥거리가 있게 하라고, 만일 그렇지 않을 바엔 차라리 그것들을 이 세상에서 없애 버리라고. 그러나 나같이 별난 친구들을 위해서 골동품처럼 대마유를 친 독일 김치쯤은 남겨 두어 달라고.

그리고 똑같은 이야기지만 나보다 나은 대다수 사람들의 행복이 전원생활에 있다는 것을 안다. 그래서 나는 말한다. 「전원적인 것이 다른 모든 생활 위에 군림하게 하라.」 그것을 좋아하지 않는 사람들은 다른 곳에서 행복을 찾으면 될 것이다. 그러나 적어도 대다수 민중은 전원생활을 즐길 수 있어야 한다. 그런데 전원생활이 결코 유행의 대상이 될 수 없는데도 불구하고 사람들은 그것을 피한다. 그들은 마치 우화 속의 여우가 포도를 피하는 것처럼 그것을 피하는 것이다. 그들에게 전원이란 접근할 수 없는 것처럼 보이는 것이다. 그들은 다음과 같은 격언을 말한다. 〈그것을 유행되지 않게 하라.〉

그러나 전원이 접근할 수 없다고 생각하는 것은 아주 터무니없는 것이다. 그것은 모든 사람들에게 좋을 뿐만 아니라 실제로 얼마든지 가능한 것이다. 그것을 행동으로 옮기는 데에는 별 문제가 없다. 단지 문제가 있다면 한 사람, 열 사람이 아니라 모든 사람들이 즐길 수 있어야 한다는 것뿐이다. 오늘날 이탈리아 오페라는 다섯 사람의 청중을 위해서는 공연되지 않는다. 그것은 우리가 듣고 보는 것처럼 뻬쩨르부르그 시 전체의 모든 사람들을 대상으로 공연된다. 그리고 1861년 모스끄바판 『고골리 전집』 역시 열 명의 독자를 위해서는 출판되지 않는다. 오직 민중 전체를 대상으로 해야만 저렴한 가격으로 출판이 가능하다. 만일 오페라 공연이 시 전체를 대상으로 하지 않는다면 음악에 미친 겨우 몇몇 사람만이 2등석에 앉아서 감상할 수 있을 것이다. 그리고 고골리의 『죽은 혼』 역시 시 전체를 대상으로 해서 출판되지 않는다면 노동을 천박한 것으로 생각하고 자기들만의 수고본을 준비한 고골리의 예찬자 몇 명만이 그것을 읽을 수 있을 것이다. 수고본은 인

쇄본보다 비교할 수 없을 정도로 열악하다. 이탈리아 오페라의 2등석 역시 마찬가지로 매우 초라할 것이다. 고골리의 『죽은 혼』이나 이탈리아 오페라 모두 민중을 대상으로 했을 때에만 진정한 가치를 갖게 되는 것이다.

17

만일 누군가 낯선 사람이 끼르사노프에게 제정신으로 돌아온 후 그가 깨달은 그의 처지에 대해서 묻는다면, 그리고 만일 관련된 모든 사람들에게 그가 타인의 입장에 설 수 있다면 그는 다음과같이 대답했을 것이다. 「이 사태를 달아남으로써 해결하기엔 너무 늦었습니다. 나는 이 연극이 어떻게 끝날지 모릅니다. 그러나 내가 달아나든 머물든 어느 것이나 위험하기는 마찬가지입니다. 뿐만 아니라 그녀의 평온을 돌봐야 할 사람들에게 나의 도피는 내가 지금 이 자리에 그대로 머물러 있는 것보다 훨씬 더 위험한 결과를 초래할지도 모릅니다.」

물론 끼르사노프는 이 말을 자기나 로뿌호프같이 확고하고 의심할 수 없는 심성을 지닌 사람에게만 했을 것이다. 다른 사람들에게 그런 이야기를 한다는 것은 아무 소용없는 일이다. 왜냐하면 그들은 천박하고 경박스럽게 행동할 것이 뻔하기 때문이다. 그들은 그녀를 수치스럽게 하고 자기를 욕되게 할 것이다. 뿐만 아니라 그들은 아첨하고 으시대며 짐짓 영웅인 양 행세하고 방탕한 생활을 낙으로 삼았을 것이다. 끼르사노프도 로뿌호프도 그런 사람과 이야기하는 것을 좋아하지 않는다. 그러나 누군가가 끼르사노프에게 지금 도피하는 것은 머무르는 것보다 못하다고 했다면 그것은 옳은 말이다. 그것은 다음과 같은 뜻을 함축하고 있기 때문이다. 〈나는 당신이 머문다면 어떻게 행동할 것인지 압니다. 당신은 자신의 감정을 드러내지 않는 그런 방식으로 행동할 것입니다. 왜냐하면 오직 그렇게 함으로써만 당신은 머물러 있어도 해를 입지 않을 것이기 때문입니다. 당신이 할 일은 평온하게 지내는 그 여인의 안정을 해치지 않는 것입니다. 그러나 그것을 조금도 다치지 않는 것은 이미 불가능해 보입니다. 현재의 관계와 양립할 수 없는 감정이 이미, 여러모로 살펴볼 때 의심할 여지 없이 그녀의 내부에서 자라고 있기 때문입니다. 그러나 그녀는 아직 그것을 모르고 있습니다. 그렇다고 조만간 그녀가 그것을 깨달을지는 불확실합니다. 그러나 당신이 그녀를 피하면 그것은 곧 그녀의 내부에서 그것을 불러내는 거나 다름없는 결과가 될 것입니다. 그러므로 만일 당신이 떠난다면 그것은 당신이 피하려고 하는 일을 서둘러 재촉하는 셈이 될 뿐입니다.〉

그러나 끼르사노프는 타인으로서가 아니라 당사자로서 이 문제를 생각했다. 그는 떠나는 것이 머무르는 것보다 더 어렵게 느껴졌다. 마음이 머물도록 그에게 강요했다. 떠나지 않고 머문다면 그래서 유혹에 넘어간다면 그것은 감정에 굴복하는 것과 똑같은 것이 아닐까? 도대체 어떤 말이나 표정, 시선에도 자신의 감정을 전혀 드러내지 않는다는 일이 가능하기나 한 걸까? 떠나는 것이 오히려 현명하지 않을까? 이성이 감정의 변덕에 어디까지 끌려갈지를 판단하는 것은 매우 어렵다. 만일 강한 의지가 유혹에 맞서 말하고, 행동하고, 싸워 이긴다면 너는 좀더 나은 고귀한 행위의 기회를 갖게 될 것이다. 이상의 것은 그의 이론적인 언어를 일상의 대화체로 옮겨 본 것이다. 아마도 끼르사노프는 — 그의 용어를 그대로 옮기면 — 다음과 같이 자기의 심정을 토로했을 것이다.

「모든 사람은 이기주의자다. 나 역시도 그렇다. 현재 문제는 이런 것이다. 내가 떠나는 것이 이로운가, 아니면 머무는 것이 이로운가? 만일 내가 떠난다면 나는 결국 나의 감정을 잠재울 수 있을 것이다. 그러나 만일 내가 머문다면 개인적인 감정 때문에 생길 수 있는 터무니없는 말이나 표정으로 인해 나 자신의 존엄성을 괴롭히게 될 것이다. 개인적인 감정으로 말하면 곧 가라앉게 될 것이고 차츰 내 마음의 평화는 다시 회복될 것이다. 그리고 다시 내 생활에 만족하게 될 것이다. 그러나 만일 내가 나 자신의 본성에 거역한다면 나는 영원히 내 마음의 평정과 자기 만족감을 상실하게 될 것이다. 그리하여 결국 내 인생을 망치게 될 것이다. 나의 처지를 바꾸어 말하면 이런 것이다. 즉, 나는 술을 좋아한다. 그리고 내 앞에 매우 좋은 술이 있다. 그러나 나는 이 술에 독이 들어 있지 않을까 의심한다. 나는 나의 의심이 옳은 건지 잘못된 건지 말할 수 없다. 즉, 나는 이 술을 마셔야 할지 아니면 그것을 쏟아 버려야 할지 판단할 수가 없다. 나는 나의 이런 결정을 고귀하다거나 도덕적이라고 부르지 않는다. 그것은 너무 고상한 말이다. 나는 그것을 단순히 상식적인 판단이라고 부른다. 그리고 마침내 나는 그 술병을 내던진다. 이렇게 해서 나는 나 자신으로부터 즐거운 흥을 깨버린다. 나는 아무런 불쾌한 감정도 느끼지 않는다. 오히려 그렇게 함으로써 나는 나의 건강을 지킨다. 즉, 앞으로 독이 들지 않은 술을 얼마든지 마실 수 있는 가능성을 담보해 내는 것이다. 나는 단지 바보처럼 행동하지 않았을 뿐이고 만일 내가 칭찬을 받을 만한 것이 있다면 그것이 전부일 것이다.」

〈하권에 계속〉

열린책들 세계문학 088 무엇을 할 것인가 상

옮긴이 서정록 경기도 평택에서 출생하여 서울대학교 철학과를 졸업했으며 동 대학원에서 사회 철학을 전공했다. 지은 책으로는 『지금은 자연과 대화할 때』, 『백제금동대향로』, 옮긴 책으로는 마틴 제이의 『마르크시즘과 전체성』, 어슐러 르 귄의 『어둠의 왼손』, 스티브 월의 『지혜는 어떻게 오는가』 등이 있다.

지은이 니꼴라이 체르니셰프스끼 **옮긴이** 서정록 **발행인** 홍예빈 · 홍유진
발행처 주식회사 열린책들 **주소** 경기도 파주시 문발로 253 파주출판도시
전화 031-955-4000 **팩스** 031-955-4004 **홈페이지** www.openbooks.co.kr
Copyright (C) 주식회사 열린책들, 1989, 2009, *Printed in Korea*.
ISBN 978-89-329-1005-5 04890 **ISBN** 978-89-329-1499-2(세트)
발행일 1989년 2월 10일 초판 1쇄 1990년 11월 10일 초판 7쇄
1991년 2월 25일 2판 1쇄 1996년 12월 30일 2판 5쇄 2003년 5월 20일 신판 1쇄
2009년 12월 20일 세계문학판 1쇄 2022년 8월 10일 세계문학판 4쇄

이 도서의 국립중앙도서관 출판예정도서목록(CIP)은 서지정보유통지원시스템 홈페이지(http://seoji.nl.go.kr)와 국가자료공동목록시스템(http://www.nl.go.kr/kolisnet)에서 이용하실 수 있습니다.(CIP제어번호 : CIP2009003382)